MARY O'HARA

Grünes Gras der Weide

VERLEGT BEI
KAISER

Von Osten kam das Geräusch eines herannahenden Güterzuges. An der Stelle, wo Peter stand, ging die Böschung steil hinauf zu den Schienen, die etwa dreißig Meter entfernt lagen. Die Bahn machte hier eine Vierteldrehung in Richtung auf Red Buttes, die nächste Station westwärts.

Das mühsame Schnaufen des Güterzuges wurde lauter. Peter wandte den Kopf, stellte die Ohren hoch und wartete auf die beiden großen Lokomotiven, die Feuer und Dampf spien und jeden Augenblick auftauchen mußten. Er kannte keine Angst vor Zügen. Sie waren ihm von frühester Jugend an vertraut, genau wie Wind, Hagel oder Schnee.

Der Zug kam näher. Mit mächtigem Getöse legte er sich in die Kurve. Peter ließ das Stampfen der Lokomotiven, das Kreischen der Räder auf den Schienen und das Rattern der Wagen über sich ergehen. Er stand ganz ruhig da und beobachtete alles voller Neugier und Vergnügen.

Plötzlich machte er einen Satz nach vorn. Etwas Ungewöhnliches war geschehen: ein riesiger Gegenstand war von einem der offenen Wagen gefallen und rollte die Böschung herab auf ihn zu.

Peter bäumte sich bei diesem seltsamen Angriff auf, stemmte die Beine in den Boden, senkte den Kopf und stellte die Ohren hoch. Dann warf er sich herum und raste über die Ebene davon. Als er in sicherer Entfernung war, hielt er an. Er schnaubte und zitterte immer noch. Das Ding folgte ihm nicht. Es war am Fuß der Böschung liegengeblieben. Der Güterzug rollte ohne weitere Zwischenfälle vorbei.

Peter wartete, bis die Schienen leer waren und das Rattern des Zuges in der Ferne verhallte. Dann ging er langsam zurück, blieb stehen, stellte die Ohren auf und schnaufte wieder. Es war eine riesige Kiste. Er umkreiste sie in angemessener Entfernung und setzte dabei sorgfältig einen großen Huf vor den anderen. Schließlich siegte die Neugier über die Vorsicht, und er näherte sich, um an der Kiste zu schnuppern. Er war immer noch sehr auf der Hut und darauf gefaßt, jeden Augenblick davonzurennen.

Was war denn das? Er wieherte laut auf. Und dieses Wiehern wurde sofort aus dem Innern der Kiste beantwortet. Es war eine

hohe, spitze, nervöse, junge und sehr weibliche Stimme. Ein Stutenfohlen.
Jetzt erhob sich ein gewaltiges Rumoren und Getöse, als wolle das Stutenfohlen auf die Füße kommen und könne es nicht. Es wieherte ununterbrochen. Was man sich überhaupt nur in der Pferdesprache erzählen kann, berichtete es Peter in den nächsten paar Minuten.
Die Kiste war durch den Sturz schwer beschädigt worden. Eine Ecke war abgesprungen, und aus dem Loch sahen ein Huf, das Bein und ein Teil der Hinterhand hervor.
Peter konnte nichts tun. Aber er brummte ermutigend, und falls ein Freund in der Nähe irgendeine Hilfe bedeutet, so gab er sie. Kurz darauf machte er sich allerdings davon, um zu grasen, den Sonnenaufgang zu beobachten, zu der Quelle zurückzukehren und zu trinken – er kam jedoch immer wieder zurück und brummte voller Trost und Mitgefühl. Damit wollte er sagen, wie gern er Gras, Wasser und Sonne mit dem Stutenfohlen teilen würde. Vielleicht wußte er auch, daß es sterben mußte, wenn nicht bald Hilfe käme.
Endlich kündigte sich die Rettung durch lautes, ungestümes Wiehern an. Es schallte von den Hügeln, und das Stutenfohlen antwortete stürmisch. Es strampelte bis zur Erschöpfung.
Peter erkannte sofort, daß es ein Hengst war, und jetzt sah er ihn näherkommen. Er war fast so groß wie Peter und schneeweiß. Das alte Pferd zögerte ein wenig und blieb abwartend stehen.
Der Hengst trabte schnell heran. Er streckte den Kopf in die Luft und blähte die Nüstern, um der Geruchsspur zu folgen. Seine Beine griffen weit aus, und der Schweif schlug ihm um die Schenkel.
Wie im Tollhaus ging es jetzt um die Kiste her. Das Stutenfohlen strampelte und wieherte vor Verzweiflung. Der Hengst wieherte ebenfalls und schnaubte, er beschnupperte die Hinterhand des Stutenfohlens, die ganze Kiste, die er ständig umkreiste. Dann bäumte er sich auf und schlug kräftig wie ein Holzhacker auf die Kiste ein, die aber immer noch zusammenhielt. Wütend raste er davon, um Peter anzugreifen.

Paarungszeit im Oktober getrennt zu halten, hatte Rob McLaughlin sie bei Joe Daly in Pflege gegeben.

Obwohl es erst Anfang September war, hatte Flicka bereits ein beachtliches Fell. Ken hatte es festgestellt, als er sie heute morgen sattelte. Er strich ihr mit der Hand über den Hals und sagte: »Schon fertig für den Winter, Flicka? Ist's nicht noch ein bißchen früh für den Winterpelz?«

Wenn man aber den kalten Westwind bedachte, gegen den Flicka ankämpfte, sprach das Winterfell nur für ihre Vernunft. Ken trug ein enganliegendes Leinenjackett, das mit Schaffell gefüttert war.

Der Wind drehte sich plötzlich. Sein eisiger Hauch und der deutliche Schneegeruch veranlaßten Ken, den Blick auf die drohende, bewaldete Gebirgskette zu richten, die fünfundzwanzig Kilometer nördlich lag. »Da braut sich doch bestimmt was zusammen«, murmelte er und zog den gestrickten Wollkragen seines Mantels bis an die Ohren. Flicka stellte ein Ohr zurück, als stimme sie ihm zu.

Der Wind drehte wieder nach Westen. Ken überlegte, warum wohl das Ende des Sommers auch alle Farben mit sich nahm. Die Weiden waren graubraun; das Gelb und Rot der Espen in den kleinen Wegen war kaum zu merken; in den vereinzelten Kieferngebüschen zeigte sich mehr Schwarz als Grün. Es liegt am Himmel, dachte er. Wenn sich der tiefe, herrliche blaue Himmel von Wyoming über dem Ganzen gewölbt hätte, wären auch die Farben wieder hervorgekommen. Aber der Himmel war kalt und verhangen, ein bleiches Grau.

Der Gedanke, daß der Sommer vorbei war, und daß er und sein Bruder Howard in vierzehn Tagen wieder in den Osten zur Schule mußten, war ihm zuwider. Er seufzte tief – und brachte dann Flicka plötzlich zum Stehen.

Einen Augenblick verharrte er schweigend und legte den Kopf wie ein junger Hund erst auf die eine, dann auf die andere Seite. Danach wandte er sich an Flicka: »Jetzt sag mir bloß – wofür hältst du das?« Flickas Aufmerksamkeit hatte sich ebenfalls auf den seltsam aussehenden Gegenstand gerichtet, der nicht weit von den Eisenbahnschienen lag.

»Sieht aus wie 'ne mächtige Kiste«, erklärte Ken und streichelte Flickas Flanke. »Laß uns mal nachsehen.«
Mit aufgestellten Ohren trabte Flicka zu der Kiste. Ken stieg ab und untersuchte seinen Fund.
Die Kiste sprach für sich selbst. Sie war für ein Pferd bestimmt und irgendwie von einem Güterwagen heruntergefallen. Ken erkannte die Spuren, wo sie die Böschung herabgerollt war.
Etwas so Komfortables war dem Jungen noch nicht begegnet. Er kroch hinein und entdeckte, daß die Kiste dick ausgepolstert war. Vorn waren Namen und Bild eines Fohlens in die Polsterung eingenäht.
»Kronjuwel.« Nachdenklich sprach Ken den Namen laut vor sich hin.
Flicka, die sich die Zeit damit vertrieb, ein paar Maulvoll Gras zu fressen, hob den Kopf und sah ihn an. »Hast du das gehört, Flicka? So heißt das Fohlen, das in dieser fabelhaften Kiste verfrachtet wurde – Kronjuwel – ein Dreijähriger, steht da.«
Das Bild zeigte Gesicht und Kopf des Fohlens – seinen interessierten Ausdruck, der beinahe komisch wirkte, die beweglichen, nach vorn gestellten Ohren, die feinen geschwungenen Linien des Gesichtes, den großen weißen Diamanten zwischen den Augen – ein birnenförmiges Pendant dazu hing von den Augenwinkeln herab.
Ken deutete mit dem Finger auf dieses Zeichen. »Daher hat sie den Namen bekommen.« Er wollte das Bild losmachen und einstecken. Aber warum sollte er nicht die ganze Kiste mitnehmen? Er konnte sie nach Hause bringen und wieder herrichten. »Würdest du nicht gern auch mal darin verreisen, Flicka?«
Ken überlegte. Konnte man die zerborstene Kiste oder irgend etwas, was dazugehörte, als Eigentum eines anderen ansehen? Sicher war sie weggeworfen worden – nein, sie konnte auch zufällig von einem Güterwagen heruntergefallen sein. In diesem Fall würde man früher oder später danach suchen. Es war besser, sie hier liegenzulassen – wenigstens im Augenblick. Wenn sie nächste Woche noch immer da wäre, konnte er sie nehmen.
Er kroch heraus und setzte seine Untersuchung fort. Überall in der Umgebung sah man Abdrücke von Pferdehufen. Was hatten

zeit auf dem Küchentisch – Bohnen, Weißbrot und Marmelade. »Nein, danke«, antwortete er, »ich muß zum Essen daheim sein. Aber ich setz mich einen Augenblick.«

Ein großer Kaffeetopf stand vorn auf dem Herd. Meist war er hinten, halbvoll mit altem Kaffeesatz, der immer wieder aufgekocht wurde, wenn jemand eine Tasse trinken wollte.

Buck setzte eine angeschlagene Tasse und Teller vor Ken hin und goß ein.

Joe Daly hatte ein langes, faltiges Gesicht mit verkniffenen Lippen und farblose, rot umränderte Augen. Er platzte vor Neuigkeiten. »Hör mal, was glaubst du wohl, was Buck heut morgen gesehn hat?«

Ken wollte gerade von der Kiste zu schwatzen beginnen, hielt jedoch inne und sah fragend in Bucks glänzendes, dunkles Gesicht. Buck schaufelte sich mit dem Messer Bohnen in den Mund.

»Erzähl's ihm doch, Buck«, ermunterte ihn sein Vater.

Buck wischte sich den Mund mit der Hand ab und lehnte sich in seinen Stuhl zurück. »Heut morgen war ich ganz früh auf dem Hügel da oben«, er holte weit mit dem Arm aus, »wo ich meine Wolfsfalle aufgestellt hab. Ich stand so da und murkste an der Falle rum – wickelte das Gift in Schweineschmalz ein, da hört ich 'nen Hengst wiehern.«

»Einen Hengst!« Ken war ganz bei der Sache. Außer Banner, seines Vaters Zuchthengst, gab es keine weiter in der Nachbarschaft, soviel er wußte.

»Ich hab mich also umgesehn«, fuhr Buck fort, »und unten am Weg bei den Eiesenbahnschienen hab ich 'ne komische Kiste entdeckt ...«

Ken unterbrach aufgeregt: »Die hab ich auch gesehn! Auf dem Weg hierher – ich wollte dir gerade davon erzählen. 'ne zusammengeschlagene Pferdekiste!«

»Sie war nicht zusammengehauen, als ich sie zuerst gesehn hab. Der Hengst hat das gemacht. Er ging immerzu drum herum, und 'n andres Pferd hat ihm zugeschaut – 'n Riesentier – sah aus wie Peter. Und plötzlich dreht sich doch der Hengst um und trampelt wie verrückt auf der Kiste rum. Die geht auf, und noch 'n Pferd springt raus. Es war ganz zugedeckt mit 'ner Decke,

und die beiden sind zusammen weggerannt. 'n bißchen später ist ihnen Peter langsam nachgegangen.«
Buck stieß seinen Stuhl zurück, angelte den Kaffeetopf vom Herd und schenkte sich ein.
»Heiliger Bimbam! Da war doch das Fohlen tatsächlich in der Kiste, als sie die Böschung herunterrollte!«
»Klar«, meinte Buck und machte sich wieder über die Bohnen her. »Aber warte mal – ich hab dir das Beste noch gar nicht erzählt.«
»Sag's ihm doch, Buck, so sag's ihm doch!« brummelte Joe.
Buck räumte mit dem Haufen Bohnen auf seinem Teller auf, sah dann hoch; seine kleinen schwarzen Augen waren völlig ausdruckslos. »Also – jetzt kommt das dicke Ende. Wer glaubst du wohl, war der Hengst?«
»Na – wer denn?«
»Dein Hengst. Sturmwind.«
Das war ein Schlag für Ken, denn Buck schien seiner Sache völlig sicher. Kurz darauf schüttelte Ken den Kopf. »Nein, du irrst dich, Buck – das kann ja gar nicht stimmen.«
Buck nahm ein Stück Brot, zerkrümelte es und wischte damit seinen Teller aus. »Warum denn nicht?«
»Weil Sturmwind nirgends in der Nähe ist.«
»Das hab ich Buck auch gesagt«, warf Joe ein. »Sturmwind ist doch da oben in dem Tal in den Bergen von Buckhorn, nicht wahr? Wie heißt's doch gleich?«
»Das Tal der Adler«, sagte Ken voller Stolz, denn er hatte das Tal zuerst entdeckt und ihm den Namen gegeben. »Ja, der ist da oben und kann gar nicht raus. Ich hab ihn vor nicht allzu langer Zeit dort noch gesehn.«
»Wann denn?« fragte Buck.
»Ich bin raufgegangen, als ich im Juni aus der Schule gekommen bin – ich glaub, es war die letzte Juniwoche.«
Joe sah Buck besorgt an, wie er sich wohl dazu stellen würde. Buck schüttelte den Kopf. »Das ist 'ne ganz hübsche Weile her, Ken. Seit damals kann sich Sturmwind davongemacht haben.«
»Er würde seine Stuten nicht allein lassen, Buck – das weißt du doch genau.«

»Aber, Kennie – doch nur manchmal«, erwiderte Joe.
Ken erhob die Stimme. Die Frage, ob Sturmwind kastriert werden sollte oder nicht, war zwischen ihm und seinem Vater immer wieder erörtert worden. Bisher hatte er Glück gehabt.
»Hört doch nur mal zu!« rief er. »Ich hab den Kampf zwischen Sturmwind und dem Albino miterlebt! Die beiden standen auf den Hinterbeinen und brüllten sich an wie prähistorische Ungeheuer! Und dann hat Sturmwind den Albino umgebracht! Hätte er das gekonnt, wenn er kastriert worden wäre?«
Kens große Worte und seine blitzenden Augen erschreckten seine Zuhörer ebenso wie das Bild, das er heraufbeschwor, und sie antworteten nicht. Dann kam Buck auf sein Thema zurück.
»Könnte Sturmwind nicht das Tal am anderen Ende verlassen haben, auch wenn er da nicht rauskonnte, wo du den Weg verrammelt hast?«
Ken beruhigte sich wieder. »Aber natürlich! Unten am entgegengesetzten Ende gibt's 'ne Menge Schluchten und Pfade, wo er herausgekonnt kätte, wenn er wollte, aber warum sollte er? Er hatte dort alles, was er brauchte – Futter, Wasser, Unterkunft. Und was hätte er mit all den Stuten und Fohlen tun sollen?«
Buck dachte darüber nach. Er zog den Marmeladetopf näher und nahm sich ein paar große Löffel voll.
»Es muß irgendein anderes Pferd gewesen sein, das du gesehen hast«, meinte Ken.
»'s gibt doch keinen weißen Hengst in der ganzen Gegend außer deinem Sturmwind«, entgegnete Buck.
»Wie weit weg bist du denn gewesen?«
»Ungefähr drei Kilometer.«
»Aus der Entfernung konntest du's doch gar nicht genau sehen.«
»Soweit doch, daß ich sagen kann, 's war 'n weißes Pferd!«
»Sag mal, wie wär's denn mit den beiden weißen Arbeitspferden von Bill Olcott?« meinte Joe. »Die sind doch oft draußen im Gelände.« »Aber ich sag dir doch, ich hab ihn wiehern gehört – und das klang ganz anders als 'n Arbeitspferd«, beharrte Buck.
»Bist du runtergegangen zu der Kiste?«
»Klar. Auf dem Heimweg. Hab die Polster drin gesehen und das Photo und die ganzen komischen Sachen. Klasse – das!«

»Ich glaub, mein Sohn, du mußt dem Stationsvorsteher sagen, was los war«, meinte Joe. »Wahrscheinlich haben sie doch das Pferd schon vermißt.«

»Stimmt. Ich kann ja nach Red Buttes reiten«, schlug Buck vor.

»Vierundzwanzig Kilometer hin und vierundzwanzig wieder zurück«, meinte sein Vater. »Und dabei ist's jetzt schon Mittag, und die ganze Tagesarbeit auf der Weide wartet noch auf dich – nee, mein Bürschchen!«

Buck machte ein langes Gesicht; Ken lächelte ihm mitfühlend zu.

»Aber nimm mal lieber dein Pony und reit zu den Satterlys rüber, das sind nur zwei Kilometer – die lassen dich bestimmt bei sich telefonieren – und dann kannst du dem Stationsvorsteher in Red Buttes Bescheid sagen. Die Sache wird bestimmt Staub aufwirbeln, und du bist 'n wichtiger Zeuge. Den Kerlen im Zug wird die Hölle heiß gemacht jetzt, glaub mir!«

»Gut.« Buck stellte die Teller in den Ausguß.

Ken stand auf und machte ein paar Schritte auf die Tür zu. »Ich glaub, ich muß jetzt gehen, Joe.«

»Willst du dir nicht wenigstens mal schnell deine Widder ansehen?« fragte Joe.

»Ach du meine Güte, natürlich! Deswegen bin ich doch überhaupt zu euch rübergekommen. Hätt ich doch beinah verschwitzt!«

Während Buck schnell die paar Handgriffe tat, die im Haushalt der Dalys als Geschirrspülen galten, gingen Ken und Joe um das Haus herum, an der Scheune, den Schweineställen und Schafhürden vorbei zu dem vierhundert Quadratmeter umfassenden Stück guten Weidelandes, das Joe mit einem neunzig Zentimeter hohen Stacheldraht eingezäunt hatte. Sie lehnten sich gegen das Tor.

Die hübschen Corriedales grasten ruhig über die ganze Weide verstreut. Kens Blick verweilte auf den gleichförmig gebogenen Hörnern, die aus der dicken krausen Wolle hervorragten. Sie erinnerten ihn an ein Erlebnis im Tal der Adler. Er war damals hingegangen, um nach Sturmwind zu sehen – und wurde Zeuge eines Kampfes zwischen zwei gehörnten Rocky Mountain-Schafen, die auf einem Berggrat standen. Ein Schaf hatte das andere getötet und es den Abhang heruntergeworfen. Die Adler waren in den Wald herabgestoßen, hatten den toten Widder in Stücke zerfleischt und große Brocken zu ihrer gefräßigen Brut im Horst gebracht.

»Wetten, daß die mächtige Kämpfe miteinander ausfechten«, sagte er.

»Klar. So ungefähr jede Woche höre ich, wie sie 'nen mordsmäßigen Krach veranstalten! Ich muß dann mit 'nem Knüppel dazwischenfahren und sie zur Ruhe bringen!«

»Eigentlich bin ich rübergekommen, um dir von Vater zu bestellen, daß du ihnen von jetzt ab bis zum Decken mehr Futter geben sollst«, sagte Ken.

»Baumwollkuchen?«

»Ja. Vater hat fünf Tonnen bestellt. Wenn's kommt, bringt Gus es im Lastwagen rüber. Du sollst ihnen täglich 'nen Sack voll geben.«

»Davon kriegen sie Murr in die Knochen.«

Sie gingen zum Haus zurück. Buck stieg gerade auf sein Pony. Ken verabschiedete sich von Daly, und die beiden Jungen ritten nebeneinander, bis sich ihre Wege trennten.

Als Buck davontrabte, drehte sich Ken im Sattel um und rief: »Hör mal, Buck!«

Buck hielt an.

»Du glaubst doch nicht etwa wirklich, daß es Sturmwind war?«

Buck grübelte eine Zeitlang, bevor er antwortete. »Vielleicht doch nicht, Ken.« Er setzte sich wieder in Bewegung. Nach ein paar Schritten zügelte er sein Pferd und rief zurück: »Aber 's war weiß. Und 'n Hengst war's auch.«

Ken galoppierte derart verwirrt nach Hause, daß er trotz seines knurrenden Magens das Mittagessen völlig vergaß.

In einem Augenblick mißtraute er Bucks Vermutung zutiefst; im nächsten aber hatte er tödliche Angst, er könne doch recht haben.

Was aus Sturmwind werden sollte, war Gegenstand eines ständigen Kampfes zwischen Ken und seinem Vater – schon seit der Geburt des Pferdes vor vier Jahren. Rob McLaughlin bestand darauf, daß das Fohlen schlechtes Blut in sich hätte und immer unberechenbar bleiben würde; wenn man es nicht verschnitt,

wäre es eine Gefahr für Banner, und man könne es nicht als Reitpferd verwenden.
Als Ken Sturmwind in das Tal gebracht und ihn mit den Stuten dort eingesperrt hatte, schien das Problem gelöst zu sein. Sturmwind sollte die Stelle des Albino einnehmen, den er umgebracht hatte. Der Hengst war glücklich, auf dem Gänselandgestüt herrschte Ruhe, und obwohl Ken ihn nicht mehr täglich zur Verfügung hatte, wußte er doch, daß er das Leben eines freien, ungebundenen Tieres führte. Darüber empfand der Junge eine tiefe Befriedigung. Die Schönheit des Tales und die Art, wie der Albino dort gleich einem König lebte, hatten Ken ungeheuer beeindruckt. Dem Pferd, an dem er so sehr hing, ein solches Leben zu verschaffen, war das Beste, was er tun konnte.
Wenn aber Sturmwind das Tal verlassen hätte! Wenn er geflohen wäre!
Dieser Gedanke war jedesmal von einem quälenden körperlichen Schmerz begleitet. Er begann, sich verzweifelt nach etwas Eßbarem umzuschauen. Tie Siding war nicht weit. Er hatte auf jeden Fall vorgehabt, dort die Post abzuholen, bevor er nach Hause ritt.
Ken durchsuchte seine Taschen nach Geld. In einer fand er zehn, in der anderen drei Cent und ein Zwei-Cent-Stück. Dieser Reichtum munterte ihn etwas auf. Er änderte die Richtung und saß bald darauf an der Theke der kleinen Imbißstube von Tie Siding und schlang belegte Brote herunter.
Ken sah aus dem Fenster. Selbst an einem schönen, sonnigen Tag war es ein ziemlich trostloser Ort – er bestand nur aus dem winzigen Postamt, daneben dem kleinen Laden und jenseits der Schienen dem Bahnhof. Heute, da der Wind den Staub und Schmutz über den Boden fegte und weder Himmel noch Erde auch nur einen Funken Farbe zeigten, wirkte es niederdrückend und erfüllte ihn mit trüben Vorahnungen.
Plötzlich glitt Ken von seinem Hocker herab, rannte zum Eingang, riß die Tür auf und brüllte: »Howard!«
Der große Bursche, der gerade aus dem Auto des Gänselandgestüts ausstieg, drehte sich um. »Tag, Ken! Warum bist du mittags nicht nach Haus gekommen?«

»Bin bei Dalys nicht fertiggeworden!« erwiderte Ken. »Ich esse hier gerade ein paar belegte Brote. Komm doch rein. Ich muß dir was erzählen.«

»Ich hol erst die Post«, erklärte Howard und ging zum Postamt.

Kurz darauf bestellte sich Howard, der gerade eine kräftige Mahlzeit hinter sich hatte, Kaffee und Schmalzgebäck.

Mit seinen achtzehn Jahren war Howard McLaughlin bereits einen halben Kopf größer als sein Vater. Er hatte ein vergnügtes, etwas spöttisches Gesicht und galt als hübscher Junge. Sein schwarzes Haar war peinlich genau in der Mitte gescheitelt, die klaren hellblauen Augen hatten einen unergründlichen Ausdruck, und der dünne rote Mund war in einem Winkel herabgezogen.

»Mach schnell«, sagte Kenn unruhig. Aber sein Bruder sah die Post durch. Ein Brief für ihn war darunter, der eine große weibliche Handschrift zeigte. Er schob die übrige Post in die Tasche, öffnete seinen Brief und begann ihn zu lesen, während er den Kaffee schlürfte.

Ken bezahlte, ging hinaus und wartete am Auto. Damit brachte er Howard auf schnellstem Weg nach draußen – Ken tat bestimmt nicht ohne Grund so geheimnisvoll.

Die Jungen setzten sich vorn in den Wagen, und Ken rückte mit allem heraus, was er an diesem Morgen gesehen und gehört hatte. Howards Augen leuchteten voll Interesse. »Du meine Güte!« rief er. »Ein Fohlen von Beaver Greenway! Es sieht natürlich so aus, als ob dein junger Hengst aus dem Tal ausgerückt ist, und du mußt dafür geradestehen, Ken.«

»Hast du Geld bei dir?« fragte Ken.

»Wofür brauchst du denn Geld?«

»Ich möcht mir noch 'n paar Brote kaufen. Ich will ins Tal rauf und nachsehen, ob Sturmwind dort ist oder nicht.«

»Ohne nach Hause zu gehen und es Vater zu sagen? Dafür kriegst du 'nen Mordskrach!«

»Den krieg ich sowieso – und nicht zu knapp. Sieh mal, Howard, ich muß einfach hin. Aber sag Vater nichts davon – ich meine von dem, was Buck gesehen hat – von der Kiste oder sonstwas.«

»Warum denn nicht? Er erfährt's ja doch. Oder etwa nicht?«
»Aber, Howard, er regt sich doch dann maßlos wegen Sturmwind auf. Und vielleicht war's Sturmwind doch gar nicht. Ich sehe nicht ein, wie das möglich wäre. Ich wette mit dir, daß ich ihn im Tal finde, wenn ich hinkomme. Aber selbst wenn's so ist, wird sich Vater immer noch furchtbar aufregen und wütend auf mich sein, weil wir ihn aufgeregt haben.«
»Was soll ich ihm denn sagen?«
»Ach – irgendwas – du weißt schon – denk dir eben was aus.«
Eine Zeitlang stritten die Jungen, was sie mit Anstand ihrem Vater gerade noch sagen und wie sie doch dabei das Wichtigste verheimlichen könnten. Schließlich versprach Howard, alles zu tun. Ken stopfte sich die Taschen mit Butterbroten voll, stieg auf und lenkte Flicka nach Süden, den Buckhorn-Bergen zu.

4

In den Koppeln des Gänselandgestüts wimmelte es von Menschen und Pferden.
Rob McLaughlin – er wurde »Captain« genannt, weil er in West Point gewesen war und jedenfalls wie ein Captain aussah, ob er es nun war oder nicht – war in diesem Jahr spät mit der Heuernte dran. Die Leute, die er zum Heuen eingestellt hatte, waren gerade entlassen worden. Heute hatten Tim und Wink, die beiden jungen Hilfskräfte, an den Mieten gearbeitet. Sie hatten die Heustadel mit langen Drähten zusammengebunden, an deren Enden Bahnschwellen als Gewicht befestigt wurden. Jetzt schirrten sie Big Joe und Tommy von dem Wagen ab, mit dem sie ihre Werkzeuge befördert hatten.
Ross Buckley, der querköpfige Zureiter, war ein zaundünnes Männchen mit O-Beinen. Er trug enganliegende, ausgebleichte blaue Leinenhosen, lehnte am Zaun und drehte sich eine Zigarette, bevor er Senator zu striegeln begann. Senator war müde nach der Anstrengung und stand mit hängendem Kopf neben Ross. Er wußte, daß Ross sich die Zügel um den Arm geschlungen hatte, und machte daher keine Anstalten, wegzugehen.

Rob McLaughlin unterhielt sich mit seinem schwedischen Vorarbeiter Gus. Rob war gerade von einem langen Ritt zurückgekommen. Er trug abgenutzte, faltige Lederstiefel. Sie hatten mit den Jahren die satte Farbe alten Eichenholzes angenommen. In den Falten hatte sich dicker Staub angesammelt. Unter dem Rist waren schwere Sporenketten befestigt. Die Reithosen aus geripptem Samt lagen eng um Robs leicht gebogene Knie. Sein kräftiger Oberkörper steckte in einem Lumberjack aus Wildleder. Die Sonne hatte ihm die Haut in einem dunklen Bronzeton gebräunt bis zu der Linie, wo der breitrandige Filzhut auf der Stirn saß. Tief unter den schwarzen Brauen waren zwei leuchtend blaue Punkte, die scharf und angriffslustig blickten. Howard und Ken fanden es oft schwierig, ihrem Vater in die Augen zu sehen.

Im Sommer vor zwei Jahren war Rob nach Osten gefahren, um seine sämtlichen Pferde zu verkaufen, ausgenommen die Frühjahrsfohlen, die Jährlinge, die Zweijährigen und vier Pferde, die für den Gebrauch der Familie bestimmt waren: Flicka, ihr Sohn Sturmwind, ihre Tochter Letzte Sekunde und Gipsy, Robs betagte Reitstute, ein Überbleibsel aus seiner Jugend. Von diesen vieren war jetzt nur noch eine übrig, nämlich Flicka. Gipsy war tot, Letzte Sekunde verkauft und Sturmwind in den Blackhorn-Bergen. Aber die Jungtiere waren mittlerweile herangewachsen und hatten für Nachwuchs gesorgt. Rob ritt Mohawk, einen mächtigen blutroten Wallach, der jetzt den Kopf an seine Schulter lehnte. Howard gehörte Sonnenhund, und Nell McLaughlin, die Mutter der beiden Jungen, hatte einen geschmeidigen Rotfuchs. Er hieß Roter Flügel nach einem der besten Pferde, die je auf dem Gänselandgestüt gezüchtet worden waren.

Rob und Gus beobachteten das Wetter, während sie den Arbeitsplan für den nächsten Tag besprachen. »Wir bringen Banner morgens in die Koppel und lassen die beiden Stuten decken«, sagte Rob.

»Hm«, nickte Gus bedächtig.

»Und nachmittags markieren wir dann die Fohlen.«

»Gutes Wetter dafür«, meinte Gus.

»Diese Woche will Colonel Dickenson mal vorbeikommen und

sich die Wallache anschauen«, erklärte Rob. »Er ist Remonten-offizier bei der Armee. Sieh zu, daß sie alle möglichst zusammen in der Koppel sind.«

Gus nickte. Seine Blicke prüften aufmerksam die Männer und Pferde, während er seinem Herrn lauschte.

Kim, der gelbe schottische Schäferhund, lag hinter dem Zaun im Gras. Er keuchte heftig, und die lange rote Zunge hing ihm seitwärts aus dem Maul. Er war mit Rob draußen gewesen und hatte auf Präriewölfe Jagd gemacht. Das Herumrasen hatte ihn völlig erschöpft. Von Zeit zu Zeit erhob er sich mühsam, ging zu dem Pferdetrog, der bis zum Rand mit kühlem Quellwasser gefüllt war und aus dessen Abflußrinne das Wasser leise plätschernd herausrieselte. Kim schlürfte geräuschvoll, ging dann zurück und ließ sich wieder zu Boden fallen.

In der Stalltür erschien Pauly, eine kleine braune gefleckte Katze mit großen topasfarbenen Augen. Würdevoll stand sie da und sah auf die Koppel hinaus. Im Maul trug sie eine noch lebende riesige Ratte. Sie hielt den Kopf ganz hoch, um ihre Last schleppen zu können. Graziös schritt sie über die Schwelle, hinter dem Misthaufen vorbei, und bahnte sich zwischen den Pferdebeinen ihren Weg zum Zaun, sprang über den niedrigsten Querbalken und ging an Kim vorbei, der träge den Kopf wandte, um sie und die Ratte zu beobachten. Er keuchte dabei unaufhörlich weiter. Pauly tauchte im hohen Gras unter und entschwand den Blikken. Aller Augen waren ihr gefolgt.

»Habt ihr die Mordsratte gesehn!« rief Wink.

»Sie fängt beinah jeden Tag eine«, erklärte Gus.

»Sie hat Junge geworfen und jagt den ganzen Tag Ratten, Kaninchen und anderes Getier für sie«, meinte Tim.

Ein lautes, empörtes Muh-uh-uh kam vom Osten der Koppel hinter der Scheune. Rob sah Gus überrascht an. »Was zum Teufel machen denn die Kühe hier?«

»Das sind nicht Ihre Kühe, Boß. Ein paar von Johnsons Kühen haben den Zaun an der Ecke von Abteilung 18 durchbrochen. Neun weiße und ein paar Kälber. Wink und Tim haben sie gefunden und eingefangen. Soll ich Wink sagen, daß er sie zurücktreibt?«

»Nein. Wink soll melken. Ich schicke Ken hin.«
»Ken ist noch nicht zu Haus, Boß – wenigstens ist Flicka nicht da.«
»Dann macht's eben Howard.«
»Howard hab ich auch noch nicht gesehn.« Gus blickte sich suchend um.
»Da ist doch sein Pferd.« Rob wies auf einen großen Rappen, der hinter der Hürde weidete.
»Er ist mit dem Wagen gefahren.«
»Post holen?«
»Ja«.
Rob wurde ungeduldig. »Und jetzt muß gemolken werden. Wenn die Jungens mal von der Farm weg sind, kommen sie nie wieder nach Hause.«
»Das haben sie von Ihnen«, sagte Gus. Sein rotes Gesicht erhellte sich langsam zu einem warmen Lächeln.
Rob übergab Gus die Zügel von Mohawk. »Reib ihn gut ab und paß auf, daß kein Pferd hier auf die Weide kommt, wo sie mit Banner aneinandergeraten könnten. Ich will keine Schwierigkeiten kriegen.«
»In Ordnung, Boß.« Gus nahm die Zügel und führte Mohawk in den Stall.
Rob blieb nachdenklich stehen. Er sah den beiden blauen Eichelhähern zu, die in der großen Kiefer saßen und sich wütend anfauchten, er betrachtete den Schwarm kleiner Vögel, die in dem Wasserstrahl der Pferdetränke herumplantschten, er nahm den vertrauten Geruch von Dung, dampfenden Pferdeleibern und Stall in sich auf – und ärgerte sich, daß die Jungen nicht kamen. Plötzlich ging er davon. Kim erhob sich und folgte ihm.
Auf dem Weg zum Haus gesellte sich der schwarze Cockerspaniel Chaps zu ihnen. Chaps kam als Nachzügler von Robs und Mohawks Ausflug zurück. Trotz seiner kurzen Beine mußte er immer überall dabei sein, bei jedem Ritt, jeder Jagd, und er traf meist lange nach dem Schäferhund oder den Pferden zu Hause ein.
Rob sah gewohnheitsmäßig zum Himmel auf und beobachtete das Wetter für die morgige Tagesarbeit.

Die Kühe warteten am Gatter der Weide auf das Melken. Früher hatte sich Nell allein um die Milchwirtschaft gekümmert. Aber jetzt war das Baby da; Penelope Margaret hieß es nach seinen beiden Großmüttern. Die Pflege der Kleinen beanspruchte den größten Teil von Nells Zeit. So hatte Rob selber die Kühe und die Milchwirtschaft übernommen. Voller Genugtuung dachte er an den prächtigen Kälberbestand. Der Stier, ein schöner Guernsey namens Cricket, den er als Kalb von einer berühmten Zucht in Wyoming gekauft hatte, machte sich bezahlt. Er war vier Jahre alt, und seine ersten Kälber gaben bereits Milch mit hohem Fettgehalt. Aber Cricket wurde bösartig, es wäre besser, ihm einen Ring durch die Nase zu ziehen. Das hatte er bisher versäumt.

Rob kam in den gepflasterten Hof hinter der Küchentür. Nell war wohl oben bei Penny, die bald gebadet werden mußte und dann ihr Abendessen bekam.

Bei dem Gedanken an Nell verharrte er regungslos. Auf seinem Gesicht lag jetzt ein bestürzter Ausdruck ... Nell! Wie still sie in den letzten Tagen war. Sie sah nicht gut aus. Schatten unter den Augen hatte sie immer gehabt, aber seit Pennys Geburt waren sie dunkelblau und durchscheinend geworden. Hatte sie etwa Kummer? War sie unzufrieden? Hatte er irgend etwas versäumt? Sie konnte jetzt einfach nicht unglücklich sein – nicht jetzt – er hatte ihr doch den Flügel geschenkt! Und sie hatte eine Köchin! Zwei neue Badezimmer und Zentralheizung gab es auch noch, seitdem die Schafherde dem Gänselandgestüt Wohlstand gebracht hatte!

Der besorgte Ausdruck war wie weggefegt, während Rob diese Bilanz aufstellte. Er strahlte vor Zufriedenheit, nahm einen Lappen vom Haken und wischte sich den Staub von den Stiefeln. Er drehte einen Hahn auf, ließ das kalte Wasser laufen und wusch sich Gesicht und Arme. Dann schrubbte er seine Hände und trocknete sie an dem Handtuch, das innen an der Tür hing.

In diesen Tagen des Wohlstands war das Farmhaus auf dem Gänselandgestüt hübsch und gepflegt wie eine schöne Frau. Es war ein langgestreckter Bau, der sich dem abfallenden Boden anpaßte: eine Stufe führte von der Küche ins Eßzimmer, eine weitere ins Wohnzimmer und Robs Arbeitsraum, wiederum eine zu dem abgelegenen Flügel, in dem die Schlafzimmer und ein Bad untergebracht waren. An der ganzen Vorderfront des Hauses lief eine dreieinhalb Meter breite Terrasse entlang, die hinten in eine Pergola mündete. Die Terrasse ruhte auf einer niedrigen Mauer aus schöngeformten Steinen. Darunter lag ein großes Blumenbeet, dessen Blüten sich an der Mauer emporrankten. Den ganzen kurzen Sommer über war hier ein Farbenmeer, wenn nicht Frost, Schnee oder Hagel es vernichteten.

Von der Terrasse führte eine schwere getäfelte Tür direkt ins Wohnzimmer. Sie war waagerecht in zwei Hälften geteilt. Die untere blieb geschlossen, die obere stand offen. Unter den langen Flügelfenstern, die auf die Terrasse hinausgingen, waren Kästen mit üppigen lachsfarbenen Geranien angebracht. Die Kästen und die Türen hatten die Farbe des Himmels oder der Blaukehlchen, die in Schwärmen über die Ebene hinzogen oder in der großen Scheune Schutz gegen die Kälte suchten. Das Dach war mattrot wie bei allen amerikanischen Farmen. Das Haus selbst war aus Granit gebaut – ein sanftes, verstaubtes Rosa. Die Terrassenstufen bestanden aus unbehauenem Stein und waren von Fliederbüschen eingesäumt. Sie führten auf die zwei Morgen große Rasenfläche, die Nell das »Grün« nannte – nach den kleinen Dörfern in ihrer Heimat Massachusetts.

Dahinter erhob sich steil der Hügel. Sein kahler, felsiger Gipfel war mit Kiefern bewachsen. Ihre Spitzen hoben sich in scharfem Zickzack gegen den Himmel ab. Bei Wind rauschten die Bäume wie die Meeresbrandung. Wenn der Mond nachts aufging, sah man ihn vom Haus oder von der Terrasse aus durch die Stämme und Äste schimmern, wie in einer Theaterkulisse. Die beiden Jungen kletterten gern in den felsigen Klippen zwischen den Kiefern herum, ebenso die Tiere. Sogar die Pferde, die auf dem »Grün« grasten, versuchten, die Klippen zu erklimmen. Man konnte sie vom Haus aus beobachten, wie sie die mächtigen Leiber seitlich gegen die Felsen preßten, sich irgendwo an einer unsichtbaren Vertiefung des Gesteins anklammerten oder langsam durch die Kiefern schlängelten, wobei ihr Fell golden in der

Sonne schimmerte. Auf diesem steilen Hügel verschwanden die Katzen. Mitunter hörte man von oben den ohrenzerreißenden Schrei eines Panthers.
Rob ging zur Vorderseite des Hauses. Auf der Terrasse umgab ihn ein Meer von Duft und Farbe. Die Geranien in den Kästen und das Blumenbeet unter der Mauer standen noch in voller Blüte. Die Kälte hatte ihnen nicht geschadet – noch nicht! Aber wenn Schnee kam, war es aus mit den Geranien und all den anderen Blumen. Er erinnerte sich des Jahres, in dem Nell Tücher über die Blumenkästen gebreitet hatte. Sie wollte damit die Blumen vor dem frühen Schnee retten und sie noch bis in den Herbst erhalten. Der süße Duft der Petunien stieg ihm in die Nase. Er hat etwas Unschuldiges an sich, fand er, man muß dabei an die Kindheit denken. Das paßte zu seinen Gedanken an Nell und die kleine Penny. Wie jedesmal, wenn ihn etwas an Nell erinnerte oder wenn er sie unerwartet sah, erfüllte ihn ein so starkes Glücksgefühl, daß es weh tat.
In der Pergola, die das untere Ende der Terrasse beschattete, hüpfte ein Blaukehlchen aufgeregt von Stange zu Stange, flog jedoch nicht fort, als Rob näherkam. Halbverborgen zwischen den großen Blättern des wilden Weines, der die Pergola überzog, saß das Weibchen. In jedem Frühjahr kamen die beiden auf die Farm, gründeten eine Familie und zogen dann um die Zeit des ersten Schneefalls wieder davon.
Rob ging ins Haus und blieb am Fuß der Treppe stehen. Er lauschte und überlegte, ob Nell wohl schliefe. Aber er hörte keinen Laut. Im Wohnzimmer strich er zärtlich über die glänzende Politur des Flügels. Der Stolz über dieses Geschenk an seine Frau war nicht frei von Kummer, weil sie so viele Jahre ihres gemeinsamen Lebens ein Instrument entbehren mußte.
Als er sie vor zwanzig Jahren aus ihrem komfortablen Heim in Boston auf die Farm geholt hatte, war es ihm nie in den Sinn gekommen, daß sie ohne ihre Musik und all die anderen Dinge leben sollte. Bereits im ersten Jahr wollte er ihr einen Flügel kaufen; dann im nächsten. Dann kam ein Baby; im folgenden Jahr brauchte er das Geld für neue Zuchtstuten. Dann wurde das zweite Baby geboren, danach folgte ein Jahr voller Verluste und

Schulden, und so war es immer weitergegangen. Und in den letzten acht bis zehn Jahren hatte es so schlecht gestanden, daß an eine derart teure und ausgefallene Anschaffung wie ein Flügel nicht einmal zu denken war. Er wurde auch nie zwischen ihnen erwähnt. Rob überlegte oft, ob sie einen Flügel wohl sehr vermißte. Man konnte es nicht wissen. Sie sprach nie davon. Wenn er darüber nachdachte, hatte er immer geglaubt, daß sie auf jede Änderung ihres Lebens und ihrer Verhältnisse verzichtet hätte. Er meinte, sie sei so von ihrer täglichen Arbeit ausgefüllt, so hingerissen von der wilden Schönheit und Größe des Landes, in dem sich ihr Schicksal erfüllte, und ginge vor allem so in der leidenschaftlichen Liebe zu ihren beiden Söhnen und zu ihm auf, daß sie nicht einmal im tiefsten Innern aufbegehrte.

So war er desto glücklicher, als er den ersten Wurf Lämmer seiner neuen Herden überschlug und feststellte, daß er jetzt endlich einen Flügel für Nell kaufen könnte.

Er hatte ihr nur gesagt, daß er nach Denver müsse, um über den Verkauf der Lämmer zu verhandeln, wahrscheinlich bliebe er einige Tage weg.

Er hatte die ganze Zeit mit einem berühmten Pianisten verbrac' t, der ihn von einem Geschäft zum anderen begleitete. Sie prüften jeden guten Marken-Flügel, der aus zweiter Hand zum Verkauf angeboten wurde. Schließlich nahmen sie einen fünfundzwanzig Jahre alten umgebauten Steinway, der so viele Vorteile in sich vereinte, wie sie kein neueres Fabrikat aufwies. Der letzte Besitzer war ein Musiklehrer gewesen. Davor hatte er einem Virtuosen gehört, der nach Europa zurückgekehrt war. Dieser hatte den Flügel entdeckt und ihn vollständig umgebaut. Jetzt stand er in einem Lagerhaus und wartete auf den neuen Besitzer – ein großer, glänzender Konzertflügel.

Rob richtete es so ein, daß Nell an dem Nachmittag nicht da war, als der große Lastwagen vor dem Haus anrollte und der Flügel ausgeladen wurde. Nach Nells Rückkehr stand er fertig da – mit geöffnetem Deckel. Rob saß ganz in der Nähe in seinem Lieblingssessel. Seine gleichgültige Haltung war sorgfältig einstudiert – er hatte die Pfeife im Mund, eine Zeitung in der Hand, und ein Bein baumelte über die Lehne des Sessels.

Als er jedoch Nells Verwirrung sah, konnte er den Anschein der Gleichgültigkeit nicht wahren. Er sprang auf und küßte sie stürmisch. »Los – probier ihn aus!« befahl er.
Langsam, fast ängstlich war sie zu der Bank vor dem Flügel gegangen und hatte dabei die Handschuhe ausgezogen. Sie klammerte sich mit den Händen an der Bank fest und starrte nur immer auf die Tasten herab.
Er stand hinter ihr und zersprang fast vor Glück. »Probier ihn doch aus, so probier ihn doch aus!« drängte er.
Sie legte die rechte Hand auf die Tasten und ließ sie dann wieder in den Schoß sinken. »Ich kann nicht«, erklärte sie.
Er stand ganz ruhig und beobachtete ihre Erregung.
»Wenn du vielleicht hinausgehen würdest –« sagte sie zögernd.
Und er war gegangen, stand auf der Terrasse, sah sich um und seufzte tief vor Stolz und Triumph. Aber seine ganze Aufmerksamkeit richtete sich nach hinten – er lauschte auf den ersten Ton.
Lange Zeit schien zu vergehen. Wenige einzelne Töne, als ob sie dem Klang nachspüren wollte. Da war es! Ein Schauer überlief Rob. Diese großartige Tiefe! Der volle Ton der Saiten! Dann spielte sie hastig ein paar Akkorde, eine Tonleiter. Ihre Finger stolperten ein wenig. Jetzt schlug sie nur zwei Töne an, eine Quinte in einer tiefen Lage. Wie flehend schlug sie sie immer und immer wieder an, als bäte sie den Flügel, ihr seinen wahren Klang zu schenken und nicht nur ihren Angriff zu dulden. Und endlich hörte Rob in diesen beiden Tönen die wirkliche Stimme des Flügels. Langsam ging er zurück ins Zimmer. Sie wußte nicht, daß er da war. Ihr Ausdruck war entrückt. Sie saß da – einen Ellbogen auf den Flügel gestützt, den Kopf auf die Hand gelegt – und mit der anderen Hand schlug sie die tiefe Quinte an, inbrüstig, weich, wieder und immer wieder.
Endlich mußte er sie fragen, warum sie gerade diese beiden Töne spielte und warum sie Tränen in den Augen hätte. Sie versuchte, es ihm zu erklären, und jedes ihrer Worte machte ihn noch glücklicher, weil er sah, wieviel ihr der Flügel bedeutete und was für ein großes Geschenk er ihr damit gemacht hatte.
Sie sprach zögernd, als taste sie sich durch ihre Gedanken. »Ich

habe das als Kind gelernt. Stundenlang. Es ist, als erkennen wir so einen kleinen Teil des Lebens, des Alls und alles dessen, was ist. Diese Welt, alle Welten, Himmel, Hölle – was immer es auf dem Weg der Welten, des Alls und des Lebens gibt! Wie wenig wir doch wissen! Wir können nicht mehr wissen. Wir sind nicht dazu geschaffen, mehr zu wissen, und doch wünschen wir es uns immer wieder. Nun – die Musik deutet all das an, was wir nicht wissen können, wovon wir nur träumen. Wenn ich so dasitze und einen Akkord immer wieder spiele und ihm nachlausche mit völlig ausgeschaltetem Verstand, geschieht etwas mit mir. Ganz tief im Innern. Ich weiß nicht, was es ist, aber es ist ein wundervolles Gefühl. Alles fällt von mir ab. Und ich beginne, das tiefste Innere der Dinge wahrzunehmen – ich weiß nicht, wie ich es nennen soll. Schönheit vielleicht. Vielleicht auch Liebe. Vielleicht eine unbestimmbare Sehnsucht. Nach den letzten, schrecklichen, herrlichen Dingen, die kein menschliches Wesen ertragen könnte, wenn es um sie wüßte. Ja – das ist es – diese beiden Töne bringen mir eine Botschaft, ein Versprechen, eine furchtbare Lockung.«

Während sie sprach, schlug sie immer weiter die beiden Töne an, und ihre Stimme erstarb. Rob erkannte, daß sie ihn wieder vergessen hatte, als sie dort so vertieft saß und lauschte . . .

Kurz darauf lachte sie und sagte: »Ich frag mich nur, wie ich Roten Flügel daran gewöhnen kann, meine Musik zu lieben? Ich könnte ihn draußen an der Pergola festbinden, damit er den Kopf zur Tür hereinstecken kann. Dann sieht und hört er mich spielen.«

»Nein, du müßtest bei ihm sein, ganz nahe, und ihr beide müßtet gemeinsam Musik hören. Dann würde er dich damit in Verbindung bringen«, antwortete Rob.

»Dazu müßte ich mich teilen können!« lachte Nell. »Ach, Rob! Ich bin so glücklich, daß ich sterben könnte!« Sie sprang auf und fiel ihm wie ein Kind um den Hals.

Allmählich begannen die Tiere, Musik zu lieben. Sogar die Katzen. Eines Tages saß Nell am Flügel, und Pauly kam durch das Eßzimmer herein. Gemessen schritt sie dahin, ihre fünf Jungen marschierten in einer Reihe hinter ihr her. Unter der Bank vor

dem Flügel legte sich Pauly auf die Seite. Sie hob den Kopf, beugte ihn vornüber und lauschte, die träumerischen Topasaugen halb geschlossen. Die Jungen tranken, drückten die Pfötchen im Takt gegen Paulys weichen Bauch und sogen die Musik zugleich mit der Muttermilch ein. Offensichtlich hatte Pauly das als einen wichtigen Punkt in ihrem Erziehungsprogramm festgesetzt.
All das ging Rob durch den Kopf, als er den Flügel streichelte. Er schlug mit dem Finger einen Ton an und versuchte, darin all das zu entdecken, was seine Frau hörte. In dem Augenblick bremste ein Auto hinter dem Haus.
Rob ging zur Hintertür und riß sie auf.
»Howard!«
»Ja, Sir – hier ist die Post.«
»Post! Du bist um ein Uhr weggefahren, um die Post zu holen, und jetzt ist's Zeit zum Melken! Wo ist Ken?«
»Der ist ins Tal rauf zu Sturmwind.«
Rob kniff die Augen zusammen. Wortlos sah er Howard an. »Weißt du, Vater, die Heuernte ist doch vorbei, und wir müssen bald wieder in die Schule«, Howard unterbrach sich und prüfte die Wahrheit jedes seiner Worte nach, »und da wollte er Sturmwind schrecklich gern nochmal besuchen.«
Rob sah ihn immer noch an, als warte er auf etwas, aber Howard blickte schweigend zu Boden.
»War er bei Daly?«
»Klar. Ja – er war bei Daly und hat ihm bestellt, daß er die Widder auffüttern soll.«
»Wo hat er gegessen?«
»In Tie Siding. Ich hab ihn dort getroffen, als ich die Post abholen wollte.«
»Na ja, dann wird er heut nacht nicht zurückkommen –« Das war mehr eine Feststellung als eine Frage. Rob wartete einen Augenblick.
Als Howard nur den Kopf schüttelte, änderte sich Robs Ton.
»Ich hab etwas für dich zu tun, Howard. Du mußt dazu dein Pferd nehmen. In der Ecke von Abteilung Achtzehn haben Johnsons Kühe den Zaun durchbrochen. Sie sind oben im Osten der Koppel – neun weiße Kühe und ein paar Kälber. Treib sie

von unserer Weide und bring sie dahin, wohin sie gehören. Und bessere den Zaun wieder aus, bevor du zurückkommst.«

»Ja, Sir«, sagte Howard bereitwillig und sprang aus dem Wagen.

Rob schloß die Tür und ging zu seinem Schreibtisch. Teils wütend, teils belustigt preßte er die Lippen zusammen. Er mußte seine Rechnungsbücher durchsehen, aber bevor er sich daranmachte, dachte er kurz über Ken nach. Sobald es um Sturmwind oder das Tal in den Buckhorn-Bergen ging, war Ken ganz aus dem Häuschen. Wenn er jetzt hingegangen war, war irgend etwas los! Howard! Rob kicherte. Entweder schwindelte Howard das Blaue vom Himmel herunter, und es war ihm ganz gleich, ob man es merkte, oder er machte seine Sache ganz schlecht. Dabei fiel Rob ein, wie Ken als ein Knirps von fünf Jahren ihm eine langatmige, verwirrende, komplizierte, unmögliche Lüge aufgetischt und dabei die größten Qualen ausgestanden hatte. Er konnte kein Ende finden. Schließlich hatte Rob ihn laut brüllend unterbrochen. »Du lügst doch, nicht wahr?«

»Ja!« schluchzte Ken herzzerbrechend.

»Was hat es für einen Sinn, mich anzulügen?«

»Gar keinen.«

Nun – jedenfalls hatte sich Howard jetzt schützend vor Ken gestellt. Abwarten, bis der Junge zurückkam –

Er nahm sich seine Bücher vor.

Zur Zeit hatten die Zahlen etwas Beruhigendes an sich. Seit er vor ein paar Jahren mit der Schafzucht begonnen hatte, waren seine schlimmsten Sorgen vorüber. Wenn er jetzt abends am Schreibtisch saß, die Abrechnungen durchging und Zukunftspläne schmiedete, konnte er in Ruhe seine Pfeife rauchen; er wußte, daß er zumindest allmählich seine Schulden abbezahlen konnte. Nachdem er sechzehn Jahre hindurch Geld an Pferden verloren hatte, verdiente er jetzt welches an Schafen. Damit konnte er seinen Kindern eine anständige Ausbildung geben, genügend Hilfskräfte für die Aufzucht und das Training der Pferde einstellen, die er halten wollte, und Nell all die Bequemlichkeit und den Luxus verschaffen, die er sich so leidenschaftlich für sie wünschte.

Rob lehnte sich zurück und nahm seine Pfeife heraus. Nells Aussehen war wie ein Wunder – sie war so jung, elastisch, schlank und kräftig. Und ihr Gang! Leicht, richtig fröhlich und jugendlich. Das harte Leben auf der Farm hatte ihr nichts geschadet. Gott sei's gedankt! Aber es war an der Zeit, ihr das Leben zu erleichtern. Bis zu ihrem vierzigsten Jahr kann eine Frau alles selber machen, aber danach – nun, Nells Leben war leichter geworden.

5

Nell führte jetzt ein geruhsames Leben. Sie ritt seltener, hatte nicht mehr so viel Arbeit mit ihren Söhnen und ihrem Mann, und auch auf dem Gestüt gab es weniger für sie zu tun. Ebenso im Haushalt, denn jetzt hatte sie Pearl für die Hausarbeit und zum Kochen. Damit hatte Nell Zeit, sich um Penny zu kümmern, zu lesen, Klavier zu üben und sich auszuruhen.

Das bedeutete eine große Veränderung für sie, nachdem sie so lange mit ihren heranwachsenden Söhnen wie eine ältere Schwester gelebt hatte. Penny – das war eine bezaubernde Rose, eine zarte Melodie, aber noch keine Gefährtin.

Nell befürchtete, ihre Einsamkeit käme daher, daß sie ein Geheimnis vor Rob hatte. Sie schämte sich, davon zu sprechen. Eigentlich war es nur eine Vorahnung. Wenn alles so gut ging mit der Familie, mit dem Gestüt, den Schafen, dem kleinen Mädchen, das sie sich so leidenschaftlich gewünscht hatten – wie konnte sie da diejenige sein, die jammerte: »Das ist ja alles nicht wahr! Die Sorgen kommen erst!« Nein – das ging natürlich nicht. Jedenfalls war es wahrscheinlich Unsinn. Sie würde schon darüber hinwegkommen. Aber diese Träume – stets drohte Unheil in ihnen.

Nell schauderte. Sie saß in dem tiefen, mit Chintz bezogenen Sessel am Fenster ihres Schlafzimmers, einen Ellbogen auf das Knie gestützt, das Kinn in der Hand, und sah dem Baby zu, das auf dem Boden hockte und mit einem roten Gummiball spielte.

Der Traum heute morgen, in der ersten Dämmerung, war der

schlimmste von allen gewesen – ein Albdruck. Und so deutlich! Erwürgt zu werden und sich dabei nicht rühren oder wehren können oder irgendwas tun, um sich zu retten! Und dann plötzlich wacht sie so weit auf, daß sie weiß, sie liegt neben Rob im Bett, und noch immer ist das Würgen da und die Angst und dieses schrecklich Gegenwärtige, Deutliche, das ständig auf sie einhämmert.

Dann war es gewichen, und sie war ganz wach geworden. Keuchend lag sie da – die Stirn mit Schweißtropfen bedeckt – und immer noch hatte sie das beengende Gefühl in der Kehle. Sie wollte Rob keinesfalls wecken, aber die Angst trieb sie dazu, irgend etwas zu tun, um den Zwang zu brechen. Sie schlüpfte aus dem Bett und ging durch die offene Tür in Pennys Kinderzimmer.

Nell und Rob bewohnten gemeinsam das große viereckige Zimmer über der Küche. Es war warm im Winter, hatte die Aussicht auf das Grün und Morgensonne. Penny hatte den kleinen angrenzenden Raum bekommen, Robs ehemaliges Ankleidezimmer. Es war ausgestattet mit weißlackierten Möbeln, die mit kleinen Sträußchen Vergißmeinnicht, rosa Rosen und Bändern verziert waren. Da stand die Kommode, in der ihre Kleidchen aufbewahrt wurden, der große Wickeltisch mit der Waage, den Wasch- und Badesachen, da waren ihr kleiner Tisch und die winzigen Stühle.

Nell war zuerst zur Wiege gegangen. In dem schwachen Schein der Dämmerung betrachtete sie ihr Baby, das flach auf dem Rücken lag. Penny hatte den Kopf seitwärts gewendet, so daß sie ihr Gesicht im Profil zeigte. Beide Ärmchen lagen auf dem Kissen, in den Ellbogen angewinkelt. Die rosigen Händchen waren zu winzigen Fäusten geballt. Nell ergriff sie. Sie fühlten sich warm und weich an. Penny war wirklich etwas Besonderes mit den frischen Pfirsichbäckchen, den langen seidigen Wimpern, dem weichen dunklen Haar. Ihre Schönheit erschien Nell wie ein Wunder – ein Wunder, daß die Welt voll kleiner Kinder war, deren Aussehen etwas Blumenhaftes hatte. Die Haut war wie Sahne und Rosen, die Augen hatten die Farbe blauer Lilien, die im Frühsommer auf den Wiesen blühten.

Nell sehnte sich danach, die Kleine aufzunehmen, sie im Arm zu halten und damit ihre Angst zu besänftigen. Aber wenn Penny so früh wach wurde, würde sie wahrscheinlich nicht wieder einschlafen.

Ruhelos wanderte Nell im Zimmer umher, machte sich mit den Babykleidchen zu schaffen, die auf einer Stuhllehne hingen, und mit den Gegenständen auf dem Tisch.

Dann ging sie zum Fenster, um zu sehen, wann die Sonne aufging. Dort unten auf dem Rasen tanzten ein Mann und eine Frau engumschlungen! Es war Pearl – natürlich – die sich da von einem äußerst klapprigen Wesen herumschwenken ließ, dem der Hemdzipfel aus den verbeulten Hosen heraushing. Seine aufgekrempelten Ärmel entblößten dürre, behaarte Arme, auf dem Kopf trug er einen abgeschabten schwarzen Hut. Er flatterte wie ein leeres Kleiderbündel, hüpfte aber besessen auf und ab, immer im Gleichschritt mit Pearl und dem frischen Wind, der ihre weiten Baumwollröcke um die Beine bauschte.

Nell beobachtete die beiden lange ... Wie glücklich sie waren ... wie sorglos ... betrunken? Wahrscheinlich ...

Sie seufzte. Wie viele lange Jahre hatte sie sich dagegen gewehrt, Trinker auf dem Gestüt anzustellen, und hatte schließlich doch nachgegeben. Man bekam eben einfach nicht genügend nüchterne Leute ... Lag es daran, daß hier wirklich Frontgebiet war? Mit Frontstädten, mit dem Abschaum jeder Front? Wenn es denn so sein mußte, sie konnte es nicht ändern. Sie hatte ein Abkommen mit Pearl getroffen, daß sie auf dem Gestüt nicht trinken würde; sie sollte nur dann einen Whisky bekommen, wenn es gar nicht mehr anders ging. Pearl verlangte alle Augenblicke danach, ob Gäste da waren oder nicht. »Captain McLaughlin –«; »Ach – Sie wollen –«; »Ja, bitte –«. Dann ging Pearl mit ihm zu dem Schrank, in dem die Getränke standen, bekam ihr Glas Whisky, kippte es herunter und schlich sich mit einem leisen »Danke« davon. Aber dieses marionettenhafte Drehen und Wenden bei Sonnenaufgang! Es wirkte wie ein Verstoß gegen die Abmachung ... Woher war der Mann gekommen? Wohin würde er gehen, wenn der Tanz zu Ende war? Hatte er die Flasche mitgebracht? Waren die beiden die ganze Nacht draußen gewesen?

Natürlich mußte hier etwas geschehen. Beim Himmel – nein! Wenn sie nun ginge? Sie war unbezahlbar – konnte alles kochen. Wieviel Gäste sie auch hatten, mit den Mahlzeiten klappte es stets tadellos. Pearl schien nie der Gedanke zu kommen, daß sie zu viel zu tun hätte. Nie war die Küche in wilder Unordnung. Pearl sprach ruhig und tat willig alles, was man von ihr verlangte. Allerdings – sie hatte eine ganz stattliche Reihe von Ehemännern – und erzählte immer von Bill, Jack oder Tom.
Worin bestand nur ihre verborgene Anziehungskraft? Sie war eine Frau in mittleren Jahren, mittelgroß und üppig. Ihr braunes Haar schimmerte grünlich und war ganz kurz geschnitten. Sie drehte es in lauter Löckchen, die wie ein Heiligenschein um ihren Kopf standen. Ständig hing eine Zigarette in ihrem Mundwinkel, sie verzog dabei das Gesicht und zwinkerte mit den hellbraunen Augen. Ihre Röcke waren kurz, die Beine nackt, und sie bewegte sich mit leisen, schleichenden Schritten, ihre Füße steckten in Filzpantoffeln. Nell überlegte, ob der Mann, der da auf dem Rasen tanzte, wohl Tom sei. Pearl hatte diesen Namen immer mit liebevoller Zärtlichkeit ausgesprochen. Liebe? Ach... Wie konnte es Liebe geben zwischen der flatternden Vogelscheuche und der halbbetrunkenen Pearl... die unten auf dem Rasen in der Dämmerung tanzten...
Nell ging ins andere Zimmer zurück und kroch wieder ins Bett. Sie schmiegte sich an Rob und berührte seinen kräftigen Rücken mit Wange und Hand, um sich von ihm Kraft und Stärke zu holen.
Den ganzen Tag über lastete der Schatten dieses morgendlichen Albtraumes auf ihr. Nach dem Mittagessen legte sie sich hin, während Penny schlief. Später zog sie sich nicht einmal an, um mit dem Baby spazierenzugehen. Vor sich selbst entschuldigte sie sich damit, daß es zu windig und kalt sei.
Im Zimmer aber war es warm dank der Zentralheizung. Endlich war das Haus jetzt Tag und Nacht geheizt. Schwarz und unförmig stand der Ofen tief unten im Keller, spie den Dampf in die Röhren und trug damit Wärme und Behaglichkeit in jedes Zimmer. Nach zwanzig Jahren in dem Farmhaus in Wyoming, das nur Öfen und offene Kamine hatte, brachte die Zentralheizung

eine derartige Wandlung im winterlichen Leben der McLaughlins hervor, daß alles verändert schien und in vieler Hinsicht einfacher. Wieviel Zeit hatte es allein gekostet, sich im Winter gegen die Kälte zu schützen! Diese Stunden schwerer Arbeit, in denen Holzstöße wiederaufgefüllt, Kohlen herbeigeschleppt und Öfen und Kamine geschürt wurden! Und die vielen Kleider, die man anziehen mußte! Schwere Wollsachen und Schaffell an den Füßen! In besonders kalten Nächten hatte sich Nell oft ein Kissen über den Kopf gezogen, so daß nur noch ein Spalt zum Atmen freiblieb. Jetzt war alles anders. Sie konnte schlafen, ohne vom Bettzeug erstickt zu werden. Sie konnte bequem auf dem Kissen liegen, die Arme hinter dem Kopf verschränkt und nur mit einer Schlafanzugjacke bekleidet. In der kältesten Winternacht konnte sie aus dem Bett aufstehen, in ein Kleid und Pantoffeln schlüpfen und Penny versorgen – ohne Angst, daß sie oder das Kind sich erkälten könnten. Sie konnte am Fenster sitzen, wie sie es jetzt tat, und trug nur einen dünnen seidenen Morgenrock über dem Unterkleid.

Penny war nicht in Wolle verpackt, sondern spielte auf dem Boden mit ihrem Ball, rollte ihn hin und her, kroch ihm nach, packte ihn, drückte ihn zärtlich an sich und murmelte die ganze Zeit in ihrer komischen Lautsprache, die wie Vogelgezwitscher klang, vor sich hin. Nell überlegte, ob Howard und Ken dieselben Töne hervorgebracht hatten. Falls ja, hatte es niemand bemerkt. Es klang wie Drosselgesang. Die meisten Babys werden wohl geboren, wenn die Eltern noch zu jung und vielleicht zu sehr mit anderen Dingen beschäftigt sind, um wirklich Freude an ihnen zu haben, meinte Nell.

Der Wind ging immer noch. Nell beugte den Kopf aus dem Fenster und sah hinaus. Ihr Gesicht wurde ausdruckslos und gleichgültig. Ohne Sinn und Ende, ein Schauspiel von Wind und Vögeln ... Wind und zerzausten Bäumen ... Wind und Wolken ... Wind und kleine Staubkegel und Blätter, die über den Boden raschelten ...

Über die Weide trottete langsam eine Reihe von Kühen auf den Stall zu. Nells Augen belebten sich, als sie sie beobachtete. Der Stier folgte Pansy. Nell begann die Monate zu zählen. Wie lange war es her, seit Pensys Kalb zur Welt kam – und wie viele Monate waren es von jetzt bis Juni? Es wäre hübsch, wenn Pensy im Juni wieder werfen würde – gerade richtig. Sie dachte etwas besorgt über den Stier Cricket nach. Wurde er bösartig? Er brüllte, sobald sich ihm ein Mensch näherte, wenn er mit der Herde hereingetrieben wurde, wenn er im Stall und auf Futter wartete. Sie hatten sich inzwischen alle an das Morgen- und Abendkonzert mit dem tiefen, heiseren Brüllen gewöhnt. Vor nicht allzu langer Zeit hatte Nell in der Zeitung gelesen, daß der reinrassige Zuchtstier das gefährlichste wilde Tier Amerikas sei und mehr Todesopfer fordere als Berglöwen und graue Bären zusammengenommen. Sie hatte es Rob erzählt, aber er hatte sich nur darüber lustig gemacht.

Drüben im hohen Gras lag eine dunkle Gestalt – der schwarze Hirtenhund, ein Streuner, der vor einigen Monaten auf dem Gestüt erschienen und seitdem geblieben war. Von hier aus hatte sie ihm öfter zugerufen und gewinkt. Jetzt lag er den ganzen Tag im Gras und beobachtete das Fenster, wenn er nicht die Haustür anstarrte, ob sie wohl herauskäme.

Als die Jungen ihn zum erstenmal entdeckt hatten, kauerte er unter einem Heuwagen und war durch keinerlei Schmeicheln und Zureden hervorzulocken.

Sie waren übereingekommen, daß mit dem Hund irgend etwas los sein mußte, er war ein psychopathischer Fall. Was hatte ihn dazu gemacht? Irgend welche grausamen Mißhandlungen? War er ein Hirtenhund, der seine Pflicht versäumt hatte und dafür so bestraft worden war, daß er nicht darüber hinwegkommen konnte? Was es auch immer war, er hatte Mut und Zutrauen verloren. »Er hat alle Brücken zu den Menschen abgebrochen«, erklärte Rob. »Der bleibt sein Leben lang ein Streuner.« Nell mußte an das alte Volkslied denken und an die tiefe, traurige Stimme ihrer Großmutter, wenn sie es sang: »Ich bin ein Pilger, bin ein Fremder und kann verweilen nur für eine Nacht.«

Nell hatte eine Schüssel mit Fressen so weit wie möglich unter den Heuwagen geschoben und hatte ihn gerufen. »Komm, Pilger, hierher! Da ist was zu fressen für dich!« Aber der Hund hatte sich nicht gerührt, und sie war weggegangen und hatte ihn vergessen. Als sie später ins Bett wollte, war er ihr wieder eingefallen. Sie war noch einmal herausgegangen, hatte sich ins Gras neben den Heuwagen gesetzt und ihn gelockt. »Ich bin ein Pilger, bin ein Fremder und kann verweilen nur für eine Nacht!« sang sie leise. Plötzlich fühlte sie, wie eine warme Zunge ihren Handrücken leckte. Sie rührte sich nicht. Der Hund ließ nicht mehr von ihr. Er wurde immer zutraulicher und lebhafter, je mehr seine Angst schwand. Langsam hob Nell die andere Hand und legte sie ihm auf den Kopf. Er schmiegte sich in ihre Arme, sie hielt ihn fest an sich gedrückt. Dann legte er den Kopf an ihre Brust und begann, am ganzen Leib zitternd, seine schreckliche Geschichte stoßweise und fast unhörbar herauszuweinen.

Lange hielt Nell ihn umfangen. Als sie wegging, kroch er wieder unter den Heuwagen. Am nächsten Morgen war die Schüssel leer.

Wieder einmal hatte er eine Lebensaufgabe, und eine sehr wichtige. Er mußte über seine Herrin wachen, über jeden ihrer Schritte. Damit war seine ganze Zeit ausgefüllt. Denn er mußte irgendwo liegen, vor den anderen verborgen und doch nahe genug, um alles zu hören, was sie im Haus tat. Natürlich unterschieden sich alle Geräusche, die ihre Bewegungen begleiteten, von sämtlichen anderen – wie sie die Rolläden mit einem kleinen Schubs aufstieß und sie wieder zufallen ließ, ganz leise – ihr Schritt war nicht schwer und ausgreifend, sondern ganz leicht und schnell.

Er mußte unbedingt ein Abkommen mit Kim und Chaps getroffen haben. Niemand ahnte, wie es zustande gekommen war. Die Hunde wußten jedenfalls, wo er war, vielleicht kannten sie seine Geschichte. Sie ließen ihn in Ruhe und erwarteten auch nicht, daß er mit ihnen spielte. Stillschweigend erkannten sie seine Pflichten Nell gegenüber an.

Pilger hatte mehrere Verstecke, in denen er sich verkroch, und von jedem aus behielt er das Haus in Seh- und Hörweite. Wenn Nell ausging, war er mit ein paar Sätzen bei ihr – er bleckte die Zähne, lächelte und schwänzelte um sie herum. Manchmal mußte sie ihm sagen: »Nein, tut mir leid, du kannst nicht mitkommen, weil ich den Wagen nehme.« Sie sah ihn dabei mitlei-

dig, aber doch ermunternd an und sprach sehr sachlich. Er hörte dann auf, mit dem Schwanz zu wedeln, und lächelte auch nicht mehr.
»Aber ich komme wieder«, fügte sie hinzu. »Und ich bleib nicht lange weg. Du kannst ruhig auf mich warten.«
Auch Warten kann ein Leben ausfüllen . . .
Pennys Ball war unter dem Toilettentisch verschwunden. Sie kroch zu ihrer Mutter und zog sich an deren Knie hoch.
»Bah – Bah –« trillerte sie fragend.
Nell zog sie heftig in die Arme und rief: »Ach, mein Liebling! Wie soll das nur werden, wenn so ein Baby wie du ohne Mutter aufwachsen muß!«
Penny zappelte. Nell setzte sie wieder auf den Boden und lehnte sich tief aufseufzend in ihren Stuhl zurück. Penny sprudelte eine lange aufregende Geschichte hervor. Sie wollte damit sagen, daß sie die ganze Zeit über gewußt hätte, wo der Ball war, als sie herumkrauchte, um ihn zu suchen.
Ich hätte das nicht sagen sollen, dachte Nell. Ihr dichtes, hellbraunes Haar fiel lose auf den Kragen ihres blauseidenen Morgenrocks. Nervös strich sie die dichten Ponies aus der Stirn. Sie schimpfte sich selbst aus. Was ist nur mit mir los? Irgend etwas stimmt nicht. Vielleicht ist's physisch. Vielleicht ist's aber auch nur diese närrische Vorahnung. Ein Gedanke kann einen plötzlich überfallen, und ob er nun falsch oder richtig ist, so kann er einem doch furchtbar zusetzen. Zahllose Menschen vor mir haben geglaubt, sie müßten sterben. Darüber lohnt sich's nicht nachzugrübeln – aber diese Träume! Wenn sie nur nicht die Albträume und das würgende Angstgefühl hätte, würde sie bestimmt ihr Gleichgewicht wiederfinden und sich ganz wohl fühlen.
Sie nahm eines der Bücher über Mystizismus und Dichtkunst vom Tisch, die sie immer um sich hatte. Es nur zu berühren, gab ihr bereits Kraft. Diese Bücher öffneten Pforten der Seele, durch die man entfliehen konnte. Sie verliehen Mut. Als sie es an die Knie preßte, fühlte sie sich besser. Da hörte sie von draußen Howards Stimme. Rob sprach mit ihm. Sie legte das Buch fort, sprang auf und begann sich anzuziehen.

6

Nach dem Frühstück am nächsten Morgen ritten Rob, Howard und Ross Buckley auf der Trainingsbahn hinter den Kuhställen ihre Pferde zu. Rob hatte Reveillé, Howard Jester und Ross Buckley Senator, drei prächtige vierjährige Wallache, die fünfzehneinhalb Hand hoch waren und allen Anforderungen als Kavalleriepferde genügten. Sie wiesen keine einzige Narbe auf, auch der Stacheldraht hatte ihnen nichts angehabt.
Auf dem Weg erschien ein großer schwarzer Wagen. Er hielt neben dem Gitter, das die Trainingsbahn einzäunte.
Rob warf sofort sein Pferd herum, und Howard folgte ihm.
Aus dem Wagen stieg ein hochgewachsener, schlanker Mann. Unter dem weißen Haarschopf lächelte er freundlich über das ganze gerötete Gesicht. Er war gekleidet wie alle Bewohner der Weststaaten, ein Mittelding zwischen städtisch und ländlich: enganliegende Hosen aus geripptem Samt, eine taillierte kurze Joppe und ein breitrandiger Filzhut. Er hinkte leicht, trug eine kleine Hörmuschel im Ohr und ein winziges Mikrophon in der Brusttasche. »Beaver Greenway!« rief Rob. Er stieg ab und ging zum Zaun. »Was führt Sie denn in unsere Gegend?« Sie schüttelten einander die Hände, und Rob warf einen Blick ins Auto. Am Steuer saß ein sehr englisch wirkender Mann. Er trug eine karierte Sportmütze und sah aus wie ein Mensch, der viel mit Pferden zu tun hat – ein rotes Gesicht, fliehendes Kinn und hervorstehende Augen. Vom Rücksitz kletterte der dritte Insasse heraus, in dem Rob den Spediteur aus Cheyenne erkannte.
»Wie nett, Sie zu sehen, Hackett!« rief Rob und schüttelte ihm die Hand.
»Das ist mein ältester Sohn, Greenway – Ken, den jüngeren, haben Sie vor einem Jahr kennengelernt.«
Rob deutete auf Howard, der mit schnellem, eleganten Schwung abgestiegen war und die Zügel über dem Arm hielt.
»Ich muß Ihnen eine traurige Geschichte erzählen«, erklärte Greenway. »Hackett meinte, vielleicht könnten Sie mir helfen.«

Howard kam interessiert näher. Aber Rob sagte: »Du hast noch den ganzen Vormittag mit dem Kerl da zu tun, Howard – würdest du bitte Reveillé am Zaun festbinden?«
Howard war offensichtlich enttäuscht, tat aber, wie ihm geheißen. Rob schwang sich über den Zaun. »Wir fahren am besten zum Haus und machen es uns dort gemütlich«, wandte er sich an seine Besucher.
Greenway hatte sich jedoch bereits auf einem Stein am Wegrand niedergelassen. »Nicht nötig, McLaughlin. Weswegen ich gekommen bin – also, es ist sozusagen ein Unfall passiert.«
Der Mann am Steuer öffnete die Tür und stieg aus. Betrübt setzte er sich auf das Trittbrett.
Bei dem Wort »Unfall« sah Rob den Spediteur an. »Doch hoffentlich nicht auf der Eisenbahn? Ist jemand verletzt?«
»So schlimm ist's wieder nicht«, erwiderte Greenway. »Aber ich habe ein Frachtgut verloren.«
»Ach.« Rob stopfte sorgfältig seine Pfeife.
Hackett setzte einen Fuß auf einen Stein und stützte einen Arm auf den Schenkel. Sein gemütlicher Schmerbauch, das runde Kindergesicht strahlten heute nicht wie sonst Freundlichkeit und Wohlwollen aus. »Ich hab mächtige Sorgen«, erklärte er. »Das Frachtgut war nämlich zehntausend Dollar wert!«
»Das glaub ich, daß Sie da Sorgen haben!« spöttelte Rob. »Können Sie nicht jemanden rauswerfen?«
Hackett grinste gequält.
»Es ist kurz gesagt folgendes passiert«, begann Greenway. »Ich habe in England von der Beckwith-Zucht ein Fohlen gekauft, und das ist beim Transport auf der Bahn verlorengegangen. Die Kiste, in der es verfrachtet war, ist in der scharfen Kurve vor Red Buttes aus dem offenen Güterwagen gefallen und die Böschung heruntergerollt. Ich bin nach Red Buttes gefahren, um es dort abzuholen – kein Fohlen, keine Kiste!«
»Im offenen Güterwagen!« Rob sah Hackett erstaunt an. »Wie konnte man das Fohlen in einem offenen Güterwagen verfrachten – und noch dazu in einer so schlecht befestigten Kiste, die gleich in einer Kurve herunterfällt! Bei der Bahn passiert doch sonst sowas nicht.«

»Reiben Sie mir das auch noch unter die Nase!« stöhnte Hackett. Greenway machte eine abwehrende Bewegung. »Es war nur meine Schuld. Ich hatte es so verdammt eilig, das Fohlen zu sehen. Es ist von England unter Collins Aufsicht verschifft worden –« er zeigte auf den Wagen. Der Reitknecht hob die Finger grüßend an die Mütze, als Rob ihn ansah. »Ich kann mich völlig auf ihn verlassen, er ist seit Jahren bei mir. Ich hab ihn also nach England geschickt, weil er das Fohlen herüberbringen sollte. Es kam mit einem durchgehenden Zug nach Foxville, Idaho, das ist die nächste Station an der Hauptstrecke von meinem Gestüt aus. Natürlich haben wir die Reise genau verfolgt. Ich sage, wir, weil das Fohlen ein Geschenk für meine Großnichte Carey ist.« Er schwieg einen Augenblick. »Carey ist ein prächtiges kleines Ding, McLaughlin. Wir beide sind dicke Freunde. Sie ist noch vom alten Schlag, liebt alles, was vier Beine hat, und reitet, seitdem sie laufen kann.«

Rob nickte, sagte aber kein Wort.

»Ich hab ihr das schönste Fohlen versprochen, das ich auftreiben könnte. Wir wollten es später zu Zuchtzwecken verwenden. Ich hab mich sehr für eine Pferdezucht auf der Beckwith-Farm in Gloucestershire interessiert. Gemeinsam haben wir das Fohlen Kronjuwel nach seinem Stammbaum und den übrigen Papieren ausgesucht. Sie können sich vorstellen, daß bei uns von nichts anderem mehr gesprochen wurde, als das Tier dann tatsächlich unterwegs war. Und ich kam auf den glorreichen Einfall, nach Red Buttes zu fahren. Auf der Landstraße sind es von hier nur ein paar hundert Kilometer bis zu uns. Ich wollte das Fohlen in einen Anhänger verladen und es so nach Hause bringen. Damit hätte ich ihm etwa zwei Tage Bahnfahrt erspart. Die Eisenbahn macht nämlich einen Umweg, wie Sie wissen, weil sie von Cheyenne nach Idaho westlich fährt. Carey war ganz verrückt auf diesen Plan. Ich hab nach Cheyenne telegraphiert, sie sollten das Fohlen auf die Lokalbahn nach Red Buttes verladen – das ist nur 'ne kurze Strecke. Und da hat man die Kiste eben auf einen offenen Güterwagen gestellt.«

Rob sah Hackett an, der protestierte: »Wir haben nur den einen auf dem Rangierbahnhof –.«

»Gestern morgen hab ich den Zug in Red Buttes erwartet, und die Kiste mitsamt dem Fohlen war futsch!« fuhr Greenway fort.
»Und wo war der Begleiter?«
Collins rutschte unbehaglich hin und her.
Greenway grinste fast unmerklich. »Genau da, wo Sie vermuten. Im Fahrerhaus. Hat dem Zugpersonal Kronjuwels Stammbaum vorgeführt.« Collins sah zu Boden – ein Bild des Jammers.
»War denn die Kiste nicht richtig befestigt?« erkundigte sich Rob.
»Natürlich«, erwiderte Hackett. »Dutzendfach. Aber der Boden des Wagens war ganz morsch. Die Kiste muß sich allmählich losgemacht haben – und dann der Druck bei der scharfen Kurve –« er seufzte, nahm den Hut ab und fuhr sich mit der Hand über die Glatze.
Rob war fassungslos. »Wahrscheinlich haben Sie den Kadaver gefunden? War er völlig zerschmettert? Mein Gott!« unterbrach er sich. »Ich darf gar nicht daran denken!«
Greenways Gesicht hellte sich auf. »Warten Sie nur! Von jetzt ab wird die Geschichte erfreulicher. Das Fohlen ist gar nicht tot. Nicht mal verletzt!«
»Was?«
»Sie werden es nicht für möglich halten, aber so war es tatsächlich«, erzählte Greenway. »Ein Hengst kommt des Weges, zertrümmert die Kiste und rennt mit dem Fohlen davon!«
»Klingt für mich gar nicht unwahrscheinlich«, meinte Rob. »Moment mal! Mir dämmert's, wer der Hengst ist! Ich hab so 'nen großen hier oben in der Koppel«, er deutete mit dem Pfeifenstiel auf den langgestreckten Hügel hinter dem Haus. »Der würde sich ein Zehntausend-Dollar-Fohlen bestimmt nicht entgehen lassen. Wenn er's doch täte, würde ich ihn rausschmeißen!« Er lachte über seinen eigenen Witz. »Und vor einer Kiste macht der auch nicht halt – er würde sogar ein Haus zertrümmern, wenn so ein Goldstück drin wäre –.« Er verstummte plötzlich und fragte dann: »Reiten Sie, Greenway?«
»Besser, als ich gehe oder höre«, erwiderte Greenway beleidigt. Ich hab mir beim Polospielen den Knöchel gebrochen und das Gehör verloren, als mir ein Pferd den Schädel verletzt hat.«

»Gut!« rief Rob.
Greenway legte die Hand betrübt ans Ohr. »So gut ist das nun auch wieder nicht – finde ich wenigstens –.«
»Ich meinte ja nur – gut, daß Sie reiten! Wir beide werden jetzt losreiten, und ich zeig Ihnen dann Ihr Fohlen! Aber warten Sie mal – woher wissen Sie eigentlich das ganze? Sind Sie auch sicher?«
»Ein Junge hat's dem Stationsvorsteher in Red Buttes erzählt. Er hat's mit eigenen Augen gesehen.«
»Wer war denn das?«
»Buck Daly heißt er.«
»Den kenne ich. Er ist der Sohn des Mannes, der meine Widder in Pflege hat. Buck ist ein ordentlicher Kerl und versteht was von Pferden. Wenn er sagt, er hätte alles gesehen, dann stimmt's auch genau. Mein Gott, Mann, ist das ein Glück! Das dollste Stück, von dem ich je gehört hab!« Er schlug Greenway auf den Rücken. Greenway erhob sich langsam.
»Dem Fohlen ist nichts passiert!« fuhr Rob fort. »Banner befreit es mit Hufschlägen, bevor es stirbt, weil es auf dem Rücken liegt, und bringt es dann in Sicherheit!« Er zeigte wiederum auf die Koppel. »Da oben, Greenway!« Sein Grinsen wurde breiter. »Allerdings würde es mich nicht wundern, wenn Sie über's Jahr unverhofft 'n zweites Fohlen kriegen! Kommen Sie –«
»Augenblick mal«, sagte Greenway. »Was für eine Farbe hat Ihr Hengst, sagten Sie?«
»Rot«, erwiderte Rob prompt. »Bei der Geburt war er kastanienbraun, sehr dunkel, der Schwanz und die Mähne waren cremefarben. Ich hab nie vorher solche Färbung gesehen. Später wurde das Fell immer heller und röter und die Haare dunkler. Jetzt ist's eine ganz herrliche Zusammenstellung – rotgold – wunderbar!«
»Aber Buck Daly behauptet, der Hengst, den er gesehen hat, sei weiß gewesen.«
Rob schob die Pfeife in den Mund und lehnte sich über den Zaun. Er runzelte die Stirn.
»Natürlich, das ist ja gerade das Merkwürdige bei der Geschichte – wir haben alle gedacht –« sagte Hackett zögernd.

»Das ist wirklich sehr merkwürdig«, meinte Rob langsam. »Ich hab in meinem ganzen Leben nur zwei weiße Hengste gekannt. Der eine hieß Albino, ein Wildpferd, das ständig hier in den Bergen herumstreifte und Stuten stahl, wo es nur welche finden konnte – er hat auch ein paar von meinen Stuten gedeckt. Wenn er noch lebte, wäre er bestimmt der Räuber gewesen. Aber er lebt nicht mehr. Er ist eines gewaltsamen Todes gestorben – vor etwas über einem Jahr – sein eigener Urenkel hat ihn umgebracht – ein Rückschlag, das getreue Abbild des Albino. Das Fohlen wurde hier auf meinem Gestüt geboren – von Kens Stute Flicka. Wir haben es Sturmwind getauft, und das ist der zweite weiße Hengst, den ich kenne.«

»Und warum soll er's nicht gewesen sein, McLaughlin?« fragte Hackett eifrig. »An ihn hatten wir nämlich auch zuerst gedacht.«

»Weil er nicht mehr bei uns ist. Er lebt über dreißig Kilometer entfernt von hier, eingeschlossen in einem Tal in den Buckhorn-Bergen, mit den ganzen Stuten und Fohlen, die früher dem Albino gehörten.«

»Wie meinen Sie das – eingeschlossen?« erkundigte sich Greenway.

»Also – das Tal liegt im Krater eines alten Vulkans. Es ist umgeben von einem Wall aus vulkanischem Gestein. Durch einen Spalt darin konnte man ins Tal gelangen. Ken hat diesen Zugang einfach mit Dynamit gesprengt und völlig verrammelt, damit Sturmwind in dem Tal so leben konnte wie einst der Albino – als eine Art König. Das natürliche Leben der Wildnis.«

»Mit dem Harem seines Urahnen«, grinste Greenway. »Die Beute gehört dem Sieger, nicht wahr?« »Genau.«

Greenway überlegte kurz. »Führt kein anderer Weg heraus?«

Rob antwortete nicht sofort. Dann sagte er: »Das Tal ist U-förmig. Unten am anderen Ende, wo das U offen ist, gibt es keinen Wall mehr. Dort hat ein Vulkanausbruch stattgefunden, über Hunderte von Kilometern. Lauter tiefe Schluchten, Berge, Pässe – er könnte dort herauskommen, wenn er wollte, aber es wäre ein langer, beschwerlicher Weg. Und wenn er das Tal verlassen hätte, wäre er natürlich mit seiner ganzen Horde gegangen. Ein Hengst verläßt seine Stuten nie.«

Hackett räusperte sich. »Ich glaube doch, es war Sturmwind, McLaughlin. Meiner Meinung nach hat er das Tal verlassen.«
»Ach, das klingt ja, als wüßten Sie etwas! Lassen Sie hören!«
»Meine Frau war vor ungefähr einem Monat zu Besuch in Colorado. Sie hat dort viel Gerede gehört von einem Hengst, der die Gestüte in der ganzen Gegend überfiel und Stuten stahl. Die Leute dachten, der Albino sei wieder auferstanden, weil's ein weißer Hengst war.«
Einen Augenblick herrschte Schweigen.
»Wann war das?« Rob schnappte förmlich nach Luft.
»Im Juli – August. In Glendevy sind einem Trockenfarmer – Jeff Stevens heißt er – seine beiden Arbeitsstuten gestohlen worden – das einzige Gespann, das er besaß. Das hat ihn fast ruiniert. Zwei schöne Morgan-Stuten. Und in Steamboat Springs ist Ashley Gildersleeve, dem Besitzer der Tageszeitung, eine wunderbare Reitstute weggekommen, die er draußen auf der Weide hatte. Er hat darüber einen Artikel in der Zeitung geschrieben und den Hengst den Weißen Räuber oder so ähnlich genannt.«
»Hol mich doch der Teufel!« rief Rob. »Sturmwind! Aus dem Tal weg! Den ganzen Weg durch diese gebirgige Gegend.« Er bückte sich, nahm einen Stecken auf, ging in die Mitte des Weges und begann, eine Landkarte in den Sand zu zeichnen. »Schauen Sie mal her!« Die Männer kamen näher.
»Sehen Sie? Hier ist das Tal – und hier, südlich, ist das weite, steinige Gebiet, und dort das Weideland, das sich nach Süden fächerförmig ausbreitet bis herunter nach Colorado. Dann nach Steamboat Springs und zurück durch den Rabbit Ear Pass nach Fox Park durch das Red Feather Gebiet und dann Sherman Hill und Red Buttes! Eine gewaltige Strecke!«
Greenway richtete sich auf. »Und wieder zurück. Das ist klar.«
Rob rieb sich nachdenklich das Kinn. »Aber warum sollte er das Tal verlassen haben? Und seine ganzen Stuten und Fohlen?«
Schweigend standen die Männer da. Dann fragte Greenway: »Wo ist Ihr Sohn jetzt, McLaughlin? Ich meine den, dem der weiße Hengst gehört?«
In Robs Zügen malte sich Verblüffung. »Komisches Zusammen-

treffen! Ken ist oben im Tal!« Seine Blicke fielen auf Howard, der in der Mitte der Bahn Jester sorgfältig eine Reihe Achten reiten ließ. »Allmählich glaube ich, daß jeder außer mir schon von der Geschichte gehört hat. Howard!«

Howard galoppierte zum Zaun und stieg ab.

In kurzen Sätzen erklärte ihm Rob das ganze und fragte, ob Ken etwas davon gewußt hätte.

»Ja, Sir. Buck hat's ihm erzählt. Buck hat gemeint, es wär Sturmwind gewesen. Deshalb ist Ken ins Tal gegangen, um nachzusehen, ob Sturmwind da ist oder nicht.«

Achselzuckend wandte sich Rob an die anderen. »So steht's also! Wir werden es ganz genau wissen, wenn Ken zurückkommt! Das wäre alles, Howard!« Howard stieg auf und galoppierte wieder davon.

»Wer auch immer der Hengst ist, ich will jedenfalls mein Fohlen wiederhaben, wenn wir es finden können«, erklärte Greenway. »Es muß doch Spuren geben, denen man folgen kann. Übrigens hat Buck Daly erzählt, es wäre noch ein anderes Pferd bei der Kiste gewesen – er nannte es Peter.«

Rob nickte. »Ein altes Farmpferd. Ein Riesentier.«

»Buck sagte, Peter wäre schon vor dem Hengst bei dem Fohlen gewesen.« Greenway lachte. »Wie komisch er sich ausdrückte – er erklärte, seiner Meinung nach hätten sich die beiden die ganze Nacht unterhalten und seien Freunde geworden!«

Rob lachte nicht. »Durchaus möglich«, sagte er ernst. »Zwischen Pferden entstehen solche Beziehungen, genau wie bei den Menschen. Ich hab es immer wieder erlebt, auch bei anderen Tieren. Vor Jahren hat eine unserer Kühe ihr Kalb verloren. Eine einjährige Färse von einer anderen Kuh begann bei der ersten zu trinken. Wir konnten nichts dagegen machen. Auch als die Färse älter wurde und keine Milch mehr trank, oder kaum noch – es ist ja sehr schwer, die Tiere ganz zu entwöhnen – waren die beiden unzertrennlich. Ich hab sie auf verschiedene Weiden getrieben, aber es war nur ein Zaun dazwischen, und da standen sie nun immer ganz nah beieinander gegen den Zaun gedrückt, leckten sich ab, und die Färse steckte den Kopf durch den Draht und trank. Schließlich hab ich die beiden dann noch weiter aus-

einandergebracht, es lagen jetzt eine Weide und zwei Zäune zwischen ihnen. Und sie standen doch tatsächlich jede an ihrem Zaun, sahen einander über die Weide hin sehnsüchtig an, brüllten den ganzen Tag, und richtige Tränen rannen ihnen über das Gesicht. Wir haben sie Ruth und Naomi getauft.«
»Das ist so menschlich, daß es direkt wehtut«, meinte Greenway.
»Vielleicht hat also das Fohlen gleich zwei Freier bei sich. Buck Daly erzählte, daß Peter – wenn er es überhaupt war – den beiden gefolgt sei.«
Rob zog eine Zeitlang an seiner Pfeife. »Es dürfte nicht allzu schwierig sein, der Spur zu folgen«, erklärte er.
»Deswegen bin ich ja zu Ihnen gekommen.«
»Ich kann nicht selber gehen«, sagte Rob. »Ich erwarte Colonel Dickenson, den Remontenoffizier. Er will in dieser Woche kommen, um sich ein paar Pferde anzusehen, die ich für die Armee zugeritten habe.«
Greenway winkte ab. »Natürlich könnte ich einen solchen Ritt nicht wagen. Dafür bin ich zu alt. Das hielte ich nicht aus. Aber ein paar junge Farmer oder Hirten – ich zahle anständig.«
Rob sah zum Himmel auf und prüfte den Zug der Wolken. »Ein paar Männer könnte ich Ihnen schon beschaffen«, sagte er. »Das Wetter sieht etwas bedrohlich aus, aber wenn der Wind sich hält, wird es nicht schneien, glaube ich. Man muß alles sorgfältig vorbereiten. Wenn die Männer die Tiere finden, müssen sie sie ja einfangen, und das dürfte nicht so einfach sein. Sie müssen entweder eine Koppel errichten oder sie zu irgendeinem Gestüt in die Koppel treiben.«
Hackett wurde sichtlich munterer. Er richtete sich auf und schneuzte sich. »Überlassen Sie das alles ruhig dem Captain, Mr. Greenway. Ich hab Ihnen ja gesagt, daß er der richtige Mann für uns ist!«
»Also abgemacht?« fragte Greenway. »Wann kann ich frühestens von Ihnen etwas wegen der Männer erfahren?«
»Ich gehe sofort los«, erwiderte Rob. »Bleiben Sie doch einfach hier. Sie können bei uns wohnen.«
»Offen gestanden – ich bin nämlich nicht allein«, sagte Greenway zögernd. »Meine Schwester, Mrs. Palmer, und meine Groß-

nichte, der das Fohlen gehört, sind in Red Buttes und warten dort auf Nachricht. Das Kind war völlig außer sich, als sich herausstellte, daß das Fohlen verschwunden war.«

»Wo um alles in der Welt haben Sie denn übernachtet?«

»In einer gräßlichen Bruchbude beim Bahnhof.«

»Sie müssen zu uns kommen und bleiben, bis das ganze erledigt ist. Drei Gäste können wir leicht unterbringen.«

Collins hüstelte nachdrücklich, und Rob setzte hastig hinzu: »Und wir haben immer noch Platz genug für einen weiteren Mann.«

»Ich nehme sehr gern an«, erklärte Greenway schnell. »Haben Sie vielen Dank.«

»Wann könnten Sie denn bei uns sein?«

»Heute nachmittag, denke ich – paßt Ihnen das?«

»Ausgezeichnet.«

Als die drei in den Wagen stiegen, meinte Rob noch: »Ich glaube, es wäre gut, die Spur unverzüglich aufzunehmen. Ich rufe gleich am Bahnhof an und bitte, daß sie jemand zu Buck Daly rüberschicken. Er soll versuchen, der Fährte durch die Buttes zu folgen. Wenn wir dann morgen früh die Männer zusammenbekommen, haben wir bereits Zeit gewonnen.« Er grinste dem Spediteur zu. »Lassen Sie sich davon nicht unterkriegen, Hackett! Die Versicherung bleibt ja immer noch!«

Hackett beugte sich aus dem Fenster. »Ein wahres Glück für Sie, daß das Gesetz niemanden zur Rechenschaft zieht, wenn sein Hengst sich an anderer Leute Stuten vergreift!«

Rob sah dem Wagen nach, drehte sich um, verwischte die Landkarte, die er in den Sand gezeichnet hatte, und eilte davon. Seine Gedanken arbeiteten fieberhaft. Sturmwind! Ja, das war wahrscheinlich sein Werk. Bald würde er es genau wissen – wenn Ken zurückkam. Und wenn es stimmte – was sollte dann mit dem alten Farmer Jeff Stevens und Glendevy geschehen, der seine beiden Arbeitspferde verloren hatte?

Er bohrte den Absatz in den Boden. Ja – er müßte ihm ein Gespann leihen – und es ihm mit dem Lastwagen hinbringen . . .

Er starrte dem entschwindenden Wagen nach, als sei der an allem schuld.

Ken stand am Wall des Tales und sah hinüber zu den Bergketten, die es im Süden begrenzten. Alle waren mit Neuschnee bedeckt – Kyrie und Thunderer, Epsilon, Lindbergh und Torrey Peak.
Er war froh, allein zu sein, so daß niemand sehen konnte, daß er geweint hatte.
Es gab keine schönen Stuten und keine hübschen Fohlen mehr im Tal. Statt dessen lagen überall Kadaver und bleichende Knochen herum, an denen Geier und Wölfe noch am Werk waren. Die Vögel waren dick und schwerfällig, als seien sie bis zum Rand vollgefressen.
Wie viele waren tot? Alle? Stundenlang war Ken durch den Talgrund gewandert. Man konnte unmöglich feststellen, wie viele es waren, denn die Knochen lagen weit verstreut. Sturmwind war nicht dabei. Nicht einmal Wölfe fressen Schwänze – der weiße Schweif müßte also da sein.
Es war, als habe einer der hohen Gipfel einen Hauch von Giftgas ausgespien, das langsam durch die Schluchten herabgekrochen war, den Talgrund bedeckt und allen Lebewesen dort den Tod gebracht hatte. Nein – nicht allen, nur denen, die Gras fraßen. Und nicht Giftgas – Giftgras mußte es gewesen sein, Luzernen, Narrenunkraut, Rittersporn – irgendeines der todbringenden Kräuter. Es wäre nicht das erstemal.
Ken sah völlig verwirrt auf das Tal. Es hatte so sehr zu seinem Leben gehört – eine Art Pferdehimmel. Allein der Gedanke daran, und daß Sturmwind darüber herrschte, hatte ihn glücklich gemacht. Er träumte ständig davon.
Ein kalter Wind störte ihn auf und ließ die Tränen auf seinem Gesicht gefrieren. Er fühlte sich so durch und durch einsam, daß es ihn körperlich schmerzte.
Der Anblick der Berge verstärkte diesen Schmerz noch, aber er wandte trotzdem keinen Blick von ihnen. Vielleicht würden sie ihm die Antwort geben, wenn er sie nur lange genug ansah ... Nein ... Sie waren völlig unberührt. Ihnen bedeutete das alles gar nichts. Schließlich fand er in dieser Gleichgültigkeit Trost. Zeit – was hieß das? Wie lange standen sie bereits da gleich Schildwachen? Vielleicht hatte die Pest schon oft vordem alles

Leben im Tal ersterben lassen, und doch erhoben sich die Berge noch immer unverändert an ihrem Platz, und es kümmerte sie nicht – und die Jahre, Sommer und Winter waren gekommen und gegangen – Regen, Sturm, Schnee, Sonne und Wind hatten alles Grauen, allen Schmutz und alle Verwesung hinweggenommen und das Tal wieder reingewaschen. Das konnte wiederum geschehen. Und ebenso konnte wieder eine herrliche Schar Pferde ins Tal kommen, um dort Glück und Geborgenheit zu suchen. Und es würde ein neues Königreich entstehen, wie das, in dem der Albino und Sturmwind geherrscht hatten.

Während er darüber nachdachte, schien es Ken, als spüre er all diese gewaltigen Zeiträume in sich. Er kämpfte gleichsam darum, den Tod im Tal mit Hilfe der Berge zu überwinden. Er wollte hier stehenbleiben, bis er sich wieder voller Kraft fühlte und ebenso unberührt wie sie. Er wollte nicht mehr bei jedem Gedanken daran in Tränen ausbrechen. Immerhin lag ja Sturmwind nicht verwesend im Gras, sondern war fort! Er war auf Raubzug! Er bildete eine neue Horde. Er raubte Stuten!

Und dann überwältigte all das Ken aufs neue, er bedeckte das Gesicht mit beiden Händen und schluchzte wild. Nur einen Augenblick. Gleich darauf tanzte er auf den Steinen umher, sah zum höchsten Gipfel, dem Thunderer, empor und schrie so laut, daß es ihm beinahe die Brust sprengte: »Sturmwind!«, und die Stimme der Berge warf das Echo langsam zurück. Dann eilte er zurück zu Flicka, stieg auf und ritt so schnell er konnte nach Hause.

Süßes, frisch gemähtes Heu, noch grün von den Wiesen, in das sich ein von Aufregung, Kummer, Hoffnung und wildem Ritt völlig erschöpfter Junge kopfüber hineinfallen ließ. Er rollte sich ganz zusammen unter dem schützenden Wall.

Aber der Schlaf kam nicht sofort. Vor Kens Augen jagten sich immer noch die Bilder. Der Ritt heimwärts – wie er der Familie die ganze Geschichte berichtet hatte, die Sanftheit der Mutter, des Vaters Anteilnahme. Und all das, was sie ihm erzählten – Beaver Greenway – ein Rennpferd für zehntausend Dollar, das einem Kind gehörte – Gäste auf dem Gestüt. »Ruh dich jetzt aus, Ken. Du darfst mit Howard auf die Jagd nach Sturmwind und dem englischen Fohlen gehen.«

Er verkroch sich noch tiefer im Heu und drehte sich auf den Rücken.
Dieser süße Geruch! Seine Augen tranken den Himmel in sich ein. Da oben flog ein kleiner Vogel, kein Geier, und sang »Quiwitt! Quiwitt!« Spielerisch ließ er sich vom Wind dahintreiben und freute sich seines Lebens. Kens Augen folgten dem Vogel, der sich immer höher schwang. Endlich war er ganz oben im klaren Himmel ... frei ... sorglos ... beide Flügel ausgebreitet, vom Wind getragen ... »Quiwitt! Quiwitt!« ...

7

Beim Aufwachen wußte Ken zunächst nicht, wo er war. Allmählich kehrte die Erinnerung zurück. Er setzte sich auf und überlegte, wie lange er wohl schon hier war. Er lehnte sich im Heu zurück und wartete, daß die Schlaftrunkenheit ganz von ihm abfiele.
Am frühen Nachmittag war er zu dem Heuschober gegangen – jetzt mußte Melkzeit sein, oder gar noch später.
Er hatte Hunger. Gleich nach der Rückkehr aus dem Tal hatte er zwar etwas gegessen, aber da mochte er nicht viel. Jetzt war ihm, als hätte er seit einer Woche keinen Bissen zu sich genommen.
Ken stand auf, streckte sich, klopfte das Heu ab und sah umher – er kehrte von einer weiten Reise, die er mit Geist und Körper unternommen hatte, zurück auf die Erde.
Ein Blick sagte ihm, wie spät es war. Die Hunde warteten vor der Küchentür auf ihr Futter. Die Kühe waren gemolken und standen am Gatter der Koppel, friedlich wiederkäuend. Sein Blick blieb an einem großen schwarzen Wagen hängen, der hinter dem Haus parkte. Aha – die Gäste waren gekommen! Das Kind – Ken fühlte, wie er wieder er selbst wurde, munter und unternehmungslustig. Aber zuerst mußte er etwas zu essen bekommen. Bis zum Abendessen dauerte es noch mindestens eine Stunde. Buttermilch – wahrscheinlich stand eine große Kanne in dem Frischwasser-Behälter im Stall.

An der Tür stieß er beinahe mit einem Mädchen zusammen, das gerade herauskam. Vorsichtig balancierte sie ein Tablett, auf dem ein kleiner Kurg stand.

»Ach!« rief Ken.

Sie sah auf, ohne jede Spur von Überraschung. Sie hatte ein ruhiges Kindergesicht, klare graue Augen unter dunklen Brauen, deren äußere Spitzen wie Schwalbenflügel nach oben gingen. Glattes braunes Haar fiel weich und glänzend auf ihre Schultern. Ein blaues Samtband hielt es zusammen.

»Hallo!« sagte sie ernst.

»Ach«, wiederholte Ken verwirrt, »wer – ich glaube – ach, du bist also das Kind.«

»Ich bin Carey«, erklärte sie gelassen.

»Ach.« Ken starrte sie an und glaubte, noch nie jemanden wie sie gesehen zu haben. Was war sie überhaupt? Ein Kind oder eine junge Dame?

Als sie seinen fragenden Blick bemerkte, nannte sie ruhig ihren vollen Namen: »Carey Palmer Marsh.«

»Natürlich. Ist deine Mutter auch hier?«

»Meine Mutter ist tot.«

Das kam ebenso gelassen.

»Das tut mir leid.« Weiter fiel Ken nichts ein. Sie stand da, sah ihn ab und zu offen an, dann wieder herab auf den Krug Buttermilch. Vielleicht überlegte sie, warum er nicht zur Seite ginge und sie vorbeiließe, aber er konnte sich einfach nicht rühren.

»Ist dein Vater hier?«

»Mein Vater ist auch tot.«

»Entschuldige bitte! Es tut mir schrecklich leid.«

»Es braucht dir gar nicht leid zu tun. Das alles ist lange her. Ich hab sie nie gekannt. Ich hab immer bei meiner Großmutter gelebt. Bei Mrs. Palmer. Als ich fünf Jahre alt war, sind Großmama und ich von Philadelphia weggezogen zu Onkel Beaver. Du kennst ihn ja.«

»Freilich. Ich hab ihn vor einem Jahr bei den Rennen kennengelernt. Es tut mir schrecklich leid, daß mein Hengst das Fohlen gestohlen hat. Es gehört dir, nicht wahr?«

Einen Augenblick sah es so aus, als beträfe auch das Carey

nicht. Sie hielt den Kopf gesenkt und antwortete nicht. Dann wandte sie ihn seitwärts, als wolle sie sich vor seinem Blick verbergen, und er entdeckte, daß ihr dicke Tropfen über die Wangen rollten. Sie rückte noch weiter von ihm ab, und plötzlich verzog sich ihr Gesicht, der Mund wurde viereckig, man konnte fast sämtliche Zähne sehen, die Augen schlossen sich fest, und Tränen strömten ihr über die Wangen. Sie gab immer noch keinen Laut von sich. Da erkannte Ken, daß sie noch ein Kind war.

»Es tut mir ja so leid! Hör bitte auf zu weinen! Wir holen es ja zurück! Gib mir mal lieber das Tablett – du verschüttest sonst noch was –.« Er packte das Tablett, aber sie faßte sich wieder und hielt es fest.

»Nein, das ist für meine Großmutter. Sie wollte frische Buttermilch.«

»Ich bring sie ihr.«

»Nein. Sie will immer alles von mir gebracht haben.«

»Dann kann ich es doch für dich bis zum Haus tragen.«

»Bitte, halte es einen Augenblick.«

Ken nahm das Tablett, drehte sich taktvoll um und betrachtete die Koppel, während sie ein Taschentuch aus ihrer Jacke zog und sich das Gesicht abtrocknete.

Als sie ihre Fassung wiedergewonnen hatte, fragte sie und fuhr sich dabei immer noch über die Augen: »Warum hat er es gestohlen? Wie konnte er das nur tun?«

»Hengste sind eben so. Sie sammeln eine Horde Stuten um sich, sorgen dann für sie und die ganzen Fohlen und bringen sie dahin, wo sie gutes Futter haben und sicher sind.«

Carey machte wieder Anstalten zu weinen. »Vielleicht bringt er es um.«

»Aber nein, das ist doch alles ganz anders. Er wollte das Fohlen für seine Stutenhorde haben. Das sind seine Frauen. Ein Hengst hat viele Frauen – ungefähr zwanzig. Es ist so ähnlich, als ob er sich verliebt hätte. Er wußte, was das Fohlen für ein feiner Kerl war, und da hat er eben die Kiste zertrümmert, bis es heraus konnte, und ist mit ihm davongerannt – so 'ne Art Entführung.«

»Wenn aber das Fohlen nun nicht mitgehen wollte?«

Ken grinste. »Dazu wird er es schon gebracht haben. Ein Hengst macht das immer so. Aber er wird gut für das Fohlen sorgen – besser kann es keiner! Du brauchst dir keine Gedanken zu machen, daß ihm irgendwas zustößt!«
Careys Tränen versiegten. Sie sah Ken an. Diese seltsame Liebesgeschichte der Wildpferde verwirrte sie. »Du glaubst wirklich, er hat sich in das Fohlen verliebt?«
»Aber sicher!«
»Wie ist er denn?«
»Er ist eben das wunderbarste Pferd, das du je gesehn hast! Sechzehn Hand hoch – und so vollkommen gebaut wie eine Marmorstatue. Schneeweiß ist er. Und so stark, so voller Kraft – du kannst dir gar nicht vorstellen, wie er wirklich ist, bis du ihn gesehen hast.«
»Sturmwind«, sagte sie leise und lauschte dem Namen nach.
»Sturmwind. Ein guter Name für ein solches Pferd.«
»Er heißt nach einer Wolke«, erklärte Ken eifrig. »Vom Tag seiner Geburt an wollte ich, daß er ein Rennpferd würde. Ich hab Mutter gebeten, sie soll ihm einen großen, bedeutenden Namen geben, der zu einem weißen Pferd paßt. Mutter sah zum Himmel, und da zog gerade eine mächtige weiße Sturmwindwolke langsam auf, nach der hat sie ihn dann getauft.«
»Schön ist das«, meinte Carey nachdenklich. »Ich möchte ihn gern sehen.«
»Aber du wirst ihn doch sehen. Wir kriegen die beiden schon.«
Carey sah ihn an. Sie dachte jetzt an ihn und nicht an die Pferde.
»Du bis Ken, nicht wahr?«
»Ja.«
»Du bist doch gerade von dem Ort in den Bergen zurückgekommen, wo du ihn eingeschlossen hattest, und du hast dort 'ne Menge toter Pferde gefunden, stimmt's?«
»Ja.« Ken sah zu Boden. Darüber wollte er nicht sprechen.
Ein Schweigen entstand, in dem die beiden einander abzutasten schienen. Dann fragte Ken: »Wie alt bist du?«
»Fünfzehn.«
»Tatsächlich?« Fast so alt wie er selber. Ken wußte nicht, ob er

darüber überrascht war oder nicht. Sie hatte geweint wie ein Kind, und doch hatte sie eine eigenartige Würde und Haltung – beinahe eine Persönlichkeit, als müsse man einfach alles tun, was sie sagte. An wen erinnerte sie ihn nur? Wie ein Schlag traf ihn die Erkenntnis. Himmel – ja – an seine Mutter! Carey hatte etwas Bedeutendes an sich, wie seine Mutter!

»Bist du sicher, Ken?« fragte sie.

»Worüber?«

»Was du gesagt hast. Daß du Kronjuwel für mich zurückbekommen willst.«

»Ja.«

»Wie kannst du das so genau wissen? Du bist nicht viel älter als ich. Ich könnte das Fohlen nicht zurückholen.«

»Siehst du, es ist mit meinem Hengst gegangen, und wir werden ihn zurückholen. Wir müssen es. Wir können ihn nicht im Gelände herumirren lassen.«

»Aha. Also dann brauche ich mir keinen Kummer zu machen, nicht wahr?«

»Überhaupt nicht.«

Sie dachte darüber nach, und plötzlich erhellte ein unsagbar bezauberndes Lächeln ihr Gesicht. Die weißen Zähne blitzten und schimmerten wieder, diesmal nicht eingerahmt von einem viereckig gezogenen Mund, sondern zwischen zwei vollen Lippen, deren beide Winkel sich glücklich nach oben schoben.

»Danke«, sagte sie, nahm ihm das Tablett ab und ging davon zum Haus.

Ken sah ihr nach. Er war völlig durcheinander, jeder Gedanke an Durst oder Hunger oder Buttermilch war entschwunden. Careys kurzer gelbbrauner Schottenrock schwang um ihre nackten Knie, ihre Beine waren verbrannt und schlank; sie steckten in blankgeputzten hellen Halbschuhen. Ihr Schneiderjackett paßte zum Rock, und der runde weiße Kragen ihrer Bluse rahmte den Hals ein. Sie wirkte wie ein sehr wichtiges, äußerst gepflegtes kleines Etwas. Als er ihren Gang beobachtete, sah er nur eines, das wirklich sie selber war – die weichen braunen Waden, die so schmal und kindlich wirkten, und das glänzende, herabfallende braune Haar.

Plötzlich blieb sie stehen und rief ihm über die Schulter hinweg zu: »Ich hab deinen Vater, deine Mutter und das Baby kennengelernt, und ich hab sie richtig lieb. Vor allem das Baby. Deine Mutter hat gesagt, ich darf ihr helfen, wenn sie es badet. Das tu ich auch gleich, nachdem ich Großmama ihre Buttermilch gebracht hab. Ich finde deine Mutter wunderbar. Jetzt muß ich aber gehen, Ken.«

Sie drehte sich wieder um und ging weiter zur Tür. Ab und zu rannte sie ein paar Schritte, von Windstößen getrieben. Sie stieg die Stufen zur Terrasse empor, hielt das Tablett vorsichtig in einer Hand, während sie die Haustür öffnete, und entschwand dann Kens Blicken.

Ken merkte nicht, wie tief er aufseufzte, er merkte nicht einmal, daß er überhaupt seufzte. Ebensowenig war ihm bewußt, wie lange er an die Steinmauer des Wasserhauses gelehnt stand. Gedankenfetzen gingen ihm durch den Sinn. Im Haus ... da war sie ... bald würde auch er hineingehen ... sie würde seiner Mutter helfen, Penny zu baden ... oben war sein Zimmer ... da wäre er auch bald, würde sich duschen und zum Abendbrot umziehen ... er könnte sie sogar in der Halle oder auf der Treppe treffen ... Du lieber Himmel! ... war das alles Wirklichkeit? ... Vielleicht hatte er sich alles nur eingebildet ... Nein, nein, das Fohlen ... Sturmwind ... All das war wirklich geschehen, und jetzt war alles anders ...

8

Mrs. Palmer beobachtete unausgesetzt die Tür. Sie lag auf dem breiten Doppelbett im Gästezimmer, eine kalte Kompresse auf der Stirn, Kopf und Schultern von Kissen gestützt. Kleid und Schuhe hatte sie ausgezogen und trug hochhackige Pantoffeln aus rotem Samt und einen rotseidenen Morgenrock.

Mrs. Palmer nahm das feuchte Taschentuch von der Stirn, tauchte es in eine Schüssel mit Eiswasser, die auf dem Nachttisch stand, und sah wiederum auf die geschlossene Tür. Sie war immer noch hübsch; die hervorstechendsten Merkmale ihres Ge-

sichtes waren eine Adlernase und schwarze, fein gezeichnete, schön geschwungene Brauen über hellen, kalten grauen Augen. In ihrem Ausdruck spiegelte sich unterdrückte Wut.
Endlich hörte sie Schritte, die Tür ging auf, und Carey kam herein. Vorsichtig trug sie das Tablett und warf rasch einen Blick auf das Gesicht ihrer Großmutter, um deren Stimmung zu ergründen.
»Was denkst du dir eigentlich dabei, mich so lange warten zu lassen? Wo hast du denn die ganze Zeit gesteckt?«
Carey schloß sorgfältig die Tür hinter sich und ging zum Bett. Sie machte auf dem Tisch Platz für das Tablett und sagte zerknirscht: »Entschuldige bitte, Großmama! Ich bin aufgehalten worden – du hast ja deine Kompresse abgenommen. Leg sie lieber wieder auf – du hast doch solche Kopfschmerzen.« Sie drückte das Taschentuch aus und wollte es ihrer Großmutter wieder auf die Stirn tun. Aber die alte Dame drehte blitzschnell den Kopf zur Seite.
»Es tut mir leid«, murmelte Carey und ließ das Tuch wieder in die Schüssel fallen.
»Was du nicht sagst – es tut dir also leid? Aber ich liege hier krank und hilflos im Bett in einem fremden Haus. Und du kannst mir nicht mal den kleinen Gefallen tun und mir Buttermilch bringen, ohne dabei abgelenkt und aufgehalten zu werden. Was hast du denn die ganze Zeit über gemacht?«
Carey zögerte ein wenig. »Ich bin gar nicht abgelenkt worden, Großmama, wirklich nicht. Aber einer von den Jungens ist gerade in den Stall gekommen, als ich die Milch für dich geholt hab. Einer von Mr. McLaughlins Söhnen, und wir haben uns einen Augenblick unterhalten. Ganz kurz. Du bist nur so müde und nervös und durstig, da kam es dir lange vor. Es tut mir leid.« Sie legte die Hand auf die Stirn ihrer Großmutter und streichelte sie sanft.
Als Mrs. Palmer wiederum den Kopf wegdrehte, ging Carey leise im Zimmer umher, hob Kleidungsstücke auf und hängte sie in den Schrank.
Sie sah, daß die Großmutter ihr feines, gesticktes Taschentuch gegen die Augen preßte. Carey lief schnell zu ihr, setzte sich auf

den Bettrand und nahm die Hand ihrer Großmutter. »Bitte nicht, Großmama! Du machst dich doch krank!«
»Wer kümmert sich schon darum, daß ich krank bin?« Ihre Stimme klang nicht mehr ärgerlich, sondern zitterte tragisch. »Wem hat es etwas ausgemacht, daß ich nicht mitfahren wollte?«
»Wir wollten doch, daß du zu Hause bleibst, Großmama.«
»Ja, ich weiß schon, ich war unerwünscht. Du hast mich nicht lieb, Carey! Du behauptest es zwar, aber du benimmst dich nicht danach.«
»Aber Großmama!« Carey glitt herab und umarmte die alte Dame.
»Nein, du tust's wirklich nicht! Und dabei habe ich doch nur dich auf der Welt, Carey –« Sie seufzte tief.
Carey tröstete sie und widersprach, legte die weiche junge Wange an die der Großmutter, und ihre Augen füllten sich ebenfalls mit Tränen.
»Ach, Großmama, du darfst so etwas nicht denken, es ist ja nicht wahr! Wir alle haben dich doch lieb, was sollten wir denn ohne dich anfangen!«
Mrs. Palmer trocknete sich die Augen und wurde ruhiger. Aber als sie das Taschentuch vom Gesicht nahm, sah sie furchtbar traurig aus. »Stimmt das auch, Carey, mein Liebling? Hast du deine alte Großmutter wirklich lieb?«
»Aber natürlich!«
»Mehr als jeden anderen auf der Welt?« Und bei diesen Worten erschien der Anflug eines leisen Lächelns auf ihrem Gesicht.
Carey atmete erleichtert auf. »Ganz bestimmt, Großmama!«
Mrs. Palmer streckte die dünne, weiße aristokratische Hand aus, die mit mehreren Ringen geschmückt war, und streichelte Careys Haar. »Hast du mich am allerliebsten? Lieber als deinen Onkel?«
Carey strahlte auf. »Onkel Beaver hab ich auch lieb, und wie! Aber – du bist krank, Großmama, und du brauchst mich. Ich muß für dich sorgen, und es ist mir so schrecklich, wenn du so außer dir bist wie jetzt.« Die alte Dame hatte sich beruhigt. Sie legte sich zurück in die Kissen und sah Carey an.

»Wie wär's denn jetzt mit einem Schluck Buttermilch?« sagte Carey aufmunternd wie zu einem bockigen Kind. »Sie schmeckt so gut. Ich hab sie gekostet. Bis zum Abendbrot ist's noch eine Stunde.«

Sie schenkte ein Glas voll, und Mrs. Palmer begann daran zu nippen.

»Stell dir vor, Mrs. McLaughlin hat gesagt, ich darf ihr helfen, das Baby zu baden«, erzählte Carey.

Mrs. Palmer erstarrte. Sie wollte gerade das Glas zum Mund führen. »Wann?« fragte sie nur.

»Gleich.«

Mrs. Palmer antwortete nicht. Das Glas Buttermilch hielt sie noch immer unbeweglich. Selbst ihr Ausdruck veränderte sich nicht. Carey setzte hastig hinzu: »Aber ich glaub, ich tu's doch nicht, heute jedenfalls nicht. Vielleicht morgen.«

Mrs. Palmer trank die Buttermilch aus und stellte das Glas auf den Tisch. »Was glaubst du denn, wie lange wir in dieser gottverlassenen Gegend bleiben müssen?«

»Wahrscheinlich ein paar Tage. Sie wollen doch versuchen, Juwel wiederzufinden, weißt du.«

»So ein Getue um ein Pferd! Du hast doch genug Pferde zu Hause. Du solltest lieber mehr lernen und Klavier üben und dafür weniger reiten.«

»Aber Großmama! Das ist doch ein ganz besonderes Pferd! Es soll mir ganz allein gehören und ist extra den weiten Weg von England herübergekommen!«

Mrs. Palmer erhob keine Einwände mehr. Sie ließ sich das Glas noch einmal füllen und trank es aus. Dann erkundigte sich Carey, was sie bis zum Abendessen tun sollte. Ihr vorlesen? Oder, falls Großmama Ruhe haben wollte, wäre es vielleicht besser, wenn Carey hinausginge?

»Nein«, erwiderte Mrs. Palmer. »Du brauchst auch Ruhe. Zieh dein Kleid aus und leg dich hin bis zum Abendessen. Das Licht stört mich, mach die Gardinen zu.«

Gehorsam schloß Carey die Chintzvorhänge und befühlte sie dabei. Das Muster mit den winzigen galoppierenden Wildpferden und den Postkutschen hatte es ihr angetan.

»Trödele doch nicht so herum«, nörgelte die Großmutter.
Carey ging vom Fenster weg, zog den Gabardinerock und die Bluse aus und warf sich aufs Bett.
»Nimm deinen Morgenrock.«
»Mir ist gar nicht kalt.«
»Tu, was ich dir sage.«
Seufzend erhob sich Carey, suchte ihren rosa Morgenrock und schlüpfte hinein. Dann legte sie sich wieder hin. Ihre Beine waren nackt. Sie stützte einen schlanken braunen Fuß mit der Ferse auf die Zehen des anderen, betrachtete sie aufmerksam, zog dann die Knie an und umschlang sie mit den Armen.
Es war ganz still im Zimmer – man hörte nur die gleichmäßigen, schweren Atemzüge von Mrs. Palmer und das eigentümliche Geräusch des Windes im Kamin. Es klang wie unterdrücktes Stimmengewirr.
»Ein furchtbar windiger Ort!« sagte Mrs. Palmer schläfrig. »Aber Mrs. McLaughlin ist eine bezaubernde Frau und eine vollendete Dame.«
»Uah«, erwiderte Carey nur. Sie fragte sich, wie ihre Großmutter bloß müde sein konnte, wo es doch so viel nachzudenken gab.
Ihre Gedanken wanderten zu dem gestrigen Morgen, an dem sie um fünf aufgestanden waren in der Erwartung, Juwel in Red Buttes vorzufinden und sie auf den Anhänger zu verladen. Als ihr Onkel erfuhr, was geschehen war, hatte sie sofort an seinem Gesicht gemerkt, daß er den Tod des Fohlens für ziemlich ausgemacht hielt. Nie würde sie das entsetzliche Gefühl vergessen, das sie dabei erfaßt hatte!
Aber das Fohlen war nicht tot! Es hatte nur allerhand seltsame Dinge erlebt, die Carey völlig verwirrten. Sie kannte bisher nur Rennpferde, die gesattelt und aufgezäumt vor der Tür standen. Aber Pferde, die durchgingen, die einander aus zertrümmerten Kisten befreiten, die ein aufregendes Leben in der Wildnis da draußen führten – von Menschen unabhängig . . .
»Und Mr. McLaughlin ist einer der bestaussehenden Männer, die ich je gesehen habe«, fuhr Mrs. Palmer mit ihrer schläfrigen Stimme fort.

Carey gab keine Antwort. Sie klopfte lautlos mit den Fingern einen fröhlichen Trommelwirbel auf den nackten braunen Knien. Ken würde ihr Fohlen zurückbringen. Er hatte es versprochen.
Ihre Hände ruhten jetzt auf den Knien, ihre Augen wurden groß – sie schaute weit in die Ferne. Sie sah Juwel und Sturmwind mit unglaublicher Geschwindigkeit über die Prärie jagen. Sie sah einen Haufen von Stuten mit kleinen Fohlen. Und sie sah eine Schar Männer wie in Wildwestfilmen hinter den Tieren hergaloppieren. Plötzlich erkannte sie Kens Gesicht. Es war ganz nahe, er blickte sie an, und Carey wußte, daß sie nie wieder so empfinden würde wie vorher, als sie das Gänselandgestüt noch nicht kannte.
Wenn man auf sein Leben zurückschaut, kann man die Wendepunkte deutlich erkennen – sie sind wie große Schleusen, durch die man auf einer Flutwoge hindurchgleitet, so sanft und mit solch unwiderstehlicher Macht, daß man die Bewegung kaum spürt. Aber das Leben ist dann nicht mehr dasselbe wie zuvor. Man ist durch die Schleuse gekommen und fährt jetzt auf einem anderen Wasserspiegel weiter.

9

Die Abendsonne schien in das Eßzimmer, in dem sich die McLaughlins und ihre Gäste zum Essen versammelt hatten. Nell stand hinter ihrem Stuhl am unteren Ende der Tafel, Beaver Greenway rückte ihn für sie zurecht und setzte sich dann rechts von ihr. Er schwatzt genau so albernes Zeug wie alle alten Herren, wenn sie mit Damen sprechen – wie gut das blaue Kleid zu ihren Augen paßt, und lauter solchen Unsinn, dachte Ken.
Ken saß an Greenways anderer Seite. Er breitete die Serviette über die Knie und beschloß, selber nie so mit Frauen zu reden, aber Nell schien das zu gefallen. Sie lächelte und plauderte so reizend mit Mr. Greenway und strich dabei über ihr blaues Seidenkleid. Ken sah schnell über den Tisch zu Carey hin und fing

ihren Blick auf. Das verwirrte ihn derart, daß er Mrs. Palmer anstarrte, die neben Carey saß, rechts von seinem Vater.
Mrs. Palmer verursachte überall schrecklichen Wirbel, fand Ken. Alle Menschen machten so viel mit ihr her. Sein Vater hatte sich tief verneigt, als er ihren Stuhl zurechtschob. Seine Mutter war besonders liebenswürdig zu ihr. Sie glich einer Königin mit ihrer stolzen Kopfhaltung, ihrer lächelnden, herablassenden Art zu sprechen, die plötzlich in Wut umschlagen konnte.
Es fiel ihm auf, daß Carey sehr aufmerksam ihr gegenüber war. Carey saß zwischen Nell und ihrer Großmutter, die sie unausgesetzt beobachtete. Mrs. Palmers Miene heiterte sich nur auf, wenn sie mit Rob sprach, und wurde sofort wieder scharf, wie eben ältere Leute Kinder betrachten und etwas an ihnen auszusetzen suchen. Vielleicht wirkte Carey deshalb so jung.
Ken antwortete beinahe widerwillig auf die Fragen nach seinem Ausflug ins Tal. Die anderen wußten doch sowieso schon alles. Es gab nichts weiter darüber zu sagen.
»Merkwürdig daran ist nur, wieso plötzlich giftiges Gras in ein abgeschlossenes Tal kommt, wenn es dort vorher nie welches gegeben hat«, meinte Greenway.
»Meiner Ansicht nach müssen die Stuten Luzernensamen von draußen eingeschleppt haben«, sagte Rob. »Sie waren vor einem Jahr im Gelände, ganz hier in der Nähe – und die Saat ist im folgenden Frühjahr aufgegangen. Dann gab es eine Kältewelle. Wir hatten am 4. Juli Schnee. Die Luzernen bekamen Frost, die Pferde haben sie gefressen und sind daran eingegangen!«
»Oh, wie schrecklich!« rief Mrs. Palmer schaudernd.
Die Männer unterhielten sich über diese Möglichkeit, und Nell beobachtete Ken. Careys Wirkung auf ihn amüsierte sie.
Nell wollte gern, daß die Jungen während ihrer Ferien mehr mit gleichaltrigen jungen Leuten zusammenkämen. Sie hatte erklärt, daß sie in diesem Sommer für Gesellschaft sorgen und auch darauf bestehen wollte, daß die beiden Einladungen annähmen. Aber das hatte nicht geklappt. Wie üblich gab es viel Arbeit, und Rob war der Überzeugung, man müsse die Jungen nützlich beschäftigen. Und jetzt dies – die Art, wie Ken die Kleine betrachtete – es war etwas ganz Neues für Nell.

Pearl servierte geradezu vorbildlich. Jedesmal wenn sie hereinkam, warf sie Nell einen Blick zu, als wolle sie sagen: »Na, wie mache ich das?« Fast unhörbar glitt die üppige Gestalt in ihren Filzschuhen um den Tisch und reichte die Platten mit köstlich gebratenem Huhn, heißen Biskuits und Quittengelee. Nell vermißte die Zigarette, die ihr sonst immer im Mundwinkel hing.

Das Telefon klingelte Sturm, und Rob ging an den Apparat.

Auch das gehörte zu den Errungenschaften, die durch die Schafzucht ermöglicht wurden. Rob hatte auf dem ganzen Weg nach Tie Siding Maste setzen lassen und sie mit Drähten verbunden. Jetzt konnten sie telegrafieren, ohne die zehn Kilometer zum Bahnhof fahren zu müssen. Nell konnte zum Beispiel eine Verabredung zum Mittagessen in Cheyenne oder Laramie innerhalb einer Stunde treffen. Rob konnte beim Arbeitsamt mehr Leute anfordern oder den Tierarzt im Notfall sofort verständigen. Die Welt war jetzt nähergerückt und das Leben einfacher.

Rob kam zurück. »Das war Reuben Dale«, erzählte er befriedigt. »Er hat sechs Söhne, lauter gute Reiter, die auch mit dem Lasso umgehen können. Er und zwei seiner Söhne wollen mitmachen – heute abend kommen sie her, um alles zu besprechen.«

Gus hatte erklärt, der Wind würde sich halten, und so lange würde es auch nicht schneien. Es läge zwar reichlich Schnee in der Luft, aber das sei keine unmittelbare Gefahr, wenn nicht der Wind aufhörte.

Jetzt aber hatte sich der Wind gelegt. Rob und Greenway sahen immer wieder zum Fenster. Die tiefste Wolkenschicht, die bisher grau war, wurde jetzt rosa, mit goldenen Rändern – und dahinter flammte es feurig in ständig wechselnden Farben.

»Aber der Wind legt sich doch immer bei Sonnenuntergang«, meinte Nell. »Und dann erhebt er sich abends oder während der Nacht wieder.«

»Ja – es hängt alles vom Wetter ab«, betonte Rob wiederum.

»Ich kann mir denken, daß Sie ein guter Wetterprophet sind, Mr. McLaughlin«, sagte Mrs. Palmer vergnügt.

Rob warf ihr einen Blick zu. »Kein Wunder – nach all den Jahren!«

»Aus welcher Richtung kommen die schlimmsten Stürme hier,

Mrs. McLaughlin?« fragte Greenway. »Du lieber Himmel! Sehen Sie sich nur den Nachtisch an!« unterbrach er sich. Pearl brachte eine reich mit Sahne verzierte Pfirsichtorte. »Hm – die sieht aber prächtig aus!«
»Der weitaus schrecklichste ist der sogenannte Ostwind«, erwiderte Nell. »Er hält meist drei Tage an und ist wirklich gefährlich. Aber wir haben auch schlimme Nordwinde. Sie kommen von der hohen Gebirgskette im Norden.«
Die Torte war jetzt bei Mrs. Palmer, die sich reichlich bediente. »Ihr Wind muß mir mächtig Appetit gemacht haben, Mr. McLaughlin!« Sie warf den Kopf zurück, lehnte sich nach hinten, beide Hände gegen den Tisch gestemmt, und lachte herzlich, wobei sie ihre schönen Zähne zeigte. Nell bemerkte erheitert, wie Rob sich galant zu der alten Dame herüberbeugte.
»Ich wünschte, ich könnte mit auf die Suche gehen«, sagte Carey sehnsüchtig.
»Auf jeden Fall mußt du reiten, solange du hier bist, Carey«, antwortete Nell.
Mrs. Palmers Gesicht verlor den leutseligen Ausdruck. »Sie hat keine Reitsachen mit.«
»Aber wir haben doch genug«, meinte Nell. »In dem Schrank unter der Treppe sind eine Unmenge alter Stiefel und Reithosen in allen Größen. Darunter findet sie leicht etwas Passendes.«
»Ich fürchte, mit fremden Pferden –« begann Mrs. Palmer, doch Mr. Greenway fiel ihr ins Wort.
»Ein großartiger Gedanke! Wir reiten miteinander, Carey, wir beide ganz allein, während die anderen auf Pferdejagd gehen. Das wird genau so wie zu Hause, nicht wahr?« Er wandte sich an Nell. »Carey und ich reiten nämlich oft zusammen aus.«
»Warum haben Sie Ihr Gestüt eigentlich ›Zum Blauen Mond‹ genannt, Mr. Greenway?« fragte Howard.
»Das ist eine lange Geschichte, Howard«, erwiderte Greenway lächelnd.
»Eine Geschichte!« rief Ken strahlend.
»Erzählen Sie doch bitte, Greenway«, bat Rob.
»Das liegt so lange zurück«, protestierte Greenway, »bis in meine Jugendzeit, und seitdem ist manches Jahr vergangen.«

»Um so besser«, meinte Nell.
Greenway sah seine Schwester an, die den Blick erwiderte. Ihre Gedanken wanderten gemeinsam in die alten Zeiten zurück, und in ihren Augen lag Zuneigung.
»Also gut. Wir sind in Philadelphia geboren und aufgewachsen, fünf Geschwister. Ein Mädchen – hier sitzt es«, er verneigte sich, und Mrs. Palmer kicherte verlegen, »und vier Jungen. Alle älteren Familienmitglieder waren gestorben und hatten uns ein riesiges Vermögen hinterlassen. Wir wußten nicht recht, was wir mit uns und mit dem Geld anfangen sollten. Von jeher waren wir viel geritten, wir liebten Pferde und besaßen auch unsere eigenen. Wie junge Leute sind, hielten wir es für einen prächtigen Gedanken, aus unserer Liebhaberei ein Geschäft zu machen. Wir beschlossen, ein Gestüt im Westen zu gründen, dort zu leben, Rennpferde zu züchten und sie Rennen laufen zu lassen. Viele Tage und Nächte haben wir über einen geeigneten Ort beraten. Es war nicht leicht, eine Einigung zu erzielen. Jeder hatte eine andere Idee. Schließlich wurde ich losgeschickt, um mich umzusehen und etwas Passendes ausfindig zu machen. Und das habe ich dann in Idaho entdeckt. Als ich das Gelände von einem Ende zum anderen besichtigte und mich dabei an die Wünsche der verschiedenen Familienmitglieder erinnerte, wurde mir klar, daß es wie nach Maß für uns gemacht war. Ich fuhr zurück und erklärte meinen Geschwistern: »Dazu muß erst der Mond blau scheinen, bis ihr nochmal eine Gegend findet, die so nach Maß gemacht ist.« Terry, mein jüngster Bruder, der im Krieg gefallen ist, meinte darauf: »Also gut! Die Sache ist beschlossen! Wir haben unser Gestüt ›Zum Blauen Mond‹.«
Die beiden Jungen starrten ihn an. Sie waren ganz hingerissen von dieser fremden Familiengeschichte.
»Ein schöner Name für ein Gestüt«, meinte Rob lächelnd. »Leben Ihre anderen Brüder noch dort?«
»Nein. Mark ist vor Verdun gefallen. Harold hat zwar den Krieg überstanden, aber lange Zeit in England gelebt. Er hat sich dort verliebt und eine Engländerin geheiratet. Inzwischen ist er auch britischer Staatsbürger geworden.«
Nell wandte sich an Mrs. Palmer. »Und wie hat Ihnen das Ge-

stüt ›Zum Blauen Mond‹ gefallen, als Sie zum erstenmal hinkamen?« fragte sie in ihrer liebenswürdigen, teilnahmsvollen Art.

»Sehr gut«, antwortete Mrs. Palmer. »Aber ich bin nicht lange dort geblieben. Ich hatte alle meine Freunde in Philadelphia, wissen Sie.«

»Ja, und sie hat uns bald verlassen«, warf Greenway ein. »Sie ist nach Philadelphia zurückgekehrt, hat ihren treuesten Verehrer geheiratet und dort gelebt.«

Mrs. Palmer preßte die Serviette an die Lippen. »Ja, mein lieber Mann ist in Philadelphia gestorben. Und meine einzige Tochter wurde dort geboren.«

»Und wuchs heran und heiratete«, ergänzte Greenway heiter.

Mrs. Palmer nahm die Serviette von den Lippen.

»Und dann kam ich«, setzte Carey hinzu.

Mrs. Palmer machte wieder ihr tragisches Gesicht. Ihr Bruder erzählte weiter: »Als Carey fünf Jahre alt war, kamen ihre Eltern bei einem Autounfall ums Leben, und seitdem ist sie mit ihrer Großmutter bei mir. Carey hat sich zu einer ausgezeichneten kleinen Reiterin entwickelt! Es liegt im Blut, natürlich, und sie hat ihr Teil davon abbekommen.«

»Carey reitet sehr gut«, gab Mrs. Palmer zu. »Aber ihre größte Begabung ist die Musik. Sie übt zwei Stunden täglich.«

Alle sahen Carey mit neuem Interesse an. Sie ließ sich dadurch keineswegs verwirren.

»Ich habe gesehen, daß Sie einen schönen Flügel haben«, sagte Mrs. Palmer. »Nach dem Essen wird Carey Ihnen etwas vorspielen.«

»Pflegst du dein Pferd selbst?« fragte Howard.

Carey schüttelte den Kopf. Ihre Großmutter wurde wieder diktatorisch und antwortete für sie: »Ich mag es nicht, wenn sie sich in den Ställen herumtreibt.«

»Würde ihr kein bißchen schaden«, brummte Greenway. »Es hat keinen Sinn, ein Kind in Watte zu packen.«

»Carey ist nicht sehr kräftig«, erklärte Mrs. Palmer bestimmt.

»Aber Großmama, ich bin doch nie krank!«

Mrs. Palmer schien dieser Widerspruch zu erstaunen, und sie sah ihre Enkelin ärgerlich an. Careys Wangen waren blutrot, ihre

Augen glänzten. Sie blickte, an ihrer Großmutter vorbei, besorgt von Howard zu Ken.

Mrs. Palmer begann heftig zu husten. Der Anfall steigerte sich, machte schließlich jede Unterhaltung unmöglich und Mrs. Palmer zum Mittelpunkt der allgemeinen Aufmerksamkeit. Rob reichte ihr ein Glas Wasser. Carey erhob sich halb und sah sie ängstlich an. »Ist es wieder dein Asthma, Großmama? Soll ich die Medizin holen?«

Mrs. Palmer tauchte lächelnd hinter ihrer Serviette auf, bat die anderen, sich wieder zu setzen, und entschuldigte sich. Ken beschlich ein unbehagliches Gefühl dabei. Was war es nur, das alle veranlaßte, sich so um sie zu reißen?

Pearl brachte den Kaffee herein, und damit kam alles wieder ins Geleis. Als Nell jedoch nach dem Essen Ken aufforderte, mit Carey ein bißchen hinauszugehen und ihr das Gestüt zu zeigen, erschien auf Mrs. Palmers Gesicht wieder der Schatten wie jedesmal, wenn Carey von ihrer Seite weggeholt wurde.

Sie schwieg zunächst, aber als Carey mit Ken zur Tür ging, sagte sie sehr freundlich zu ihr, sie solle nicht noch einmal hinausgehen – der Tag sei zu lang gewesen – es würde zuviel für sie werden.

»Aber ich bin kein bißchen müde, Großmama«, bat Carey.

Alle Augen richteten sich auf Mrs. Palmer. Sie lächelte böse.

Beaver Greenway winkte freundlich ab. »Weg mit dir! Lauf mit den Jungen herum und sieh dir nur alles an. Gönne ihr doch ab und zu auch eine kleine Freude, Caroline«, wandte er sich an seine Schwester.

Mrs. Palmer warf ihrem Bruder einen wütenden Blick zu. »Zieh den Mantel an, Carey«, befahl sie, und Carey lief gehorsam davon.

»Nimm den Wagen, Howard, und fahr rüber zu Crosby«, sagte Rob. »Ich konnte ihn nicht erreichen. Frag ihn, ob er noch heute abend herkommen kann.«

Nell schlug vor, Carey und Ken sollten mit Howard bis zur Autobahn fahren und dann zurücklaufen.

Sie stiegen in den neuen Studebaker, der auf dem Hügel hinter dem Haus stand. Howard setzte sich ans Steuer, Carey und

Ken auf den Rücksitz. Howard beobachtete Carey in dem kleinen Rückspiegel. Sie erwiderte seinen Blick und lächelte manchmal. Ken bemerkte das und wurde schweigsam. Mürrisch drückte er sich in seine Ecke. An der Autobahn stiegen sie aus und gingen langsam zurück.

Die Farben des Sonnenuntergangs waren verblaßt, der Wind blies wieder heftig. Das seltsame Zwielicht, das der wolkenverhangene Himmel verbreitete, verlieh allem den Anschein von Wildnis und Verlassenheit.

»Ach, ich liebe den Wind!« rief Carey. Mit weit ausgebreiteten Armen rannte sie los. Ken ergriff ihre Hand, und sie liefen gemeinsam den Weg herab.

Ein großes Kaninchen sprang mit langen Sätzen aus dem Gebüsch, und Carey blieb mit einem Ruck stehen. »Sieh nur! Ich hab schon gedacht, es wäre ein Reh!«

»Schau mal da drüben!« sagte Ken.

Sie schrie vor Aufregung. »Was ist das? Wo? Ist es Juwel?«

Er schüttelte den Kopf. Sie folgte der Richtung seines Blickes und sah jetzt drei Rehe, die friedlich am Bach ästen. Ganz nahe bei ihnen graste ein schwarzes Fohlen. Ken ging zum Stacheldrahtzaun und pfiff leise und durchdringend. Die Rehe und das Fohlen hoben die Köpfe, dann ästen die Rehe weiter, und als Ken wieder pfiff, kam das Fohlen an den Zaun.

»Das ist ›Waisenkind‹«, erklärte Ken, während er den Kopf des Fohlens streichelte.

Carey lachte über den Namen. Ken erzählte ihr, wieso es ihn bekommen hätte. Das Fohlen hatte am Tag seiner Geburt die Mutter durch einen Blizzard verloren.

»Ein wahres Wunder, daß wir es durchgebracht haben. Waisenkind ist eine Schönheit. Es soll unser Zuchthengst werden, wenn es alt genug ist. Deshalb kriegt es besonderes Futter und Pflege.«

»Was wird denn dann aus Banner?« fragte Carey. Als sie nachmittags auf dem Gestüt angekommen war, hatte Rob sie und ihren Onkel auf die Koppel geführt und ihnen Banner mit seinen Stuten und Fohlen gezeigt. Banner war meist draußen im Gelände, hatte Rob erklärt, aber gestern morgen habe Gus ihn am Koppelgatter wartend gefunden. Offenbar wollte der

Hengst seine Familie besuchen und dachte gar nicht daran, ohne die gesamte Horde wieder zu gehen. Carey hatte den großen Hengst betrachtet, der die Fremden von weitem beobachtete. Er hatte ein rotgoldenes Fell, an Schenkeln und Hals zeichneten sich kräftige Muskeln ab, sein knochiges, scharfzügiges Gesicht hatte einen gescheiten Ausdruck. Rob hatte erklärt, daß Banner nie gezähmt worden sei, er sei ein Wildhengst, weiter nichts. Er bequeme sich höchstens dazu, Hafer aus einem Eimer zu fressen, den Rob ihm hinhielt.

»Er läßt sich nicht einmal anfassen, sehen Sie?« hatte Rob gesagt und sich dabei dem Hengst mit ausgestreckter Hand genähert. Banner zitterte am ganzen Körper, er lehnte den Leib zurück, ohne die Füße zu bewegen, stellte die Ohren auf und drückte das Kinn auf die Brust. Die weißen Augäpfel weiteten sich. Es ist, als habe er sich zuerst wehren und dann seinem geliebten Herrn doch gestatten wollen, ihn zu streicheln, dachte Carey, und im letzten Augenblick hat er es doch nicht über sich gebracht und sich daher langsam, Schritt für Schritt, mit Anstand zurückgezogen.

»Banner wird alt und müde«, sagte Ken. »So ein Wildhengst hat es schwer, weißt du. Er muß für die ganzen Stuten auf dem Gelände sorgen, sie zusammenhalten und manchmal unter Lebensgefahr andere Hengste verjagen. Er muß seine Stuten vor wilden Tieren schützen und sie an einen Platz führen, wo es genügend Futter, Wasser und Schutz gibt. Vater sagt, daß zwei bis drei Cowboys Tag und Nacht zu tun hätten, um die Stuten und Fohlen so zu versorgen, wie es ein guter Hengst tut.«

»Ich hab nie gewußt, daß Hengste all sowas können.«

»Aber sie haben's eben auch sehr schwer«, fuhr Ken fort. »Und wenn du noch das Wetter bedenkst, die harten Winter, die schrecklichen Stürme und Blizzards, dann ist's kein Wunder, daß sie früher verbraucht sind als Stallhengste. Banner hat von Jahr zu Jahr weniger Fohlen. Deswegen müssen wir einen jungen Hengst aufziehen.«

Sie gingen weiter. Ein großer Schecke kam ihnen entgegen.

»Er hat mich pfeifen gehört«, sagte Ken und gab ihm einen Klaps. »Das ist Calico, unser Fohlen-Kindermädchen.«

»Kindermädchen?« rief Carey fragend.
»Ja. Wenn sie sechs Monate alt sind, übernimmt er sie von den Stuten und bringt ihnen Manieren bei. Er ist ganz verrückt auf Fohlen. Vater sagt, das sei deshalb, weil er in die Jahre kommt. Wenn ein altes Tier wild auf Babies ist, nennt man es hier bei uns 'ne ›Oma‹.«
Carey klatschte in ihrer lebhaften, kindlichen Art in die Hände. »Ist das nicht ulkig, daß Fohlen auch eine Oma haben, genau wie ich!«
»Und Lämmer«, sagte Ken, »bei denen werden die Omas immer von der Herde ausgesucht. Sie müssen auf die Jungen aufpassen. Im Frühjahr, bald nachdem die Lämmer geboren werden, bringen sie die Omas in ganzen Scharen auf die Hügel; dort sind die Kinderzimmer, und die Mutterschafe weiden unten im Tal. Die Lämmer rollen sich unter den Felsen zusammen, kuscheln sich eng aneinander und schlafen. Oft klettern gleich mehrere der Oma auf den Kopf. Sie hat's nicht leicht.«
»Und wie bringt Calico den Fohlen Benehmen bei?«
»Er lehrt sie, keine Angst vor ihren Herren zu haben, zu kommen, wenn man sie ruft, und zu gehorchen. Sie werden mit ihm auf die Kälberweide gebracht. Dort sehen sie, daß er auf unseren Pfiff hört, und da folgen sie ihm. Daraus lernen sie, daß Pfeifen etwas Gutes bedeutet – Hafer und Heu oder Wasser und Unterkunft, und manchmal auch nur ein bißchen Streicheln. Und allmählich geht ihnen das in Fleisch und Blut über.«
Sie gingen weiter den Weg entlang. Plötzlich fragte Carey: »Warum nehmt ihr nicht Sturmwind als Hengst, wenn Banner jetzt allmählich ausgedient hat?«
Ein leichter Schatten überzog Kens Gesicht. »Vater kann Sturmwind nicht besonders leiden«, erwiderte er. »Er mag die ganze Linie nicht, die vom Albino abstammt. Sie hätten wildes, schlechtes Blut, sagt er.«
»Aber Sturmwind ist doch nicht wild und schlecht?« Carey sah ihn fragend an.
Ken erwiderte den Blick und wandte sich dann schnell ab. Er schüttelte den Kopf, als er an all den Kummer dachte, den ihm die Erziehung des Fohlens gemacht hatte, wie es ständig aus-

rückte und sich gegen jeden Befehl und jedes Training auflehnte. »Ganz hübsch wild ist er, und auch ganz hübsch schlecht«, gab er zu, »und trotzdem –« Er blickte wieder in Careys große, fragende graue Augen, die so lebhaft, so kindlich waren.
»Und trotzdem«, wiederholte Carey. Sie lächelten einander zu, als verstünden sie auch ohne Worte, wie liebenswert ein wildes, schlechtes Pferd sein konnte.
»Es tut mir wirklich schrecklich leid, daß er dein Fohlen gestohlen hat, Carey. Ich wünschte, er hätte das nicht getan.«
»Das war ja nicht allein seine Schuld«, erwiderte Carey. »Die Kiste ist vom Güterwagen gefallen, dafür konnte Sturmwind nichts. Jedenfalls werden wir das Fohlen zurückbekommen. Du hast's ja gesagt. Erzähl mir von Sturmwind, Ken.«
Sie kletterte auf einen großen, unebenen Felsen, der schräg am Fuß eines Hügels lag. Sie drehte sich um und machte es sich in einer Spalte bequem.
Ken stand vor ihr, den Fuß aufgestützt und den Arm auf den Oberschenkel gelehnt. »Er ist das wunderbarste Pferd auf der Welt«, sagte er langsam.
»Du kennst Juwel nicht!« rief Carey.
»Du doch auch nicht.«
Sie lachte. »Ja, aber ich weiß doch allerhand von ihr. Als Zweijährige hat sie ihr erstes Rennen in Craven gewonnen. Und dann wurde sie Erste unter den dreijährigen Jagdpferden bei der Ausstellung in Dublin. Das heißt was, kann ich dir sagen! Sie hat vier blaue Bänder. Unter ihren Vorfahren sind ein paar der besten Rennpferde, die's je gegeben hat. Sie stammt von Sonnenfinsternis ab.«
»Mit Rennpferden ist es was ganz anderes«, sagte Ken bedächtig.
»Sturmwind ist keins, wenn er auch ein Rennen gewinnen könnte.«
»Was ist er denn?«
Ken schwieg ziemlich lange. »Ich weiß es nicht. Das fragen wir uns alle. Er ist 'ne Art große Persönlichkeit, die anders als alle andern ist. Aber ich möchte ihn für mein Leben gern nochmal in einem Rennen reiten, Carey!«

»Wirklich, Ken?«
»Ich wünsch mir nichts so sehr wie das.«
»Wenn du Sturmwind und mein Fohlen zurückholst, reiten wir Rennen mit den beiden, Ja? Nur du und ich?«
»Meine Güte, das wäre großartig!«
»Ich möcht nur wissen, welches schneller ist?« Sie richtete sich aufgeregt auf. »Ich wette – mein Fohlen!«
»Und ich wette – Sturmwind!«
Carey lachte, und Ken stimmte ein. »Erzähl mir mehr von ihm«, bat Carey. »Wie war die schnellste Zeit, die du auf ihm geritten bist?«
Ken überlegte. »Ich weiß nicht. Seine schnellste Zeit nach der Stoppuhr waren achthundert Meter in fünfundvierzig Sekunden. Aber ich glaub bestimmt, daß er noch schneller gewesen ist, wenn wir nur so zum Spaß geritten sind. Einmal – als er seine Stuten zusammengetrieben hat, nachdem er den Albino umgebracht hatte –«
»Den Albino umgebracht?« rief Carey. »Er hat ein Pferd getötet?«
»Seinen eigenen Urahn, 'n Außenseiter, auch weiß, und Sturmwind ist ein Rückschlag.«
»Warum hat er ihn denn umgebracht?« Carey schauderte. »Bah, ist das gräßlich.«
»Es war gräßlich und schrecklich, aber trotzdem herrlich anzusehen.« Ken erzählte ihr, wie er mit Howard auf Sturmwind und Flicka ins Tal der Adler geritten war. Und wie Sturmwind davongelaufen war, den alten Hengst angegriffen und umgebracht hatte.
»Und was geschah dann?« stieß Carey atemlos hervor.
»Ja, dann bin ich aufgestiegen und hab versucht, ihn wieder in die Gewalt zu bekommen und nach Haus zu bringen, weil wir ihn für das Rennen deines Onkels in Saginaw Falls gemeldet hatten. Aber er wollte nicht mit mir kommen.«
»Warum nicht?«
Ken sah sie mit einem tiefen, seltsamen Blick an. Ihm schien, er wisse so viel mehr, habe so viel mehr erlebt als sie, daß sie das unmöglich verstehen könnte. Das Tal der Adler war so sehr ein

Teil seines Ichs, und in ihrem Leben gab es nichts Ähnliches – sie brachte eben einer alten kranken Frau Buttermilch auf dem Tablett, zog sich um, wenn es die Großmutter befahl, und ritt ein Pferd, das von einem Reitknecht gestriegelt, gesattelt und vor die Haustür gebracht wurde, so daß sie nur noch aufzusteigen brauchte.

Aber er versuchte doch, es ihr zu erklären. »Dort im Tal waren die ganzen Stuten und Fohlen aus der Horde des Albino. Jetzt gehörten sie Sturmwind. Dafür hatte er gekämpft und sein Leben aufs Spiel gesetzt. Er war der Sieger, und sie waren seine Beute, also nahm er sie auch.«

»Und wie?«

»Ich bin mit einem Satz auf seinen Rücken gesprungen und habe versucht, ihn zu zügeln. Bisher hatte er mir immer gehorcht, aber jetzt kümmerte er sich überhaupt nicht um mich. Er begann die Stuten zusammenzutreiben. Hast du das je gesehen, Carey?«

Sie schüttelte den Kopf. »Nein.«

»Also ein Wildhengst treibt die Stuten zusammen, wenn er seine Horde in Trab setzen will. Er neigt den Kopf tief herab – der schlängelt sich sozusagen vor ihm her. Die Ohren sind so flach zurückgestellt, daß man sie gar nicht sieht, und die Augen quellen heraus. Er rennt dann zwischen den Stuten umher und umkreist sie, schlägt und kneift sie, jagt sie zusammen – hin und her, wie eine Peitsche. Sie versuchen, vor ihm zu fliehen, er ist ja allein, und sie streben auf einmal in die verschiedensten Richtungen, aber er ist schneller und wendiger als alle, und so treibt er sie zusammen.«

»Und dabei hast du die ganze Zeit auf seinem Rücken gesessen?«

»Ja, ich hab da oben gehangen. Ich mußte ja. Dann begann er wie der Wind durch das Tal zu rasen, und alle Stuten folgten ihm. Mir war inzwischen schon alles gleichgültig. Schließlich bin ich runtergefallen.«

Careys Augen funkelten vor Aufregung. Sie schwieg lange. Im Geist sah sie den Ritt vor sich. Dann veränderte sich ihr Ausdruck, und sie schaute Ken ganz anders als vorher an. »So etwas hab ich noch nie getan, Ken.«

Ken erwiderte nichts. Er war weit weg, wie jedesmal, wenn er an jenen Morgen im Tal der Adler dachte.
Endlich sagte er: »In der Bibel steht auch etwas von Sturmwind.«
Carey sah ihn an. Wollte er sich über sie lustig machen?
»Ganz bestimmt«, beharrte Ken. »Mutter hat es mir vorgelesen. Es steht im Buch Hiob, und ich hab's auswendig gelernt.« Er richtete sich auf und deklamierte: »Kannst du dem Roß Kräfte geben oder seinen Hals zieren mit seiner Mähne? . . . Es stampft auf den Boden und ist freudig mit Kraft . . . Es spottet der Furcht . . . Es zittert und tobt und scharrt in der Erde . . .«
Carey staunte. Ihr Mund stand ein wenig offen. »Warum hab ich nie davon gehört?« Sie lachte laut auf. »Warum, Ken!«
Er nickte ihr zu, sie sahen sich in die Augen, und die Wirkung der Worte, die er eben zitiert hatte, schien in beiden immer größer und stärker zu werden. Ein Schauder kroch ihnen über den Rücken.
»Und das ist noch nicht alles«, fuhr Ken fort. »Es gibt noch eine andere Stelle über die Adler.« Er erzählte ihr von den Adlern im Tal, von seinem Kampf mit dem einbeinigen. Und wie sie herabgestoßen waren, als die Pferde starben, und mit Geiern und Habichten gemeinsam die Kadaver zerfleischten. »Fliegt der Adler auf deinen Befehl so hoch, daß er sein Nest in der Höhe macht? . . . Im Felsen wohnt er und bleibt auf den Zacken der Felsen und auf Berghöhen. Von dannen schaut er nach der Speise, und seine Augen sehen ferne . . . und wo Erschlagene liegen, da ist er . . . Du meine Güte!« rief Ken, als er sein Zitat beendet hatte, »wo die Erschlagenen lagen, da waren die Adler wahrhaftig!«
Abermals war Carey erstaunt und erschüttert. »Auf wessen Befehl?« fragte sie. »Es heißt doch ›auf deinen Befehl‹.«
»Gottes Befehl ist gemeint.«
»Ach so.«
Sie schwiegen wieder. Dann sagte Ken abrupt: »Ich wollte, es wäre Anfang des Sommers statt Ende.«
»Warum?«
»Verstehst du das denn nicht? Du bist doch jetzt hier, und wenn

der Sommer anfinge, könntest du bleiben und – und«, Ken stotterte. Seine Verlegenheit übertrug sich auf Carey, die den Kopf senkte. Ihr braunes Haar fiel nach vorn, und Ken konnte ihre Augen nicht mehr sehen, nur die nach oben geschwungenen Brauen, die glatten, weichen Lider und die dunklen Wimpern.
Keiner sprach ein Wort. Dann hob Carey einen kleinen Stein auf und klopfte damit auf den Felsen. Sie sah Ken an und lächelte schwach. Ihr Mund zog sich in der Mitte zusammen und in den Winkeln nach oben. Genau so hatte sie Howard zugelächelt.
Plötzlich ließ sie den Stein achtlos fallen. Er prallte gegen den Felsen, ein kleines braunes Eichhörnchen schoß hervor und hüpfte davon. Sie lachten beide.
Auf dem Weg raste ein Wagen vorbei. Ken sah ihm nach. »Das ist Reuben Dale. Ich wette, daß er zu Vater will, um mit ihm über die Suche nach Juwel zu sprechen.«
Carey sprang auf. Sie wollten beide kein Wort von dieser Unterhaltung verlieren. Eilig liefen sie zum Haus zurück.

10

Mit Ross Buckley waren es vierzehn Mann, die auf die Suche gehen wollten. Gus, Wink und Tim waren unabkömmlich. Howard und Ken waren dabei, sollten jedoch auf jeden Fall am elften September wieder auf dem Gestüt sein, weil sie am folgenden Tag abreisen mußten.
Den ganzen Abend über fuhren Wagen vor dem Haus vor. Das Wohnzimmer füllte sich allmählich mit großen, wettergegerbten Männern in Sporenstiefeln. Draußen wehte ein stürmischer Wind, man hörte ihn die Äste peitschen, und seltsame Geräusche, wie Stimmen, rumorten um das Haus. Drinnen krachten die Holzscheite im Kamin, und Robs tiefe, rauhe Stimme erklärte, erörterte Pläne, und gelegentlich warf einer der Männer ein kurzes Wort oder eine Frage ein. Sie schienen sich untereinander durch einsilbige Worte, Blicke und Schweigen zu verständigen.
Reuben Dale war mit zweien seiner sechs stämmigen Söhne er-

schienen, die alle gute Reiter waren und vorzüglich mit dem Lasso umgehen konnten.
Crosby hatte die Heuernte eingebracht, er und seine beiden Hilfsarbeiter wollten auch mitkommen. Andere hatten von dem interessanten Ereignis durch den geheimnisvollen ländlichen Nachrichtendienst gehört, der genauso zuverlässig funktionierte wie das Tam-Tam der Trommeln im afrikanischen Urwald.
Die Männer freuten sich darauf, mit auf die Suche zu gehen. Ob viel zu tun war oder nicht, sie ergriffen jede Gelegenheit, um dem täglichen Einerlei zu entrinnen. Und diesmal handelte es sich obendrein tatsächlich um einen aufregenden Fall. Sie waren begeistert, in einem Drama von sozusagen internationaler Bedeutung mitzuwirken. Ein Fohlen für zehntausend Dollar! Das mußte ja aus reinem Gold bestehen.
Aber selbst wenn es nicht so aufregend gewesen wäre, sondern etwas ganz Alltägliches, wären alle dem Ruf gefolgt und hätten ihre eigenen Interessen zurückgestellt. Im Notfall war jeder für den anderen da, erklärte Nell Mrs. Palmer. So waren sie nun einmal alle. Collins war auch dabei, allerdings sehr bedrückt. Im Wohnzimmer mit den McLaughlins, Mrs. Palmer und seinem Herrn zusammenzusitzen, ging gegen sein englisches Gefühl für Standesunterschiede. Im übrigen hatte er ja eine etwas schmähliche Rolle beim Verlust des Fohlens gespielt, obzwar man nicht sagen konnte, wo er sich sonst hätte aufhalten sollen, wenn nicht im Fahrerhaus. Man überließ es ihm, ob er mit auf die Suche gehen wollte. Er wußte sehr wohl, daß er einem solchen Ritt nicht gewachsen war, und doch fiel es ihm nicht leicht, das zuzugestehen. Jeder Mann gibt gern ein bißchen an – das ist auch gewissermaßen seine Pflicht – aber Collins konnte das nicht; er prahlte nur mit den Vorzügen und Heldentaten von Kronjuwel. Das erschien jedoch im Augenblick ebenfalls kaum angebracht. So saß er auf der äußersten Kante der Klavierbank, mit gesenktem Kopf, die Arme auf die Schenkel gestützt, und drehte die Reitkappe verlegen zwischen den herabhängenden Händen – alles in allem ein trübseliger Anblick.
Die Männer saßen lieber auf hartem Holz als auf weichen Kissen, von denen sie sich fast ängstlich fernhielten. Als keine

Stühle mehr frei waren, hockten sie auf Holzkasten, Klavierbank oder Tischen, während Carey zwischen Nell und Mrs. Palmer auf dem Diwan saß.
Mrs. Palmer war ganz benommen von all den männlichen Stimmen, den zahllosen langen Beinen, die teils standen, teils ausgestreckt, unter den Stühlen zurückgezogen oder übereinandergeschlagen waren. Sie trugen alle Sporenstiefel und verwaschene, eingegangene blaue Leinenhosen, in denen sich die Muskeln abzeichneten.
Rob war hocherfreut, daß Milt Norcross mit auf die Suche gehen wollte. Milt war ein alter Mann und offenbar nie jung gewesen. Er rasierte sich nie, und sein Gesicht verschwand fast zwischen dem dichten Haarschopf und dem Backenbart. Aber keiner war ausdauernder im Sattel als er, er kannte die Gegend am besten, die Gepflogenheiten der Pferde und die Stellen, wo man die sichersten Spuren aufnehmen konnte. Milts Kleider waren mit Sicherheitsnadeln zusammengesteckt. Wenn er zwei Mäntel abgetragen hatte, kaufte er sich nicht etwa einen neuen, sondern heftete die jeweils besser erhaltenen Hälften mit Sicherheitsnadeln aneinander. Und fand er dann noch das Vorderteil eines alten Pullovers als Rückenfutter, war er hochzufrieden. Als sich das Zimmer erwärmte, fragte Nell ihn, ob er nicht den Mantel ausziehen wolle. Alle sahen zu, wie er sich aus den einzelnen Stücken herausschälte und die verschiedenen Schichten zutage kamen – die Ärmel waren nicht angesteckt und wurden extra abgenommen – und die ganze Zeit über erläuterte Milt, teils verlegen, teils stolz, ausführlich seine Spezialmethode des Anziehens.
Aber die Meinung von Robs altem schwedischen Vorarbeiter Gus mit dem runden, rosigen Gesicht, dem grauen Lockenkopf und den kindlich frommen Augen gab doch für alle den Ausschlag.
Eine telefonische Nachricht rief Aufruhr hervor. Sie kam von Joe Daly. Sein Sohn Buck hatte die Spuren von Sturmwind, Juwel und Peter in den Buttes aufnehmen können. Sie hatten sich von dort nach Westen gewandt und nur fünf Kilometer entfernt ein Rudel von acht weiteren Pferden getroffen.

»Ach herrje!« rief Ken. »Da war er ja mit seinen Stuten keine fünf Kilometer von hier!«
Dalys Sohn sagte, die Horde zöge weiter nach Westen, direkt auf den wüstenähnlichen Landstrich südlich von Laramie zu. Sie gingen langsam und grasten unterwegs. Neben dem Denkmal, das an die Niedermetzelung einer Reiterbrigade durch die Shoshone Indianer gemahnte, hatte Buck die Schabracke des Fohlens gefunden. Sie war völlig zerrissen und verschmutzt. Offenbar hatte sie der Hengst mit den Zähnen zerfetzt.
Diese Nachricht belebte das Gespräch. Es erschien recht aussichtsreich, daß man die Pferde schnell finden würde. Aber was dann? Was für Gestüte waren in der Nähe? Welches hatte die festeste Koppel, in die sie die Pferde treiben könnten? Wenn das nicht ginge, müßten sie eine Koppel errichten. Woher war das Holz dafür zu bekommen? Außerdem mußten sie für diesen Fall Werkzeuge mitnehmen.
»In der Gegend gibt's kein Wasser«, sagte Gus nachdenklich. »Erst wieder in der Nähe der Berge. Deshalb müssen die Pferde jetzt schneller voranmachen – wenn kein Schnee kommt. Wir dürfen keine Zeit mehr verlieren.«
Carey fiel etwas anderes ein. Sie wollte aufstehen. Die Großmutter legte ihr die Hand aufs Knie. »Bleib sitzen, Liebling.«
»Ich will nur Collins schnell was fragen«, sagte Carey drängend, und die Großmutter ließ sie weg.
Carey setzte sich auf die Klavierbank neben Collins – der junge Georgie Dale hatte ihr heftig errötend seinen Platz überlassen. »Wird sie sich erkälten? Ich meine Juwel – ohne ihre Decken?« Collins machte eine seiner üblichen müden, hoffnungslosen Gesten.
»Das weiß nur der liebe Gott, Miss. Den ganzen Weg über hat sie die Decke gehabt, in ihrer Kiste, im Zug. Und jetzt rennt sie mit nichts bekleidet in der Wildnis rum!« Er schüttelte betrübt den Kopf.
»Mit nichts bekleidet in der Wildnis«, wiederholte Carey nachdenklich murmelnd. Sie sah das Bild deutlich vor sich. Und plötzlich war Juwel kein Fohlen mehr, sondern gleich einem nackten, zitternden kleinen Mädchen.

Ken gesellte sich zu ihnen. »Was sagen Sie da, Collins? Sie glauben, Juwel könnte sich erkälten?«
»Sie ist ihr Leben lang noch nicht erkältet gewesen. Aber wer weiß, was ihr alles passieren kann, wenn sie mit den wilden Viechern in den Eisbergen von Grönland rumrennt!« meinte Collins düster.
Ein paar Männer gingen auf die Terrasse, um nach dem Wetter zu sehen. Collins folgte ihnen, und Ken setzte sich auf die Bank neben Carey.
Er wußte nicht, was er sagen sollte. Carey wandte sich zu ihm, und er sah ihr in die Augen. Sein Herz klopfte, er hatte fast etwas Angst, aber Carey betrachtete ihn forschend und nachdenklich, und dann senkte sie den Kopf. Die dunklen Wimpern lagen auf den Wangen. Dieses bezaubernd süße, zugleich mutwillige Lächeln, das sie Howard geschenkt hatte, erschien wieder auf ihrem Gesicht. Sie schürzte dabei die Lippen in der Mitte und zog die Mundwinkel herauf.
»Ich werd die Pferde lieber in den Lastwagen laden«, meinte Gus. Er stand in der Mitte des Zimmers und unterhielt sich mit Mr. Greenway und Rob.
»Ja, das würde uns viel Zeit sparen«, erwiderte Rob. »Motorisierte Kavallerie!« lächelte er.
»Wir müssen früh aufbrechen, die Pferde zusammenholen und zu dem Denkmal fahren. Dort können wir sie dann ausladen«, schlug Gus vor.
»Damit hätten wir einen ganzen Tagesritt gespart«, sagte Rob.
Die Männer drängten sich um ihn.
»Wir müssen bei Tagesanbruch losfahren«, erklärte Rob.
»Geht in Ordnung.«
»Ich fahr bei den ganzen Farmen vorbei und lade die Pferde auf. Fünfzehn Stück kann ich im Lastwagen unterbringen«, sagte Gus. »Und wie steht's mit den Leuten?« fragte Reuben Dale. »Wenn sie alle ihre eigenen Wagen nehmen, gibt's höchstwahrscheinlich unterwegs Aufenthalt durch Motor- oder Reifenschäden.«
»Howard kann die Leute in dem kleinen Omnibus hinbringen. Er soll hinter dir herfahren, Gus. Hast du gehört, Howard?«

»Ja, Sir.«
»Und das Sattel- und Zaumzeug?« fragte Reuben.
»Ken!« rief Rob.
Ken erwachte aus seiner Träumerei und eilte zu seinem Vater.
»Ja, Sir!« Carey folgte ihm und blieb hinter ihm stehen.
»Gus holt die ganzen Gäule bei Tagesanbruch ab, lädt sie in den Lastwagen und fährt mit ihnen zum Denkmal. Howard bringt die Männer in dem kleinen Omnibus hin. Du übernimmst das Sattelzeug und die übrige Ausrüstung im Lieferwagen. Stell deinen Wecker auf drei.«
»Ja, Sir.«
»Ach, Ken!« hörte er es leise hinter sich flüstern. Er wandte sich um und sah Carey ins Gesicht. »Ich wollte, Mädchen könnten sowas auch! Wenn ich nur mitkommen dürfte!«
Mr. Greenway hörte das und legte den Arm um Carey.
»Das geht nicht«, meinte Ken. »Ein Mädchen mit so 'nem Haufen Männer.«
»Aber ich könnte doch mit dir bis zum Denkmal fahren und dann wieder zurück mit Gus.«
»Und wie steht's mit dem Proviant?« fragte jemand.
Sie brauchten auf jeden Fall Lebensmittel für das Unternehmen und einen Verpflegungswagen. In jenem Teil des Landes gab es ein großes Geschäft für Reiseausrüstungen, das Bill Beasley gehörte. Er hatte zahlreiche Verpflegungswagen und Leute, die stets auf Abruf bereitstanden.
Rob ging zum Telefon und kam nach einer Viertelstunde mit der Nachricht zurück, daß Beasley einen gut bestückten Verpflegungswagen mit den entsprechenden Leuten und einem Koch zur Verfügung stellen würde, der die Gesellschaft morgen früh um acht Uhr beim Denkmal treffen sollte. Falls man eine Koppel errichten mußte, konnten die notwendigen Werkzeuge in dem Verpflegungswagen untergebracht werden.
»Beasley hat gute Pferde«, sagte Georgie Dale. »Die sind für schwieriges Gelände wie die Buttes und das Ödland besser geeignet.«
Plötzlich packte Greenway Carey und Ken beim Arm und zog sie beiseite. Er machte ein vergnügtes Gesicht wie ein Verschwö-

rer, was die beiden beunruhigte. »Was würdest du dazu sagen, Carey, wenn du mit Ken zum Denkmal fahren und dann mit Gus im Lastwagen zurückkommen dürftest?«

»Aber das hab ich doch gerade gemeint, Onkel Beaver! Ich bin ganz wild darauf!«

»Also, einverstanden?«

Atemlos preßte sie die Hände aneinander. Ihr Mund öffnete und schloß sich, sie konnte vor Entzücken keinen Ton herausbringen.

»Gut – also machen wir's fest.«

Endlich fand Carey Worte. Sie klangen etwas ängstlich. »Aber, Onkel Beaver! Großmama würde mich nie, niemals mitlassen!«

Auf Greenways Gesicht zeigte sich das vertraute Blinzeln. Er hielt Carey fest am Ellbogen. »Wenn du erst mal zehn oder zwanzig Jahre älter bist, Carey, wird es ein paar Streiche geben, an die du gern zurückdenkst – Dinge, die du getan hast, obwohl du nicht durftest; wie du bei Nacht und Nebel ausgerückt bist und dich irgendwo herumgetrieben hast, ohne daß jemand davon wußte – jeder Mensch hat ein Recht auf solche Erlebnisse. Ich kann mich an eine ganze Menge Eskapaden erinnern und – im Vertrauen gesagt«, er flüsterte es Carey ins Ohr, »deine Großmama auch!«

Carey sah ihn zutiefst erschrocken an. »Aber Onkel Beaver, das glaub ich nicht!«

»Wenn ich's dir sage! Und diesmal bist du dran! Du wirst 'nen Mordsspaß haben, und es wird dir kein bißchen schaden.«

Carey atmete tief auf. »Aber ich schlaf doch mit ihr in einem Bett, Onkel!«

»Du sollst doch deinen Wecker auf drei Uhr stellen, stimmt's, Ken?«

»Ja, Sir.«

»Also deine Großmama hat einen sehr tiefen Schlaf, Carey. Besonders um drei Uhr früh. Du kannst aus dem Bett schlüpfen, ins Badezimmer schleichen, dich dort anziehen und ab! Was hindert dich?«

»Ach, Onkel Beaver, darf ich wirklich?« fragte Carey aufgeregt.

»Du darfst nicht nur, ich bestehe sogar darauf. Ungehorsam dulde ich nicht.«
»Wenn wir die Pferde ausladen, kannst du Roten Flügel reiten«, sagte Ken. Carey sah völlig fassungslos von einem zum anderen.
»Komm, wir suchen ein paar Sachen für dich raus, vor allem Stiefel und Hosen«, schlug Ken vor. »Die kannst du dann im Badezimmer verstecken.«
»Gib ihr ein Lumberjack, Ken«, bat der Onkel. »Morgen früh um drei wird's mächtig kalt sein.«
»Wir haben eine schwarze Lederjacke da«, meinte Ken. »Mutter hat sie immer getragen. Sie ist mit Wolle gefüttert.«
»Nein!« erklärte Carey plötzlich entschieden. »Ich kann das nicht machen.« Sie sah ganz verändert aus. »Großmama würde vor Aufregung krank werden, Onkel Beaver – das weiß ich genau. Und deshalb kann ich's einfach nicht.«
Greenway packte sie bei den Schultern, drehte sie zu sich herum, gab ihr einen kleinen Klaps und stieß sie dann vorwärts. »Weg mit dir! Vergiß nicht, deine Großmama ist meine Schwester, und wenn sie krank wird, pflege ich sie. Das hab ich schon getan, bevor du auf der Welt warst. Geh mit Ken und sieh zu, daß du alles zusammenkriegst. Das wird für alle ein Mordsspaß! Am meisten für mich – morgen beim Frühstück! Ich werd 'ne ganz schöne Rede schwingen müssen!«
Die Männer wollten aufbrechen. Rob verteilte Gläser, und eine Schnapsflasche machte die Runde – manche füllten ihre Becher bis zum Rand.
Ken und Carey saßen vor dem Wandschrank unter der Treppe. Vor ihnen türmten sich Jacken, Reithosen, Stiefel, Pullover und Leinenhosen, Carey stand auf und hielt ein Paar Hosen nach dem anderen an, bis sie eines in der richtigen Länge gefunden hatte. Sie setzte sich wieder, zog die Schuhe aus und probierte die Stiefel an. Endlich paßte ein Paar.
Ken wog die Stiefel nachdenklich in der Hand. »Ich glaub, die hab ich mit sechs Jahren getragen. Sag mal, Carey, wie wirst du denn aufwachen? Du kannst doch keinen Wecker stellen.«
»Großmama hat eine Uhr mit Leuchtziffern. Auf der kann ich sehen, wie spät es ist.«

»Aber wenn du nun nicht aufwachst?«

Das hielt Carey für ausgeschlossen. Sie war so aufgeregt, daß sie wohl überhaupt nicht schlafen würde.

»Auf welcher Seite liegst du denn?«

Sie schaute zu ihm auf. In dem Dämmerlicht sah sein Gesicht sanft und schön aus.

»Beim Fenster.«

»Zieh die Jalousie ein bißchen hoch. Ich kann dann meine Hand hereinstecken und dich an der Schulter packen.«

Carey senkte den Kopf. Das bedeutete Zustimmung, aber zugleich noch mehr. Etwas Unwägbares schwang zwischen ihnen. Kurze Zeit saßen sie stumm da. Dann standen sie auf und gingen ins Wohnzimmer zurück, wo die Männer ihre Mäntel anzogen und sich zum Aufbruch anschickten.

»Übrigens, Leute, ich setze voraus, daß keiner von euch bei diesem Unternehmen eine Stute reiten will?« rief Rob. Er stand auf der Terrasse, während die Männer in die Wagen einstiegen.

Erstauntes Schweigen folgte Robs Worten, als habe keiner der Männer daran auch nur gedacht.

»Klar, ich reite Becky. Hab sie von Ihnen gekauft. Die beste kleine Stute, die man sich ein wünschen kann«, erklärte Crosby ernsthaft.

Aus den anderen Wagen erscholl brüllendes Gelächter.

Rob grinste. »Aber du bist doch hinter einem Hengst her. Und noch dazu hinter einem, der alles auf eine Karte setzt. Wenn der eine Stute haben will, nimmt er sie sich auch. Ich geb euch den guten Rat – laßt die Damen zu Hause.«

Wieder erklang Gelächter aus den Wagen, die mit aufgeblendeten Scheinwerfern jetzt den Weg hinauffuhren.

11

Der scharfe Südwestwind, der seit Wochen Wolken und Nebelfetzen nach Osten getrieben hatte, legte sich. Unbeweglich verharrte die tiefste Wolkenschicht, auch darüber hörte jede Gegenströmung auf. Der verhangene Himmel wurde eine ein-

zige schwere Masse und senkte sich immer tiefer auf die Erde. Jedem Lebewesen in der Ebene war klar, daß etwas von oben drohte.
Die einzige Luftbewegung kam von Osten und trieb Nebel und Feuchtigkeit langsam wieder zurück. Es war etwas schwül. Das alles wirkte noch recht harmlos. Gus ging jedoch sogar während des Frühstücks vor Morgengrauen verschiedentlich nach draußen. Er stand in der Dunkelheit und sog die Luft prüfend ein, beobachtete das Wetter und hob dabei den Kopf, als könne er mit einer Art sechsten Sinns den Himmel erforschen, von dem auch nicht ein Stückchen sichtbar war. Er war tief verhangen und voller Schnee. Gus konnte ihn förmlich schmecken und fühlen. Aber wie nahe war er? Wie bald stand er bevor? Er mußte Schnee und Pferde gegeneinander abwägen. Auch die Pferde waren nicht weit. Aber wie weit? Die anderen, einschließlich Rob McLaughlin und Beaver Greenway, stärkten sich inzwischen mit Unmengen Kaffee, heißen Pfannkuchen, Haferflockenbrei, Würstchen und Spiegeleiern.
»Du wirst gern alles sehen wollen«, sagte Careys Onkel zu ihr, als er sie ins Auto setzte, und hing ihr seinen Feldstecher über die Schulter. Sie bedankte sich, er beugte sich näher zu ihr und flüsterte ihr zu, er führe nur deshalb nicht selber bis zum Denkmal mit, weil sie ihren Ausflug frei und ohne jede Aufsicht genießen sollte. Carey hatte den Verdacht, daß auch die Steifheit, die er sich bei seinem gestrigen Ritt zugezogen hatte, eine Rolle bei diesem Entschluß spielte.
Im gleichen Augenblick wurde Gus von Rob ermahnt: »Paß auf das kleine Mädchen auf!«
»Ja, Herr«, erwiderte Gus und sah ihm bei diesem Versprechen fest in die Augen.
Ken trat gerade auf die Kupplung, um dem kleinen Omnibus zu folgen, als Rob aufs Trittbrett sprang. Ken hielt wieder an.
»Ja, Sir?«
»Tanze ja nicht aus der Reihe und überhole Howard nicht.«
»Ja, Sir.«
Rob sprang ab, und Ken fuhr an.
»Warum hat er das gesagt?« erkundigte sich Carey neugierig.

»Warum sollst du Howard nicht überholen? Du sollst doch nicht etwa hinter ihm bleiben, nur weil du der Jüngere bist, oder?«
Ken lachte ein bißchen verlegen. »Nein. Vater will nur nicht – also, wir sollen eben keine Wettrennen machen und nicht versuchen, uns gegenseitig auf der Autobahn zu überholen.«
Carey dachte darüber nach. Plötzlich verstand sie. Sie hatte erlebt, wenn andere Jungen das taten. Sie rasten mit Höchstgeschwindigkeit, brüllten einander zu, wenn sie sich überholten, riskierten die verwegensten Dinge und waren ein Schreck für jeden, der sie sah. Howard und Ken McLaughlin waren also genau wie andere Jungen auch! Und plötzlich lachte sie schallend los.
»Nein – ich bin auch nicht dafür!« keuchte sie. In dem dämmrigen Halbdunkel des Wagens sah sie Ken an, und beide lachten laut.
Carey rutschte auf ihrem Sitz hin und her. Wie aufregend das alles war! So etwas hatte sie noch nie erlebt. Es war ganz dunkel, wie mitten in der Nacht, und da saß sie, allein mit Ken, und alle möglichen Abenteuer lagen vor ihr!
Sie hatte das Gefühl einer wilden Flucht. Denn natürlich war es eine Flucht – vor ihrer Großmutter. Mrs. McLaughlin war entzückend. Vielleicht war das der Unterschied zwischen Müttern und Großmüttern. Wenn Careys Mutter noch lebte ... Jedenfalls würde sie bald Mrs. McLaughlin helfen, Penny zu baden. Vielleicht nicht gerade morgen, weil die Großmutter da bestimmt wütend wäre, aber übermorgen.
Die Lichter vor ihnen bogen ab. Sie spürte das Holpern der Landstraße. Dann kamen wieder scharfe und weit ausholende Kurven. Und jetzt steuerte Ken den Wagen geschickt zwischen ein paar furchtbaren Schlaglöchern hindurch, und plötzlich waren sie auf einem großen Hof hinter den schwarzen Umrissen eines Hauses, das man teilweise im Scheinwerferlicht erkennen konnte. Eine Jalousie wurde hochgezogen. In dem erleuchteten Fenster tauchte der Schatten einer sehr dicken Frau auf, die ihren Morgenrock krampfhaft zusammenhielt. Ihr Kopf war mit lauter spitzen kleinen Lockenwickeln bedeckt.
Hunde kläfften im Chor.

Und jetzt wurde die Stille durch das Wiehern eines Pferdes unterbrochen. Von ferne antworteten die Männer darauf mit scharfen, rauhen Zurufen. Dann hörte man das Klappern der Hufe, als das Pferd über die Laderampe in den Lastwagen getrieben wurde. Wieder Rufe und das Krachen von Holz und Eisen, als die rückwärtige Klappe des Wagens geschlossen wurde. Howard stieß den Omnibus zurück, um dem Lastwagen auszuweichen. Neben Kens Lieferwagen tauchte ein Mann auf. Er sah grotesk aus, wie er mit Sattel und Zaumzeug beladen dastand.
»Tag, Ken.«
»Tag, Hal.«
Sattel und Zaumzeug wurden in den Lieferwagen geworfen, und der Mann verschwand wieder.
Es war zuviel, was Carey in sich aufnehmen mußte. Alles ging so schnell. Jetzt waren sie schon wieder unterwegs, und im nächsten Augenblick spürte sie dieselben Schlaglöcher, denselben holprigen Weg, dieselben scharfen Kurven, bis sie wieder in Reih und Glied auf der Autobahn landeten: Ken hinter Howards kleinem Omnibus, und dieser hinter dem Lastwagen.
Das wiederholte sich mehrmals. Es gab dabei nur geringe Unterschiede – einmal mehr, einmal weniger Schlaglöcher, Hundegekläff, wiehernde Pferde, Frauen, die sich aus dem Fenster lehnten oder draußen standen, den Männern etwas zuriefen und sie neckten.
Der Geruch nach Leder und Pferden erfüllte den Lieferwagen immer durchdringender. Carey sog ihn erregt in sich ein, sie mochte ihn sehr gern.
Es wurde heller. Man konnte jetzt die Farmen, Schuppen und Berge erkennen und die Tiere auf der Ebene. Alles sah aus, als sei es eben erschaffen worden und vorher in der Dunkelheit noch keineswegs vorhanden gewesen. So etwas hatte sie noch nie erlebt, es erschien ihr wie ein Wunder.
»Du hast gar nicht gewartet, bis ich dich geweckt hab«, unterbrach Ken das lange Schweigen. »Wie hast du das geschafft, ohne Wecker aufzuwachen?«
»Aber ich hab doch einen Wecker!«
Überrascht starrte er sie an. Sie machte ein verschmitztes Gesicht.

»Ich hab nämlich einen in mir«, erklärte Carey. »Onkel Beaver sagt, das wär mein Unterbewußtsein. Wenn ich weiß, ich muß um eine bestimmte Zeit aufwachen, tu ich's ganz von allein, genau fünf Minuten vorher. So war's auch heute morgen. Ich bin fünf Minuten vor drei aufgewacht.«

Ken sagte kein Wort. Seine Mutter hatte gemeint, die Kleine würde wahrscheinlich vor Aufregung kein Auge zumachen.

»Hast du geschlafen?« fragte er nach einer Weile.

»Wie ein Klotz«, erwiderte Carey. »Ich hab erst gedacht, ich könnte nicht. Es gab doch so viel zum Nachdenken und zum Freuen. Aber ich bin wohl gleich weg gewesen, sobald ich den Kopf aufs Kissen gelegt hab, denn ich kann mich an gar nichts mehr erinnern, bis ich dann plötzlich aufgewacht bin. Es war stockdunkel. Großmama hat geschnarcht, ich hab mich auf den Ellbogen gestützt und über sie weg zum Nachttisch geschaut, wo ihre kleine Uhr steht. Ich konnte die Leuchtziffern erkennen – es war genau fünf Minuten vor drei!«

»Ach herrje! Bei mir ist's ebenso«, rief Ken. »Ich kann immer aufwachen, wenn ich will. Howard kann das nicht, und wenn er sich noch so große Mühe gibt.«

»Versucht er's denn?«

Ken lachte. »Klar. Manchmal versäumt man doch was, wenn man nicht von alleine aufwachen kann.«

Carey dachte, daß sie diesen Morgen trotzdem nicht versäumt hätte, denn Ken hätte den Arm durchs Fenster hereingesteckt und sie geweckt. Ob er wohl ans Fenster gekommen war?

Auf einmal erklärte Ken: »Fertig«, und wendete vor dem letzten Farmhaus. Carey erkannte den Lastwagen, der voll mit Pferden beladen war. Sie standen Kopf an Schwanz, die erschreckten, aufgeregten Gesichter starrten wild heraus, als die Scheinwerfer von Howards Omnibus kurz über sie hinhuschten.

Und nun waren sie auf der Autobahn. Wie glatt das ging! Gus drehte auf.

»Wir werden uns wohl kaum nochmal sehen, nicht wahr, Carey? Vielleicht überhaupt nicht mehr«, sagte Ken plötzlich.

Carey sah ihn erstaunt an. »Warum denn nicht?«

»Na, ich gehe doch mit den Männern auf die Suche nach Juwel, und du fährst mit Gus zurück. Sobald wir sie finden, bringen wir sie zurück, und dann nimmst du sie mit nach Hause, stimmt's?« Nach kurzer Pause antwortete Carey: »Ja, sicher. Aber – vielleicht findet ihr sie nicht so schnell.«

»Jedenfalls bin ich unterwegs auf der Jagd nach ihr, und du bist auf dem Gestüt, und in acht Tagen müssen wir abfahren in die Schule.«

Wieder herrschte Schweigen. Dann fuhr Ken ernst fort: »Ja, ich glaub wirklich, das ist unser letztes Beisammensein. Carey – schreibst du mir mal diesen Winter? Die Adresse ist: Bostwick Schule, Duncan, Massachusetts. Du kannst aber auch aufs Gestüt schreiben, das wird mir dann nachgeschickt.«

Carey nickte langsam.

»Und ich kann dir aufs Gestüt ›Zum Blauen Mond‹ schreiben?«

Wieder nickte sie.

»Wenn ich sage, daß es wohl unser letztes Beisammensein ist, meine ich natürlich für jetzt. Denn ich seh dich wieder, ganz bestimmt. Wahrscheinlich nächsten Sommer.«

Bei diesen Worten hielt Ken den Blick unausgesetzt auf die Straße gerichtet. Carey betrachtete sein Profil. Wie gut die beiden Söhne von McLaughlin aussahen! Ken wirkte sehr männlich und zuverlässig. Schweigend saß Carey da – ihre Gedanken waren ganz durcheinander.

»Hat dich deine Großmutter gehört, als du aufgestanden bist?«

»Keinen Ton. Ich war ganz leise und hab die Tür sehr vorsichtig auf- und zugemacht. Ich hatte solche Angst, daß sie knarrt, aber Großmutter hat so laut geschnarcht ...« Carey schwieg plötzlich. Es war wohl nicht besonders nett von ihr, über das Schnarchen ihrer Großmutter zu reden.

»Das kommt natürlich von ihrem Asthma«, erklärte sie. »Die kleinen Atmungskanäle in ihren Bronchien sind ein bißchen geschwollen, und deswegen kriegt sie nicht genug Luft.«

Ken schien sich nicht für die Atmungskanäle von Careys Großmutter zu interessieren. »Ich bin nämlich dagewesen und wollte dich wecken, weißt du.«

»Wirklich?«

»Ja, wie ich's versprochen hab. Ich bin um viertel vor drei aufgestanden und ums Haus herumgegangen zu deinem Zimmer. Aber als ich am Bad vorbeigekommen bin, hab ich gesehen, daß dort Licht brannte. Da hab ich gewußt, daß du drin bist und dich anziehst.«

»Ja.«

»Du hast ja meine Kinderstiefel an. Wie passen sie dir denn?«

Carey zog einen Fuß aufs Knie und bewegte ihn hin und her. »Ein bißchen steif, aber die Größe ist gerade richtig.« Ob Ken überhaupt bis zu ihrem Fenster gegangen war? Kurz entschlossen fragte sie ihn danach.

»Ja«, erwiderte er nur.

»Aber warum denn? Wo du doch gewußt hast, daß ich mich im Badezimmer anziehe?«

Sie fragt so viel, dachte Ken. Sie ist eben ein Kind. Kinder stellen pausenlos Fragen.

»Ich weiß nicht genau, warum. Ich wollte eben nur wissen, ob du die Jalousie heraufgezogen hast, damit ich dich wecken konnte, wie wir's verabredet hatten.«

»Natürlich hab ich's getan«, sagte Carey. »Stell dir vor, wenn mein innerer Wecker nicht gegangen wäre!«

»Ich hab deine Großmutter schnarchen gehört. Sie kann's wirklich ganz gut! Und ich hab auch den Arm durchs Fenster gesteckt.«

Carey gab darauf keine Antwort. Es schien unklar, warum Ken das getan hatte, und er mußte das auch empfinden, denn er fuhr fort: »Ich wollte nur sehen, ob ich dich wirklich hätte erreichen und wecken können, wenn du nicht von allein aufgewacht wärst.«

»Ich glaub schon, daß das gegangen wäre«, erwiderte Carey und betrachtete eingehend ein Stück Leder, das sich vom Absatz des Stiefels löste.

»Stimmt. Ich hab das Kissen gespürt.«

Draußen wurde es immer heller. Es war eigentlich keine richtige Morgendämmerung, sondern eher ein schwächer werdendes Grau, das wohl alles war, was der Tag bringen würde. Lange Zeit verging, bis Ken seinen Gedankengang mit ein paar einfachen Worten abschloß: »Das Kissen war warm.« Carey durch-

fuhr ein seltsam zitternder Schreck. Sie stellte den Fuß wieder herunter, sah beharrlich aus dem Fenster und schwieg. Kens Worte zerrten immer noch an ihrenNerven. Ob er ebenso durcheinander war?
Als er wieder zu reden begann, klang es sehr unpersönlich. »Sieht eher wie Ende Oktober als Anfang September aus.«
»Was sieht so aus?«
»Das Gras.« Er wies auf die gelbe dürre Ebene. Nicht ein Tüpfelchen Farbe zeigte sich in der Landschaft. »In diesem Jahr wird's früh Winter, und wahrscheinlich ein sehr strenger.«
»Woher weißt du das?« Carey ließ wirklich keine Frage aus, aber Ken fand, daß es sich lohnte, darauf zu antworten.
Seine Stimme klang tief und fest – genau wie die seines Vaters – als er erwiderte: »Hast du nicht die Tiere gesehen? Die Kühe und Pferde haben ein sechs Zentimeter dickes Fell. Sie haben sich gut vorbereitet, denn sie wissen es vorher.«
»Sechs Zentimeter!« staunte Carey.
Die vorderen Wagen bogen von der Autobahn ab, überquerten die Eisenbahnschienen und fuhren auf einem schmutzigen Weg nach Südwesten weiter. Die Straße war nicht besonders, und Gus verlangsamte das Tempo. Carey stellte fest, daß sich die Gegend veränderte. Sie näherten sich den Buttes. Ob man wohl durch dieses Ödland fahren konnte, ohne die Pferde auf dem Lastwagen zu gefährden? Careys Gedanken wanderten zu Juwel. Ihr galt all die Mühe, Arbeit und Gefahr. Carey dachte zurück – war es wirklich erst drei Tage her, daß Juwel verschwunden war? Es war so viel, so unendlich viel inzwischen geschehen, daß es ihr schien, als sei ein Jahr vergangen, seitdem sie ihren gelbbraunen Schottenrock an jenem Morgen angezogen hatte, um zuzusehen, wie Juwel aus dem Zug geholt und auf den Anhänger verladen würde.
Dann dachte sie noch weiter zurück – an den Tag, als sie und Onkel Beaver die Köpfe zusammengesteckt und die Papiere, Briefe und Bilder vom Beckwith Gestüt in England betrachtet hatten. Schließlich hatte sich Onkel Beaver zurückgelehnt und gesagt: »Möchtest du sie gern haben, Kleine?« Und sie hatte genickt. »Dann sollst du sie auch bekommen«, hatte er erwidert.

Von diesem Augenblick an bis zu ihrer Ankunft auf dem Gänselandgestüt hätte sie nur noch einen Wunsch gekannt: Juwel. Und jetzt hatte sich ihr Leben wie ein Fächer entfaltet, auf dem Szenen mit neuen, bezaubernden Orten und Menschen abgebildet waren. Carey wußte nicht mehr so genau, was sie sich am sehnlichsten wünschte.

12

Der Verpflegungswagen mit einem von Bill Beasleys Köchen wartete schon an dem vereinbarten Treffpunkt. Carey wußte nicht genau, was sie sich eigentlich unter dem Denkmal vorgestellt hatte. Keinesfalls aber einen einfachen großen Felsen, der in der Ebene aufragte. Er war unbehauen und hatte die Form einer kleinen Pyramide. Auf einer Seite war eine Inschrift eingemeißelt, die in kurzen Worten berichtete, daß hier eine amerikanische Kavalleriebrigade im Jahr 1873 von den Shoshone Indianern niedergemetzelt worden war.

Der Koch hatte bereits ein Feuer gemacht, über dem ein großer Kaffeekessel auf einem Dreifuß stand. Der Verpflegungswagen war hinten aufgeklappt, so daß ein Tisch entstand, auf dem eine Zuckerbüchse, eine Anzahl Blechbecher und Löffel, ein Riesenberg Schmalzkringel und ein paar Dosen Milch aufgebaut waren. Die Pferde waren abgeschirrt worden. Sie grasten im Hintergrund. Ken und Carey stiegen aus. Howard prüfte bereits die Spuren auf dem Boden und winkte Ken heran, der sich bei Carey entschuldigte und zu seinem Bruder eilte.

Gus ließ die Pferde noch auf dem Lastwagen und ging langsam zu dem Verpflegungswagen, um Kaffee zu trinken. Ein paar Männer folgten seinem Beispiel, andere schlossen sich Ken und Howard an, untersuchten die Hufspuren, die sich deutlich sichtbar in dem ockergelben, ausgedörrten Gras abzeichneten, und diskutierten darüber. Hin und wieder sah man auch Pferdemist.

Plötzlich stieß Howard einen Schrei aus, worauf sich die anderen um ihn drängten. »Seht ihr? Das ist Peters Huf! Groß wie ein Eimer! Er ist immer noch bei den beiden!«

Von Südwesten her galoppierte ein Reiter auf sie zu. Es war Buck Daly, der schon vor längerer Zeit am Denkmal eingetroffen war und die Spuren noch einige Kilometer südwärts verfolgt hatte.
Er stieg ab und erzählte seine Neuigkeiten. Seines Vaters Stute Jenny war verschwunden. Sturmwind hatte sie in der Nacht gestohlen.
Die Männer lachten laut vor Begeisterung, als sie das hörten. Sie begannen sich gegenseitig aufzuziehen, welche Stuten sie wohl auf ihren Koppeln zurückgelassen hätten. Neugierig umringten sie Buck und fragten ihn, ob er die Spuren wirklich gesehen hätte. Natürlich hatte er das und auch festgestellt, daß Jenny mit Sturmwind weggerannt war. Seit Tagesanbruch verfolgte er sie. Die Pferde hatte er allerdings nicht entdeckt, aber ihre Spuren waren deutlich genug. Sie führten in Richtung auf die Schneeberge, und zwar war das Tempo schneller als gestern.
Carey fand, die Männer lärmten so vergnügt, als seien sie losgezogen, um sich ein paar schöne Tage zu machen. Natürlich hatten sie es auch gut – ein Picknick, Reiten, Jagd – was konnte es für diese Männer und überhaupt für jeden Herrlicheres geben? Plötzlich überkam sie ein starkes Gefühl der Verbundenheit mit der Erde, mit dem Gras, und sie nahm den Geruch der Pferde und Reiter tief in sich auf. Sie fieberte vor Erregung. Es war noch etwas anderes – die Freiheit, die so wild, so sanft und süß, und doch so aufregend war.
Die Männer stapften umher, wiesen auf die Spuren im Gras, redeten und scherzten, ganz anders als gestern abend. Sie sprachen über das Wetter, sahen zum Himmel und schlossen Wetten ab, in wieviel Stunden der Sturm wohl käme und wie die Aussichten wären, die Pferde einzuholen. Ihre Blicke richteten sich nach Südwesten. Der tiefe graue Himmel wirkte wie ein Schatten oder wie eine Hutkrempe und erhöhte die Sicht. Alles kam unwahrscheinlich deutlich heraus. Eine Viehherde, die etwa acht Kilometer entfernt graste, war genau zu erkennen. Sie unterschieden Furchen, einsame Bäume, aufragende Felsen und niedere Hügel, die endlose Ebene, und ganz weit hinten erhoben sich allmählich die Schneeberge. Sie waren mindestens achtzig

Kilometer entfernt. Der abgeplattete Gipfel war von Wolken verhüllt.
Buck meinte, bei scharfem Zureiten könnte man die Pferde im Laufe des Tages einholen. Keine Frage – die Tiere könnten sich natürlich auch irgendwo in einer Bodenvertiefung verstecken oder in einer kleinen Mulde, keine zehn oder fünfzehn Kilometer vom Denkmal entfernt. Jedenfalls aber lohnte sich ein Versuch.
Carey erwog den Gedanken, daß Juwel vielleicht ganz in der Nähe sein mochte, und ballte aufgeregt die Fäuste.
Gus brachte ihr eine Tasse Kaffee. »Furchtbar stark, aber der möbelt dich auf, Carey!« Sie holte sich Zucker bei dem Koch. Er gab ihn ihr mit strahlendem Lächeln, das seinen zahnlosen Gaumen unter dem herabhängenden braunen Schnurrbart enthüllte.
Carey rührte den Kaffee um und lauschte dem Gespräch von Gus und Leonard Moody. Wenn solche Männer zusammenkommen, ist jedesmal einer darunter, der ganz selbstverständlich die Führung übernimmt. Hier schien es Moody zu sein, ein großer, hagerer, flachshaariger Mann, auf dessen hübschem Gesicht ein ärgerlicher Ausdruck lag. Er beriet mit Gus, was nun geschehen solle.
Jeder trank eine Tasse Kaffee und aß ein paar Schmalzkringel dazu. Sie wanderten umher und scherzten mit dem Koch, den sie Cookie nannten.
Gus und Moody unterhielten sich über das Wetter. Sicher würde es Sturm geben. Es wurde schnell kalt. Aber sie könnten vielleicht die Pferde einfangen, bevor es losging. Die Wolken hingen immer tiefer, und es sah aus, als würde sehr bald dichter Nebel kommen. Wenn sie die Pferde nicht jetzt vor Ausbruch des Sturmes kriegten, müßten sie bis zum Frühjahr warten. Denn es zog nicht nur ein Sturm auf, sondern der Winter war da. Man mußte sich nur den dicken Pelz der Pferde ansehen! Die waren schon vorbereitet auf einen harten, frühen Winter. Sturmwind brachte seine Stuten zu den Hügeln am Fuß der Schneeberge, und wenn sie erst einmal dort waren, dann – auf Wiedersehen!
Frühjahr! dachte Carey. Ihr Herz wurde schwer. Eine große

gefiederte Schneeflocke fiel in ihre Kaffeetasse. Für den Bruchteil einer Sekunde erkannte sie die Sternenform, dann war sie verschwunden. Mit emporgewandtem Gesicht hielt sie nach weiteren Ausschau. Vereinzelt fielen sie sanft herab. Der Wind war stärker geworden, er kam von Osten.

»Jetzt geht's los, Jungens!« rief Georgie Dale. »Wir machen lieber voran!«

Sie ließen ihren Kaffee und die Schmalzkringel stehen, ergriffen das Zaumzeug und sammelten sich vor dem Lastwagen. Die Rückwand wurde heruntergelassen, die Pferde trappelten über die Laderampe, und jeder nahm das seine.

Ob Ken wohl vergessen hatte, daß er sie vor dem Aufbruch reiten lassen wollte? fragte sich Carey. Nein, er kam auf sie zu und führte einen großen Rotfuchs am Zügel. »Das ist Roter Flügel, Carey. Du sollst ihn reiten, bevor wir losziehen.«

Aber Carey schüttelte den Kopf. »Ich glaub, dafür ist's zu spät, Ken«, erwiderte sie. »Die anderen steigen alle schon auf.«

Gus erhob die Stimme. »Sieht mir so aus, als ob Ihr verloren habt. Das ist 'n Ostwind, und der kommt schnell rauf. Ihr könnt's ja versuchen, aber vielleicht braucht Ihr mich vor Mittag wieder. Ich fahr besser nicht gleich zurück. Wenn Ihr nicht zu lange wegbleibt, warte ich hier auf Euch und bringe Euch nach Hause.« Leonard Moody schwang sich in den Sattel, wandte den Kopf und rief: »Vorwärts, Jungens!«

»Reit los, Ken«, sagte Carey. »Wir sehen uns ja nachher.«

Er zögerte einen Augenblick und schaute sie an. Es war das letzte Mal! Die ausgeblichenen blauen Leinenhosen saßen wie angegossen. Ihre Hände steckten in den Taschen der schwarzen Lederjacke, der Kragen war hochgeschlagen und rahmte das strahlende Gesicht ein. Die schimmernden braunen Haare fielen auf die Schultern herab. Ihre Augen glänzten vor Aufregung, die Wangen waren gerötet, eine Schneeflocke fiel auf ihre Nasenspitze und schmolz sofort. Über den Kopf hatte sie einen alten blauen Leinenhut gestülpt. Ken konnte den Blick nicht von ihr wenden. Der große Rotfuchs, der den Kopf hoch über Kens Schultern reckte, stellte die Ohren auf und sah Carey ebenfalls an. Er wußte, daß sie für ihn neu war. Ken überlegte, daß er gestern früh noch nicht einmal etwas von Careys Dasein geahnt hatte, und jetzt – bei dem Gedanken, sie zu verlassen –

»Komm schon!« rief Howard ungeduldig, er saß bereits auf dem Pferd.

»Auf Wiedersehen!« sagte Ken. Er streckte ihr die Hand entgegen, und sie schüttelte sie ernsthaft. Sie sahen sich in die Augen. Dann stieg Ken auf Roter Flügel und gesellte sich zu den anderen.

Der ganze Trupp setzte sich in Bewegung. Die Jungen winkten Carey zu. Ken drehte sich unentwegt im Sattel zurück. Immer wieder winkten sie einander zu, bis plötzlich die Männer und Pferde in einer Mulde zu verschwinden schienen, auf der anderen Seite wieder auftauchten und in kurzem Galopp davonritten – jetzt war niemand mehr in der Menge zu unterscheiden!

Gus hatte sich kaum um den Aufbruch gekümmert. Er hatte die Kühlerhaube des Lastwagens geöffnet und sah den Motor nach, der unterwegs ausgesetzt hatte. Wink und Tim, die den Lieferwagen und den kleinen Omnibus zurückfahren sollten, säuberten den Lastwagen von Pferdemist.

Carey kam sich sehr verlassen vor. In ihrem Gesicht zuckte es. Der Wind war schrecklich und drang durch ihre Leinenhosen bis auf die Haut.

»Hat denn das kleine Mädchen kein Pferd zum Reiten?« erkundigte sich Cookie mitfühlend. »Siehst du den Rotschimmel, der dort drüben grast? Du kannst ihn reiten – es gibt kein besseres Pony in ganz Wyoming. Ich hab's schon acht Jahre.«

»Aber es gehört doch Ihnen, und Sie werden's mitnehmen wollen«, stammelte Carey. »Ich muß mit Gus zurück.«

»Gus will erst so um mittag rum nach Hause. Und ich fahr auch noch nicht gleich hinter den Jungens her. Hab noch nicht gefrühstückt.«

»Du meinst wohl dein zweites Frühstück!« brüllte Tim.

»Oder ist's das dritte!« fiel Wink ein.

Der Koch kümmerte sich gar nicht um sie. »Ich komme erst nach allen anderen dran. Jedenfalls bleib ich noch 'ne Weile hier. Ich werde dir das Pony satteln, und du kannst dir mal die Gegend anschaun.«

Carey zeigte auf eine Gruppe kegelförmiger Hügel im Nordwesten. Einer war ziemlich hoch. »Glauben Sie, ich hab Zeit genug, den Hügel da hinten raufzureiten? Von dort könnte ich die Männer sehen.« Sie erhob ihren Feldstecher. »Damit, meine ich«, erläuterte sie.

»Aber sicher, Zeit genug«, meinte Cookie freundlich und schickte sich an, das Pony für sie zu satteln.

»Was machst du denn da?« rief Gus.

»Die Kleine möcht gern mein Pony ausprobieren!« brüllte der Koch zurück. »Sie kann doch 'n bißchen rumreiten, während ich frühstücke.«

Der Schwede nickte und verschwand wieder mit dem Kopf unter der Motorhaube.

Carey stieg auf. Der Rotschimmel tänzelte ein wenig, als er die ungewohnte Hand und das leichte Gewicht spürte. Carey rutschte auf dem viel zu großen Sattel herum.

»Die Steigbügel sind zu lang«, sagte sie und zügelte die Stute, während der Koch die Steigbügelriemen kürzer schnallte. Dann übernahm sie die Führung, gewann festen Halt mit den Knien, preßte die Absätze in die Flanke des Ponys und ritt eine kleine Runde.

»Sieh mal an! Du kannst aber gut mit Pferden umgehen!« rief Cookie anerkennend. Er hatte die Arme über dem Bauch verschränkt, der mit einer unglaublich schmutzigen weißen Schürze bekleidet war, und betrachtete Carey.

»Wie heißt sie denn?« fragte Carey.

»Mammi.«

»Also los, Mammi. Wir sind soweit.« Und sie ritten in kurzem Galopp davon.

Der Koch sah ihnen einen Augenblick nach, wandte sich dann wieder seinem Wagen zu und widmete sich dem Kaffeetisch. Er tat Honig und Butter auf einen großen Blechteller, verrührte das Ganze kunstgerecht, wie ein Maler die Farben auf seiner Palette, schnitt sich dann eine große Scheibe von dem Weißbrot ab, das er jede Woche selber backte, legte sie auf die Mischung und drückte sie fest darauf. Dann drehte er sie mit einer Gabel um und weichte die andere Seite ein.

Gus ließ den Motor im Stich und kam herüber.
»Bleib lieber weg!« warnte Cookie freundlich. »Wenn ich zu essen anfange, ziehen alle anderen besser 'nen Badeanzug an!«
Aber Gus hatte etwas anderes auf dem Herzen. »Ist das Pony, auf dem sie reitet, 'ne Stute oder 'n Hengst?«
Der Koch schluckte hastig seinen Bissen herunter und wischte sich den Mund ab. Er sah Gus an.
»'ne Stute, Gus. Daran hab ich überhaupt nicht gedacht.«
»Hm, das ist schlecht, wo der Hengst hier rumwimmelt.« Die beiden Männer drehten sich um und schauten Carey nach, die zu den Hügeln galoppierte. »Kens weißer Hengst läßt nicht mit sich spaßen«, sagte Gus bekümmert.
»Klar, ich kenn die Geschichte«, erwiderte Cookie. »Aber sie nimmt doch 'ne ganz andere Richtung.« Er wies auf die Männer, die nach Südwesten ritten und noch deutlich zu erkennen waren.
Gus nahm den Hut ab und kratzte sich den Schädel. Er betrachtete erst die Reiter, dann Carey, die eben hinter dem ersten der kegelförmigen Hügel verschwand. Dann blickte er wieder den Reitern nach und sprach seinen Gedanken aus. »Sind Pferde erst mal draußen auf freier Bahn, rennen sie nicht geradeaus, falls sie nicht 'n bestimmtes Ziel haben. 's wär gut möglich, daß Sturmwind und seine Stuten im Kreis rumgelaufen sind und uns grad jetzt von hinten beobachten.«
»Stimmt, das ist mir eben auch eingefallen. Na, meine Stute ist jedenfalls trächtig.«
Gus dachte so lange über den Fall nach, daß der Koch zu seinem köstlichen Mahl zurückkehrte, nach dem sich seine Zunge und der zahnlose Gaumen sehnten. Schmatzend aß er weiter.
Es geschah selten, daß Gus ein Scherz einfiel, oder daß er den neckenden Ton anschlug, der unter Amerikanern üblich ist.
»Na, Sturmwind interessiert sich auch nie für Stuten, aber für die besten allemal«, erklärte er bedächtig, setzte den Hut auf und ging wieder zum Lastwagen. Der Koch blieb zurück und sprudelte einen beleidigten Wortschwall hervor, der mit Butter und Honig vermengt war.

13

Der Wind legte sich wieder, und die Schneeflocken schienen vom Erdboden aufgesogen worden zu sein. Es wurde viel kälter, die Luft war kristallklar, und man hatte gute Fernsicht.

Als Carey die Anhöhe heraufritt, merkte sie plötzlich, daß ihr keine gefiederten Sterne mehr auf die Ärmel oder ins Gesicht fielen. Sie drehte sich dauernd um und beobachtete die Männer, die dicht hintereinander in einer mächtigen Staubwolke ritten.

Auf dem Gipfel brachte sie die Stute zum Stehen, nahm den Feldstecher und versuchte, Ken und Howard in der Gruppe zu erkennen. Dann richtete sie das Glas nach allen Seiten und betrachtete eingehend das ganze Gelände, das sich in dem kreisförmigen Ausschnitt verwirrend ausnahm. Alles sah so unwirklich aus und schien eigens für Carey erschaffen zu sein.

Jetzt eröffnete sich ihr in dem kleinen Rund ein herrlicher Anblick: ein schneeweißes Pferd stand wie eine Statue auf dem Kamm eines Hügels. Es rührte sich nicht, hatte den Kopf erhoben, und jeder Muskel war angespannt.

Carey nahm den Feldstecher herunter. Ihr Herz pochte heftig. War das Sturmwind? Nein – das war nichts Wirkliches, nur ein Trugbild in den Ferngläsern . . .

Sie versuchte, ihre fünf Sinne wieder zusammenzubekommen. Ohne Glas schaute sie zu dem Hügel, auf dem sie das Pferd entdeckt hatte, aber sie sah nur die ausgedörrte Ebene, die Hügel und Felsen, und weit hinten die Schneeberge. Nein – da war es wieder! Ein weißer Fleck auf dem Gipfel.

Abermals ergriff sie das Fernglas, drehte es so lange, bis sie das Pferd erkannte. Sorgfältig stellte sie die Gläser richtig ein, und endlich zeigten sie ihr den Hengst in allen Einzelheiten wie auf einer Radierung – die gespannten, weiß umringten Augen, die aufgestellten Ohren, die geblähten Nüstern, die innen einen purpurroten Anflug hatten und bebten. Witterte er sie tatsächlich? Zweifellos beobachtete er sie – prüfte sie und die Stute eingehend, genau wie umgekehrt.

Noch nie hatte Carey etwas so Schönes, Wildes und Makelloses gesehen.
Während sie noch den Hengst bewunderte, zogen die Wolken immer tiefer. Der Himmel war von leichtem Nebel verhüllt und schien dann völlig zu verschwinden.
Verwundert nahm sie den Feldstecher herunter und sah umher. Überall sank der Himmel herab. Dunst, Wolken, Nebel, Schnee hüllten sie ein.
Durch die Luft klang ein Wimmern. Es war der Wind. Die Schneeflocken hatten sich aus großen gefiederten Sternen in schneidenden, vereisten Nebel verwandelt, eine Decke von pulverartigem Eis, das biß und brannte.
Carey riß den kleinen Rotschimmel herum und trieb ihn an. »Schnell zurück zum Lagerplatz, beeil dich!« Mammi galoppierte willig den Abhang hinab.
Unten angelangt, stellte Carey fest, daß sie völlig vergessen hatte, wie sie zu dieser höchsten Erhebung gekommen war. Auf allen Seiten waren kegelförmige Hügel. Das Schneegestöber wurde dichter. Sie konnte die Augen nicht mehr aufmachen. Mammi schleppte sich mühsam weiter. Sie wollte offenbar auf einen anderen Hügel. Carey hielt sie an und versuchte, sich zu erinnern. Während sie einen Augenblick still verharrte, fror sie durch und durch. Der Wind trieb ihr den Schnee gegen die Beine, wo er schmolz und sofort gefror. Als sie ihn entfernen wollte, knisterte eine dünne Eisschicht unter ihrer Hand. Und gleich darauf bildete sich wieder eine neue auf ihrem Schenkel, dann auf den Wangen. Sie war dauernd damit beschäftigt, das Eis wegzuwischen. Mammi ging von sich aus weiter. Carey fiel jetzt ein, daß sie einen kleinen Hügel herauf- und wieder heruntergeritten war, bevor sie die Erhebung in der Mitte erreicht hatte. Dieser kleine Hügel lag zwischen ihr und dem Denkmal. Mammi hatte schon recht: sie mußte dort hinauf. Carey trieb die kleine Stute vorwärts, beugte sich tief auf ihren Rücken und hielt den Arm schützend vor Gesicht und Augen. Sie versuchte festzustellen, wo sie eigentlich war, aber sie sah nur eine dicke weiße Nebelschicht. Als ob ich in eine Decke gehüllt sei, wunderte sie sich.

Sie ritten den Hügel herauf und wieder herab. Jetzt wollte Mammi auf einen zweiten Hügel. Carey hielt an. Das ist doch verkehrt, dachte sie, Mammi zerrte unentwegt am Gebiß. Der Wind kommt doch von Osten, überlegte Carey. Er müßte sie zum Denkmal zurückführen. Aber hier zwischen den Hügeln blies der Wind von überallher. Man konnte sich gar nicht nach ihm orientieren.

Ihre Zähne klapperten, und sie zitterte heftig. Automatisch drückte sie Mammi den Absatz in die Flanke und ließ die Zügel schleifen. Die Stute kämpfte sich weiter, einen Hügel herauf, und Carey wußte selbst nicht, warum sie sie gewähren ließ. Jetzt wurde ihr klar, daß sie keinerlei Vorstellung davon hatte, wo das Denkmal war und wie sie es finden könnte. Sie hatte sich verirrt.

Mammi hatte den Hügel halb erklommen und bog jetzt seitwärts ab. Carey hielt sie wieder an, wendete und zwang sie, zurückzugehen. Die Kälte war noch schlimmer als die Angst. Ob ihr Gesicht wohl wirklich erfror? Sie entfernte immer wieder das Eis von Wangen und Ohren. Ein Glück, daß sie warme Filzhandschuhe in der Jackentasche gefunden hatte!

Mit dem heulenden Wind drang die Kälte immer tiefer in sie ein, als sei sie entschlossen, Carey zu vernichten. Wieder hielt sie, völlig unsicher, die Stute an. Mammi war entmutigt und ließ den Kopf hängen. Carey beugte sich nach vorn, tätschelte ihr den Hals und sprach ihr gut zu. Sie war froh, den Klang ihrer eigenen Stimme zu hören, auch wenn ihr der Wind die Worte vom Munde riß. Mammi konnte sie kaum verstanden haben, aber sie drehte ihr den Kopf zu, als sei sie getröstet.

Es ist ja bekannt, daß Pferde den Weg nach Hause finden, wenn man sie laufen läßt, dachte Carey. Aber ich will doch zum Denkmal. Wird Mammi das für ihr Zuhause halten, weil die Leute, der Verpflegungswagen, das andere Pferd und ihr Herr dort sind? Oder wird sie sich zu ihrem wirklichen Heim durchschlagen, der Beasley Farm – und wie weit ist das? Carey konnte sich nicht erinnern, meinte aber, es seien elf bis zwölf Kilometer. Wenn Mammi wirklichen Pferdeverstand hätte, würde sie zum nächstgelegenen Ort gehen: zum Denkmal ...

Sie überließ ihr die Führung wieder und sagte: »Das ist deine Sache, Mammi, du mußt den Weg finden.«
Mammi wand sich jetzt lebhafter zwischen den kleinen Kegeln hindurch, manche umging sie, und andere ritt sie herauf und wieder herunter. Carey war so durchgefroren, daß sie keinen klaren Gedanken mehr fassen konnte. Sie fragte sich nur teilnahmslos, ob sie so wirklich zum Denkmal kommen würden. Natürlich – wenn man den richtigen Weg nimmt, erscheint es einem, als sei man im Nu da. Jetzt aber mußten sie sich den Rückzug durch den Blizzard erkämpfen. Da konnte es einem sehr wohl viel, viel weiter vorkommen und trotzdem in Ordnung sein.
Aber vielleicht war es doch falsch. Vielleicht entfernten sie sich immer mehr vom Denkmal. Warum überhaupt umherirren? Wäre es nicht viel besser, an einem Fleck zu bleiben und einfach zu warten, daß Gus oder Cookie nach ihr suchten? Aber man konnte nicht stillstehen. Warum man wohl ständig herumwanderte, wenn man sich verirrt hatte?
Wenn sie nur nicht so frieren würde!
Carey hatte keine Vorstellung, wie weit sie geritten waren oder wieviel Zeit verstrichen war. Es gab keinerlei Anhaltspunkte dafür. Es wurde weder heller noch dunkler. Man sah keine Kennzeichen. Nur das ewig gleichförmige Schneegestöber und die Kälte, die immer durchdringender wurde.
Als sie hinter einem Hügel hervorkamen, hatte Mammi den Wind im Rücken und verfiel in einen langsamen Trab. Ruckartig bewegte sie sich eine kleine Schlucht hinab, so daß Carey nach vorn rutschte. Auf der anderen Seite ging es wieder hinauf. An völlig unvermuteten Stellen waren bereits große Schneemulden, andere waren geradezu reingefegt. Mammi bahnte sich durch einige Schneeflächen den Weg, andere wieder umging sie. Carey wußte jetzt mit Bestimmtheit, daß das nicht der Weg zum Denkmal war. Auf dem Hinweg hatten sie keine Schluchten durchquert. Die Gegend hier erinnerte eher an das Ödland. Mammi wollte zur Beasley Farm, oder sie hatte die Richtung verloren und lief ziellos umher. Carey beschloß umzukehren und versuchte, die Stute anzuhalten. Aber Mammi bockte und wollte

ihren Kopf durchsetzen. Als Carey sie energischer zügelte, bäumte sie sich auf, machte einen Satz nach vorn und schlug nach hinten aus. Dabei glitt sie aus und fiel hin. Carey rollte herunter, hielt aber noch immer die Zügel in der Hand. Ihre Finger waren jedoch ganz steif, und als Mammi wieder auf die Beine kam, riß sie Carey mit einem Ruck die Zügel aus der Hand. In der nächsten Sekunde war die Stute verschwunden, Carey sah und hörte nichts mehr von ihr.

Sie saß einen Augenblick auf dem Boden, mit dem Rücken zum Wind, um ihr Gesicht zu schützen. Dann erhob sie sich und ging weiter. Sie wußte, daß es nur ein zielloses Umherlaufen war. Sie hatte nicht die leiseste Idee von der Richtung. Aber in einem solchen Sturm kann man nicht stehenbleiben, man würde erfrieren. Wirklich zu Tode erfrieren. Das ist schon vorgekommen. Man las es auf der ersten Zeitungsseite. Farmer sind schon erfroren, als sie versuchten, vom Stall ins Haus zu gelangen. Oder es geschah Autofahrern auf der Landstraße. Man muß das Blut ständig in Bewegung halten. Man muß sich unter allen Umständen bewegen ...

Lange Zeit wanderte Carey umher, dann ließ sie sich völlig erschöpft in eine Felsspalte an einem Hügelabhang fallen. Sie beruhigte sich selbst damit, daß sie nur eine oder höchstens zwei Minuten ausruhen wolle, um wieder etwas Kräfte zu sammeln, und dann weitergehen. Wenn sie nur jetzt jemand finden würde, ehe sie wieder laufen mußte!

Es erschien ihr unmöglich, weiterzugehen. Sie versuchte es einmal, beschloß dann aber, sich noch etwas länger auszuruhen. Dann stand sie auf. Sie zitterte am ganzen Körper. Taumelnd bewegte sie sich vorwärts. Sie war erstarrt vor Kälte. Sie mußte sich wieder setzen und noch ein bißchen ausruhen. Sie dachte jetzt an ganz andere Dinge ... Vielleicht würde man sie nicht finden. Vielleicht stünde über sie bald eine jener Schlagzeilen auf der ersten Seite. »Großnichte von Beaver Greenway bei Blizzard im Ödland verirrt und erfroren!« Dann dachte sie an Ken. Heiße Tränen stiegen ihr in die Augen, und sie schluchzte vor tiefem Mitleid mit sich selbst. Mußte das ausgerechnet geschehen, nachdem sie gerade eben die McLaughlins kennengelernt

hatte und all diese aufregenden Dinge in ihr Leben gekommen waren!
Sie zwang sich in die Wirklichkeit zurück. Das war ja ein schönes Benehmen! Einfach dazusitzen mit hängendem Kopf und den Erfrierungstod ruhig auf sich zukommen zu lassen!
Aber sie konnte keinen Schritt weiter machen. Ihre einzige Hoffnung war, daß die anderen sie finden würden. Also mußte sie rufen! Ihnen helfen, sie zu suchen! Und Carey öffnete den Mund und hörte, wie die Worte »Oh, Ken!« von ihren Lippen kamen und sofort vom Wind davongetragen wurden.
Sie ließ den Kopf wieder auf die Brust fallen. Diesen Ruf wollte sie, ähnlich wie ein Nebelhorn, in regelmäßigen Abständen wiederholen. Und so schickte Carey etwa jede Minute ihren Verzweiflungsschrei zu dem Jungen, der nach Südwesten davongeritten war, um ihr Fohlen zu suchen.
Sie kuschelte sich in der Felsspalte zurecht. Die Pausen zwischen ihren Rufen wurden immer länger. Carey fühlte sich allmählich wirklich ausgeruht und fror auch nicht mehr so schrecklich. Viele Minuten schlief sie tief. Dann weckte sie der Befehl, den sie sich selbst gegeben hatte, wieder auf, und sie rief, so laut sie konnte: »Oh, Ken!«
Als sie diese Pflicht erfüllt hatte, lächelte sie glücklich. Ihr Kopf sank erschöpft auf den Arm, mit dem sie sich auf den Boden stützte. Carey schlief fest ein.
Eine Stunde später hatte Gus sie gefunden.
Er schien genau gewußt zu haben, was ihn erwartete. Mit kräftigem Ruck zog er sie hoch, schüttelte sie so heftig, wie er nur konnte, und schrie sie an. Careys Beine knickten zusammen, der Kopf pendelte willenlos hin und her. Gus ließ sie wieder zu Boden gleiten, nahm eine Flasche aus der Tasche, beugte sich über sie, flößte ihr etwas Whisky ein und massierte ihren Hals. Sie würgte an dem scharfen Getränk. Gus zog sie wieder empor und beutelte sie ordentlich durch.
Niemand kannte sich besser aus mit dem Einschlafen im Schnee als Gus. In Schweden hört man im tiefsten Winter jeden Monat von Leuten, die im Schnee eingeschlafen und nicht mehr aufgewacht sind – nicht vor Müdigkeit, und auch nicht vor Kälte,

sondern durch die hypnotische Wirkung, die von den endlosen weißen Schneemassen ausgeht. Sie schalten jeden Willen aus, lähmen die Entschlußkraft und wirken so beruhigend und friedlich.

»Und jetzt gehst du los!« donnerte Gus und schubste Carey vor sich her. Wenn sie hinfiel, hob er sie auf, schüttelte sie und stieß sie weiter vorwärts.

Sie jammerte nicht. Hin und wieder blitzten ihre Augen ihn an; sie sah ein seltsames, schneebedecktes Wesen, das sie anschrie, vorwärtsstieß und sie zwang, aufzuwachen und zu gehen.

Sie war wieder so weit bei Bewußtsein, daß sie erkannte, was mit ihr geschah. Als ihr Blut wieder in Bewegung kam, spürte sie ein qualvoll lähmendes Gefühl in allen Gliedern. Aber sie mußte ja gehorchen, mußte weitergehen, und wenn sie hinfiel, mußte sie wieder aufstehen.

Dieser Kampf erschien ihr endlos; je mehr sie zu sich kam und sich bewegte, desto stärker empfand sie den Schmerz am ganzen Körper.

Kurz vor dem Denkmal trafen sie einige Männer. Carey nahm die Reiter wahr, die herangaloppierten und so dicht mit Schnee bedeckt waren, daß man sie nicht erkennen konnte. Lebhaftes Rufen ging hin und her. Gus hob Carey in den Führersitz des Lastwagens. Es war warm dort, denn der Motor lief, und die Heizung war angestellt. Gus ließ die Tür offen und unterhielt sich draußen mit den Männern. Cookie hatte den Verpflegungswagen angespannt.

Carey konnte hören, was sie einander zuriefen – sie wollten zur Beasley Farm. Cookie kannte jeden Winkel der Gegend und würde sie auf einem sicheren Weg führen – den Lastwagen, den kleinen Omnibus, den Lieferwagen und auch die Reiter. Es war unmöglich, die Pferde jetzt in den Lastwagen zu verladen. Einige Männer erklärten, daß sie direkt nach Hause wollten.

Plötzlich schlug Gus die Tür zu, und Carey war allein in dem Fahrerhaus. Das Gefühl behaglicher Geborgenheit überwältigte sie beinahe, und wieder bohrte sie die Fäuste in die Augen, die sich mit heißen Tränen füllten. Sie fühlte sich noch immer sehr schwach.

Die Tür ging auf, und Gus schob Ken herein. »Paß auf, daß sie in Bewegung bleibt und spricht, Ken, und schüttle sie, wenn's nötig ist. Ich bin bald zurück.«

Kens Gesicht zeigte Scheu und Schrecken. Er ergriff Careys Hände und rieb sie, als fürchte er, sie zu zerbrechen. Sie versuchte, ihm zuzulächeln.

Die andere Tür öffnete sich, und Gus kletterte herein. Er ließ den Motor schneller laufen, drehte das Fenster herunter, steckte den Kopf nach draußen und gab brüllend seine letzten Befehle. Dann fuhr der Lastwagen los. Gus schloß das Fenster, reichte Ken wortlos die Schnapsflasche, damit er Carey noch etwas einflößte.

Gehorsam schluckte Carey den scharfen Whisky. Gus sah ihr prüfend in die Augen. »Jetzt ist alles wieder in Ordnung, Carey!« erklärte er zufrieden.

Carey nickte ihm zu, sprach aber immer noch kein Wort. Plötzlich wandte sie sich zu Ken. »Oh, Ken, ich hab dich immerzu gerufen!« sagte sie.

»Meine Güte, Carey!« murmelte Ken hilflos, verkorkte die Flasche wieder und gab sie Gus zurück.

»Ich hab Sturmwind gesehn, Ken!«

Der Junge starrte sie an. Ob das wohl eine Einbildung war, die damit zusammenhing, daß sie im Schnee eingeschlafen war? überlegte er.

»Ich hab ihn wirklich gesehen, durch's Fernglas. Er stand auf einer Anhöhe – wie eine weiße Statue, genau wie du gesagt hast.«

Ihre Blicke trafen sich. Wortlos teilten sie alles, was geschehen war, miteinander. Carey war einen weiten Weg gewandert, dem Tode zu – nur noch eine kurze Strecke hatte sie vom Ende getrennt. Ihre Augen tauchten tief in Kens, sie lehnte sich an ihn. Er sollte ihr helfen, diese Last zu tragen. Und plötzlich brachen sich die lange zurückgehaltenen Tränen Bahn. »Ach, Ken!« schluchzte sie und warf sich an seine Brust. Er legte die Arme um sie und hielt sie fest an sich gedrückt.

Die Wagen hatten keine Lichter. Sie fuhren in dichter Folge hinter dem Verpflegungswagen her. Beasleys Pferde kannten den Weg gut und führten die anderen. Sie trabten munter dem heimatlichen Stall zu, wandten die Köpfe vor dem Sturm und bäumten sich auf.

Gus sah Ken und Carey von der Seite an und grinste vielsagend. »Sieht mir mehr nach 'ner Umarmung als nach Schütteln aus – na ja – macht auch nichts, solang sie nicht wieder einschläft«, meinte er nur.

Eine Viertelstunde bevor der kleine Zug zur Beasley Farm einbog, kam Mammi mit nachschleifenden Zügeln vor dem Wohnhaus angetrabt. Sie blieb vor den erleuchteten Fenstern stehen und jammerte flehentlich.

14

Sturmwind führte seine Schar zurück durch die Ebene. Er suchte in den eigentümlichen Hügelformationen der Buttes nach Schutz vor dem Blizzard.

Er hatte jetzt dreizehn Pferde bei sich, zehn Stuten und drei Fohlen, die zwei bis drei Monate zählten. Die drei Mutterstuten hatte er aus dem Tal mitgenommen: eine braune, einen Rotfuchs und eine große schwarze Stute, der Ken den Namen Hagar gegeben hatte.

Alle drei hatten auch einjährige Fohlen, aber als die jungen kamen, hatte Sturmwind die Jährlinge verjagt.

Bei Pferden gilt das Gesetz, daß der Jährling von der Seite der Mutterstute weichen muß, wenn sie ein neues Fohlen wirft. Sie hat genug damit zu tun, ein Junges zu säugen und zu versorgen. Der Hengst paßt scharf auf und treibt die Jährlinge fort. Zuerst versuchen sie verzweifelt zurückzukehren, und dieser Kampf dauert tagelang. Sie können sich einfach ein Leben ohne die Mutterstuten nicht vorstellen. Manchmal stecken sie dabei ihre erste ernsthafte Niederlage ein und stehen dann – aus Bißwunden und Schrammen blutend – jammervoll mit hängenden Köpfen da und blicken sehnsüchtig zurück auf die ferne Horde. Doch bald tröstet sie der gemeinsame Kummer. Dadurch entstehen häufig bleibende Bindungen. Sie lernen ein neues, freies

Leben kennen, sorgen selbst für Nahrung und Schutz und finden schließlich großen Spaß daran.
Hagars Jährling jedoch – das einzige weiße Fohlen, das vom Albino abstammte – konnte sich nicht mit seinem Schicksal abfinden. Er hatte wohl nicht nur das weiße Fell und den prächtigen Körperbau, sondern auch den Eigensinn und die Halsstarrigkeit seines Erzeugers geerbt. Sturmwind hatte ihn mit den übrigen Jährlingen weggejagt, aber er kehrte zurück und wagte sich so nahe wie nur irgend möglich zu den Stuten heran – bis auf etwa achthundert Meter. Er verdiente also wirklich den Namen, den Ken ihm gegeben hatte: Paria – aus seiner angestammten Horde ausgestoßen und auch zu keiner anderen Gemeinschaft gehörig. Mitunter machte Sturmwind einen Ausfall, um ihn weiter wegzutreiben. Und wenn er ihn erwischen konnte, bestrafte er ihn für seine Anmaßung. Dann griff Paria weit aus mit seinen langen, schlanken weißen Beinen – sie waren ebenso kräftig wie die Sturmwinds – und jagte über die Prärie, zu einem sichereren Platz. Sturmwind aber kehrte zu seinen Pflichten zurück.
Sturmwinds Leitstute war ein geschmeidiges Tier mit schwarzem seidigen Fell. Sie hieß Lady Godiva und hatte dem Inhaber der Tageszeitung von Steamboat Springs gehört. Lady Godiva war nicht trächtig.
Dann waren noch die beiden hübschen braunen Morgan-Stuten da, die Sturmwind bei Jeff Stevens gestohlen hatte. Sie waren ebenfalls nicht trächtig. Ein Paar prächtige Zweijährige hatte Sturmwind wer weiß woher geraubt. Sie waren noch nicht ganz ausgewachsen – eines war honiggelb, das andere kastanienbraun. Beide hatten offensichtlich Palomino-Blut in sich. Im kommenden Frühjahr würden sie zum erstenmal fohlen.
Dalys Stute Jenny gehörte auch zu Sturmwinds Schar.
Und dann Juwel.
Als einzige in der ganzen Horde hatte Juwel keinen warmen Winterpelz. Ihr Haar war kurz, dicht und glänzend und das Fall dünn. Sie hatte bisher noch keinen Schnee erlebt, geschweige denn einen Blizzard. Die Winternächte hatte sie in ihrer bequemen Box in den Stallungen des Beckwith Gestüts verbracht. In

den milden Nächten des Frühlings, Sommers und Herbstes hatte sie auf einer der kleinen eingezäunten Weiden gegrast. Nie hatte sie gegen scharfen Wind ankämpfen müssen. Und jetzt war sie einem tobenden, gewaltigen Bilzzard ausgesetzt, der sie völlig verstörte, ihr in den Augen brannte und dessen eisiger Hauch ihr das Mark in den Knochen gefrieren ließ. Der überaus fein konstruierte Organismus des Tieres tat bereits alles, um den Mangel auszugleichen. Die Anzeichen dafür waren vorhanden, aber es brauchte etwas Zeit. In einer Woche würde man bereits das Haar wachsen sehen. Bis dahin aber war Juwel ein halberfrorenes Häufchen Elend, wenn sie nur eine Sekunde stillstand.
Sturmwind jedoch sorgte dafür, daß sich alle bewegten. Manchmal führte er sie an, dann wieder trieb er sie von hinten. Juwel jagte er ebensoviel Schrecken ein wie die Kälte. Sie rannte davon, sobald er sich ihr nur näherte. An den Schenkeln hatte sie bereits mehrere Wunden, die bluten würden, wenn sie nicht gefroren wären. Zeitweise empfand Juwel, daß der Hengst an allem Schuld trug. Wenn sie nur von ihm und den Stuten weg könnte, würde auch alles andere leichter werden, und sie könnte wieder warm und gemütlich in der gepolsterten Kiste sein. Die vertraute Stimme von Collins würde zu ihr sprechen, seine kräftigen Hände würden ihren Hals streicheln und ihr den Eimer mit Hafer umhängen. Wenn dann der Strom von köstlicher Wärme und Kraft durch Juwels Kehle rann und sie allmählich mit neuem Leben erfüllte, würde Collins sie weiter liebkosen. Ja – Flucht, das war es, was sie wollte! Mehr als einmal war sie schon mit diesem Gedanken ausgebrochen und in weitem Bogen davongerannt. Aber so schnell sie auch war, Sturmwind war noch schneller, und im nächsten Augenblick schrie sie bereits vor Angst vor dem weißen Ungeheuer hinter ihr, das seine starken Zähne in ihre Hinterhand grub. Wieder neue Wunden ... Mehr noch als seine Bisse fürchtete sie den Hengst selbst. Sie floh vor ihm und merkte dann, daß er das wohl berechnet hatte und daß sie wiederum gehorsam mit der Stutenschar lief. Aber die anderen ließen ihr ebenfalls keine Ruhe. Alle schnappten nach ihr, stießen und schubsten sie herum. Deshalb galoppierte sie etwas abseits von der Herde.

Jenny wurde genau so gequält wie Juwel.
In einer Pferdeschar werden die Neuankömmlinge stets von den anderen drangsaliert, genau wie es unter Kindern in der Schule ist. Sie müssen sich erst einmal beweisen und behaupten. Dann lassen die anderen sie schließlich gelten. Juwel und Jenny waren eben »die Neuen«.
Die drei Fohlen rannten dicht neben ihren Müttern her. Trotz ihrer jugendlichen Unerfahrenheit hielten sie der Kälte und dem Sturm ebenso stand wie die Muttertiere. Vielleicht sogar besser, denn die Stuten mußten außerdem nach Nahrung suchen. Das Fohlen aber brauchte nur den Kopf unter den Bauch der Mutter zu stecken, wenn sie bloß ganz kurz stehenbleibt. Obendrein kommt die Milch noch genau vorgewärmt, wie sie das Fohlen braucht, während die Stute erst den Schnee wegscharren und das dürre, kalte Gras fressen muß. Von Nüstern und Lippen der Pferde hingen lange Eiszapfen, ihre Leiber waren mit einer weißen Kruste bedeckt, nur die Mähnen und Schweife waren dunkel, da sie ständig im Wind flatterten.
Plötzlich schien sich der Sturm zu legen. Der Hengst verlangsamte das Tempo, und die Horde blieb an der windgeschützten Seite einer Bodenerhebung stehen. Hier waren sie geborgen. Das war Sturmwinds Ziel gewesen. Die Fohlen begannen sofort zu trinken. Auch die Stuten hatten Durst und fraßen Schnee. Sturmwind scharrte den Schnee weg, und unter dem felsigen Boden kam eine ziemlich große grüne Grasfläche zum Vorschein. Die Stuten stürzten sich gierig darauf. Juwel versuchte, es ihnen gleichzutun, aber die Stuten stießen sie fort. Erschreckt brachte sie sich in Sicherheit. Jeden Muskel angespannt, bäumte sie sich gegen den eisigen Wind und Schnee, der über den Kamm der Höhe fegte und ihr erst richtig zeigte, wo sie sich befand. Aber sie wagte nicht zurückzukehren. Lieber erfrieren als gestoßen und gebissen zu werden!
Die Nacht brach herein. In Juwel erstarb jede Lebenskraft. Ihre Beine knickten dauernd ein, und der Kopf war tief gesenkt.
Ein Windstoß brachte ihr die Witterung: ein warmer, wohlvertrauter Pferdegeruch. Viel mehr noch – der Geruch eines Helden, eines Beschützers, eines Abgotts! Es war das große Zug-

pferd, dieses freundliche Ungetüm mit den braunen Augen und der dichten schwarzen Mähne. Sie witterte Peter!

Juwel hob den Kopf, als sei sie zu neuem Leben erwacht. Sie stieß ein wildes Wiehern aus, zum Zeichen, daß sie ihn wiedererkannte. Alle Stuten und auch der Hengst wandten sich um und sahen zu ihr.

Dort auf der weißen Schneefläche stand ein riesiger, plumper Schatten. Peter war etwas schüchtern und demütig in Gegenwart des Hengstes, wie es jedes kastrierte Tier gegenüber der unverfälschten Männlichkeit ist. Juwel flüchtete sich zu ihm. Obwohl Peter die Gefahr sehr wohl kannte, antwortete er mit lautem, freudigem Wiehern.

Juwel schmiegte sich an ihn. Sie preßten die Köpfe aneinander und beschnupperten sich mit den Nüstern. Peter brummte zärtlich beruhigend.

In diesem Augenblick fiel der Hengst über ihn her, bäumte sich hoch, biß zu und warf sich blitzschnell herum, um mit den mörderischen Hufen nach ihm auszuschlagen. Aber Peter war in der undurchdringlichen weißen Fläche verschwunden. Kein Laut – kein Brummen war mehr von ihm zu hören. Juwel spürte einen heftigen Biß am Widerrist und floh zurück zu den Stuten. Sie stießen und pufften Juwel von sich.

Und wieder mußte sie ihren kalten, einsamen Platz abseits einnehmen. Sie blieb dort stehen.

Eine halbe Stunde verging. Dann kam abermals der warme, freundliche Geruch! Und wieder konnte Juwel ein Aufwiehern nicht unterdrücken und rannte zu ihm, verfolgt von dem Hengst. Aber diesmal berührte Peter sie nur leicht an den Nüstern, wieherte einmal laut auf – es war ein Versprechen, sie nicht zu verlassen –, und stob dann davon. Seine großen Hufe donnerten über den gefrorenen Boden.

Ergeben kehrte Juwel an ihren Platz zurück. Sturmwind begann wieder mit seinen weißen starken Zähnen wie toll auf das Gras einzuhauen und gierig zu fressen. Er brauchte die Kraft und Wärme, die es spendete, um seine Stärke, seine Wachsamkeit und das Feuer seines königlichen Hengst-Daseins zu erhalten.

Als Juwel das nächste Mal Peter witterte, wieherte sie nicht und rannte auch nicht zu ihm. Sie hob nur den Kopf und sah durch das Schneetreiben zu dem kaum erkennbaren Schatten. Peter näherte sich, jedoch nicht zu sehr, und begann, behutsam und wie beiläufig nach Gras zu scharren und zu schnuppern.

Aber Sturmwind konnte er nicht täuschen. Der Hengst legte die Ohren nach hinten. Sein Kopf beugte sich zwar noch dicht über das Gras, aber er beobachtete jede Bewegung Peters. Dann ließ er die Ohren hängen und fraß gleichgültig weiter.

Juwel begann ebenfalls nach Gras zu scharren. Das brachte sie näher zu Peter. Er stand an einer ungeschützten Stelle und trotzte der Gewalt des Windes und Schnees. Schritt für Schritt ging sie auf ihn zu. Schließlich tat sie gar nicht mehr, als wolle sie grasen, sondern kam ganz dicht zu ihm und preßte sich an seinen mächtigen Leib, wie ein Fohlen an die Mutterstute. Sie spürte die Wärme seines riesigen Körpers und war getröstet. Peter schwankte nicht, unbeweglich stand er da – eine Seite dem Blizzard ausgesetzt, der ihn mit einer Eisschicht bedeckte.

Juwels Schneekruste schmolz allmählich und tropfte herab. Die Wärme des Wallachs durchströmte sie. Es war köstlich. Sie war geborgen und schlief ein. Stunden vergingen.

Die Präriewölfe streiften umher und suchten Opfer des Blizzards. Hin und wieder trug der Wind ihr langgezogenes, schauriges Heulen zu den Pferden hin. Aber sie waren weit entfernt – der Hengst hob nicht einmal den Kopf.

Nicht ganz so tapfer waren die kleinen Jährlinge, die ihren ersten Blizzard allein im Freien erlebten. Sie hatten Schutz unter einer überhängenden Felsklippe sechs Kilometer weiter nördlich gefunden. Als das Heulen zu ihnen drang, warfen sie ängstlich die Köpfe hin und her. Sie stellten die Ohren auf und horchten, angespannt und zitternd.

Achthundert Meter entfernt stand ein einsames Pferd regungslos im Schutz eines Hügels. Es war der junge Paria, über und über mit Eis und Schnee bedeckt – ebenso weiß wie sein Fell. Den Kopf hatte er der Stutenschar zugewendet, und lauschte auf den Klang von Hagars Stimme. Die ganze Nacht über stand er so.

Juwel preßte sich beharrlich an Peter. Und er neigte den großen Kopf, so daß seine rauhe schwarze Mähne über ihr wehte.

15

Ohne Peter hätte Kronjuwel diesen ersten Blizzard wohl nicht überlebt. In den vielen Stürmen des harten Winters, den sie mit der Stutenschar in der Ebene zwischen den Buttes und den Schneebergen verbrachte, war Peter ihr Beschützer.

Sobald der erste Blizzard und der darauffolgende furchtbare Orkan vorüber waren, führte Sturmwind seine Horde nach Süden in die freie Ebene. Hier lag kein Schnee, der Wind fegte ihn immer wieder davon. Sie konnten Gras fressen, das zwar dürr und trocken, aber außerordentlich nahrhaft war. In den kleinen Bodenvertiefungen und Mulden der Ebene fanden sie ausreichend Schutz und Wasser.

Aus den gleichen Gründen zogen auch Elche, Antilopen und Rehe auf die Ebene. Juwel machte ein drollig verblüfftes Gesicht, als sie den Kopf hob und nicht weit entfernt zum erstenmal eine Gruppe dieser seltsamen Tiere entdeckte, die ebenfalls grasten. Bald jedoch wurden sie ihr freundschaftlich vertraut. Sie konnte der Neugier nicht widerstehen und näherte sich den Tieren immer wieder zögernd. Manchmal kamen auch diese, ebenso neugierig, langsam heran, blieben stehen, starrten Juwel an und scharrten aufgeregt mit den Hufen. Dann stoben sie aufgescheucht über die Ebene, beruhigten sich und begannen aufs neue zu grasen.

Mitunter weideten Rehe und Pferde gemeinsam, ohne einander viel Beachtung zu schenken.

An den strahlenden Wintertagen von Wyoming, wenn die Sonne von einem wolkenlosen, tiefblauen Himmel durch die kristallklare Luft herabschien und ihre Wärme und Kraft wie elektrischer Strom die Pferde durchpulste, war Juwel ganz außer sich vor Aufregung und Glück. Etwas Derartiges hatte sie noch nicht erlebt. Sie tobte ausgelassen herum wie ein Jährling, bockte, sprang und warf den Kopf zurück, stellte sich auf die Hinterbeine und schlug ins Leere.

Es war so klar, daß man die Gruppe der Jährlinge einige Kilometer entfernt deutlich erkennen konnte. Juwel raste davon, um mit ihnen Freundschaft zu schließen. Sturmwind behielt sie ständig im Auge und hob dabei nicht einmal den Kopf. Juwel kam zurück, was sie jetzt immer tat. Sie hatte ihre Lektion bekommen und wies keine neuen Bisse mehr auf. Angst vor Sturmwind kannte sie nicht mehr, sondern fügte sich scheinbar seinen Wünschen. Einmal graste sie ganz in seiner Nähe. Sie gingen langsam, fast im Gleichschritt vorwärts, rupften mit den scharfen Zähnen einmal rechts, dann links, machten wieder einen Schritt. Mit vollem Maul richtete sich der Hengst auf und ließ den Blick weit umherschweifen – er erfaßte alles, was sich im Umkreis von vielen Kilometern bewegte. »Alles in Ordnung« – er senkte wieder den Kopf und ging Schritt für Schritt mit Juwel weiter. Ihre Mäuler berührten sich beinahe. Sturmwind war nicht gierig. Willig überließ er ihr die guten Grasbüschel. Allmählich gewann Juwel Vertrauen zu ihm. Sie wußte, wenn Sturmwind aufpaßte und wachte, waren sie in Sicherheit.

Peter jedoch war ihr wahrer Freund. Er gesellte sich nie zu der Horde, begleitete sie jedoch überall hin – immer im respektvollen Abstand von einigen hundert Metern. Meist war Juwel bei ihm. Sturmwind hatte sich jetzt mit dieser Freundschaft abgefunden. Im Winter, wenn die Stuten trächtig sind, bedeutet ein Eindringling keine Gefahr. Außerdem war Peter ein bejahrter Wallach. Sturmwind aber fürchtete nur junge Hengste.

So bildeten die Pferde eine Art Sonnensystem: Sturmwind war die Sonne, und die Stuten waren seine unmittelbaren Satelliten; Peter und Juwel zogen gemeinsam ihre Bahn, der Einzelgänger Paria die seine und im größten Abstand die Jährlinge.

Außerhalb von Sturmwinds direktem Gesichtskreis gab es weitere Pferdegruppen. Häufig waren es kleine Wildpferde, die man in allen Gebirgsstaaten findet. Aber die Zentralgewalt, die von Sturmwind ausging und sein Sonnensystem zusammenhielt, reichte nicht bis zu ihnen, und sie lebten unabhängig von ihm.

Juwel wurde kräftiger und gesünder als je zuvor. Ihre Lungen gewannen Widerstandsfähigkeit und Ausdauer. Sie wuchs, und die Beine wurden länger. Die üppige Mähne, der Schweif und der dicke Pelz ließen sie auf den ersten Blick wie ein Wildpferd

der Ebene erscheinen, aber bei näherem Zusehen erkannte man den edlen Kopf des englischen Vollbluts, die feinen, sensiblen Ohren und die vollendet geformten schwarzen Beine. Der große Diamant auf der Stirn und die beiden birnenförmigen Pendants neben den Augen bildeten die einzigen weißen Flecke.
Der Winter war lang. Die Stuten magerten ab, ihre Leiber wurden schwerfällig, und das Rückgrat bog sich.
Die Pausen zwischen den Stürmen, in denen sie grasen konnten, wurden größer. Mitunter gab es auch schon milde Tage.
Als der Frühling nahte, schmolz der Schnee nach Sturmtagen schnell dahin.
Sturmwind wechselte sein Weideland ständig. Er näherte sich jetzt den Hügeln am Fuß der Schneeberge. Dieses Gelände war neu für ihn. Er untersuchte jeden Felsen, jeden Hügel, jede kleine Vertiefung und überschaute das Land wie ein echter Pionier. Er wußte sehr wohl, wohin er seine Stuten führen mußte, um ihnen Nahrung und Unterkunft zu beschaffen. Wenn er sie verstecken mußte, fand er Mulden, in denen sie für jedes Lebewesen auf der Ebene unsichtbar waren. Er entdeckte jede Anhöhe, von der aus er das Land kilometerweit überblicken konnte. Wohin er auch ging, immer folgte ihm sein gesamtes Sonnensystem. Eines Tages aber sah Juwel die Jährlinge nicht mehr, als sie nach ihnen Ausschau hielt. Sie waren weitergezogen. Das Band zwischen ihnen und der Mutterherde war zerschnitten. Paria jedoch, der sich zu einem mächtigen Zweijährigen entwickelt hatte, zog immer noch seine Planetenbahn. Nacht für Nacht verharrte er unbeweglich, den Kopf mit aufgestellten Ohren zu Sturmwinds Horde gewandt. Sturmwind beobachtete ihn mit zunehmendem Mißfallen. Viel länger konnte er das nicht dulden. Aber Paria war schnell, und Sturmwind wußte das.
Je näher das Frühjahr kam, desto reizbarer wurde Sturmwind. Bald würden überall Hengste umherstreifen und nach Stuten Ausschau halten. Der Frühling machte sie wanderlustig.
Der Trieb erwachte in ihm und brachte die typischen Merkmale mit sich: Ruhelosigkeit, Kampflust, Mißtrauen, Launen. Anscheinend hatte er während der enthaltsamen Wintermonate eine Zeit des Friedens genossen. Seine Fürsorge für die Horde war

väterlich beschützend gewesen. Jetzt lag er ständig auf der Lauer nach Nebenbuhlern, nach einer Stute, die er für sich in Besitz nehmen, nach jemandem, mit dem er Streit anfangen konnte.
Hochaufgerichtet von den federnden Hufen bis zu den steil aufgestellten Ohren und dem Schweif, umkreiste er seine Stuten und verjagte wütend die Fohlen, die nun Jährlinge geworden waren. Die unglücklichen Tiere machten die übliche Zeit der Todesangst durch, bis sie sich mit der Niederlage abfanden und etliche Kilometer von den Mutterstuten entfernt eine eigene Horde bildeten.
Stundenlang stand Sturmwind auf seiner Anhöhe und sah nach Gegnern aus. Niemand forderte ihn heraus, aber da war immer noch Paria.
Eines Tages entlud sich Sturmwinds Zorn. Er schoß davon – seine geballte Wut richtete sich auf den weißen Zweijährigen. Diesmal würde er es ihm zeigen und ihn so zurichten, daß er nie mehr zurückkehrte. Paria jedoch wußte schon vorher, was ihn erwartete. Er war bereits einige Kilometer weit weg, ehe Sturmwind an seinem ursprünglichen Weideplatz anlangte.
Von nun an hielt sich Paria nicht mehr so dicht bei Sturmwinds Stuten auf; doch ebensowenig gesellte er sich einer Schar von Altersgenossen zu oder irgendeiner anderen Horde. Er fand ein neues Gelände ganz für sich allein, mit einer Anhöhe, von der aus er Sturmwinds Schar sehen konnte. Wenn der Wind richtig stand, konnte er sie sogar wittern. Mitunter erkannte er seine Mutter. Das machte jetzt sein Leben aus. Hier war er sicher vor Sturmwind, konnte beobachten, mit der Horde weiterziehen, immer im gleichen Abstand, jedoch in Sichtweite.
Es kam ein Tag, an dem Sturmwind, der unentwegt Ausschau hielt und jede Witterung aufnahm, einige Stuten in der Nachbarschaft ausmachte. Eine hatte gerade gefohlt. Er verließ seine Schar und trabte davon. Mit hoch erhobenem Kopf folgte er der Spur, die seinen empfindsamen Nüstern so wohltat. Sein Schweif schwang lebhaft hin und her, und seine Beine griffen weit aus.
Als er mit zwei Stuten zurückkam – eine hatte ihr Fohlen neben sich – war Hagar verschwunden. Er wußte genau, was ge-

schehen war. Während seiner Abwesenheit war Paria zu den Stuten geeilt und hatte seine Mutter gestohlen. Sturmwind beschnüffelte eingehend die Hufspuren der beiden und scharrte daran herum. Er schnaubte wütend. Dann entdeckte er einen Haufen Pferdemist, der noch dampfte. Er nahm die Verfolgung der beiden auf.

Kaum hatte er sie gefunden, trennte er mit ein paar gehässigen Hieben die Stute von ihrem Sohn und trieb sie zurück. Dann forderte Sturmwind schnaubend Paria zum Kampf heraus. Paria stellte sich tapfer und stand ihm, etwa sechs Meter entfernt, gegenüber. Sturmwind hieb auf den Boden ein, wirbelte dabei dichte Staubwolken auf, und Paria tat dasselbe. Er hatte die Mähne stolz erhoben, drückte das Kinn zurück und wieder vor und barst beinahe vor Erregung. Bisher hatte er noch keinen Kampf ausgefochten. Wenn Sturmwind einen Schritt vorwärts machte, folgte Paria seinem Beispiel. Langsam, bedächtig kamen sie aufeinander zu, ihre Nüstern bebten.

Ihre Köpfe berührten sich fast – da machte Paria eine seitliche Wendung, bäumte sich auf und kehrte um. Sturmwind machte ebenfalls kehrt und schlug nach hinten aus. Wie Sturmwind als Jährling vor dem Albino geflohen war, floh Paria heute vor Sturmwind. Er konnte es noch nicht mit einem solchen Widersacher aufnehmen. Sturmwind verfolgte ihn. Wie beflügelt rasten die beiden Pferde über die Ebene. War Paria schneller? Oder war Sturmwind nicht ganz bei der Sache? Der Abstand zwischen beiden vergrößerte sich, schließlich drehte Sturmwind um und gab die Verfolgung auf. Er lief auf Hagar zu, die Gras knabberte, als sei ihr nie der Gedanke an Flucht gekommen. Sturmwind versetzte ihr einige heftige Püffe. Sie galoppierte erschreckt davon, und er jagte versöhnt an ihrer Seite.

Als sie zur Horde zurückkamen, wurden die beiden »Neuen« bereits von den anderen Stuten gequält. Jenny und Juwel beteiligten sich lebhaft daran!

16

Endlich verloren die Stuten den Winterpelz und fohlten. Damit ihre Milch süß, nahrhaft und eiweißhaltig wurde, brauchten sie Gras – frisches, junges, grünes, saftiges, zartes Gras in großen Mengen.

Zuerst zeigte sich nur ein leiser Anflug an den Südhängen, dann wurde es kräftiger und glich schließlich smaragdgrünem Samt. Alles war mit diesem Teppich bedeckt.

Die Geschichte des Staates Wyoming und die seines Grases hängen eng zusammen. Zuerst gehörten beide den Büffeln, Indianern und den wilden Mustangs.

Bevor es noch einen Staat Wyoming gab, wollten die zweiten Söhne englischer und schottischer Familien dort ihr Glück machen. Und sie machten nicht nur ihr Glück, sondern brachten auch eine buntbewegte Zeit mit sich.

Man jagte damals auf Präriewölfe statt auf Füchse. In Cheyenne gab es Klubs, den berühmten Stockman's, den Normandy und den Cosmopolitan, wo man vornehme alte englische Namen an der Bar hörte. Auf den großen Farmen standen hübsche Wohnhäuser, und man besuchte einander häufig in mächtigen Kutschen, die vier- oder sechsspännig gefahren wurden. Den Nachmittagstee trank man aus wundervollem alten Porzellan, zum Abendbrot wurden schwere englische Puddings aufgetischt. Zur Weihnachtszeit sangen klare, wohllautende englische Tenorstimmen die alten Lieder, und zwar meist zu Pferde. Diese Sitte hat sich bis heute erhalten – Cowboys reiten am Heiligen Abend los, um Weihnachtslieder zu singen. Das fröhliche Hufgetrappel ihrer Pferde unterbricht die Stille der schneebedeckten Flächen zwischen den Farmen. Wenn sie vor einem der Häuser mit den dicken alten Mauern und den verschneiten Dächern ankommen, verkünden sie in »süßer Eintracht«, daß »die himmlischen Heerscharen« da seien und daß in dieser Nacht der Nächte die Hoffnungen aller vergangenen Jahre Erfüllung fänden.

In jenen Tagen gab es keine Zäune, keine Nationalparks. Das Gelände gehörte denen, die ihre riesigen Rinderherden dort weiden ließen. Aus England wurden die rotbraunen Hereford-Rinder mit dem charakteristischen weißen Gesicht eingeführt, die man heute in den Vereinigten Staaten fast ausschließlich züchtet. Als man begann, Schafe zu importieren, entstand Feindschaft zwischen Rinder- und Schafzüchtern. Das Rindvieh war zuerst dagewesen, die Schafe waren die Eindringlinge. Man nannte sie »Feuermäuler« – weil sie das Gras mit Stumpf und Stiel abknabberten. Trotz vieler blutiger Konflikte zwischen Rinder- und Schafzüchtern blieben die Schafe. Man erkannte schließlich, daß sie die Weiden nicht vergifteten, denn sie fraßen anderes Gras als die Rinder. Sie hatten eine Vorliebe für Salbei und verschmähten das einheimische Heu oder Büffelgras, das die Rinderherden bevorzugten.

Dann kamen die Trockenfarmer mit Pflügen und Zäunen nach Wyoming.

Einige Jahre lebten diese Trockenfarmen, wie ein Kamel, das sich aus seinem Höcker ernährt, von dem Feuchtigkeitsvorrat, den die Graswurzeln im Boden aufgespeichert hatten.

Durch das Pflügen aber wurde der Rasen zerstört und die Wurzeln der Sonne ausgesetzt. Die Trockenzeiten wurden härter. Heiße Winde fegten über die Hochebene, und es gab nichts, was ihnen Widerstand leisten konnte. Die Feuchtigkeit war aus dem Boden gezogen, Quellen und Bäche verschwanden, und die Flüsse versickerten. Alles verdorrte.

Die Trockenfarmer litten Hunger. Sie luden ihre Familien, Betten, Öfen, Töpfe, Pfannen und Matratzen in und auf ihre verrosteten, wackligen Fordwagen und ergriffen vor dem Mord, den sie begangen hatten, die Flucht. Sie reihten sich in die Karawane der in Staubwolken gehüllten Flüchtlinge ein, die auf den Landstraßen davonzog.

Kahle Mauern, baufällige Dächer, klappernde Fensterläden legten Zeugnis ab von dem Geschehenen. Die verlassenen Häuser verwitterten völlig und verschwanden bald unter wucherndem Unkraut und Konservenbüchsen.

Das Elend bedrohte die Viehzüchter ebenso wie die Farmer.

Man schlachtete die Rinder zu Hunderttausenden, um für die wenigen, die überleben konnten, mehr ausgedörrtes Gras zu behalten. Aber dank der Voraussicht von Länder- und Bundesregierungen blieb fast ein Drittel des Staates Wyoming für Staatswälder vorbehalten, und damit war die Wasserscheide der Vereinigten Staaten vor Unwissenheit und Habgier geschützt. In den Bergen gab es noch Gras. Die überlebenden Herden wurden immer höher hinaufgetrieben.
Die Seen und Berge, die schneebedeckten Gipfel und dichten Wälder der staatlichen Reservate retteten das verbliebene Vieh. Die ständig drohende Wüste, die beinahe über das Grasland gesiegt hätte, kam nicht über die Vorberge hinweg.
Man hatte aus dieser Erfahrung gelernt. Gras! Unbedingt wollte man wieder Gras! Ein Gebiet, das ein Mittelding darstellt zwischen bestellbarem Farmland und Wüste, ist für Viehzucht wie geschaffen. Es galt, die häßlichen Wunden zu heilen und auf den ungepflügten Feldern Grassamen zu säen. Und es galt, die Sandstürme der Prärie wieder zurückzutreiben und eine saftige grüne Rasendecke über das Land zu breiten. Man mußte es den Rindern, Schafen und Pferden überlassen, die es düngen würden. Es sollte wieder Gras geben!

Wenn es jetzt Frühling wird in Wyoming, fragen die Schulkinder einander: »Habt ihr schon grünes Gras? Wir ja!« Und dann kommt die freudestrahlende Antwort: »Wir haben auch welches!«
Das ist ein Ereignis, von dem die Zeitungen berichten. Im ganzen Land ändert sich das Tempo des Lebens und der Geschäfte. Jetzt kann man die Hypothek löschen oder eine neue aufnehmen. Die Großmutter steht aus dem Bett auf. Die Kinder haben ihre Winterkrankheiten überstanden. Alte Streitigkeiten sind vergeben und vergessen und – neue beginnen.
Draußen weiß jedes Lebewesen, ob groß oder klein, daß die Welt neu erstanden ist. Schwärme von Blaukehlchen ziehen über das Land auf dem Weg zu ihren Sommerquartieren im Norden. Kaninchen und Hermelin verlieren ihren weißen Winterpelz und bekommen ein hellbraunes oder bernsteingelbes Fell. Die

jungen Lämmer treiben ihre Possen miteinander und machen plötzlich fröhliche Luftsprünge. Flinke Wildstuten galoppieren mit gelockerten Gliedern über die Ebene, begleitet von ihren hochbeinigen Fohlen. Die langsamen, bedächtigen Hereford-Kühe werfen ihre tapsigen Kälber mit den weißen Gesichtern auf dem feuchten Rasen und lecken sie ab. Die ganze Welt ist erfüllt von leisem, unschuldigem Blöken, Schreien, Muhen und Wiehern, wie man es seit einem Jahr nicht auf den Ebenen oder in den Bergen vernommen hat.

Das Gras wird dichter und länger, und schließlich sieht man einen saftigen grünen Rasenteppich von unglaublich leuchtender Farbe, so weit das Auge reicht. Er ist gesprenkelt mit den rosa, blauen und lavendelfarbenen Tupfen der Vergißmeinnicht, Hyazinthen und des Rittersporns. Darüber wölbt sich die kobaltblaue Himmelskuppel. Große, formenreiche weiße Himmelsschiffe tauchen von ferne aus unsichtbaren Buchten auf, ziehen vom Horizont im Westen her, segeln langsam dahin und gleiten die Abhänge im Osten hinab. Der Himmel ist von Norden nach Süden, von Osten nach Westen bedeckt mit ihnen, und der ständige, leise Wind, der jetzt sanft und freundlich ist, hält sie ununterbrochen in Bewegung.

Die Wolken werfen ihre Schatten auf die Prärie, geheimnisvolle amethystfarbene Flecken. Sie ziehen langsam nach Osten, ihre Umrisse zeichnen sich scharf auf dem Gras ab und verändern sich ständig. Zwei rotbraune Hereford-Kühe grasen Seite an Seite, die eine im Schatten, die andere außerhalb. Die beschattete Kuh sieht dunkel und kühl aus, die andere leuchtet hell, und auf ihrem Fell glänzen feurige Farbtupfen.

Am Horizont steht eine Windmühle, ein ungefüger brauner Bau. Ihre mächtigen Flügel drehen sich und heben sich deutlich vom Himmel ab.

Der kühle, stetige Wind trägt Nektar mit sich – vom Salbei auf den Hügeln, von den Wildblumen der Schluchten, vom Schnee auf den Bergen und von den meilenweiten Flächen von jungem grünen Gras.

Die großen Gebirgszüge im Südwesten, Westen und Süden sind noch mit Schnee bedeckt. Die aufragenden Gipfel leuchten immer noch so weiß wie die Wolken, die sie berühren, aber die Schneegrenze liegt höher. Ab und zu verläuft eine kahle braune Felsrinne bis zum Gipfel.

Sturmwind sah oft mit erhobenem Kopf und aufgestellten Ohren zu jenen fernen Gipfeln und beobachtete alles Leben, das sich – offen oder verborgen – zwischen ihm und den Bergen regte. Er wollte mehr Stuten haben. Für einen jungen königlichen Hengst war seine Horde klein. Mitunter machte er einen Raubzug und stahl eine neue. Wieder einmal begannen die Leute über ihn zu reden, ihn zu suchen und weiterzuerzählen, wenn jemand ihn gesichtet hatte.

So kam die Nachricht aufs Gänselandgestüt, daß der Hengst irgendwo in der Nähe der Grenze von Wyoming und Colorado sei. Rob McLaughlin schickte Buck Daly fort, um Näheres auszukundschaften, und schrieb eine Woche später an Beaver Greenway, daß Buck die Spur in Fox Park aufgenommen habe und sie nach Süden weiterverfolge.

17

Es war Sonnabend, der zwölfte Juni.

Ken McLaughlin war draußen in den Hügeln und nahm mit Augen, Nase, Lungen und Herz den Himmel, die Ebene, den Wind und das Gras in sich auf.

Schweigend standen sie auf einer Anhöhe: der große, dünne siebzehnjährige Junge und seine Stute Flicka. Er war abgestiegen und lehnte sich gegen sie. Seit einer Viertelstunde verharrten sie unbeweglich.

Sie schauten nur.

Der Blick reichte bis zu dem Wall der schneebedeckten Berge, die jenseits der Grenze von Wyoming achtzig Kilometer südlich lagen; und zu der vergoldeten Kuppel des Regierungsgebäudes fünfzig Kilometer östlich und sechshundert Meter tiefer; und zu der weiten, sonnenbeschienenen Ebene im Westen, über die ständig der Wind hinging.

All das kannte er seit seiner Geburt, im Sommer und im Winter, wenn er zu den Schulferien nach Hause kam. Jedesmal nach dem langen Winterhalbjahr durchlebte er aufs neue diesen merkwürdig schwebenden Zustand, der ihn nicht in die Wirklichkeit zurückfinden ließ.

Junge Menschen wissen noch nicht, daß es dieses bedrückende Gefühl der Fremdheit überall gibt. Sie verzweifeln fast bei dem Gedanken, sie könnten am Ende angelangt sein, und ihr Kummer darüber würde nie aufhören.

Flicka wandte den Kopf und stellte die Ohren auf.

Ken hörte Hufgetrappel in der Ferne und schaute lebhaft umher. Schließlich zeigte Flicka mit dem Kopf auf eine kahle Anhöhe etliche Kilometer weiter südlich. Er blickte angestrengt hin und erkannte winzige Punkte, wie Ameisen, die über den Grat liefen. Es war eine Horde Wildpferde. Ohne Flicka hätte er sie nicht bemerkt. Er konnte an diesem Morgen gar nicht richtig sehen.

Als kleiner Junge hatte Ken zu Träumereien geneigt. Er war eines von den Kindern, die so in ihre Gedanken versunken sind, daß sie durch den Tag gehen können, ohne etwas von ihrer Umgebung zu sehen und zu hören. Er hatte das Fohlen Flicka nur bekommen, weil seine Eltern hofften, daß ihre lebendige Wirklichkeit seine Vorliebe für das Unwirkliche besiegen würde. Und so wurde es auch. Ken konnte jetzt hellwach sein, wenn er wollte, aber er konnte ebensogut noch träumen.

Heute hatte er geträumt. Es gab zwei Wege, die Dinge zu betrachten. Einmal sah man überhaupt nichts, weil man sie als eine Einheit erfaßte und sich in ihnen verlor und darüber alles vergaß. Auf die andere Art nahm man jede Einzelheit für sich, und damit gewannen sie Leben.

So geschah es auch jetzt. Die Steine wurden zu dicken grauen Kaninchen. Aus den klobigen Punkten auf den Felsgipfeln wurden grunzende Schweine, die auf den Hinterbeinen standen und mit den kleinen Altmännergesichtern forschend umherschauten. Die großen Büschel an den wilden Johannisbeersträuchern verwandelten sich in zwei Habichte, die auf Rattenfang ausgingen. Und das Ästegewirr im Wipfel der großen Tanne war ein Adler. All das war ihm vertraut. Es war Heimat.

Während er sich suchend umblickte, fragte er sich, was wohl noch nicht erkennbar sei, jedoch jeden Augenblick auftauchen mochte.
Zum Beispiel die Schafe. Noch sah man nichts von ihnen. Sein Vater hatte ihm eine Nachricht für den Schafhirten Jeremy aufgetragen, der seinen Standort beim Wasserloch in der Nähe von Abteilung siebenundzwanzig hatte.
Ken betrachtete den Hügel, der sich einige Kilometer weiter östlich über dem Wasserloch erhob, entdeckte aber keinerlei Lebewesen. Sein Blick wanderte weiter – er verfiel wieder in seine Träumereien.
Ein Geräusch von oben schreckte ihn auf: das gleichmäßige Dröhnen eines Flugzeugs. Er sah prüfend zum Himmel, der teilweise von ziehenden Wolken verdunkelt war. Ken konnte kein Flugzeug entdecken, nur einen Habicht, der mit rauhem, melancholischem Krächzen über ihm kreiste, und einen herrlich schillernden kurzen Regenbogen, der aus unerfindlichen Gründen im klaren Blau hing. Ken zählte die Farben – rosa, violett, golden und grün.
Ein aufregender Geruch veranlaßte ihn, sich umzudrehen. Der Wind brachte einen metallischen Hauch von Regen und Staub mit. Im Südosten braute sich ein Sturm zusammen. Blauschwarze Wolken kündeten ihn an. Immer wieder zuckten Blitze in der dunklen Wand auf. Ken sah die Wolken sich zusammenballen und Strichregen herabfallen.
Das Unwetter kam nicht auf ihn zu. Hier oben in der Sonne, wo eine leichte Brise wehte, die Wolken friedlich dahinzogen und der Regenbogen sich spannte, war ein vollkommener Sommernachmittag.
Er durfte seinen Auftrag nicht vergessen. Wieder wandte er den Blick zu dem Hügel beim Wasserloch, und trotz der offensichtlichen Leere starrte er unausgesetzt hinüber. Am Abhang nahe dem Gipfel standen zwei kleine schwarze Büsche. Plötzlich bewegten sie sich, der eine machte einen Satz. Es waren Schäferhunde. Dann schien es, als würde der Hügel von einer grauen Woge überschwemmt, die langsam herunterrollte. Die Schafe. Dreitausend Stück. Die ganze Herde.

Er saß auf und ritt langsam zum Wasserloch.
Jeremy war – wie alle Schäfer – begierig auf jede Berührung mit der Außenwelt. Er stand vor seinem Wagen und wartete gespannt auf seinen Besucher.
Sie begrüßten sich, Ken stieg ab und warf Flicka die Zügel über den Kopf. Jeremy betrachtete den Sattel, an dem mehrere Päckchen festgebunden waren.
»Hast du mir'n paar Zeitschriften mitgebracht, Ken?«
»Klar. Und Süßigkeiten und Schallplatten.« Ken machte die Pakete von Flickas Sattel los und gab sie Jeremy. »Das hier ist 'n spanischer Rumba. Dolle Sache. Und das ist ein Cowboylied.«
Der Schäfer nahm die beiden Platten und studierte die Aufschriften.
»In dem Cowboylied kommt – all das vor«, sagte Ken und beschrieb mit dem Arm einen weiten Bogen.
»Was alles?«
»Das Gras. Das grüne Gras. Siehst du den Titel? ‚Grünes Gras von Wyoming'.«
Jeremy sprach die Worte bedächtig vor sich hin und betrachtete nachdenklich die Schallplatte. Ken streckte sich und sah mit seinem entzückten, verträumten Ausdruck umher.
»Muß jemand gewesen sein, der das alles kennt – das viele grüne Gras – und dann das Lied darüber geschrieben hat.«
»Es ist furchtbar einfach, Gedichte und Lieder übers Gras zu schreiben«, meinte Jeremy gedankenvoll. »Wenn man's genau nimmt, leben wir ja alle davon.«
»Wir nicht, die Tiere«, verbesserte Ken.
»Na schön, die Rinder fressen Gras, und wir essen dann dafür die Rinder.«
Ken lachte. »Da hast du recht.« Plötzlich sagte er: »Ich weiß schon, warum er übers Gras geschrieben hat.«
Jeremy sah auf.
»Es läßt einen einfach nicht mehr los«, erklärte Ken. »Mir geht's jedesmal so, wenn ich von der Schule zurückkomme. Es ist so schrecklich groß, so ganz anders als alles sonst auf der Welt – und trotzdem ist's eben nur Gras – und nichts weiter.«

»Ich spiel's mal«, sagte Jeremy. Er ging in den Wagen und legte die Platte auf sein kleines Grammophon.

»Das Gras, das grüne Gras der Weide!
Im Frühling wandre ich über die Hügel,
reite den ganzen Tag über die Prärie
auf dem grünen weiten Grasteppich von Wyoming.
Einsame Ebene
Weit und still –
Und am Horizont
eine alte Windmühle!
Und dann die jagenden Hufe
auf dem grünen weiten Grasteppich von Wyoming.
Der Westwind weht!
Er fegt über das Gras von Wyoming
und bringt Schneegeruch von den Bergen
von Kiefern und silbrigem Salbei in Wyoming.
Aufs Pferd!
Der Winter ist vorbei!
Und ich suche, suche
die untergehende Sonne.
Und dann die jagenden Hufe
auf dem grünen weiten Grasteppich von Wyoming.«

»Du kannst sie behalten, wenn du willst«, sagte Ken, als Jeremy das Grammophon abstellte und wieder herauskam. »Bring sie mir zurück, wenn du zur Schafschur runterkommst.«

»Diesmal kriegen wir prima Wolle«, meinte Jeremy. Er ließ sich auf der Treppe seines Wagens nieder und zog die Pfeife hervor. »Gibt's was Neues bei euch?«

Ken warf sich ins Gras. »Ja, ich soll dir sagen, daß Vater Garcia mit seinen Leuten für die Schur bestellt hat. Sie kommen ungefähr in zwei Wochen. Du sollst die Schafe bis dahin hier behalten, wenn's genug Futter gibt.«

Jeremy nahm einen tiefen Zug aus der Pfeife. »Mehr als genug – die Lämmer gedeihen prächtig. Ist dein Bruder auch zu Hause?«

»Natürlich. Weißt du eigentlich, daß Howard die Prüfungen bestanden hat und sich am 4. Juli in West Point stellen muß?«

»Das ist doch alter Schnee! Die Prüfungen hat er ja schon im Januar gemacht. Im April hat er die Nachricht bekommen, daß er bestanden hat. Der Postbeamte in Tie Siding hat das Telegramm an deinen Vater durchgegeben und die Geschichte überall rumgetratscht – wetten, daß ich's vor deinem Vater gewußt hab? Ich kann dir noch was erzählen. Dein Vater ist nach Cheyenne gefahren und hat dort mächtig auf die Pauke gehauen. Zum Schluß ist er bei der Standorttruppe gelandet, und die Offiziere haben ihm zur Feier des Tages ein Abendessen gegeben. Dein Vater war blau wie 'n Veilchen, haben sie erzählt. Aber kann man's ihm verdenken? Sechzehntausend Dollar! Das ist kein Pappenstiel, sondern 'ne hübsche Stange Geld!«
»Sechzehntausend Dollar – was redest du denn da?« fragte Ken.
»Soviel kostet's doch, wenn man 'nen Jungen nach West Point schickt. Als Howard die Prüfungen bestanden hat, hat er deinem Vater sozusagen sechzehntausend Dollar in die Tasche gesteckt oder 'n Schrieb, der bares Geld wert ist. Sag mal, Ken, gibt's sonst was Neues bei euch?«
Ken überlegte scharf und schüttelte den Kopf.
»Ist deine kleine Schwester schon getauft?«
»Nee. Aber bald. Howard und ich sind Taufpaten.«
»Ich hab gehört, deine Mutter wollte die Kleine schon im letzten Sommer taufen lassen, aber deinem Vater war's noch zu früh, und deine Mutter war richtig wütend darüber. Stimmt das, Ken?«
Ken sah etwas verwirrt aus. »So ähnlich«, sagte er nur.
»Sonst noch was, Ken?«
Wieder schüttelte Ken den Kopf.
»Wie steht's denn mit Pearl?«
Von Pearl gab's immer etwas Neues zu berichten. Ken erzählte, sie sei neulich an ihrem freien Tag in die Stadt gefahren und dort verschwunden. Wie üblich hatte sein Vater sie im Gefängnis aufgefischt. Er hatte den Sheriff gebeten, sie noch zwei Tage dort zu behalten, bis sie ihren Rausch ausgeschlafen hätte, dann würde er sie abholen.
»Wetten – daß der Sheriff das nur zu gern getan hat? Wenn

deine Eltern sie nicht auf dem Gestüt behalten würden, müßte der Staat für sie aufkommen und die Besserungsanstalt für sie bezahlen.«

»Stimmt schon. Für uns ist das 'n wahrer Segen. Junge, Junge – die Kuchen und Plätzchen, die sie bäckt!«

»Ich bin auch ganz versessen auf Plätzchen«, erklärte Jeremy und leckte sich die Lippen. »War sie hinterher wieder ganz nüchtern?«

»Natürlich. Sie haben sie aus dem Gefängnis geholt und in Vaters Wagen verfrachtet. Er hat sie dann direkt nach Hause gefahren.«

Jeremy kicherte. »Er hat ihr gar keine Möglichkeit gegeben, noch mal auszukneifen. Ich möcht nur wissen, wie oft dein Vater das Theater schon mitgemacht hat!«

»Es langt. Ein Glück, daß sie wieder da ist. Wir kriegen nämlich Besuch.«

»Besuch?« Jeremy spitzte die Ohren. Das war immer eine gute Sache zum Weitererzählen.

»Carey Marsh«, sagte Ken bedeutungsvoll.

»Ach nee! Ist das nicht die Kleine, die im letzten Herbst bei dem Blizzard beinah draufgegangen ist?«

»Genau die.«

»Die Tochter von Beaver Greenway? Dem gehört doch die Rennbahn drüben in Saginaw Falls?«

»Nicht die Tochter – seine Großnichte. Mutter hat sie eingeladen, und morgen kommt sie.«

»Und was ist mit ihrem Fohlen, das im Ödland verschwunden ist? Das englische Reitpferd? Milt Norcross war gestern hier und hat mich gefragt, ob ihr in diesem Sommer wieder Jagd auf das Pferd machen wollt.«

»Freilich. Und diesmal kriegen wir's. Und meinen Hengst auch. Vater hat Buck Daly vor zwei Wochen losgeschickt, er soll die Spur ausfindig machen.«

»Das ist 'ne schwierige Sache, Ken – ein paar Pferde irgendwo in Wyoming, Montana oder Colorado ausfindig zu machen.«

»Aber wir wissen doch, wo sie sind. Ein Holzgeschäft aus Fox Park hat Vater geschrieben, daß man sie drüben in der Nähe der

Nordplatte gesehen hätte. Dort ist Sturmwind auch im vorigen Jahr gewesen, als Howard und ich hinter ihm her waren.«
»Wenn ihm jemand auf die Spur kommen kann, ist's Buck Daly. Der ist allemal so gut wie 'n Pfadfinderindianer.«
Sie schwatzten weiter, bis es dunkler wurde. Die meisten Schafe kamen in den Pferch, um ihren Baumwollkuchen zum Abendbrot zu fressen.
Langsam erhob sich Ken und streckte sich wieder. Jeremy stand auch auf, um nach seinen Schafen zu sehen. Einen Kilometer entfernt trödelte eine Gruppe im Tal herum. Jeremy wandte sich den Hunden zu. Beide warteten auf die Befehle ihres Herrn. Jeremy zeigte mit der Hand auf die Schafe. Sofort rasten die beiden Hunde den Abhang hinunter, jagten über die Weide und umkreisten die Schafe. Die sahen verwundert auf und trotteten gelassen weiter durch den Talgrund. Aber auf dem jenseitigen Abhang waren immer noch einige, die die Hunde übersehen hatten. Die beiden schauten zu Jeremy herüber und erwarteten weitere Befehle. Er machte sie mit einer Handbewegung auf die verirrten Schafe aufmerksam. Sie rannten über den Hügel, kreisten die Schafe ein und brachten sie zu den übrigen. Jeremy winkte ihnen wiederum. Das hieß, sie sollten die Schafe nicht hetzen, sondern ihnen Zeit lassen. Die Hunde legten sich keuchend nieder und wandten die Köpfe ab. Die Schafe beruhigten sich wieder und näherten sich langsam grasend dem Pferch.
Als Jeremy zurückkam, sagte Ken: »Ich muß jetzt gehen.« Er zog einen Zettel aus der Tasche. »Hier ist die Quittung für den Einschreibbrief, den Vater für dich in der Stadt aufgegeben hat.«
Der Hirt kramte in seiner Tasche. »Ich bin deinem Vater fünfzehn Cent für die Einschreibgebühr schuldig.«
»Ja, ich soll's mitbringen.«
»Hier hast du zwei Fünf-Cent-Stücke und drei Pennies und eine Zweiermarke. Tut mir leid, aber ich hab's nicht ganz in bar. Verlier's nicht.«
Ken legte Münzen und Briefmarke sorgfältig in seine Brieftasche und stieg auf.
»Wiedersehen, Jeremy!«

»Tschüs, Ken.« Der alte Mann blickte dem davonreitenden Jungen nach, ging dann in seinen Wagen und spielte das Cowboylied noch einmal.
Ken hörte es, als er langsam über den Kamm ritt. Die Melodie klang traurig und sehnsüchtig.
Bevor er Flicka den Abhang herunterreiten ließ, zügelte er sie, um noch einen letzten Blick auf die Gegend zu werfen. Dicht vor ihm liefen zwei Antilopen. Als sie ihn entdeckten, flohen sie sofort. Ihre Farbe war der Landschaft so angepaßt, daß Ken sie nur an den herzförmigen weißen Flecken am Hinterteil erkannte.
Ein Hermelin mit tiefbraunem Sommerpelz und schwarzgesprenkeltem Schwanz huschte durch das Gras und verschwand in einer Felsspalte. Der kleine Aristokrat der Ebene war ein seltener Anblick. Ken beobachtete das Loch und hoffte, ihn noch einmal zu erspähen. Tatsächlich lugten der Kopf und der lange Hals hervor. Der Hermelin starrte ihn einen Augenblick an und zog sich dann wieder zurück.
Ken hielt Ausschau nach dem Sturm, dem Regenbogen, den Wildpferden, dem Flugzeug – all das war wie weggeblasen. Er sah nur noch die länger werdenden Schatten. Die Umrisse verschwammen geheimnisvoll, und die Farben vertieften sich. Der Wind brachte eine neue prickelnde Kühle.
Ken seufzte tief, nicht vor Traurigkeit, sondern vor Aufregung. Carey kam, das würde sein ganzes Leben verändern – alles erhielt dadurch eine neue Bedeutung.
Von weither drang das tiefe, kehlige Brüllen des Stiers zu ihm ... Melkzeit, und Cricket führte sich danach auf wie gewöhnlich. Er konnte die Männer nicht leiden, die die Kühe hereintrieben. Ein Glück, daß man dem alten Cricket einen Ring durch die Nase gezogen hatte; rechts und links hatte man ihm Ketten um den Kopf gelegt, die an einem großen Bolzen auf dem Stallboden befestigt waren. Dadurch konnte er sich nur nach unten beugen. Und dann hatte Gus das Scharnier des großen Kupferrings geöffnet und die beiden Spitzen durch Crickets Nasenknorpel gebohrt. Cricket hatte sich aufgebäumt und gebrüllt, war in die Knie gegangen und hatte die Nase am Boden

gescheuert. Aber das tat weh! Er richtete sich schleunigst wieder auf, Gus fettete ihm die Nase ein, schloß den Ring, machte die Ketten los und ließ den Stier frei, der zwar laut brüllte, aber folgsam wie ein Lämmchen war.
Dieses Brüllen! Es war jetzt viel Angabe dabei ... Ken gab Flicka die Sporen und lenkte sie den Abhang herab.

18

Der Zug Nummer einundzwanzig in Richtung Osten fuhr um drei Viertel sieben abends fauchend in den Bahnhof von Cheyenne ein.
Die McLaughlins, ohne Nell und Penny, erwarteten ihn auf dem Bahnsteig. Rob trug einen Anzug aus englischem Tweed und sah sehr distinguiert aus, Howard hatte gestreifte blaue Flanellhosen und ein Sportsakko an und Ken seinen besten Anzug aus grauem französischen Flanell. Die beiden großen, sonnenverbrannten Jungen waren barhäuptig, das dunkle Haar war etwas zerzaust, die Hemdkragen hatten sie aufgeschlagen, und ihre blauen Augen blitzten lebhaft.
Der Zug fuhr ein. Der Gepäckträger in der weißen Jacke reichte die Koffer heraus. Carey tauchte als erste auf.
Ken hatte sich nicht träumen lassen, daß ihn bei ihrem Anblick ein solches Gefühl ergreifen würde. Das Herz klopfte ihm bis zum Hals. Er spürte, daß er jetzt kein Wort herausbringen könnte. Mit einem Blick umfaßte er jede Einzelheit ihrer Erscheinung, als sie die Stufen herunterkletterte. Da war wieder dieses ernsthafte Kinderlächeln. Sie zog dabei die Lippen in der Mitte zusammen und die Mundwinkel nach oben. Die dunklen Brauen, die an den Schläfen schräg nach oben verliefen, gaben ihren grauen Augen einen fragenden Ausdruck. Ein breitkrempiger Matrosenhut ließ das Gesicht frei, und das schwere, glänzende Haar fiel auf die Schultern ihres weißen Leinenkostüms.
Ja – da war also das Kind. Ken war froh, daß sie sich gleich geblieben war. Manchmal veränderten sich Mädchen und Jungen innerhalb eines Jahres so, daß man sie kaum wiedererkannte.

Im Unterbewußtsein stellte er fest, daß sie sehr elegant war. Was war nur an dem Kostüm dran? Die Jacke war kurz und die Bluse dazu dunkelblau.
»Na, wie geht's denn dem kleinen Mädchen?« rief Rob. Er half ihr beim Aussteigen und gab ihr einen Kuß.
»Guten Tag, Mr. McLaughlin.«
»Tag, Carey.«
»Hallo, Ken und Howard!«
»Hallo, Carey.« Sie schüttelten einander die Hände. Carey reichte dem Gepäckträger das bereitgehaltene Trinkgeld, die Jungen ergriffen die Koffer, und dann gab es das übliche belanglose Durcheinanderreden, das in Ken ein unbehagliches und doch wieder aufgeregtes Gefühl hervorrief.
Rob McLaughlin nahm Carey beim Arm und steuerte sie über den Bahnsteig. »Wir essen in Plains Hotel zu Abend.«
»Mutter ist nicht mitgekommen, weil sie Penny nicht gern allein lassen wollte«, erklärte Howard. »Sie schickt dir herzliche Grüße.«
»Wie geht's denn der Kleinen?« Carey sah bei dieser Frage Ken über die Schulter an.
»Danke, gut.« Er suchte krampfhaft nach Worten. »Meine Güte, Carey – – –.« Das wirkte unangebracht und lächerlich, aber Carey warf ihm einen Blick zu, der ihm durch und durch ging. Vielleicht wußte sie, was alles in diesem »Meine Güte, Carey« lag.
Im Speisesaal des Hotels war es sehr voll. Sie hatten einen runden Tisch in der Mitte. Zuerst stellten sie die üblichen höflichen Fragen, berichteten über ihr ganzes Leben und Treiben, und allmählich wich die Steifheit. Carey wollte wissen, ob sie irgend etwas Neues von Buck Daly gehört hätten. Hatte er Sturmwind und seine Stutenhorde ausfindig gemacht? Hatte er Juwel gesehen? Rob erklärte, daß er ihre Spur in Fox Park gefunden, sie jedoch nicht gesehen hätte. Das könnte aber jeden Augenblick der Fall sein. »Welche Rennen willst du sie laufen lassen, Carey, wenn du sie wiederbekommst?« erkundigte er sich.
»Zuerst im November den American Grand National in Belmont Park«, erwiderte Carey gelassen. Ken holte tief Luft.

Rob lachte. »Vier Kilometer Hindernisrennen! Das heißt was für ein Jungtier.«

»Natürlich nur, wenn sie in Form ist«, erklärte Carey. »Wir wissen ja nicht, ob sie verletzt ist. Vielleicht kann sie gar nicht rennen.«

»Darüber brauchst du dir keine Sorgen zu machen«, meinte Rob. »Vergiß nicht, sie war in der Obhut eines Wildhengstes und – auf dem grünen Gras von Wyoming.«

»Grünes Gras von Wyoming«, murmelte Carey. Sie spürte dem Rhythmus der Worte nach. »Das klingt so geheimnisvoll.«

»Das ist's auch, glaub mir!« versicherte Rob. »Das Land hier oben tut Unbeschreibliches für die Pferde. Es gibt ihnen kräftige Lungen, gleichbleibende Kraft und macht sie hart. Juwel wird besser in Form sein als je zuvor.«

»Das Gras, das grüne Gras!« sang Howard leise.

Ken wollte sagen, daß Juwel aller Wahrscheinlichkeit nach fohlen würde. Er sah die anderen an, überlegte es sich noch einmal und schloß den Mund wieder. Carey erzählte Rob, welche weiteren Rennen ihr Onkel für Juwel plante. Sie sollte für alle großen Preise gemeldet werden.

Ein paar Offiziere, Bekannte von Rob, kamen an ihren Tisch und unterhielten sich mit ihnen. Die Jungen sprangen auf. Wieder drehte sich das Gespräch um Juwel, um die Expedition, die man nach ihr ausschicken wollte, und um die Rennen, die sie laufen würde. Überall in Amerika wußte man von ihrem Ruhm und nahm Anteil an ihrem Schicksal. Die Offiziere erkundigten sich, wer sie einfangen sollte.

»Wir gehen alle mit«, erklärte Howard.

Colonel Harris sah ihn an. »Das ist doch der Kadett, nicht wahr?«

Howard nickte grinsend. »Ja, Sir. Meine letzten Ferien hier für die nächsten zwei Jahre.«

Colonel Harris schüttelte ihm herzlich die Hand. »Willkommen bei uns, Howard. Konntest du gar keinen besseren Beruf für ihn finden, Rob?«

Rob ging kurze Zeit mit an ihren Tisch, und jetzt schwatzten die Jungen unbefangen. Sie wollten alles vom vergangenen Herbst wissen, was nach dem Blizzard passierte, als Carey mit ihrer Großmutter und ihrem Onkel abgefahren war. Hatte sie einen furchtbaren Krach von ihrer Großmutter bekommen, weil sie mit Ken im Lieferwagen zum Denkmal gefahren war?

Carey schüttelte den Kopf. Sie sah zerknirscht aus. »Aber so war's doch gar nicht. Großmama ist nur krank geworden deshalb, sie hat sich solche Sorgen um mich gemacht. Ich hätte es nicht tun sollen.«

»Kommt sie her mit deinem Onkel, wenn wir auf die Pferdejagd gehn?«

»Natürlich, eure Mutter hat sie doch eingeladen.«

Die Jungen sahen sich an. »Willst du nicht diesen Sommer mit uns kommen?« fragte Ken.

Carey machte ein zweifelndes Gesicht. »Ich glaub nicht, daß Großmama mir das erlaubt. Es sind doch keine anderen Frauen dabei.«

»Aber Vater geht diesmal mit! Und dein Onkel!«

»Denkt doch daran, was mir im vergangenen Herbst passiert ist. Darüber kommt sie nie hinweg.«

»Das lag doch am schlechten Wetter. Jetzt ist's ja Sommer. Das Ganze ist jetzt nur wie ein Ausflug mit Pferden, und dabei gibt's noch 'ne Menge Jux und Aufregung.«

Carey seufzte tief auf. »Ich wollte, ich könnte mit! Ich würde alles darum geben!«

»Es existiert auf der ganzen Welt kein vernünftiger Grund, warum du nicht mitkommen solltest«, erklärte Howard bestimmt. »Jedes andere Mädchen dürfte mit – ihre Mutter würde es erlauben. Du mußt nicht so feige sein. Wenn dein Onkel sagt, du darfst gehen, dann stell dich eben auf die Hinterbeine!«

»Aber sie könnte wieder krank davon werden!«

Die beiden Jungen wechselten einen Blick. Was würdest du tun, wenn jemand immer krank wird, sobald du irgendwas Hübsches vorhast?

»Zum Teufel, Carey!« rief Howard. »Du hast's aber mit einem schwer erziehbaren Kind zu tun. Ich frag mich, wie du das aushältst!«

Careys große graue Augen blickten bestürzt. »Aber Howard, du gehorchst doch deinem Vater auch – und deiner Mutter!«
»Die sind ja auch vernünftig! Deine Großmutter behandelt dich, als ob du ein kleines Mädchen wärst.«
»Mutter sagt, jeder Mensch hätte sein eigenes Problem zu lösen«, erklärte Ken nachdrücklich. »Deins ist eben deine Großmutter. Ich glaub, du solltest nicht nachgeben, wenn das, was sie von dir will, keinen Sinn hat.«
»Aber sie ist doch nicht gesund«, verteidigte Carey ihre Großmutter unerschütterlich.
»Meiner Meinung nach ist die Hälfte davon übertrieben, damit du tust, was sie will!«
Carey wurde unsicher. »Onkel Beaver meint das auch. Wenigstens manchmal. Er sagt, ich müßte mich durchsetzen. Ich möchte zum Beispiel so gern aufs College gehen.«
»Wie hast du's nur geschafft, daß du zu uns kommen durftest?« fragte Ken.
Sie lachte. »Reines Glück. In dem Brief, den dein Vater an Onkel Beaver wegen Buck Daly geschrieben hat, stand am Schluß, deine Mutter wollte mich einladen. Und am gleichen Tag hat meine Großmutter den Brief von deiner Mutter bekommen. Großmama hat geantwortet, ich könnte erst später mit ihnen zusammen kommen. Aber Onkel Beaver hat deiner Mutter einfach telegrafiert, daß ich fahren dürfte, und Großmama erst hinterher davon erzählt. Da hatte es keinen Zweck mehr, daß sie ihren Brief abschickte.«
Die Jungen lachten schallend. Howard schien ein krankhaftes Interesse für die eigenartige Psyche von Mrs. Palmer zu haben.
»War sie wütend?« erkundigte er sich hoffnungsvoll.
Aber Carey wollte ihm diese Genugtuung nicht geben.
»Sehr recht war's ihr nicht gerade«, erwiderte sie zurückhaltend.
»Jedenfalls freu ich mich, daß du gekommen bist«, erklärte Ken.
»Ich auch.« Carey hatte die Augen auf ihren Teller gesenkt.
»Wir werden einen Heidenspaß hier haben!« versicherte Howard.
»Ich möchte alles tun, was ich zu Hause nicht tue«, sagte Carey.
»Ich will nicht in Watte gepackt werden. Ich will Hosen tragen

und selber für mein Pferd sorgen. Und Penny will ich baden. Und kochen! Äpfel im Schlafrock, Schmalzkringel und Strudel backen, und in meiner Tasche will ich eine Drahtschere haben, und ich weiß nicht, was noch alles!«
»Howard und ich reiten gerade vier Fohlen zu«, erzählte Ken. »Dabei kannst du uns helfen.«
Die Jungen erklärten ihr, wie das vor sich ginge. Carey hörte mit leuchtenden Augen zu. Wie im vergangenen Jahr empfand sie, daß sich ihr eine neue Welt eröffnete.
Rob kam zurück, sie beendeten ihre Mahlzeit und stiegen in den Studebaker. Rob hielt bei der Eiskonditorei, um Eis für Nell zu kaufen.
Auf dem Heimweg saß Carey hinten zwischen den beiden Jungen und fragte, warum die Offiziere Howard den »Kadetten« genannt hätten. Sie erklärten es ihr. Carey betrachtete Howard beinahe ehrfürchtig und schüttelte ihm dann feierlich die Hand. »Gratuliere, Kadett McLaughlin.«
Ken wand sich innerlich. Würde das so weitergehen? Würde Howard derjenige sein, den sie anschaute und bewunderte? Es war nicht leicht, wenn das Mädchen, das man gern hat, einen immer zusammen mit dem älteren Bruder sah, der hübsch war, voller Neckereien und lustiger Einfälle steckte und obendrein bald die Uniform von West Point tragen würde.
»Er hat ein Mädchen!« platzte Ken heraus.
»Ach, wirklich?«
»He, was redest du denn da für ein Zeug zusammen?« rief Howard.
»Es stimmt schon. Sie heißt Barbara Bingham. Er trägt ihr Bild in der Brieftasche, und ein großes hat er in seinem Zimmer stehen. Und sie schreibt ihm zwei bis drei Luftpostbriefe in der Woche.«
Ken sprudelte das alles in einem Satz heraus, bevor ihn jemand unterbrechen konnte. Aber Howard tat gleichgültig. Er blinzelte Carey zu und sagte nur: »Na, und?«
Carey sah ihn unentwegt lächelnd und fragend an. Ken lehnte sich in seine Ecke zurück und saß still und mürrisch da.
Zu Hause schloß Nell das Mädchen herzlich in die Arme. Carey

hatte sich schon im vorigen Sommer in Nell verliebt. Daß Nell sie umarmte, an sich drückte und dann auf beide Wangen küßte und sie mit ihren warmen dunkelblauen Augen zärtlich willkommen hieß, überwältigte Carey beinahe. So waren eben Mütter. Sie empfand ihren Verlust, als sei er gerade erst geschehen. Sie hätte den Kopf an Nells Brust pressen und weinen mögen, weil sie ihre Mutter nie gekannt hatte. Wenn man sich vorstellte, wie reich die beiden Jungen waren!

»Kommt auf die Terrasse, wenn ihr eure Sachen untergebracht habt!« rief Nell.

»Wir essen dann Eis«, setzte Rob hinzu.

Nell saß draußen mit Rob, während Howard und Ken Careys Koffer hereintrugen, Licht machten, die Schranktüren öffneten und sie dann allein ließen.

Es war das gleiche Schlafzimmer, das Carey im vergangenen Jahr mit ihrer Großmutter geteilt hatte. Sie stand schnuppernd mitten im Zimmer. Es hatte einen Geruch. Jeder Raum hatte seinen eigenen, besonderen. Dieser hier schien nach Holz und nach etwas Würzigem zu riechen, das der großen Mahagonikommode entströmte. Und nach der herrlichen Frische und Süße, die durch die offenen Fenster hereinkam. Mit diesem Geruch verbanden sich Freude und Aufregung und Vergnügen. Es roch hier nach Glück.

Carey sah hinaus. Es herrschte ein sanftes Zwielicht. Sie konnte die leicht gewellte Ebene erkennen, die Umrisse eines bewaldeten Hügels, der sich an der Straße hinter dem Bach erhob. Und die Berge ganz hinten, der bläulich verschleierte Himmel, die drei blassen Sterne! Ein leiser Wind strich zum Fenster herein, blähte die Vorhänge, dieselben Chintzgardinen mit den aufgedruckten winzigen, bockigen Wildpferden.

Als Carey sich nachts hinlegte, hörte sie den klagenden Ruf eines Käuzchens. Und im nächsten Augenblick – so kam es ihr vor – rollte sie sich herum, dehnte die Arme, gähnte, und die blau-weiß-gestreiften Ärmel ihres Schlafanzuges glitten bis auf die Schultern herab. Es war Morgen, und ein anderer Geruch lag in der Luft – nach Kaffee und gebratenem Speck. Und von ferne hörte sie einen Stier brüllen.

19

Er ist ganz versessen auf sie«, stellte Howard nach dem Frühstück fest. Carey und Ken waren eben gemeinsam zu den Ställen gegangen.

»Du darfst nicht vergessen, daß Ken völlig eingleisig ist«, erwiderte Rob. »Er hat immer nur einen Gedanken im Kopf, und in den verbohrt er sich dann. Er kann nichts auf die leichte Schulter nehmen.« Rob schob seinen Teller beiseite und widmete seine ganze Aufmerksamkeit Penny, die rechts neben seinem Wasserglas auf dem Tisch saß, ihr angestammter Platz beim Frühstück. Er packte sie um die zierliche Taille, die er mit seiner großen Hand beinahe umspannen konnte, und drückte sie leicht. Penny kreischte vor Vergnügen und haschte nach seinen Fingern.

»Mir soll's ganz recht sein, wenn's stimmt«, meinte Nell.

»Wenn man bedenkt, wie versessen er auf Pferde ist, erwartet uns ja einiges! Ken – hinter einem Mädchen her!« sagte Rob trocken.

»Das ist's ja gerade! Er muß allmählich lernen, daß es außer Pferden noch Dinge im Leben gibt, in die man sich verlieben und von denen man träumen kann«, erwiderte Nell.

»Hab ein Einsehen, Mutter!« rief Howard. »Du kennst doch Ken! Wenn er sich wirklich in ein Mädchen verliebt, wird er total verrückt, nicht nur halb.«

»Ken ist viel zu besitzergreifend«, erklärte Rob.

Nell warf ihm einen nachdenklichen Blick zu, goß sich eine neue Tasse Kaffee ein und stützte einen Ellbogen auf den Tisch.

Howard sah von einem zum anderen. »Besitzergreifend? Wie meinst du das?«

»Was er auch immer liebt oder sich wünscht, muß ihm ganz und ausschließlich gehören«, erläuterte Rob.

»Stimmt!« rief Howard. »Weißt du noch, wie's damals mit Flicka war?«

Nell erinnerte sich sehr wohl. Als sie Ken gefragt hatte, warum er unbedingt ein Fohlen von seinem Vater geschenkt haben wollte, wo er doch jedes Pferd auf dem Gestüt reiten könnte, hatte er erwidert: »Ach, Mutter, es ist doch nicht nur das Reiten. Ich möchte ein Fohlen für mich haben – ganz für mich allein.«

»Weißt du noch, wie es mit den Kanarienvögeln war?« fragte sie laut.

»Kanarienvögel?«

»Vielleicht ist das zu lange her, und du kannst dich nicht mehr daran erinnern, Howard.«

Rob aber begann zu lachen. »Ken und sein ›Scheibchen‹!«

»Es war das reine Kanarienvögeljahr«, erklärte Nell. »In der Vorschule, in die ihr beide damals gingt, wurden Kanarienvögel gezüchtet. Natürlich wollten alle Kinder auch zu Hause welche aufziehen. Du warst sieben, und Ken fünf. Ken hat das ganze Gerede von Männchen und Weibchen gehört und begann zu betteln: ›Ich möcht ein kleines Scheibchen haben – kann ich nicht ein kleines Scheibchen ganz für mich allein kriegen?‹«

Sie lachten. »Ich wette – er hat sein kleines Scheibchen bekommen«, meinte Howard.

»Allerdings«, antwortete Nell. »Wir haben Kanarienvögel gezüchtet. Und wie! Im ganzen Haus flogen sie herum.«

Pearl kam herein, um abzuräumen. Rob stand auf und nahm Penny auf den Arm. Sie packte ihn an der Nase und drückte sie, so fest sie nur konnte. »Autsch!« rief Rob und duckte den Kopf. Penny gluckste und grabschte nach einem Haarbüschel.

»He, laß das!« brüllte Rob. Penny brach in ihr herzliches Lachen aus, das auf alle so ansteckend wirkte. »Du bringst mich ja um!«

Er trug sie zu Nell, die sie auf den Schoß nahm.

Howard drehte sich in der Tür noch einmal um und grinste. »Zuerst der Kanarienvogel, dann das Fohlen und jetzt wieder ein kleines Scheibchen.«

Nell lachte. Als die beiden draußen waren, rührte sie nachdenklich ihren Kaffee um ... Da reden sie von Besitz und besitzergreifend, aber wer ist es nicht? Wenn ein Mensch liebt, wirklich liebt, will er dann teilen? Dazu sind nur laue, indifferente Naturen bereit. Die Besitzergreifenden sind die Glühenden, für die es heißt »Alles oder nichts«. Sie können sich ganz und ausschließlich verschenken. Besitzergreifen ist das Süßeste an der Liebe, und alles in der Erotik! Und trotzdem – ihr Gesicht wurde ernst, als sie daran dachte, wie tief Ken, der Glühende, der Besitzergreifende, gelitten hatte und wieder leiden würde.

Nells Gedanken wanderten in die Zukunft. Sie stellte sich Carey als Kens Frau, als ihre Tochter vor. Natürlich würden bis dahin noch Jahre vergehen, aber die Liebe junger Menschen ist so häufig intensiv, rein, tief und dauerhaft. Sie kommt aus dem ganzen Herzen. Viele Männer heiraten ihre erste Liebe.

Nell hatte Roten Flügel Carey zum Reiten überlassen. Diesmal hatte Carey ihre eigenen Reitsachen mitgebracht. Sie hatte alles ausgepackt und ordentlich mit den übrigen Kleidern in die Wandschränke ihres Zimmers gehängt, die nach Fichten dufteten. Stiefel und Schuhe standen aufgereiht am Boden. Morgens, zum Reiten und zur Arbeit im Stall, trug sie blaue Leinenhosen und ein Baumwollhemd. Abends zog sie eines ihrer plissierten Sommerkleider an, was ihr ein anerkennendes Lächeln von Rob einbrachte.

Carey war glücklicher als je zuvor und wußte es auch. Jeder Tag war so erfüllt von interessanten und fröhlichen Dingen. Das war um so kostbarer, als mit der Ankunft ihrer Großmutter das Vergnügen vorbei sein würde – wenn sie nicht allen Mut zusammennahm, wie Howard ihr dauernd predigte, und fest darauf bestand, mit den anderen auf die Suche nach den Pferden zu gehen! Falls sie es nicht tat – sie sah den Aufbruch der Expedition vor sich –, zu Pferd oder in Wagen; die Jungen ritten davon; sie blieb mit ihrer Großmutter und Nell zurück; und dem Baby – und Pearl – ein Haufen Frauen.

Deshalb genoß sie die unverhoffte Freiheit und tat all das, wonach sie sich immer gesehnt hatte. Sie half Nell beim Baden und Anziehen von Penny. Sie band eine große Schürze um und backte unter Pearls Anleitung hervorragende Schmalzkringel. Sie schloß mit allen Tieren Freundschaft und lernte ihre Geschichte kennen.

Vor einiger Zeit hatte Rob ein Weibchen als Gefährtin für den Cockerspaniel Chaps gekauft, und jetzt waren die Jungen gerade sechs Wochen alt. Sie waren so bezaubernd mit ihrem weichen, gelockten Fell und den kleinen, runden Köpfen, von denen die langen seidigen Ohren herabhingen. Daisy, das Weibchen, war in Ungnade. Sie hatte sich neulich ein Loch unter dem Zaun des Hühnerhofs gebuddelt und sechzehn Küken verspeist. Dafür gab es keine Entschuldigung. Tadelndes Stirnrunzeln war Daisys Strafe. Noch nie war so etwas auf dem Gänselandgestüt passiert, es war einfach eine Schande. Daisy war sich auch völlig klar darüber. Sie hatte sich angewöhnt, tief gebückt herumzuschleichen und ihrem Herrn Armesünderblicke zuzuwerfen. Rob fand, für einen Hund sei das ein unpassendes Benehmen. Niemand wußte, was man mit so einem Tier anfangen sollte.

Auch von den Katzen bekam Carey Geschichten zu hören. Anscheinend waren Katzen zugleich wild und zahm, lebten in den Wäldern und erschienen plötzlich an der Tür des Farmhauses, wenn sie sich nach ein wenig Häuslichkeit sehnten. Eines Tages war eine freundliche, grau getigerte Katze mit weißer Brust aus dem Nichts aufgetaucht. Sie wurde Susie getauft und warf fast zur gleichen Zeit wie Pauly Junge, aber Susies kamen tot zur Welt. Nell fand, daß Pauly ein Pärchen ihrer kräftigen Jungen abgeben könnte, um den Schmerz enttäuschter Mutterschaft bei der armen kleinen Susie zu lindern.

Sie richtete ein Körbchen für Susie her und gab ihr zwei von Paulys Jungen. Aber Susie genügte das nicht. Sie stahl nacheinander Paulys gesamten Nachwuchs und verfrachtete ihn in ihren Korb. Pauly holte ihre Brut schleunigst zurück. Und dann war wieder Susie an der Reihe. Unermüdlich schleppten sie die jungen Kätzchen von einem Korb zum anderen. Eines Morgens hatten sie es endlich satt. Pearl fand die beiden Katzen und alle fünf Jungen friedlich in einem Korb vereint. Gemeinsam zogen sie die Kleinen auf, säugten sie, leckten sie ab, gingen für sie auf Beutejagd und fütterten sie.

Howard und Ken ritten vier Fohlen zu. Carey half ihnen dabei. Sie verbrachten den ganzen Vormittag damit, gewöhnten sie an den Halfter, lehrten sie die verschiedenen Gangarten, Befehlen zu gehorchen und Hafer aus der Hand zu fressen.

Mittags stürzten sie sich ins Schwimmbecken, das eigentlich ein Reservoir für die Bewässerungsgräben war. Carey schwamm leidenschaftlich gern. Sie liebte es, sich auf dem Rücken treiben zu lassen und dabei in den tiefblauen Himmel zu schauen, die Wolken zu beobachten, die langsam dahintrieben, und die Hügel. Und dabei grübelte sie über ihre neuen Freunde nach und über alles, was sie hier tat. Nell – was war eigentlich mit Nell los? Man kam nie ganz an sie heran; als ob sie ein Geheimnis hätte, das sie vor allen verbergen wollte.

Careys Träumereien wurden von heftigem Planschen unterbrochen: die Jungen jagten hinter ihr her – reine Angabe.

Sie ritten – nur mit Badehosen bekleidet – auf ungesattelten Pferden zum Schwimmbecken herunter und völlig durchnäßt wieder zurück. Öfter nahmen sie die Pferde auch mit ins Wasser und ließen sie schwimmen. Sie unternahmen ausgedehnte Ritte über die Ebene, erledigten Aufträge von Rob oder inspizierten die Umzäunungen. Sie schwatzten mit den Männern und ließen sich alle Neuigkeiten aus der Gegend berichten.

Abends blieb es lange hell. In den sanften Stunden des Zwielichts pflückten sie gleichsam die Früchte des Tages und verzehrten sie. Manchmal spielte Nell und Carey vierhändig. Dann wieder saßen alle auf der Terrasse versammelt und unterhielten sich, während die Tiere herumlungerten und die einzelnen Familienmitglieder mit neugierigen, liebevollen Augen betrachteten.

An einem solchen Abend schlug Ken Carey vor, mit ihm über die Wiesen zur Felsenburg zu gehen.

Carey saß auf den Terrassenstufen und beobachtete die jungen Hunde, die sich herumbalgten.

Nell spielte Klavier. Rob war bei ihr und beschäftigte sich mit Penny, neben sich auf dem Tisch ein Glas Whisky mit Soda. Er hielt die Kleine zwischen den Knien. Ihre winzigen Hände waren eifrig mit seiner Gürtelschnalle beschäftigt. Von ihren Lippen floß ein Redeschwall, in dem man zwar keine Worte unterscheiden konnte, der aber wie silberhelles Vogelgezwitscher klang, so unschuldig, so unbekümmert, daß Carey von dieser Süße hingerissen war.

»Wie wär's denn, Carey?«

Carey hatte schon von der Felsenburg gehört. Die Jungen hatten ihr erzählt, wie der Kadaver von Rockets Fohlen dort gefunden wurde, halb aufgefressen von einem Puma, und von all den anderen Skeletten und grausigen Überresten in den Höhlen unter dem Felsen. Sie wollte das gern sehen. Und ein Abendspaziergang durch die Wiesen, allein mit Ken – der Gedanke verursachte ihr leises Herzklopfen. Aber dieses Familienbild auf der Terrasse war so wunderbar, daß sie sich kaum davon losreißen konnte.

Howard legte das Kinn auf die Stange der Pergola. »Nimm doch dein Gewehr mit«, sagte er. »Ich geh auch mit, wir könnten ein paar Kaninchen schießen.«

Nell kam heraus. »Schießt heute bitte keine Kaninchen. Wir haben mehr Fleisch im Haus, als wir brauchen. Ich möchte gern mit dir reden, Howard.«

Nell setzte sich in die Hängematte, und Ken zog mit Carey los.

Howard sah fragend auf seine Mutter herab. Vergnügt erwiderte sie seinen Blick. Ein leises spöttisches Lächeln lag in ihren Augen. Sie wies auffordernd auf den Platz an ihrer Seite, und er machte es sich in der Hängematte bequem.

»Warum willst du eigentlich Ken bei Carey ausstechen?« fragte sie und ergriff seine Hände, die er um sie gelegt hatte.

»Wa–a–as?« rief Howard. »Wie meinst du das, Mutter?«

»Sag nicht ›wie meinst du das, Mutter?‹ zu mir!« Sie versuchte, sich aus seinen Armen zu befreien, aber er hielt sie fest. »Ich kenn dich doch! Aber wonach ich dich eigentlich fragen will, ist Barbara Bingham.«

Alle ihre Sinne waren hellwach. Sie war so eng an ihn gepreßt, daß sie die leise Reaktion seines Körpers spürte, als sie den Namen nannte – eine Spannung, ein Abwarten.

»Du bist so verschlossen, Howard!« sagte sie. »Warum machst du ein solches Geheimnis um das Mädchen?«

»Ich mach doch gar kein Geheimnis.« Er rieb zärtlich das Kinn in ihrem Haar.

»Natürlich tust du's! All die wichtig aussehenden Briefe, die kommen! Luftpost! Eilboten! Ich kann mir zwar nicht vorstellen, was für ein eiliger Bote sie zu uns aufs Gestüt bringen sollte, höchstens ein Wolf oder ein Adler.« Howard lachte, aber sosehr Nell auch wartete, freiwillig sagte er kein Wort.

»Ist sie *das* Mädchen, Howard?«
»Ich glaub schon, Mutter.«
»Mehr als Carey?«
»Aber Carey ist doch nur ein Kind!«
»Nach den Bildern, die du überall hast, gefällt mir Barbara äußerlich sehr. Aber wenn sie meine Schwiegertochter werden soll, wüßte ich das gern.«
Darauf gab Howard keine Antwort. »Ach, du machst mich wirklich schwach!« murmelte Nell ungeduldig. Sie riß sich gewaltsam los. Howard ließ sie frei. Er stand auf, bückte sich, gab ihr rasch einen Kuß und war mit ein paar Sätzen von der Terrasse verschwunden. Er ging zum Kuhstall. Nell stieß sich mit den Füßen vom Boden ab, so daß die Hängematte leicht schaukelte.
Ab und zu blieben ihre Blicke an Rob und dem Baby hängen. An ihrem Knöchel spürte sie etwas Feuchtes, Warmes. Es war eines der lockigen Spanieljungen. Die kleine rote Zunge leckte ihren Fuß ab. Sie hob es auf und drückte es an sich. Das Hundebaby bohrte die Schnauze in ihren Kragen und seufzte tief. Sie sind wirklich entzückend, dachte sie, aber wir haben zu viele. Für alle waren Anwärter da, und die Tiere waren jetzt alt genug, um sie den neuen Besitzern zu geben. Einen sollten wir doch behalten, vielleicht diesen hier, den kleinen Willy, überlegte sie.
Aus dem Kuhstall kam ein dumpfes Brüllen. Meist war der Stier nach dem abendlichen Melken und Füttern ruhig. Manchmal ging er noch mit den Kühen auf die Weide, dann wieder blieb er im Stall, auch wenn die Kühe draußen waren. Regungslos stand er da, in seine düsteren Betrachtungen über die Freuden des Blutes und des Triebes versunken. Er litt offenbar an einer chronischen schwelenden Wut und sah es als seine Pflicht an, jedem Menschen, jedem Tier und jedem Leben, das sich außerhalb des seinen abspielte, ein Ende zu bereiten. Nicht einmal die Kälber waren vor ihm sicher. Nur die Kühe.
»Mir wäre es wirklich lieb, Rob, wenn du Cricket verkaufen oder schlachten lassen könntest.«
Rob schwieg. Er war völlig davon in Anspruch genommen zu

erraten, was Penny in ihrem Fäustchen verborgen hielt. Er versuchte, die winzigen Finger zu öffnen. Sie wehrte sich und wand sich unter seinem Griff.

»Rob!« rief Nell.

»Ach, jetzt ist doch alles in Ordnung, seitdem ich ihm den Ring durch die Nase gezogen hab«, meinte Rob. »Er brüllt Howard an. Howard!« rief er laut. »Hör auf damit!«

»Ich tu doch gar nichts«, schrie Howard zurück. Er hatte den Kuhstall verlassen. Vor dem Gesindehaus saßen die Männer auf den Holzböcken neben der Tür. Hier verschwatzten sie die langen Abende und schwiegen andächtig, wenn Nell Klavier spielte. Howard setzte sich zu ihnen. Cricket hörte auf zu brüllen. Nell stieß sich wieder mit dem Fuß vom Boden ab, ließ die Hängematte schaukeln, immer höher ... Wo mochte wohl Pilger sein? Sie hielt nach ihm Ausschau. Bestimmt beobachtete er sie von irgendeinem Versteck aus, von der Weide hinter dem Stall, von den Bäumen unter den Felsen oder von dem Pfad, der zur Scheune führte; aber sie entdeckte ihn nicht. Behutsam setzte sie Willy auf die Erde. Der nahm ein Blatt ins Maul, erhob stolz den Kopf und trottete mit wichtiger Miene über die Terrasse.

Hinter den Blumenrabatten ging ein merkwürdiges Schauspiel vonstatten. Die Hündin Daisy hatte eine mütterliche Zuneigung für Pauly gefaßt. Mit ihrem vorsichtigen Spanielgriff packte sie die Katze beim Genick. Sie schleppte sie hin und her, wie sie es mit ihren Jungen getan hatte, die sie jetzt nicht mehr an sich heranließ. Pauly zog die Krallen ein und machte sich ganz weich. Die Augen waren halb geschlossen vor Entzücken darüber, daß sie wieder hilflos wie ein Junges sein durfte.

Weiter hinten auf der Koppel regte sich etwas. Es war der schwarze Kater, der im vorigen Sommer eines Tages plötzlich aus dem Wald aufgetaucht war, um Pauly den Hof zu machen. Aber Pauly hatte bereits einen Liebhaber in Gestalt des großen gelben Katers, den sie Mathilda getauft hatten, bevor sie sein Geschlecht ermittelt hatten. Es kam eine Nacht, die von schrecklichem Katergeschrei erfüllt war. Danach trat Ruhe ein. Mathilda erschien nicht mehr, sondern statt dessen der schwarze Kater. Man konnte sich leicht ausmalen, was für ein Kampf auf dem Hügel gegenüber dem Haus stattgefunden hatte. Die Jungen nannten den Neuankömmling Bagheera – nach Kiplings schwarzem Panther. Alle fragten sich, ob Pauly dem Duell zugeschaut hatte, das die beiden Kater um sie ausgefochten hatten. Sie hat wohl auf einem Felsen ausgestreckt im Mondschein gelegen, lässig und erfreut schnurrend, und nur von Zeit zu Zeit ihren Verehrern aufmunternde Blicke zugeworfen, während sich die beiden gegenseitig in Stücke zerrissen, dachte Nell. Nachdem Mathilda beseitigt worden war, hatten sich Pauly und Bagheera ineinander verliebt. Sie lagen, etwa drei Meter voneinander entfernt, stundenlang da und sahen sich nur versunken an. Die Krallen waren eingezogen, und sie vergaßen die Außenwelt.

Jetzt schlich Bagheera mit leisen Pantherschritten auf einen kleinen, frisch aufgeworfenen Erdhügel zu, der ein Rattenloch verhieß.

Willy entdeckte ihn, ließ sein Blatt fallen, bellte vergnügt und hüpfte davon, um zu spielen. Direkt vor Bagheera warf er sich auf den Rücken und hieb tapsig mit den Pfoten in die Luft.

Mit funkelnden Augen richtete sich der schwarze Kater auf, ließ einen Hagel von blitzschnellen Schlägen auf den jungen Hund los, wandte sich dann würdevoll ab und schritt langsam davon. Willy wälzte sich herum. Er war nicht verletzt, aber zutiefst erschrocken und schlenkerte mit dem Kopf hin und her.

Während Nell leise in der Hängematte schaukelte und dem klugen Spiel der Tiere zusah, wanderten ihre Gedanken ... Bald würden Gäste kommen ... die Zimmer mußten in Ordnung gebracht werden ... lange Besprechungen mit Pearl ... wie würde sich die alte Dame verhalten? ... Ken ... Howard ... der 4. Juli ...

20

Die ausgedehnten, gewellten Wiesen des Gänselandgestüts hatten Namen. Sie waren nicht absichtlich gewählt, sondern hatten sich ganz von selbst ergeben. Die erste hieß die Hauswiese. Dann kam die Krumme Wiese. Sie hatte ihren Namen nach dem Bach, der sich in zahllosen Windungen hindurchschlängelte. Die entfernteste Wiese wurde Felsenburg genannt, weil sich hinter dem Espengehölz am äußersten Rande ein mächtiger Felsen erhob. Er war rund zwanzig Meter hoch, groß wie ein Haus und äußerst merkwürdig geformt, mit Geländern, Türmchen, Erkern, Zinnen, Minaretts und Kuppeln. Darunter waren die Schreckenskammern, die die Jungen Carey so anschaulich geschildert hatten.

Jetzt stand sie unten in einer dieser Höhlen. Es war stockdunkel. Ken war neben ihr, aber sie konnte ihn nicht sehen, und er gab keinen Laut von sich. Schrecklich war das. Carey murmelte angstvoll und spürte, daß Kens Hand die ihre suchte. Sie überließ sie ihm, er hielt sie fest umschlossen, und nun hatte sie keine Furcht mehr. Das Ganze wurde zu einem aufregenden Abenteuer. Es war schwer, so leise zu atmen, daß Ken ihre Erregung nicht merkte. Allmählich gewöhnten sich ihre Augen an die Dunkelheit, und sie konnte ihm von einer Höhle in die nächste folgen, die Knochen und Skelette besichtigen und seinen Erklärungen zuhören. Sie betrachtete zwar alles, aber ihre Gedanken waren bei Ken. Warum war sie nur jedesmal so aufgeregt, wenn sie mit ihm allein war? Und warum ging sie meist lieber mit Howard, obwohl sie Ken besser leiden konnte?

Dann kletterten sie auf den großen Felsen. Ken half ihr bei den schwierigen Stellen. Schließlich landeten sie auf einer Plattform direkt am Gipfel und spürten die frische Abendluft. Carey sprang herum. Sie warf den Kopf in den Nacken und sah gedankenverloren in das weiche, tiefe Veilchenblau des Himmels, über die weite Ebene und die Hügelketten. Und sie schwatzte mit Ken.

Die beiden wurden es nie müde, über die Ereignisse vom vergangenen Herbst zu reden. Sie erlebten damit die Abenteuer immer von neuem. Carey erzählte Ken, was sie am Denkmal gemacht hatte, nachdem er mit den Männern davongeritten war: wie Cookie seinen Rotschimmel für sie gesattelt hatte; wie sie den kleinen kegelförmigen Hügel hinaufgeritten war und auf dem Gipfel Sturmwind etwa sechzehn Kilometer entfernt durchs Fernglas gesehen hatte. Wie eine Statue hatte er auf einem Felsgrat gestanden und sie scharf beobachtet.

»Du hast ihn gesehen und ich nicht«, sagte Ken neiderfüllt.
»Aber du wirst ihn doch jetzt auch bald sehen, Ken. Du kriegst ihn ja wieder.«
»Vielleicht.« Ken war in einer mutlosen Stimmung.
»Das wünschst du dir doch am meisten, nicht wahr?«
»Ich weiß nicht.«
»Im letzten Sommer hast du gesagt, du wünschst dir nichts so sehr, als ihn wiederzubekommen und ihn noch einmal in einem Rennen zu reiten.«
»Ich weiß schon.«
»Möchtest du das noch immer?«
»Ja, aber –« er betrachtete sie mit einem teils vorsichtigen, teils kühnen Blick, »was ich mir jetzt am meisten wünsche, hängt mit dir zusammen. Ich möchte etwas für dich tun können!«
Sie sahen sich schüchtern an und senkten die Augen schnell wieder. Ken hatte eben offenbar ein ungeheures Zugeständnis gemacht und beeilte sich, es zu bemänteln.
»Was wünschst du dir denn am meisten? Ach, ich weiß schon! Du möchtest Sängerin werden.«
»Nein.«
»Dann Pianistin.«
»Auch nicht.«
»Also – was dann? Oder weißt du's noch gar nicht?«
»Doch, sogar ganz genau. Ich möchte eine Mutter werden und mindestens acht hübsche Kinder haben! Ich glaub, das wäre das Schönste auf der ganzen Welt!«
Ken runzelte die Stirn. »Du bist viel zu jung, um an so was zu denken, Carey. Du bist doch erst sechzehn.«
»Meine Mutter hat mit siebzehn geheiratet und hat sicher schon vorher darüber nachgedacht. Warum soll ich's nicht? Ich bin doch auch eine Frau, Ken!«
»Aber, Carey, ich bin ja noch nicht mal mit der Schule fertig. Und dann muß ich erst aufs College.«
Carey sah ihn verwirrt an. »Was hast du denn damit zu tun?«
»Na, jemand muß doch der Vater sein, oder?«
Carey verbarg ihre Verlegenheit hinter einem unbekümmerten Lachen. »Du verstehst eben nichts von Mädchen, Ken.«

Er wandte sich ab. Auf dem Boden lag ein dürrer Zweig. Er hob ihn auf. »Wie ist der wohl hierhergekommen? Wahrscheinlich hat ihn der Wind heraufgeweht.« Er holte sein Messer aus der Tasche und begann an dem Zweig herumzuschnitzen. Dabei überlegte er fieberhaft, was er wohl jetzt sagen sollte.
»Ich versteh schon, was du meinst. Es ist so 'ne Art Spielerei.« Er sah sie forschend an. Carey wurde ernst und nickte unschlüssig. »Laß mich doch bitte dabeisein. Ginge es denn nicht mit mir?«
Er lachte vergnügt, und Carey stimmte ein, zuerst zaghaft, dann unbefangener. Sie machte damit ihrer Erregung Luft. Schließlich prusteten sie beide vor Lachen.
»Onkel Beaver hat gesagt, wenn ich mir einen Mann aussuche, soll ich darauf achten, daß er nicht lahmt. Das Gebiß soll ich mir auch ansehen«, erklärte Carey.
Darüber lachten sie wieder schallend. Atemlos sagte Ken: »Ich erfülle beide Bedingungen. Noch irgendwas?«
Carey zählte vergnügt an den Fingern ab. »Kerngesund soll er sein.«
Ken beugte den Arm und spannte die Muskeln an. »Ich bin mächtig zäh. Mit zehn Jahren habe ich mal Lungenentzündung gehabt, aber davon ist nichts mehr zu merken.«
Carey kicherte. »Dann soll er fromm sein, aber das bist du ja.«
»Woher weißt du das?«
Sie vergaßen allmählich, daß es nur ein Spiel war.
»Weil deine Familie fromm ist. Dein Vater betet vor Tisch, und ihr geht alle in die Kirche. Aber ob du auch fromm bist, weiß ich natürlich nicht.«
»Ich auch nicht.«
»Wieso?«
»Woran erkennt man das denn?«
»Betest du?«
Ken dachte einen Augenblick darüber nach. Er und Howard sprachen jeden Abend und Morgen ihr Gebet. Ken betete auch sonst, wenn er irgendwelchen Kummer hatte. Nur ganz kurz – »Lieber Gott! Bitte, hilf mir aus der Patsche!« oder »Laß das nicht geschehen, lieber Gott!« oder »Bitte bring das in Ordnung,

lieber Gott!« Keine sehr würdigen Gebete. Das hatte er von jeher getan: ein Überbleibsel aus seiner Kindheit. Seine Mutter sagte, das wäre ganz in Ordnung. In der Bibel stand, es sei recht, immer zu beten. Aber war er wirklich fromm? Er dachte nie über Gott nach oder las religiöse Bücher, wie es seine Mutter tat. Wenn er sich mit solchen Gedanken beschäftigte, erinnerte es an die Sonntagsschule. Immerhin dämmerte es ihm von Zeit zu Zeit, daß es etwas Geheimnisvolles neben und über ihm gab. Und eines Tages würde er sich damit auseinandersetzen müssen.

»Sag – betest du?« wiederholte Carey.

»Sicher.«

»Dann bist du auch fromm. Warum sagst du, du wüßtest es nicht?«

»Ich hab gedacht, du meinst damit so ungefähr, ob ich ein guter Mensch bin.«

»Aber nein! Ich glaub nicht, daß das überhaupt etwas miteinander zu tun hat. Du bist also fromm. Und gesund bist du auch –«

»Bestehe ich die Prüfung?« erkundigte sich Ken.

Carey lachte, seufzte dann und nahm ihr erstes Thema wieder auf. »Wenn ich nur daran denke, was für Namen ich den ganzen Kindern geben soll! Und was sie wohl für Augen und Haare haben – alle verschieden!«

Ken fühlte sich wieder ausgeschlossen. Carey mit ihren Kindern!

Sie reckte sich. Der leise Wind blies ihr das Haar aus dem Gesicht. Mit gefalteten Händen schaute sie in die Ferne, als könne sie die Kleinen auf den Wölkchen sitzen sehen, die sich um die Sonne ballten. »Hoffentlich ist wenigstens eins Penny ähnlich! Sie ist das schönste Baby, das ich je gesehn hab.«

»Na, wenn ich der Vater bin, klappt das vielleicht. Sie ist doch immerhin meine Schwester.«

Er sagte das so ernst, daß Carey verwirrt auflachte. »Aber wir haben doch nur so getan, als ob!«

»Ich weiß schon.«

»Ich kenne noch andere Jungen außer dir«, fügte sie hinzu.

»Tatsächlich? Wen denn?«

»Nicht sehr viele allerdings. Großmama erlaubt nicht, daß ich ausgehe wie die anderen Mädchen. Aber zwei Jungen kenn ich doch. Zuerst mal Paul.«

»Wer ist denn das?«

»Ein furchtbar netter Kerl. Ich hab ihn im Aussichtswagen kennengelernt, auf unserer letzten Reise in den Osten. Wir saßen draußen, hinten auf der Plattform. Paul kenn ich wirklich gut.«

»Schreibst du ihm?«

»Ja.«

»Und wer ist der andere?«

»Howard.«

»Was für ein Howard?«

»Na, Howard McLaughlin, dein Bruder.«

»Ach so, Howard!« rief Ken mit abgrundtiefer Verachtung. »Na, den kennst du doch nicht sehr gut!«

»Immerhin ist er ein Junge, und ich kenne ihn.«

»So gut wie mich?«

Carey sah weg. Sie lehnte sich an die Brüstung. Ken beobachtete sie aufmerksam und wütend. Plötzlich hatte sich Howard in sein Leben gedrängt – war zu einer Gefahr geworden.

»Jedenfalls kenne ich ihn genausolange wie dich, stimmt's?« erwiderte Carey ausweichend. »Sogar eine ganze Stunde länger.«

»Das bedeutet doch gar nichts«, erklärte Ken schroff.

»Ach Ken! Stell dir nur mal vor – bis man die ganzen Kinder gebadet und ins Bett gebracht hat!«

Ken brummte verärgert. »Was du bloß immer mit deinen Kindern hast! Du kannst an gar nichts anderes mehr denken! Du bist eben nur ein kleines Mädchen, das mit Puppen spielt! Ich glaub wirklich, dieses ganze Geschwätz ist ziemlich unpassend!«

»Aber bestimmt nicht«, verteidigte sich Carey. »Das ist doch für alle jungen Leute furchtbar wichtig, besonders für Mädchen. Und über wichtige Dinge muß man doch auch nachdenken und sich mit ihnen beschäftigen.«

»Komm, wir gehen zurück«, sagte Ken abrupt. Sie kletterten den Felsen herunter. Ken stapfte schlecht gelaunt nach Hause und schwieg die ganze Zeit.

Es war immer noch hell. Die Eichhörnchen und Kaninchen machten gerade ihren Abendspaziergang. Ein kleiner blasser Stern blinkte im Osten. Als sie sich dem Haus näherten, hörten sie dröhnendes Gelächter und laute Männerstimmen. Sie kamen anscheinend vom Kuhstall.

»Was zum Donnerwetter ist denn da los?« Ken blieb stehen und lauschte.

»Laß uns schnell nachsehen!«

Sie liefen über die Koppel zum Kuhstall. Als sie um die Ecke bogen, erkannten sie Gus, Tim und Wink, die sich an die Umzäunung der Koppel lehnten. Sie sahen Howard zu, der eine richtige Theatervorstellung gab, um Cricket aus der Ruhe zu bringen. Pearl stand ebenfalls am Zaun und stimmte begeistert in die Zurufe der Männer ein.

Cricket war noch in der Koppel. Howard hatte das Gatter zur Weide geschlossen. In der benachbarten Koppel – von Cricket durch einen dreifachen Stacheldrahtzaun getrennt – führte er mit einem jungen Ochsen einen Stierkampf auf.

Howard war ein verwegener Torero. Von seinem Hinterkopf wallte ein langer, zu einem Zopf geflochtener Pferdeschwanz herab. Ein riesiger Sombrero thronte auf seinem Kopf. Er trug schwarze Trikots, und man mußte schon sehr genau hinsehen, um zu erkennen, daß sie aus einem Paar Strümpfen bestanden, die er an den schwarzseidenen Shorts seiner Mutter befestigt hatte. Das Cape stammte ebenfalls von Nell – es war ein weiter roter Dirndlrock. Er schwenkte ihn an einem zusammengerollten Regenschirm herum.

Der kleine Ochse griff an. Mit einer blitzschnellen Wendung wich Howard aus und sah mit gut gespieltem Erschrecken über die Schulter. Die Männer und Pearl wieherten vor Lachen. Jetzt drehte sich Howard um und griff den Ochsen an. Er richtete seine Schirmspitze auf ihn, spannte auf und zu. Der Ochse flüchtete sich in die äußerste Ecke der Koppel und wagte sich erst wieder hervor, als Howard ihm den Rücken kehrte. Howard wirbelte herum, stellte sich ihm gegenüber und schwenkte den Regenschirm mit dem Cape. Aber der übermütige Ochse kam dicht heran, versuchte das Cape auf die kleinen Hörner zu spießen und galoppierte durch die Koppel. Howard folgte ihm mit langen Sätzen.

»Sieh ihn dir doch nur an!« schrie Carey. Sie kletterte auf den Zaun, Ken schwang sich an ihre Seite. Ihm war eigentümlich zumute. Er wußte nicht recht, ob er bei Howard in der Arena sein oder mit den anderen zusehen sollte.

Cricket hielt den Kopf gesenkt. Seine Augen waren starr auf das rote Cape gerichtet. Wenn Howard an der Umzäunung vorbeiraste, die zwischen den beiden Koppeln lag, schwenkte er ab und zu herausfordernd das rote Tuch. Cricket muckste sich nicht.

Rob kam aus dem Haus, um zu sehen, was das Gelächter zu bedeuten hätte. Grinsend stand er da, die Pfeife in der Hand.

Nell gesellte sich zu ihm und schaute ebenfalls zu. Aber sie hatte Angst. »Er sollte das nicht tun, Rob.«

Ihr Mann antwortete nicht. Howard war auf einer wilden Flucht vor dem herumrasenden kleinen Ochsen, setzte über den Zaun in Crickets Koppel, sauste mit höchster Geschwindigkeit um den Stier herum und sprang in die andere Koppel zurück.

Cricket tat nichts, um sich für diese Herausforderung zu rächen. Er schien völlig verwirrt zu sein.

Howard entdeckte, daß sich sein Publikum vergrößert hatte. Carey hockte auf dem Zaun und lachte aufgeregt, seine Mutter stand in der Nähe, und Rob grinste. Howard war entzückt. Er fühlte sich wie beflügelt. Wieder schwang er sich über den Zaun in Crickets Koppel und stellte sich etwa fünf Meter vor ihm auf. Stolz aufgerichtet wie ein Florettfechter nahm er den Hut ab und verbeugte sich, setzte ihn wieder auf, wobei er ein bißchen Theater machte, bis er ihn genau richtig zurechtgerückt hatte. Carey schrie auf vor Spannung. Pearl, die den Stier beobachtete, stieß einen lauten Warnungsruf aus. Immer noch rührte sich Cricket nicht vom Fleck.

Howard spreizte die Beine und nahm die Fechthaltung ein: den linken Ellbogen hatte er angewinkelt, die linke Hand war graziös erhoben. Langsam streckte er den Regenschirm mit dem flatternden roten Rock aus, bis die Spitze direkt auf Crickets Nase zeigte, und sammelte sich zum Angriff.

»Rob, bitte! Sag ihm, er soll aufhören!« keuchte Nell.

»Reg dich nicht auf. Cricket wird ihm schon eine Lehre erteilen.«

Nell rang die Hände.

»Wenn er gereizt wird«, setzte Rob hinzu.

Howard griff an. Cricket senkte den Kopf. Howard sprang zurück. Der Stier kam auf ihn zu und brüllte so laut, daß der Staub aufwirbelte. Behend wie ein Floh setzte Howard wieder über den Zaun. Zu Careys Erstaunen sprang Cricket ebenso leicht über die trennende Umzäunung.

Rob kicherte. »Ich hab's doch gewußt.«

Howard hatte damit nicht gerechnet, aber er reagierte schnell. Mit langen Sprüngen setzte er durch die Koppel und kam dem angreifenden Stier kaum vor die Hörner. Regenschirm und Cape segelten davon. Howard ergriff den obersten Querbalken der hohen äußeren Einzäunung der Koppel, zog sich empor und schwang sich hinüber wie beim Stabhochsprung.

Während die Zuschauer brüllend lachten, beschnüffelte Cricket das rote Tuch, schwenkte es hin und her, spießte es mit den Hörnern auf, ließ es wieder fallen, kniete sich darauf und bohrte es in den Schmutz.

Nell hatte die Hände auf ihr Herz gelegt, als wolle sie das aufgeregte Schlagen beruhigen. »Mein Rock ist hin«, sagte sie nur.

Howard behielt sein Torerokostüm für den Rest des Abends an. Alles drehte sich um ihn.

Als er im Bett lag, hätte Ken laut stöhnen mögen. Er wußte nicht genau, was ihn eigentlich so bedrückte. Zum Teil war es das Gespräch mit Carey. Sie hatte sich mit ihm unterhalten wie mit einer Freundin. Hätte sie solche Dinge auch zu Howard gesagt? Nein – ihm gegenüber war sie schüchtern und sogar ein bißchen kokett. Wie sich Mädchen eben den Jungen gegenüber benehmen, die sie wirklich mögen. Und nach Howards Kunststückchen mit dem Ochsen und dem Stier hatte Carey überhaupt nur noch Augen für ihn gehabt. Immer wieder fragte sie ihn, ob er nicht eine Todesangst ausgestanden hätte, und wie ihm zumute gewesen sei, als er den Stier über den Zaun springen sah. Alle hatten Howards Kostümierung bewundert, und es hatte viel Gelächter gegeben. Wenn *er* doch nur etwas tun könnte, das ihn bei Carey ins rechte Licht setzte. Kein albernes, angeberisches Affentheater, sondern eine wirkliche Heldentat! Wenn er sie zum Beispiel erretten könnte! Wäre er es doch nur gewesen, der sie im Blizzard gefunden hätte, und nicht Gus. Vielleicht gab es etwas anderes. Womöglich auf der Jagd nach den Pferden – falls sie mitkam. Ihr Pferd konnte zum Beispiel durchgehen, und Ken würde ihm in die Zügel fallen. Oder einer der Männer konnte ihr gegenüber unverschämt werden. Georgie Dale hatte sie im vorigen Herbst doch ununterbrochen angestarrt. Ken würde ihn dann gehörig durchprügeln, notfalls sogar niederschlagen.

Ken knirschte mit den Zähnen und betrachtete seine geballten Fäuste – sehr groß waren sie nicht. Er hatte die langen, schlanken Hände seiner Mutter geerbt. Immerhin – irgend etwas müßte es doch geben ...

Dann kam ihm eine noch aufregendere Idee. Carey mußte dabeisein, wenn er ein Rennen auf Sturmwind gewann! Das war wohl heldenhaft genug! Der Gedanke erregte ihn so, daß er sich aufsetzte. Gar nicht so ausgeschlossen wäre das. Er legte sich wieder zurück und träumte weiter vor sich hin ... Im Jockeydreß stieg er auf den tänzelnden weißen Hengst, den alle bewunderten ... Sturmwind wurde durch die starke Hand seines Herrn im Zaum gehalten ... die überschäumende Kraft, die nur darauf wartete, sich zu entfalten ... das bezaubernde Mädchen, das neben ihm stand ... »Viel Glück, Ken! Du mußt gewinnen – für mich!«

Durch die Wände hörte er das Lachen seines Vaters. Es rief in ihm die Erinnerung an Robs Worte zurück, als Ken angedeutet hatte, er wolle Sturmwind noch einmal ein Rennen laufen lassen. »Erst mußt du ihn kriegen, Ken!«

21

Carey war beschwingt wie jedes Mädchen, wenn zwei gutaussehende nette Jungen um seine Gunst wetteifern und ständig ein männliches Wesen vorhanden ist, das sie anschaut. Sie war vergnügt und unbeschwert wie ein Vogel. Immer lachte sie, sang und lief mit Howard oder Ken oder mit beiden herum. Rob und Nell genossen die Freude, ein großes Mädchen im Haus zu haben.

Abends setzte Carey sich an den Flügel, die Jungen lehnten neben ihr, und sie sangen. Oder sie quietschten und wimmerten irgendwelche Schlager. Carey spielte klassische und leichte Musik und konnte nach dem Gehör begleiten. Sie sangen Cowboylieder, wie »Grünes Gras von Wyoming« oder »Der letzte Ritt«. Manchmal räumten sie das Eßzimmer aus und tanzten dort.

»Ich möchte Howard am liebsten durchprügeln«, sagte Nell zu Rob. Es war die Stunde vor dem Zubettgehen, in der Ehepaare ihre vertrauten Gespräche haben. Nell löste ihr Haar und begann es zu bürsten.

»Misch dich da nicht ein«, warnte Rob, der mit dem Stiefelknecht hantierte.

»Aber man sieht doch, wie Ken zumute ist! Er ist im Hintertreffen!«

»Er hat genau die gleichen Chancen wie Howard.«

Nell drehte sich auf der kleinen Bank vor dem Frisiertisch um. Sie trug ein rosa Negligé, das in weichen Falten herabfiel. Ihre Wangen hatten ausnahmsweise Farbe, und die dunkelblauen Augen leuchteten. »Nein, er hat nicht die gleichen Chancen.«

»Warum denn nicht?«

»Weil er beteiligt ist, und Howard macht sich nur einen guten Tag.«

»Beteiligt?« rief Rob erstaunt. »Nimmst du das Ganze nicht zu ernst?«

Nell strich mit dem silbernen Rücken der Bürste über die Falten ihres Morgenrocks. Dann fuhr sie sich wieder durchs Haar.

Rob betrachtete sie. Er konnte sich an diesem Anblick nie satt sehen. Die weiche Flut ihres braunen Haares glättete sich unter den Bürstenstrichen, bis es wie ein schimmernder Heiligenschein um ihren Kopf lag.

»Kann schon sein«, gab Nell zu. »Aber du brauchst dir doch nur sein Gesicht anzuschauen, seine Seufzer zu hören, um zu wissen, daß es ihm ernst ist – zumindest im Augenblick. Und ich hab das Gefühl, Howard tut 'ne ganze Menge absichtlich dazu.«

»Das glaub ich nicht. Jedenfalls kann's nicht mehr lange dauern. Howard muß bald nach West Point.«

»Ja, aber das ist keine Lösung«, meinte Nell. »Nachdem Howard fort ist, wird Ken annehmen, daß er für Carey nur ein Notnagel ist. Es wäre viel besser, wenn Howard hierbliebe und die beiden es offen untereinander ausmachen könnten.«

Rob warf den Kopf zurück und lachte schallend. »Ich sehe schon, wir stehen vor einer neuen Entwicklungsphase. Die Paarungszeit kommt heran. Und unsere beiden jungen Hegste beginnen den Kopf in den Nacken zu werfen und über den Zaun zu schauen.«

Nell platzte los.

Tatsächlich aber verteilte Carey ihre Gunstbezeugungen durchaus unparteiisch. Nur Ken kam es vor, als gelten sie ausschließlich Howard.

Eines Morgens kam die Nachricht von den mexikanischen Schafscherern, daß sie am folgenden Tag auf dem Gänselandgestüt eintreffen würden. Rob ging zu der Koppel, wo die Jungen ihre Fohlen zuritten. Er rief ihnen zu, daß einer am Nachmittag zu Jeremy müßte und ihm ausrichten, er solle morgen früh die Schafe zur Schur auf das Gestüt treiben.

Die beiden Jungen sahen sich an, dann zu Carey.

»Wer von uns soll's denn machen?« fragte Howard.

»Ken kann das erledigen.« Rob ging zurück zum Haus.

»Willst du mit mir reiten, Carey?« fragte Ken.

Sofort fiel Howard ihm ins Wort: »Ich geh fischen. Du hast doch gesagt, Carey, du würdest gern angeln.«

Carey entschied sich fürs Fischen. Gleich nach dem Mittagessen buddelte sie mit Howard in den Blumenbeeten nach Würmern, und Ken sattelte auf.

Er kam erst am Spätnachmittag zurück. Ken hatte keineswegs die Absicht zu spionieren, aber er sah ein merkwürdiges Schauspiel auf dem großen flachen Felsen, der an einem der besten Fischweiher der Gegend aufragte.

Von seinem Pfad aus konnte Ken den Felsen aus der Vogelperspektive beobachten. Zuerst unterschied er zwei Gestalten, dann war es nur noch eine, und schließlich gab es eine Art Handgemenge.

Ken kochte vor Wut. Er wollte nicht spionieren ...! Beschämt wandte er sich ab, schlug eine andere Richtung bergabwärts ein und ritt langsam nach Hause. Er hatte erfahren, was es heißt, seinen eigenen Bruder zu hassen, den Haß an sich zu hassen und sich zutiefst unglücklich zu fühlen.

Er sattelte Flicka ab und ging zum Hintereingang. Da hörte er die beiden vom Bach heraufkommen. Sie waren hinter dem Haus, und Howard wollte sich ausschütten vor Lachen. Ken verhielt sich ganz ruhig. In wenigen Sekunden würde er den beiden gegenüberstehen. Er zitterte.

»Aber Carey, ich wollte doch nicht –«, sagte Howard.

Careys Stimme unterbrach ihn – sie schien den Tränen nahe.

Dann bogen sie um die Ecke. Carey triefte vor Nässe und war mit Schlamm bedeckt. Sie schluchzte vor Wut. »Daß du dich nie wieder unterstehst, auch nur ein Wort mit mir zu sprechen, Howard McLaughlin!« Damit verschwand sie durch die Tür.

Howard drehte sich um. Die beiden Jungen sahen sich in die Augen.

»Was hast du getan?« fragte Ken. »Du hast versucht, sie zu küssen!«

»Ist ja nicht wahr«, leugnete Howard. Er ärgerte sich über sich selbst und warf Ken einen bösen Blick zu. »Und wenn – ist das deine Sache? Ich möcht wirklich wissen, wen das was angeht!«

Er ging in Boxerstellung.

Diese Geste war halb ernst, halb scherzhaft gemeint. Ken stellte sich dem Kampf. Howard federte in den Fußgelenken und begann, Ken wachsam zu umkreisen. Ken landete einen Schwinger, Howard holte zum Gegenschlag aus, der Boxkampf begann.

Kurz darauf kam Pearl neugierig an die Küchentür.

»Ihr sollt euch was schämen, ihr beiden!« rief sie empört.
Aus dem spielerisch begonnenen Kampf war bitterer Ernst geworden. Vor allem für Ken war es eine Gelegenheit, seinen zurückgedrängten Gefühlen Luft zu machen. Er landete eine Rechte in Howards Zwerchfell.
Pearl hüpfte aufgeregt hin und her. »Gut, Ken! Gib's ihm ordentlich! Ach herrje! Meine Kartoffeln brennen an.« Sie verschwand in der Küche, erschien aber im nächsten Augenblick wieder. »Los, feste! Zeig's ihm!«
Sie brauchten keinen Ansporn. Die beiden boxten verbissen. Es herrschte Totenstille, aber sie lauschten ständig auf den Schritt oder die Stimme ihres Vaters. Das Blut war ihnen zu Kopf gestiegen. Ihre Augen funkelten.
»Wo ist Vater?« fragte Howard und landete dabei einen Treffer auf Kens Auge.
»Irgendwo vorn auf der Terrasse«, flüsterte Pearl wie eine Souffleuse.
»Paß bitte auf, ja?« keuchte Ken.
Sie hörten Robs Stimme.
Kim kam um die Ecke, blieb vor den boxenden Jungen stehen und sah interessiert zu. Zuerst grinste er breit und wedelte freundlich mit dem Schwanz. Dann erfaßte er die ganze Schwere und Bitterkeit des Streites. Er ließ Kopf und Schweif hängen, drehte sich um und schlich betrübt davon.
»Hört auf! Euer Vater kommt!« schrie Pearl.
»Wie steht's denn mit dem Abendessen, Pearl?« rief Rob. Seine festen Schritte kamen von der Terrasse zum rückwärtigen Teil des Hauses.
»Ich wollt grade läuten, Captain McLaughlin!« erwiderte Pearl.
Die Jungen verschwanden hinter dem Haus und saßen kurz darauf am Abendbrottisch. Carey ebenfalls. Alle drei waren knallrot. Die Jungen hatten die Köpfe blitzschnell unter die Wasserleitung gehalten und sich dann gekämmt. Careys Haar war auch naß. Sie sprach wenig und sah ausschließlich Nell an.
Kens rechtes Auge schwoll allmählich zu und wurde rundherum purpurrot.

Howard betupfte eine Stelle an den Lippen ständig mit der Serviette.
Rob blickte von einem Jungen zum anderen. Aber es wurden keinerlei Fragen gestellt, und das Gespräch drehte sich nur um die Schafschur, die morgen beginnen sollte.

22

Es war mitten in der Nacht, als Jeremy den rasselnden Wecker abstellte.
Er öffnete die Tür seines Wagens und ging hinaus, nur mit der schmutzigen Unterhose bekleidet, in der er schlief. Jeremy atmete in tiefen Zügen die frische Nachtluft ein. Sein Blick wanderte über Hunderte von Kilometern unbewohnten Landes.
Es würde ein klarer Tag werden. Die Sterne funkelten. Ihr Schein erhellte die weite, grenzenlose Ebene. Ganz hinten erkannte man die Umrisse der Hügel, die Waldstreifen, die Weidenbüsche an dem Bach, der sich unten durch die Wiesen schlängelte. Nicht weit von Jeremy war die graue Masse der Schafe. Er sah den schwachen Schatten ihrer krummen Rücken, hin und wieder einen unglaublich weichen Kopf.
Sie lagen stumm und reglos. Nicht einmal die Glocke des Leithammels ertönte.
Plötzlich erhob sich dicht vor Jeremy ein Gesicht vom Boden. Es bleckte grinsend die scharfen Zähne, spitzte die zottigen Ohren, und die braunen Augen funkelten hell und fragend. »Gibt's was zu tun für mich?«
»Leg dich wieder hin.«
Der Hund trottete zu dem warmen Platz unter dem Schäferwagen zurück, wo er geschlafen hatte. Aber er behielt ein Auge offen, stellte ein Ohr hoch und schnüffelte. Bald würde er das Futter riechen.
Jeremy ging wieder in den Wagen, rasierte sich und zog sich sorgfältig an, denn heute kam er ja unter Menschen. Er würde mit Damen sprechen – mit den vornehmsten in der ganzen Gegend. Jeremy briet Eier und Speck, kochte Kaffee und Hafer-

flockenbrei. Er schnitt unzählige Scheiben Brot ab und verzehrte sie, nachdem er sie dick mit Erdbeermarmelade aus einer großen Büchse bestrichen hatte. Dann fütterte er die Hunde.
Es wurde dunkler draußen. Die Sterne verblaßten. Schließlich waren sie alle verloschen. Es herrschte eine geisterhafte graue Beleuchtung, die aus dem Nichts kam und das Aussehen der Welt veränderte, trübte und alles geheimnisvoll erscheinen ließ.
Jeremy kam aus dem Wagen.
»Bring sie in Trab, Shep.«
Shep raste wie besessen davon, jagte die anderen Hunde auf und gab ihnen die Nachricht weiter. Sie schauten zu Jeremy hin und erkannten sogar in der Dunkelheit, daß er mit dem Arm nach Westen winkte. Man brauchte es ihnen nicht erst zu sagen, daß Schafe immer mit dem Rücken zur Sonne gehen müssen, morgens nach Westen und nachmittags nach Osten.
Die Lämmer begannen zu trinken. Ein gewaltiges Blöken erhob sich. Allmählich verlief sich die Herde, um zu grasen.
Jeremy hielt eine Milchflasche mit einem großen Gummipfropfen in der Hand. Sie war mit vorgewärmter Büchsenmilch gefüllt.
»Komm her, Pinky!«
Aus der Schar löste sich ein kräftiges, wolliges, vier Monate altes Lämmchen und sprang auf ihn zu. Es war eines der mutterlosen Jungtiere, die man Landstreicher nennt, weil sie in der Herde aufwachsen und lernen, den empörten Kopfstößen der Mutterschafe auszuweichen, die nur ihre eigenen Lämmer säugen wollen. Die Landstreicher erwischen einmal hier, einmal da einen Schluck, ducken den Kopf und rennen von einem Mutterschaf zum anderen – so können sie sich am Leben erhalten. Manchmal hilft ihnen auch der Hirt dabei.
Jeremy setzte sich auf die Stufen seines Wagens und streckte die Flasche aus. Pinky rutschte aufgeregt näher. Jeremy hob das Lamm auf sein linkes Knie und hielt es mit einem Arm fest. Das Kleine lehnte sich zurück, legte den Kopf zutraulich an Jeremys Schulter, die Vorderbeine waren wie Arme um Jeremys Handgelenk geschlungen. Mit der hocherhobenen rechten Hand flößte ihm Jeremy die Milch ein. Pinky leerte die Flasche bis auf den

letzten Tropfen. Dann setzte Jeremy das Lamm wieder auf die Erde, es rannte davon und verschwand in der Herde.
Es war soweit. Jeremy schloß die Tür seines Wagens ab. Er trug seine besten, funkelnagelneuen blauen Leinenhosen, ein kariertes Hemd, über das er eine Weste geknöpft hatte, und einen riesigen Hut. Eine schwere goldene Uhr steckte in der Westentasche, aus der eine Kette aus Goldklumpen herabhing. Die Uhr zeigte die Zeit mit Glockenschlägen an. Das war sehr passend für Schafhirten, deren Augen ständig in die Ferne schweifen, so daß sie für die Nähe unbrauchbar werden. Über dem linken Arm hing ein Knotenstock, ohne den kein Schäfer auch nur einen Schritt tut, und in der rechten Hand hielt er einen leichten Stekken, den er sich aus einem Espenzweig geschnitzt hatte.
Er sammelte seine Herde, stieß scharfe Rufe aus, brüllte den Hunden Befehle zu und winkte mit den Armen. Die Schafe beschleunigten ihr Tempo. Sie knabberten rasch ein bißchen Gras, rannten ein paar Schritte und fraßen wieder.
Endlich trotteten sie ziemlich munter über den Abhang.
Der Schäferwagen blieb allein und verlassen zurück.
Am Horizont im Osten erschien langsam ein Meer von Farben. Der letzte Stern verlosch. Ein Gipfel nach dem anderen wurde sichtbar. Die Wolken färbten sich rosa und tiefrot. Eine leuchtende goldene Sichel tauchte über der welligen Hügelkette im Osten auf und sandte ihre blendenden Strahlen aus.
Ein herrlicher Junitag brach an wie der Auftakt zu einer Symphonie.
Big Joe und Tommy, Rob McLaughlins Zugpferde, blinzelten träge, als sie auf dem Hügelkamm dahintrotteten. Sie waren unterwegs zu der Schafweide, um Jeremys Wagen zu holen und ihn für die Schur aufs Gestüt zu bringen.
Angeschirrt gingen sie nebeneinander. Das Kummet lag lose auf ihrem Hals.
Ken ritt Tommy und Carey Big Joe. Big Joe hatte einen lang ausgreifenden, schweren Gang. Carey ritt ohne Sattel und wurde heftig durchgeschüttelt. Oft mußte sie sich am Kummet festklammern.
Der Wind war kühl. Ihre Augen waren geblendet vom Sonnen-

aufgang. Sie waren auf dem Gipfel einer weiten, einsamen Welt und hätten eigentlich gut Freund miteinander sein sollen. Aber Carey wandte das Gesicht ab, und Kens Herz tat weh.

Es war seine Schuld, er wußte das. Er war wütend auf sie, seit gestern, als sie mit Howard fischen gegangen war. Noch mehr hatte es ihn geärgert, daß irgend etwas zwischen den beiden geschehen war, wovon er ausgeschlossen blieb. Das müßte gründlich erörtert und erklärt werden. Carey mußte ihm alles erzählen, und solange sie das nicht tat, stimmte es nicht zwischen ihnen. Sein Benehmen ihr gegenüber, das sie verletzte und ihr klar zeigte, wie beleidigt er war, sollte sie eigentlich veranlassen, ihn zu beschwichtigen; sie sollte ihn zu versöhnen suchen, und er würde dann alles verstehen und verzeihen, sie wieder in Freundschaft aufnehmen und – sie lieben, lieben ...

Aber Carey hatte keineswegs die ihr zugedachte Rolle gespielt. Von dem Augenblick an, als sie sich sozusagen mitten in der Nacht getroffen hatten, war sie strahlend und reizend gewesen und hatte seine schlechte Laune überhaupt nicht beachtet. Daraufhin hatte er noch finsterer dreingeblickt, was allerdings in der Dunkelheit nicht viel Sinn hatte. Sie sollte es wirklich an seiner Stimme merken können, an den kurzen, schroffen Sätzen, die er auf dem Weg vom Haus zu der Koppel, wo Big Joe und Tommy warteten, gesprochen hatte!

Er hatte die beiden Pferde angeschirrt. Jedes Stück hatte er einzeln aus dem Stall geholt und es ihnen auf den breiten Rücken gelegt, während Carey seelenruhig mit den beiden Tieren schwatzte. Sie bekamen ihren Hafer, und Carey tätschelte ihnen die Hälse.

»Wie soll ich da nur je raufkommen?« hatte sie gelacht und zu Big Joe aufgeschaut, der wie ein Turm neben ihr aufragte.

»Ich heb dich rauf.« Ken sehnte sich danach, Carey zu heben. Es verging kein Tag, an dem er sich nicht ein Ereignis ausmalte, das ihn zwang, Carey zu heben oder zu tragen – vielleicht durch den Bach, aber sie sprang jedesmal vorneweg, hurtig wie ein Frosch. Oder er könnte sie über einen Zaun heben. Natürlich war sie längst drüber, während er noch seinen Mut zusammenraffte.

»Das kannst du auch nicht!« rief sie lachend. »Er ist viel zu groß für dich! Ich weiß schon, was ich tue!« Und sie kletterte auf die Umzäunung der Koppel, an die Big Joe festgebunden war, legte ein Bein über seinen Rücken, und schon saß sie fest.

Sie ritten aus der Koppel.

Merkte sie denn nicht, wie wütend er war? Carey aber schwatzte munter drauflos. Sie war ganz aufgeregt, so früh draußen zu sein, und zeigte nicht das leiseste Gefühl dafür, daß etwas nicht stimmen könnte.

Und so war er mit seinen Vorwürfen herausgeplatzt. Er verlangte eine Erklärung, was gestern zwischen ihr und Howard vorgefallen sei. Warum war sie überhaupt mit Howard fischen gegangen? Und warum war sie so nett zu Howard, und warum, und warum ...

Zuerst hatte Carey überrascht ein paar Antworten gestottert, dann verstummte sie und wandte sich ab. Schließlich hatte sie gelacht: »Immerhin bist du ja nicht mein Besitzer, oder?«

Ken konnte kein Wort herausbringen, und sie waren schweigend über den Kamm geritten.

Er empfand sich aber als ihren Besitzer – sie mußte ihm gehören –, und endlich versuchte er, ihr das ganz bescheiden zu erklären. »Ich glaube, ich bin so wegen letztem Jahr – weißt du's nicht mehr? Wie du dich im Blizzard verirrt und Sturmwind gesehen hast ... Ach, Carey, ich kann doch nichts dafür ...«

Es hatte keinen Sinn. Sie zeigte ihm nur ihr gleichgültiges Profil. Man konnte nichts tun als weiterreiten – der Weg kam ihm endlos vor. Die Sonne stieg immer höher. Nachdem Ken seinen Ausbruch gehabt hatte, zerschmolz er innerlich vor Sanftmut. Wenn sie ihn doch nur ansehen, ihm ein Lächeln, einen freundlichen Blick schenken würde! Aber Carey hatte sich ganz in sich zurückgezogen und war weit fort von ihm.

Sie kamen bei dem Schäferwagen an. Bevor Ken ihr noch behilflich sein konnte, war sie schon zu Boden geglitten.

Er spannte die Pferde vor den Wagen, sie stiegen auf, und Ken nahm die Zügel. Carey saß still neben ihm. Sie fuhren los. Auf halbem Weg überholten sie Jeremy mit der Herde. Sie waren rechtzeitig zum Frühstück wieder auf dem Gestüt.

Garcia, der Mexikaner, und seine Leute waren bereits eingetroffen. Das Frühstück im Gesindehaus war beendet, und die Männer hatten alle Hände voll zu tun, die Koppeln für die Schur vorzubereiten.

23

Rob seufzte tief, schob den Hut zurück und kratzte sich den Kopf. Er kniff böse die Augen zusammen, runzelte ungeduldig die Stirn und sah langsam über den Himmel zu den fernen Bergen am Horizont.

Die Bewegung war ihm zur Gewohnheit geworden.

Nichts gab es, was seine Aufmerksamkeit erregen konnte. Es war ein milder Tag Ende Juni. Das Bild vor seinen Augen war so friedlich – die Weiden und gewellten Hügel waren mit saftigem Gras bedeckt, die entfernteren Hügel mit Kiefern. Im Hintergrund waren die Berge und zu seinen Füßen der kleine Bach, dessen klares braunes Wasser munter über die Felsen plätscherte.

Die Schafschur war vorbei.

Die ewig grinsenden, halbnackten Mexikaner waren zur nächsten Farm gezogen. Das Durcheinander, das sie hinterlassen hatten, war beseitigt. Das unaufhörliche Blöken, das fünf Tage hindurch das Gestüt erfüllt hatte, war verstummt, nachdem Jeremy und seine Hunde die dreitausend nackten, lächerlich aussehenden Mutterschafe und ihre Lämmer zurück auf die Weide getrieben hatten.

Viele Mutterschafe hatten lange blutige Schrammen an den Stellen, wo die Scheren ins Fleisch gedrungen waren. Einige waren an den Wunden eingegangen. Die abgehäuteten Kadaver hingen im Rauchfang, um gedörrt und gepökelt zu werden. Bald würden sie Hammelbraten essen, der beinahe wie Wild schmeckte und köstlich mit Knoblauch gewürzt wurde.

Die Schur war gut gewesen, wie Jeremy vorausgesagt hatte. Sie hatten achtzig lange Wollsäcke voll bekommen. Um die Säcke füllen zu können, hatten sie eine Plattform errichtet, die von zweieinhalb Meter hohen Pfählen getragen wurde. In der Mitte der Plattform war ein großes Loch, in dem der Sack bis zum Boden hing. Die Öffnung des Sackes wurde an einem Stahlreifen befestigt, der am Rand des Loches eingelassen war. In jeden der riesigen Säcke gingen ungefähr fünfundvierzig Vliese. Fünfmal war der Lastwagen mit der Wolle in die Stadt gefahren. Sie war verkauft, und der Scheck lag auf der Bank. Alle konnten ausruhen.

Rob seufzte abermals, zog den Hut wieder über die Augen und widmete sich ganz dem Fischen. Er rollte die Leine ab, runzelte heftig die Stirn und warf den Köder zu einer aussichtsreichen Stelle stromabwärts aus. Finster entschlossen wartete er einen Augenblick, zog die Angel mit ungeduldigem Ruck wieder heraus, stand auf und suchte sich einen neuen Platz weiter aufwärts, wo er sich abermals niederließ. Der Köder war weg. Rob fluchte wild, holte die Büchse aus der Tasche, befestigte einen Wurm am Haken und warf die Leine aus. Seine Blicke streiften umher. Wieder zwang er seine Gedanken zum Fischen zurück, starrte ins Wasser nach dem Köder, entdeckte ihn, zog ihn heraus und warf ihn an einer anderen Stelle aus. Und wiederum vergaß er ihn, während er sich umschaute, die Lippen spitzte und das Cowboylied vom grünen Gras von Wyoming pfiff.

Ein paar Schritte entfernt kam Robs Freund und Arzt, Rodney Scott, hinter einem Gebüsch hervor und winkte ihm aufgeregt zu, er solle den Mund halten. Rodney fischte mit angemessenem Ernst. Für ihn kamen Würmer überhaupt nicht in Frage! Es gab kaum einen Sonnabendnachmittag, an dem er keinen Ausflug machte und einen Korb voll Forellen heimbrachte.

Robs Geduld aber war erschöpft. Er zog die Leine ein und ging zu Rodney.

»Wie zum Teufel kann nur ein ausgewachsener Mann seine Zeit mit solchem Unsinn vertrödeln!« rief er.

»Wie stellst du dir eigentlich vor, daß ich etwas fangen soll, wenn du hier in der Gegend herumstampfst und brüllst?« beklagte sich Rodney heftig. In diesem Augenblick spürte er einen Ruck an der Leine und zog eine blitzende, fünfundzwanzig Zentimeter lange Forelle heraus.

Rob sah verdrossen zu, wie Rodney den Fisch vom Angelhaken

löste und ihn in seinen Korb warf. »Was glaubst du eigentlich, warum ich dich zu uns gelotst habe?«
Rodney sah ihn argwöhnisch an. »Hm, du hast gesagt, ich soll zu euch rauskommen und fischen. Aber ich hab schon geahnt, daß du einen Hintergedanken dabei hattest. Wenn du mich konsultieren willst, warum kommst du nicht in meine Sprechstunde?«
Rob zuckte die Achseln. »Fisch nur ruhig weiter. Ich vertreib mir inzwischen die Zeit und tu was für meine Gesundheit. Sag mir Bescheid, wenn du fertig bist.« Er ging ein paar Schritte weiter, warf sich ins Gras, zog den Hut über die Augen und schickte sich an zu schlafen.
»Wer ist denn krank?« fragte Rodney. Er packte seine Angelgeräte zusammen, um sich einen neuen Platz zu suchen.
Keine Antwort. Ein leises Schnarchen ertönte unter Robs Hut. Rodney lächelte. Sorgfältig musterte er die Sandbank und ließ sich dann in der typischen Anglerhaltung nieder – ein Mittelding zwischen ständiger Spannung und träumerischem Frieden.
Beim Angeln kann man an viele Dinge zugleich denken. Wer war krank auf dem Gänselandgestüt? Das Baby? Nell brachte Penny regelmäßig zur Untersuchung in seine Sprechstunde. Das Kind gedieh prächtig. Howard? Ken? Rob und Nell waren nie krank.
Er machte ein paar lautlose Bewegungen. Sein Korb füllte sich. Sechs, nein – sieben Forellen von stattlicher Größe. Was für ein Glück, einen solchen Forellenbach direkt hinter dem Haus zu haben! Aber Rob fischte nicht. Wenn er ausspannen wollte, fuhr er in die Stadt, aß im Hotel mit zahlreichen Freunden zu Mittag, trank in Bars, besuchte die Standortoffiziere, erzählte sich mit ihnen Schauergeschichten, sprach vom Wetter, von der Ernte, von Politik und vom Klatsch der Gegend. Nur die Städter gingen zur Erholung aufs Land.
Aber wer war hier krank? Nell! Die Erkenntnis durchfuhr ihn wie ein Schlag. Sie war schon seit langem krank. Warum hatte er das nicht bemerkt? Er hatte sie während ihrer Schwangerschaft und Niederkunft behandelt mit der üblichen Sorgfalt, den üblichen Mitteln, den üblichen Ratschlägen. Nichts war schiefgegangen. Die beiden waren ganz verrückt und überängstlich mit dem

Baby. Als Penny zur Welt kam, war sie sehr zart. Die ganze Aufmerksamkeit konzentrierte sich auf sie. Wenn er es jetzt rückblickend bedachte, erkannte er, daß Nell nicht mehr sie selbst war – seit der Geburt des Babys war sie verändert. Und zuvor? Seine Gedanken wanderten prüfend in die Vergangenheit. Ohne Frage war Nell in dem Jahr vor ihrer Schwangerschaft sehr elend geworden – blaß, dünn und bedrückt. Und davor? Er wußte es nicht mehr. Nell war schwer zu durchschauen. So sehr beherrscht. Immer gleichmäßig fröhlich, für jeden da, und wenn etwas nicht in Ordnung war, verschloß sie sich.

Da – wieder ein Ruck an der Leine. Als Rodney den Fisch herauszog, hörte er ein tiefes, heiseres Brüllen. Er sah sich nervös um. Auf diesen riesigen Weiden wußte man nie, ob Vieh in der Nähe war, aber die Stiere merkten sofort, wenn ein Fremder da war. Dieser Cricket war ein Greuel.

Dann entdeckte er Cricket, der ihn bereits gesehen hatte. Der Stier war etwa vierhundert Meter entfernt und zum Glück hinter einem Stacheldrahtzaun. Er trottete am Zaun auf und ab und drehte den Kopf so, daß er den Fremden unausgesetzt im Auge behalten konnte. Mitunter blieb er stehen, scharrte im Sand und brüllte.

Von der anderen Seite ertönte Robs hingebungsvolles Schnarchen. Rodney war wieder beruhigt und fischte weiter, bis sein Korb voll war. Dann rollte er die Angel auf, verstaute seinen Fliegenbehälter und ging zu Rob. Er ließ sich neben ihm nieder und rüttelte ihn an der Schulter.

»Jetzt schieß mal los – wer ist krank?« fragte er.

Rob setzte sich auf, räkelte sich, rieb sich die Augen und bedachte Rodney mit wohlwollenden Flüchen. Dann sah er zum Himmel auf, zog seine Pfeife heraus, stopfte sie, begutachtete Rodneys Beute und begann endlich, über Nell zu sprechen.

Cricket ging an dem Stacheldrahtzaun entlang, auf und ab, und fixierte die beiden Männer. Die Sonne stand tief, und die Schatten wurden länger. Von weit her drangen Geräusche zu ihnen – das Muhen einer Kuh, der Motor eines Omnibusses, der auf der drei Kilometer entfernten Autobahn fuhr, und Hupen. Und Rob redete und redete, hielt nur zwischendurch inne, um Fragen zu beantworten, und der Refrain des Ganzen war, daß eben mit Nell etwas nicht in Ordnung war – schon seit mehreren Jahren – es wurde immer schlimmer – die anderen begannen es bereits zu merken – die Jungen – es stimmte etwas nicht mit ihr – erst gestern nacht war sie schreiend aufgewacht und hatte Rob angefleht: »Halt mich fest! Halt mich fest!« Lieber Himmel! Der Gedanke daran jagte ihm eine Gänsehaut über den Rücken.

Als Rob seinen Bericht beendet hatte, schwieg Rodney lange. Er hatte einen Grashalm zwischen den Lippen und kaute daran herum. Seine Augen blickten abwesend.

»Und du sagst, sie ist nie krank gewesen?«

»Nicht einen einzigen Tag in ihrem ganzen Leben!« erklärte Rob stolz.

Rodney schüttelte den Kopf. »Das ist ziemlich ungerecht. Krank zu sein bedeutet oft Erholung für eine Frau. Aber diejenigen, die sich nie gehenlassen – – –«

Rob widersprach. »Nein, es ging ihr wirklich gut! Das war kein Zusammennehmen. Nell ist stark wie ein Pferd. Sie hatte es schwer, ich weiß, furchtbar schwer, viele Jahre lang.«

»Tatsächlich?«

»Worauf du dich verlassen kannst.«

»Wie lange?«

Rob grinste. »Seitdem sie mich geheiratet hat. Vorher hat sie ein bequemes, luxuriöses, angenehmes Leben gehabt wie die meisten Mädchen in der Stadt.«

»Und direkt danach ist sie aufs Gänselandgestüt gekommen«, meinte Rodney nachdenklich. »Zuerst habt ihr doch kein fließendes Wasser gehabt und auch kein elektrisches Licht oder Zentralheizung, nicht wahr?«

»Gar nichts hatten wir«, erwiderte Rob mürrisch. »Gar nichts – nur Babys, Schulden, Rechnungen, schwere Arbeit und einen Fehlschlag nach dem anderen. Aber damals war sie nicht krank, Rodney, da war sie großartig in Form. Sie hat für zehn gearbeitet. Nie hat sie klein beigegeben, nie ist's ihr zuviel geworden oder ist sie zusammengeklappt.«

»Bis jetzt«, sagte Rodney langsam.

»Ja. Ausgerechnet jetzt, wo alles so gutgeht. Wir haben Zentralheizung, sie hat 'ne Köchin, genug Hilfe und keine Sorgen!« Rob machte eine hilflose, verzweifelte Handbewegung.

»Vielleicht liegt's gerade daran?«

Rob sah ihn verständnislos an. »Wie meinst du das?«

»Vielleicht gehört Nell zu den Frauen, die sich nie gehenlassen, solange Schwierigkeiten da sind. Wenn aber ihr Leben leichter wird, brechen sie vollständig zusammen.«

Rob schob den Hut in die Stirn und kratzte sich den Kopf.

»Ich will damit nur sagen, daß sie sich in einem Augenblick, in dem sie sich's leisten können, gehenlassen und zusammenklappen«, erläuterte Rodney. »Die ganze Zeit vorher haben sie aus der Substanz gelebt. Früher oder später wird ihnen dafür die Rechnung vorgelegt.«

»Das erscheint mir doch ziemlich weit hergeholt, Rodney.«

»Du würdest dich wundern, wie oft das vorkommt. Es ist sogar fast unvermeidlich. Ich hatte einmal eine Patientin, deren Mann während der ganzen Wirtschaftskrise arbeitslos war. Die beiden sind beinahe verhungert und flogen aus jeder Wohnung heraus, weil sie die Miete nicht zahlen konnten. Sie war nicht unterzukriegen. Niemals krank. Dann bekam ihr Mann eine gute Stellung und sie einen völligen Nervenzusammenbruch.«

Rob rieb sich nachdenklich das Kinn. »Nell ist nicht zusammengebrochen – das möchte ich doch nicht behaupten.«

»Es stünde wohl jetzt besser mit ihr, wenn es so gewesen wäre. Sie sollte sich völlig gehen- und alles stehen- und liegenlassen – und wirklich krank sein. Vielleicht wäre auch eine Klinik keine schlechte Idee! Und dann könnte sie mit allem fertig werden.«

Rob schüttelte den Kopf. »Für Nell wäre das einfach undenkbar!«

»Dann wissen wir auch, was mit ihr los ist, wenn wir die Diagnose gestellt haben.«

Rob schwieg eine Weile, bis er das verdaut hatte. »Das läuft doch darauf hinaus, daß es 'ne Nervensache ist.«

»Die Schilddrüse hängt eng mit allen nervlichen, geistigen und gefühlsmäßigen Dingen zusammen. Und wenn ihre Funktionen gestört sind, gibt es auch körperliche Reaktionen. – Ich könnte mir selbst eine runterhauen! Ich hätte sie besser beobachten und untersuchen sollen. Aber ich hab nie etwas gemerkt.«

»Das ist's ja gerade, man merkt gar nicht, daß mit ihr etwas nicht in Ordnung ist. Das heißt, es war so. Aber jetzt sehen's wohl sogar schon die Jungen.«

»Woran?«

»Na, es ist so gar nicht Nells Art, dauernd herumzunörgeln und zu jammern. Mit dem Essen zum Beispiel ist sie neuerdings so heikel. Früher hat sie sich nie beklagt, wenn ich mal zufällig was aus Cheyenne mitgebracht hab, was sie nicht ausdrücklich auf ihrer Liste notiert hatte.«

Rodney kicherte. »Sie widerspricht dir, nicht wahr? Tut ihr nur gut!«

»Widersprechen!« Rob war gekränkt. »Sie sagt, ich sollte mal zur Abwechslung nicht nach eigenem Gutdünken handeln, sondern Aufträge ausführen.«

Rodney platzte heraus.

»Du hast gut lachen«, sagte Rob störrisch. »Aber es sieht Nell eben doch nicht ähnlich.«

»In dem Fall bestimmt nicht.«

Sie schwiegen eine Weile. Dann fuhr Rob fort: »Da ist noch was – vielleicht sollte ich dir's lieber erzählen – ein Jahr vor Pennys Geburt waren Nell und ich ganz auseinander. Um ein Haar hätten wir uns sogar getrennt. Hast du das gewußt?«

»Das hätte ich mir nicht träumen lassen!« Rodney kaute immer noch an seinem Grashalm. »Wie hat das auf Nell gewirkt?«

»Es hat sie mächtig mitgenommen damals. Jeder konnte es sehen. Sie hat nichts gegessen. Ist dünn wie ein Fädchen geworden. Geschlafen hat sie auch nicht mehr. Das ist lange so weitergegangen.«

»Natürlich beeinflußt so was den ganzen Organismus«, erklärte Rodney. »Danach ist alles wieder in Ordnung gekommen?«

»Ja.«

»Und was war dann mit Nell? In dem Augenblick hätte sie eigentlich zusammenklappen müssen – dich eine Zeitlang allein lassen – sich irgendwo erholen, vielleicht im Krankenhaus.«

Rob zögerte. »Hm – wir haben uns beide so brennend ein kleines Mädchen gewünscht – noch ein Kind –, und da ist Penny gekommen.«
»Sie wurde also direkt danach schwanger. Und nach Pennys Geburt hat sie's auch nicht gerade leicht gehabt.«
»Ich weiß.«
»Und seitdem das Baby da ist, hat sie es keine Minute aus den Augen gelassen – wie alt ist Penny jetzt?«
»Zwanzig Monate.«
»Und von hier ist sie auch nicht weggekommen?«
»Nein.«
Rodney tat, als sei der Fall damit erledigt. Er warf den Grashalm fort, nahm den Hut ab und legte sein Taschentuch über das schüttere Haar. Dann öffnete er seinen Korb und begann die Forellen zu zählen.

24

Nell hatte den Nachmittag am Flügel verbracht.
Als junges Mädchen hatte sie ein umfangreiches Repertoire gehabt. Ihre Mutter war der Meinung, daß nur die Klavierstücke haftenblieben, die man zwischen zehn und zwanzig lernt. Allerdings dürften sie auch nicht zu schwierig sein; sonst verlernte man sie mit zunehmendem Alter.
Chopin bot eine unerschöpfliche Fülle; man konnte ihn das ganze Leben hindurch spielen.
Nell hatte die »Etudes«, die Préludes«, die »Nocturnes«, die »Berceuse« und den Trauermarsch auswendig gekonnt. Diese und vieles andere wurden ihr allmählich wieder geläufig.
Der herrliche Flügel! Schon bei dem Gedanken daran erfüllte sie ein warmer Strom von Glück und Dankbarkeit für Rob. Wie gut er zu ihr war! Wie er ständig an sie dachte und alles nur Mögliche für sie tat! Es war seine größte Freude, ihr Geschenke zu machen, seitdem seine Finanzen sich gebessert hatten. Die schöne silberne Toilettengarnitur! Und die kleine Schlafzimmeruhr mit dem zarten Glockenspiel! Die Kleider, die sie unbedingt haben

mußte! Er vergaß sie nicht einmal, wenn er etwas Gutes aß, sondern bot ihr einen Bissen davon an!
Liebe ist eine Tugend, dachte sie. Wenn sie im Herzen eines Mannes oder einer Frau lebt, werden sie dadurch besser. Und wieviel war in Robs Herzen! Er war ein glühender, stürmischer Liebender! Eine Flamme brannte in ihm, die viel stärker war als die ihre. Sie erwärmte Nell durch und durch und brachte ihr eine Tiefe des Fühlens und Lebens, die sie ohne ihn niemals erfahren hätte.
Nell übte die »Berceuse«. Merkwürdig, daß die Begleitung zu einer so schwebenden, klangvollen Melodie aus einem Takt bestand, der sich durch das ganze Stück wiederholte ...
Ob wohl Howard und Ken jemals eine Liebe kennenlernen würden, wie Nell sie erlebt hatte? Und wie würde sie ihnen begegnen? Liebe kommt nicht als Zuneigung oder Bewunderung oder als irgendein anderes Gefühl, sondern sie trifft uns wie ein Schlag, wie ein Stoß, dachte sie. Als ob zwei Elemente aufeinanderprallten und zu einem verschmolzen. Man kann nichts weiter tun, als dem standzuhalten. Es verändert den Menschen, so daß er wie ein ganz neues Wesen verwirrt und geblendet herumtaumelt.
Ihre Gedanken spannen an diesem Thema weiter. Wie selten gab es doch eine solche Liebe auf der Welt, wie wenig Eheleute erhielten sich über die Jahre hinweg dieses tiefe Gefühl! Warum mußte das so sein? Das Leben brachte sie auseinander – das war der Grund. Ihre häufig so verschiedenen Interessen absorbierten sie. Und die meisten Ehepaare, vor allem die Städter, verbrachten einfach nicht genügend Zeit miteinander, um ihrer Liebe neue Nahrung zu geben. Liebe aber kann nicht bestehenbleiben, wenn man ihr nur Bruchstücke seines Ichs, seiner Zeit und seiner Gedanken gibt. »Keine Zeit für Liebe!« Das könnte der Titel eines Liedes sein! Aber wenn man die Ehe richtig einschätzt und erkennt, daß man sie sich erarbeiten muß, kann man sich eine glückliche Lebensgemeinschaft ebenso wie ein Haus aufbauen. Man braucht dazu Geduld, Nachsicht, Entschlossenheit, Verständnis, Selbstaufopferung und Wertschätzung des anderen. Wie die Sonne muß man auf alles scheinen, was man nur be-

scheinen, anlächeln oder lieben kann. Die Dinge, die man nicht anstrahlen, nicht anlächeln oder nicht einmal ertragen kann, muß man verzeihen und vergessen und übergehen. Man sollte es in den Schulen lehren, dachte sie plötzlich, es ist so wichtig! Es ist eine Kunst, deren Ausübung jeder lernen sollte. Und wenn eine Ehe erfolgreich ist und der Preis dafür hoch war, so ist doch der Lohn immer noch unvergleichlich höher. Ein Haus, das von Glück erfüllt ist. Ein sicherer Hafen. Eine dauerhafte, lebensvolle Harmonie, die wie Glocken in den Ohren klingt! Das alles mußte Nell den Jungen erzählen! Sie mußte ihnen beibringen, die wahre Zuneigung, wenn sie ihnen begegnete, zu pflegen und zu erhalten, sich selbst und alles hinzugeben, damit die Liebe ständige Nahrung erhielt und am Leben bleiben konnte. Sie mußte ihnen das alles bald sagen, damit sie – was auch mit Nell geschehen mochte ...

Sie konzentrierte sich wieder auf die »Berceuse«. Das war auch Liebe – der Traum einer Mutter an der Wiege ihres Kindes.

... Es gab so viele Arten von Liebe in der Welt ... sie war eine Kraft wie Elektrizität, eine schöpferische Kraft ... Liebe zwischen Mann und Frau, Kindern und Eltern, Freunden oder die Liebe zur Musik, zur Kunst, zur Schönheit, zur Arbeit oder zu Gott ... War ohne sie überhaupt ein Glück möglich? Und wenn Liebe da war, konnte es dann ein wirkliches Unglücklichsein geben? Konnte die Welt ohne Liebe bestehen? Würde nicht jedes Leben ersterben, wenn man ihm die Liebe entzöge?

Irgendwo hatte sie einen Aufsatz gelesen über die modernen Staaten, die verkünden, sie können und wollten ohne Gott leben. Der Autor schloß seine Ausführungen mit der Frage: Wie wird es ihnen ergehen, wenn sie versuchen, ohne Liebe zu leben?

Das war das Entscheidende. Kam jede Liebe von Gott? Und würde ohne Gott die Liebe von der Erde und aus den Herzen der Menschen verschwinden?

Während unter ihren Fingern die träumerischen Klänge der »Berceuse« perlten, versuchte sie, sich die Liebe aus der Welt wegzudenken. Aber das war unmöglich. Solange die Farben des Sonnenuntergangs aufflammten, solange es Musik gab und solange die Menschen einander Zuneigung schenkten – nein.

Howard kam herein, zog sich einen großen Sessel zum Flügel, damit er seine Mutter anschauen konnte, und lauschte.
Lächelnd spielte sie weiter.
Er legte den Kopf zurück und ließ sein langes, dünnes Bein über die Lehne hängen. Anscheinend hatte er eine Anstrengung hinter sich. Er sah müde und erhitzt aus, sein Halstuch war völlig verdrückt, und das schwarze Haar klebte fest am Kopf.
Was hatte er wohl auf dem Herzen? Ging es um Carey? Oder um Barbara? Vielleicht wollte er es ihr jetzt erzählen?
»Nur noch acht Tage«, sagte er schließlich.
Das war es also. Er zählte die Tage, bis er von zu Hause fortging.
»Ist das nicht wirklich wie verhext, Mutter, daß ich jedesmal weg muß, wenn irgendwas los ist? Weißt du noch – vor zwei Jahren? Da konnte ich Sturmwind nicht mehr beim Rennen in Saginaw Falls sehen. Und im Sommer davor ist Ken direkt nach meiner Abreise im Tal der Adler gewesen, hat mit dem Adler gekämpft und so viele Abenteuer erlebt. Und diesmal muß ich gerade abfahren, bevor wir auf die Suche nach Sturmwind und Juwel gehen. Verdammtes Pech!«
Nell lächelte ihm zu, während sie weiterspielte.
»West Point ist doch ein ganz schönes Abenteuer, möchte ich meinen.«
Howard sah ihr gerade in die Augen – er nahm sie mit sich in seine Zukunft, in den Zug, den Hudson aufwärts bis nach West Point; er spürte ihre Aufregung, ihre Zuneigung und war getröstet.
Faul räkelte er sich in seinem Sessel. »Spiel bitte die Polonaise! Dabei hab ich immer das Gefühl, ich könnte etwas tun – was ganz Großes!«
Als Nell geendet hatte, fragte Howard: »Weißt du noch, Mutter, wie du mit mir gesprochen hast, als ich zum erstenmal weg mußte in die Schule? Es war so 'ne Art Lektion?«
»Stimmt das wirklich, mein Sohn?«
»Also – ich hab's getan.«
»Was?«
»Die Dinge, die du mir gesagt hast. Zweierlei.«

»Was war denn das?«
»Du hast mir gesagt, ich soll beten. Und ich soll aufrichtig sein.«
Nell beugte den Kopf über die Tasten und begann wieder zu spielen, um das Gefühl zu verbergen, das in ihr aufstieg. Mütter reden so viel, geben so viele Ratschläge, belehren und erklären dauernd und halten Predigten. Aber wenn von dieser ganzen Redeflut einige wenige Dinge haftenbleiben und befolgt werden, ganz wenige wie die – aufrichtig zu sein und zu beten ...
»Ich hab mir nämlich gedacht«, begann Howard zögernd, »ob du mir nicht auch diesmal etwas sagen könntest? Jetzt ist's doch sogar noch wichtiger, nicht wahr? Wenn man nach West Point kommt? Ich bleibe doch zwei Jahre fort. Und dann werde ich kein Junge mehr sein, der in den Schulferien nach Haus kommt – damit ist's vorbei. Stimmt's?«
Nell sah ihren Sohn mit etwas traurigem Lächeln an und nickte.
»Tust du's, Mutter?«
»Warum möchtest du das, Howard?«
»Wenn man da draußen in der Welt ist, tröstet's einen doch, etwas zu haben, woran man denken und wonach man sich richten kann.«
»Natürlich will ich mit dir sprechen, Liebling – ich werde dir alles sagen, was ich nur kann.«
»Worüber denn?«
Nell ließ die Hände in den Schoß sinken. »Ich werde dir davon erzählen, worüber ich am meisten nachgrüble – schon seit langem.«
»Was ist denn das?«
Sie schwieg eine Zeitlang. »Die Liebe. Darüber hab ich soviel nachgedacht.«
»Was für eine Liebe meinst du denn?«
»Jede. Aber jede führt zu der einen, einzigen – zur Liebe zu Gott.«
Howard war sprachlos. Er sprang auf. »Aber Mutter! Glaubst du wirklich, das könnte mir helfen?«
Sie betrachtete ihn spöttisch. »Ich denke schon, mein Lieber. Es wäre dir sogar eine große Hilfe. Vielleicht nicht gerade jetzt. Aber eines Tages bestimmt.«

Er richtete sich auf, stopfte den heraushängenden Hemdzipfel in den Gürtel und sagte: »Also gut. Vergiß es nicht. Ich geh noch mal schwimmen vor dem Abendessen.« Er beugte sich über sie und gab ihr einen Kuß, schlich mit seinem lautlosen Gang aus dem Zimmer und war verschwunden.

Nell hing eine Weile schweigend ihren Gedanken nach. Sie empfand tiefste Zärtlichkeit für ihren Sohn, für beide Jungen. So wenig konnte sie für sie tun – wie schön, daß es gerade jetzt etwas gab, wo sie doch selbst so verstört, so angsterfüllt, so unausgeglichen war! Aber sie hatte bemerkt, daß jede Anforderung, die an sie gestellt wurde, ihr Kraft verlieh.

Sie begann wieder zu spielen. Die Etüden und dann den Minutenwalzer. Merkwürdig! Ihre Technik war tatsächlich besser als vor dem Gespräch mit Howard. Sie war stärker geworden!

25

Nell ging auf die Terrasse. Penny war draußen in ihrem Laufställchen, das sie gar nicht schätzte. Aber es war sehr nötig, denn sie war zwar klein für ihr Alter, aber das reine Quecksilber. Dauernd rannte sie auf ihren winzigen, flinken Füßen herum, die Nell immer an die Strandläufer auf den Dünen von Cape Cod in Massachusetts erinnerten. Penny war einmal hier, einmal dort, sie war überall und so geschwind, daß man sie unmöglich im Auge behalten konnte.

Die Kleine hatte fast alle ihre Spielsachen weggeschleudert und saß daumenlutschend in einer Ecke. Ihre blauen Augen blickten zornig, das Gesichtchen war rot, und der Mund umschloß mit einem purpurnen Ring den Daumen. Pennys dunkles Haar, in dem vereinzelt goldene Funken aufleuchteten, fiel in wirren Locken auf die Stirn.

Als sie Nell erkannte, streckte sie ihr die Arme entgegen. Dabei sprudelte sie einen Schwall von sanftem, hellem Vogelgezwitscher heraus, das ihre besondere Sprache bildete. Nell hob sie auf, trug sie ins Haus, setzte sie auf den großen Flügel und ermunterte sie zum Singen. Erst sang Nell einen Ton, darauf öff-

nete Penny entzückt den Mund und gab, eine Oktave höher, ein »Oh!« von sich. Jetzt sang Nell ein Lied. Penny stimmte ein, zwar grundfalsch, aber sie schmetterte hingerissen.
Plötzlich verstummte sie und wandte lauschend den Kopf. Nell ebenfalls. Das heisere Gebrüll des Stiers drang zu ihnen.
Penny sah ihre Mutter fragend an. »Nich mehr?« piepste sie. Nell wußte nicht recht, ob sie nicht mehr singen oder den Stier nicht mehr brüllen hören wollte.
»Komm, Schätzchen, wir gehen ein bißchen spazieren«, schlug Nell vor. Sie setzte das Baby auf den Boden. Penny trippelte zur Tür und zog an der Portiere. Nell nahm sie bei der Hand, und sie wanderten zur Koppel.
Pennys Miniaturwelt war der Erde noch sehr nahe. Alle paar Schritte entdeckte sie etwas Interessantes, eine Staude Löwenzahn, einen Käfer, der geschäftig an einem Grashalm emporkletterte, einen schimmernden Quarzstein. Sie ließ sich dann jedesmal mit einem Plumps hinfallen, und ihr Händchen entglitt dabei Nell.
Nell setzte sich auf den Steinrand des Wasserbehälters.
Der Schäferhund Kim kam langsam über den Rasen. Der Anblick von Nell und dem Baby im Gras erfüllte ihn mit zärtlicher Liebe. Lächelnd sah er von einer zur anderen. Dann trottete er zu Penny, die spitze Schnauze dicht vor ihrem Gesicht. Seine buschige Rute schwang freundlich hin und her.
»Wauwau! Wauwau!« rief Penny entzückt und tätschelte seinen Kopf mit ihrer kleinen Faust.
Kim ließ sich dicht neben ihr nieder, so daß sie dieses wunderbare Spiel weiter betreiben konnte. Sie rupfte fein säuberlich den Löwenzahn ab und bestreute Kim mit den Blüten.
Crickets Brüllen kam näher. Er wurde mit den Kühen zum Stall geführt. Es war Zeit für das abendliche Melken und Füttern.
Eine Welle von Angst schlug über Nell zusammen. Nicht der Stier war die Ursache, sondern die unbestimmte Furcht, die sie im ganzen letzten Jahr empfunden hatte. Ständig lebte dieses Gefühl der Hilflosigkeit in ihr, nichts verhüten zu können, was das Schicksal ihr auferlegte. Es war, als würde sie plötzlich über-

fahren ... eine Lokomotive rollte auf sie zu ... Männer stürzten sich mit hocherhobenen Äxten auf sie ... sie ertrank ... jemand würgte sie ... sie lenkte ein Auto über steile Felsklippen.

Nell griff sich mit der Hand an die Kehle. Da war wieder diese schreckliche Beengtheit. Konnte es dafür auch nur den leisesten Anlaß geben, oder war es reine Hysterie? Stimmte es, wenn sie meinte, bald sterben zu müssen? Howard – die kleine Lektion, um die er sie gebeten hatte – war das ein Abschied? Würde sie ihn je wiedersehen? Zwei Jahre –

Nell war fest überzeugt, daß sie nicht mehr so lange leben würde. Es ging ihr nicht besser, sondern immer schlechter.

Sie stand auf und lief nervös zum Kuhstall. Die Kühe kamen gerade über die Kuppe des Hügels in der Kälberweide. Tim trieb sie herein. Sie erkannte die Mistgabel in seiner Hand.

Cricket manövrierte sich geschickt hinter Tim.

Der drehte sich sofort um, drohte ihm mit der Heugabel und brüllte: »Mach vorwärts, aber dalli!« Dabei tat er, als wollte er auf ihn losgehen.

Der Stier brummte. Behend rannte er wieder nach vorn und reihte sich unter die Kühe ein. Dann blieb er stehen, senkte den Kopf, scharrte im Sand und brüllte laut.

Tim schrie auf ihn ein und fuchtelte mit der Heugabel. Cricket beruhigte sich und trottete durch das Koppelgatter.

Wink war im Stall und teilte den Kühen das Futter zu. Dann öffnete er die Türen zur Koppel, und die Tiere kamen nacheinander herein, um ihre Plätze an der langen Futterkrippe einzunehmen.

Nell wußte, was jetzt dort drinnen vor sich ging. Wink schritt die Reihe ab und band die Tiere fest. Sie waren völlig ruhig und friedlich und kauten ihr Getreide. Nell sah sie deutlich vor sich. Drei nicht trächtige Kühe fraßen mit Cricket in der Koppel.

Tim füllte die Futtereimer für sie und kehrte dann in den Stall zurück, um beim Melken zu helfen.

Nell sah zu, wie Cricket seinen Trog leerte.

Der feste Zaun lag zwischen ihnen. Sie lehnte sich an einen Balken. Cricket leckte gerade das letzte Korn auf und kehrte ihr die Seite zu.

Er war ein mächtiger Guernsey-Stier, sein dunkles braunrotes Fell wurde am Bauch weiß. Hufe, Hörner und Ohren waren orangegelb.

Sie hatten ihn als zwei Wochen altes Kalb gekauft. Nell hatte ihn aufgezogen und ihn gefüttert. Er hatte gelernt, in dem Eimer nach ihren Fingern zu schnappen, zu saugen und dabei die warme Milch zu schlürfen. Bald konnte er seine Milch allein trinken. Aber jedesmal, wenn sie ihn zu sich rufen wollte, brauchte sie nur die Hand auszustrecken. Er nahm sie dann ins Maul, saugte kräftig an ihren Fingern und folgte Nell brav überallhin.

Und jetzt hatte er sich zu einem Ungeheuer entwickelt, das genau wußte, wo und wann immer er jeden einzelnen auf dem Gestüt finden konnte. Wenn sie das Haus verließen, paßte Cricket auf. Ging jemand in den Wiesen spazieren, trabte Cricket am nächstgelegenen Zaun entlang – es mochte einen Kilometer entfernt sein –, beobachtete jeden Schritt und stieß ein furchteinflößendes Brüllen aus. Hin und wieder unterbrach er sich, um den schwachen Stacheldraht zu betrachten, als könne es ihm eines Tages einfallen, dieses lächerliche Hindernis einfach zu ignorieren und zum Angriff durchzubrechen. Noch hatte er es nicht getan – bis jetzt wenigstens.

Cricket ließ den Kopf über den leeren Futtertrog hängen. Er tat, als wisse er nicht, daß Nell am Zaun stand, aber sein eines Auge sah sie groß und tückisch an.

Als Rob und Rodney Scott vom Angeln zurückkehrten, beobachtete Nell noch immer den Stier. Das Melken war beendet, und die Kühe waren in der Koppel. Das Gatter zur Kälberweide stand offen. Einige Tiere kamen heraus. Cricket verhielt sich ganz still.

»Ich möchte so gern, daß Rob den Stier verkauft oder töten läßt, Rodney«, erklärte Nell. »Fändest du das nicht auch richtig?«

»Ich sage nein!« rief Rob. »Wir haben ihn großgezogen, und er hat sich gut bewährt. Seine ersten Kälber geben mehr Milch und fetthaltigere Butter als alle unsere anderen Kühe. Cricket verkaufen? Sei doch nicht albern!«

»Ich bin wirklich der Meinung. Du weißt, Rodney, was für schreckliche Sachen passieren. Man liest doch ständig in der Zeitung von reinrassigen Zuchtstieren, die ihre Besitzer mit den Hörnern aufspießen. Solche Geschichten kannst du auf jeder Farm hören. Wenn ein Stier bösartig wird wie Cricket, soll man ihn verkaufen! Und zwar am Tag, bevor etwas passiert – nicht danach!« Ihre Stimme schwankte plötzlich.

Rob war empört. »Aber Nell! Ich weiß gar nicht, was in dich gefahren ist! Du warst doch sonst nicht so ängstlich. Cricket ist ein bewährter Stier! Wir können von Glück sagen, daß wir ihn haben. Ein neuer Jungstier wäre ja noch nicht erprobt und könnte sich als völliger Fehlschlag erweisen. Was heißt das schon, daß Cricket bösartig ist? Die Leute können doch selbst auf sich aufpassen!«

»Aber diese dünnen Stacheldrahtzäune!« stammelte Nell.

»Wenn wir damit anfangen wollten, Nell, uns vor allen gefährlichen Dingen zu fürchten, die auf einem Gestüt passieren oder passieren könnten, wo kämen wir da wohl hin?«

Das ließ Nell verstummen. Er hatte ja recht. Jeder Tag war voll von Gefahren. Pferde – Wetter – Blitz – Stiere – Stricke – Maschinen und Menschen waren hier nur stillschweigend geduldet. Sie holte tief Luft.

Rob änderte seine Taktik. Er legte ihr die Hand auf den Arm und sah sie strahlend an.

»Hör zu, Liebes, Rodney und ich haben über dich gesprochen. Du bist mächtig nervös. Deshalb machst du dir auch über den Stier und alle möglichen Dinge solche Gedanken. Wir beide möchten gern, daß du ins Krankenhaus gehst und dich richtig ausruhst.«

Nell sah erst ihn an, als sei er verrückt geworden, dann Rodney. Rodney schien etwas verlegen zu sein, aber er nickte bekräftigend. »Wie würde dir das gefallen, Nell?«

»Überhaupt nicht«, erklärte Nell und lachte kurz auf. »Das ist wohl das Albernste, was ich je gehört hab. Geht lieber nach hinten und seht zu, daß ihr den Fischgestank loswerdet. Und dann kommt auf die Terrasse, ihr kriegt was Kaltes zu trinken!«

Hinter dem Haus fielen die jungen Hunde über Rob her. Er

packte sie, nahm sie in die Arme und drückte sie an die Brust. Vor überströmender Liebe reckten sich die Kleinen auf und leckten ihm zärtlich das Gesicht ab.

»Gerade im richtigen Alter, wo sie niedlich werden«, meinte Rodney.

»Gerade im richtigen Alter, wo sie zu lieben beginnen«, erwiderte Rob.

Rodney ging zum Wasserbehälter, um seine Fische zu säubern.

Kim war Rob nachgelaufen und sah zu, wie er mit den jungen Hunden spielte. Er wedelte freundlich und freute sich für die Kleinen über die Zärtlichkeit und die Liebkosungen. Auf seinem Gesicht lag ein leicht spöttischer, verständnisvoller Ausdruck. Rob setzte die Jungen auf die Erde. Sie kugelten vergnügt zu Kim, kletterten an ihm hoch, versetzten ihm Hiebe und bissen ihn in die Beine. Der Schäferhund ging gelassen fort und ließ sich ein paar Schritte weiter nieder.

Jetzt, kurz vor dem Abendbrot, versammelten sich all die kleineren Haustiere – die Katzen und ihre Jungen stürzten sich mit wilder Begeisterung auf die Fischschwänze und Flossen, die Rodney ihnen zuwarf.

Daisy, die Spanielhündin, streckte vorsichtig den Kopf um die Ecke und beobachtete Rob, der den Wasserhahn öffnete und den Strahl über Hände und Arme laufen ließ.

Sie sieht mal wieder schuldbeladen aus wie sonst was, dachte er, möchte nur wissen, was sie jetzt umgebracht hat. »Hallo, Daisy!« rief er, und sie schlich sich ängstlich heran und duckte sich neben ihm.

Als Rob sich die Hände abtrocknete, krabbelte ein winziges Hundebaby auf seinen Stiefel, räkelte sich faul und sah ihm bewundernd zu. Vorsichtig befreite er seinen Fuß und ging fort. Er beugte sich zu Daisy, gab ihr einen gedankenlosen Klaps, was sie in einen wahren Freudentaumel versetzte.

Das »Grün« war von dem leuchtenden, goldenen Licht des Spätnachmittags übertaucht. Die langen, gezackten Schatten der Kiefern auf den Felsklippen warfen ihr Muster auf diesen Teppich. Zwei kastanienbraune Stuten waren mit ihren Fohlen den Abhang heruntergekommen und grasten.

Nell erholte sich in einem Liegestuhl auf der Terrasse. Vor ihr stand ein niedriger Tisch mit einer Kanne Tee, einer Flasche Whisky, einem Krug voll Eis und ein paar hohen Gläsern.
Penny hielt lebhafte Selbstgespräche. Unermüdlich kletterte sie die drei steinernen Stufen von der Terrasse hinunter und wieder herauf. Sie war so angezogen, wie Rob es gern hatte – ein gestickter weißer Baumwollhänger, der winzige Unterrock und die Höschen waren mit Spitzen besetzt.
Eine Stute ging langsam zum Wasserbehälter und begann zu trinken. Ihr Fohlen folgte ihr auf den Fersen, kostete von dem kalten Naß, hob den Kopf und schüttelte sich.
Penny zeigte mit den Händen auf die Stute. »Wauwau! Wauwau!« rief sie.
»Pferd«, verbesserte Nell. »Das ist kein Wauwau, Liebling, es ist ein Pferd.«
»Wauwau!« beharrte Penny. Sie kletterte flink die Stufen hinunter, verlor das Gleichgewicht und plumpste kopfüber in den Fliederstrauch.
Rob hörte sie heulen, als er zur Terrasse ging, und war noch vor Nell bei ihr. Er angelte sie aus dem Fliederstrauch und trug sie auf den Rasen, wobei er sie hoch in die Luft stemmte.
»Papa, Ba-ba!« schluchzte Penny jämmerlich.
Howard bog um die Ecke. Er war schwimmen gewesen. Sein Haar war noch feucht, und er trug das Badetuch über dem Arm. In diesem Moment klingelte das Telefon. »Ich geh schon ran!« sagte Howard und rannte ins Haus.
Kurz darauf erschien er wieder mit einem Stück Papier, auf dem er die Nachricht notiert hatte.
»Von Buck, Vater! Ein Telegramm aus Westgate, Colorado! Sie haben's vom Bahnhof aus durchgegeben! Er hat die Pferde gefunden!«
Rob setzte Penny auf der Terrasse nieder und nahm Howard das Blatt Papier ab. »Zeig mal her!« *Sturmwind und siebzehn Pferde westlich von hier gefunden. Erwarte euer Eintreffen. Buck.*
Nach dem Abendbrot studierten sie die Landkarte. Westgate lag auf der Nordplatte in der Nähe des Quellgebietes.

Rob kannte die Gegend. Sie war heimtückisch, ein richtiges Winterland. In den Tälern lag tiefer Schnee, überall waren Berge, und es gab alle möglichen Dickichte, Schluchten, Hohlwege und dichte Wälder.

»Es sind viele Farmen dort im Umkreis«, erklärte Rob. »Das ist noch ein Glück. Vielleicht finden wir eine Koppel in der Nähe der Pferde und brauchen keine neue zu bauen.« Er bezeichnete mit dem Federhalter zwei Punkte auf der Landkarte, die sie auf dem Eßtisch ausgebreitet hatten. Howard, Ken und Carey standen hinter ihm und verfolgten den Weg seines Federhalters. »Das hier sind Städte: Walden und Cowdrey. Sie sind nicht weit von Westgate. Ich hab schon von ihnen gehört. Von dort können wir Leute bekommen. Von Westgate hab ich keine Ahnung, das muß ein kleines Nest sein. Aber das Ganze ist Staatseigentum und Forstgebiet. Wenn wir 'ne Koppel bauen müssen, kriegen wir mehr als genug Holz dafür.« Er schob die Karte beiseite, drehte seinen Stuhl um und steckte die Pfeife in den Mund.

»Sollten wir nicht Onkel Beaver telegrafieren, Mr. McLaughlin?« fragte Carey.

»Das hab ich mir gerade überlegt. Wenn er sich mit uns in Westgate trifft, spart er 'ne Menge Kilometer. Fährt deine Großmutter mit ihm, Carey?«

Carey nickte langsam. Sie versuchte sich auszumalen, was diese Änderung des Plans mit sich bringen würde. Das hieß, daß sie mit den McLaughlins nach Westgate fahren könnte! Sie würde dabeisein, wenn sie Sturmwind und Juwel fingen! Ihre Augen strahlten, und sie hob das Gesicht zu Howard. Er erwiderte ihr Lächeln.

Rob dachte laut. »Aber ich weiß nicht, ob es in Westgate ein Hotel oder überhaupt 'ne Unterkunft gibt. Wahrscheinlich nur ein Wohnwagenlager! Deine Großmutter wird das wohl ziemlich unbequem finden. Ich glaub, ich fahre am besten mal rüber – ist ungefähr zweihundertvierzig Kilometer weit. Ich kann mich dann umschauen und mit Buck reden. Und sehen, was wir zu tun haben und wieviel Leute wir bekommen könnten. Und ob es ein Hotel in der Stadt gibt. Deinem Onkel kann ich von dort aus telegrafieren. Morgen früh fahr ich los.«

»Nicht morgen, Rob. Morgen ist Sonntag und Pennys Taufe.«
»Ach ja, richtig. Gut, dann also übermorgen. Willst du mitkommen, Howard?«
»Worauf du dich verlassen kannst.«
»Wie steht's mit dir, Carey?«
»Brennend gern, Mr. McLaughlin.«
Rob warf Ken einen Blick zu. »Willst du auch mit, Ken?«
Ken schwieg. Er wurde ganz blaß. Während der fünf Tage der Schafschur war er mit Carey nicht wieder richtig zusammengekommen, im Gegensatz zu Howard. Wenn sie auf Howard wütend gewesen war – was er auch immer angestellt haben mochte – hatte sie ihm doch verziehen und das Ganze vergessen über dem vertrauten Beisammensein inmitten der Schafe, wo sie den Mexikanern beim Scheren zugesehen und Jeremy geholfen hatten, die Tiere von einer Hürde in die andere zu treiben. Carey und Howard waren dickere Freunde als je zuvor. Offensichtlich hatten sie schon wieder etwas Neues, worüber sie lachen konnten. Und Ken tappte völlig im dunkeln. Wenn er im kleinen Omnibus mitfuhr, konnte er sicher sein, daß Howard mit Carey hinten sitzen würde, und er müßte den Anstandswauwau spielen. Einen ganzen, langen Tag!
Er lehnte ab.
»Wie du willst«, meinte Rob nur.
Nell trug Penny nach oben, zog sie aus und brachte sie ins Bett. »Morgen wirst du also getauft, meine kleine Tochter«, sagte sie. »Wie wird dir das wohl gefallen? Und wie wirst du dich benehmen, frag ich mich?«
Sie legte das kleine weiße Lamm, Pennys Lieblingsspielzeug, aufs Kopfkissen. Aber Penny stieß es beiseite. Sie seufzte tief auf, drehte sich um und erklärte: »Nich mehr!«

26

Nell hatte mehrere Lieblingsplätze auf dem Gestüt. Dort las oder nähte sie und erholte sich von dem Trubel im Haus und auf den Koppeln.

Einer lag nicht weit vom Haus direkt über der Stelle, wo der Bach unter dem Stacheldrahtzaun hindurch auf die Große Weide floß. Ein großer Baumwollstrauch breitete seine Wurzeln von hier bis zur Böschung am Bachufer aus. Sie bildeten eine schräge Wiege, in der man bequem sitzen konnte. Auf der gegenüberliegenden Seite stieg die Rasenfläche bis zu den Kiefern an, die in Abteilung sechzehn den Hügel bedeckten. Rechts hinter dem Stacheldrahtzaun begann die Weide. Überall lagen große Felsbrocken verstreut, die für die Gegend charakteristisch waren. Man konnte meinen, ein Riese habe sie fallen lassen und sie seien unverhofft mitten auf einer Wiese oder Weide gelandet und dort für immer geblieben, vom Wind und Regen im Lauf der Jahre abgeschliffen. Am Fuß dieser Felsen blühten Feldblumen, und unter ihnen hatten sich Kleintiere ihre Höhlen gegraben. Wenn man ganz still saß und abwartete, konnte man ihre Köpfe neugierig hervorlugen sehen – Feldmäuse mit verhutzelten Altmännergesichtern, Dachse, manchmal sogar eine Präriewölfin mit ihren niedlichen, spitznäsigen Jungen.

Es war ein turbulenter Morgen gewesen. Pearl war nicht erschienen, um das Frühstück zu machen. Nell hatte sie stöhnend im Bett vorgefunden, mit einem fürchterlichen Katzenjammer. Gestern hatte es nach Pennys Taufe eine Feier gegeben, und alle Leute auf dem Gestüt hatten Sekt bekommen. Aber Pearl hatte außerdem Besuch gehabt, der eine Schnapsflasche mitbrachte, und die Gelegenheit hatte Pearl sich nicht entgehen lassen. Nell kümmerte sich also am nächsten Morgen um das Frühstück . . .

Dann waren Rob, Howard und Carey mit dem kleinen Omnibus abgefahren. Ken war in sehr schlechter Laune davongeritten, von Kim und Chaps begleitet. Im Haus herrschte ein schreckliches Durcheinander. Den ganzen Vormittag hatte Nell aufgeräumt, Staub gewischt und Betten gemacht, dann Pennys Mittagessen gekocht und sich mir ihr zum Schlafen hingelegt. Als sie aufwachten, war von Pearl noch immer nichts zu sehen und zu hören. Nell nahm ihren Nähkorb und ging zu ihrem Platz unter dem Felsen, wo sie sich für den Rest des Nachmittags niederließ. Sie war froh, aus dem Haus herauszukommen. Hoffentlich hatte Pearl ihren Kater bald ausgeschlafen!

Pilger lag am Rand des Schattens und hatte den Kopf auf den Vorderpfoten. Er beobachtete Nell. Der Stier brüllte in der Ferne. Penny tobte herum und war ungeheuer beschäftigt mit all den Dingen, die ihre strahlenden Augen auf dem Boden erspähten.

Nell genoß die Ruhe und den Frieden. Sie war praktisch allein auf dem Gestüt, und Pennys Taufe war auch endlich zustande gekommen. Penny hatte sich gut benommen. Das heißt, sie hatte erst kurz vor Schluß geweint und höchstens drei- oder viermal nach einem Platzwechsel von Nells auf Robs Arm, oder umgekehrt, verlangt. Sie hatte einfach hinreißend ausgesehen, als Rob sie in die Kirche trug, in einem winzigen weißen Kleidchen mit Puffärmeln und einem blaßrosa Mützchen, das auf drei seidigen braunen Locken thronte.

Zwei Freundinnen von Nell und Howard und Ken waren die Taufpaten.

Howard hatte die Zeremonie auf die leichte Schulter genommen, Ken jedoch nicht. Ihm war es bitterernst mit seiner Verantwortung. Als Penny ungezogen zu werden begann, hatte er ihr einen verzweifelten, mißbilligenden Blick zugeworfen, der sehr komisch wirkte. – Nell sah auf. Penny rannte am Stacheldrahtzaun entlang. Am Himmel kreisten ein paar junge Habichte. Einer stieß heisere Schreie aus. Der Stier brüllte nicht mehr. Kein Windhauch regte sich – es war ein ungewöhnlich ruhiger Tag. Pilger lag im Schatten, die Augen unablässig auf Nell geheftet.

Nell riß einen neuen Faden ab und fädelte ein. Sie nahm den feinen Baumwollstoff auf und arbeitete weiter an ihrer Langettenstickerei.

Dabei dachte sie an Reverend Richard McConnel, den Pastor der St.-Stephans-Kirche. Er war ein beredter, feuriger, geistvoller Mann. Sogar seine Schuhsohlen schienen mit zum Herrn zu beten, wenn er sonntags am Altar niederkniete und den Kopf mit dem dichten schwarzen Haar auf die Arme beugte, bevor er die Kanzel bestieg.

Dieses Gebet vor der Predigt rührte Nell jedesmal. Bereits als Kind hatte sie das empfunden. Es wirkte so ungestüm und leidenschaftlich, als erfasse den Pfarrer in dem Augenblick, da er sich anschickte zu predigen und den anderen zu sagen, was sie tun und sein sollten, eine unendliche Demut. Wie ein Knabe kniete er vor dem Altar, hatte seine Gemeinde völlig vergessen, seine Schuhe sahen unter der Soutane hervor, und er sprach sein eigenes, ganz persönliches Gebet, bat um Vergebung für seine Sünden und Unzulänglichkeiten und flehte um Erleuchtung. Gott möge seine Worte gnädig aufnehmen, und sie mögen seinen Pfarrkindern Hilfe bringen!

Schnell sprach Nell ein kleines Gebet für Penny. »Gott schütze sie! Gott erhalte und segne mein Kind!«

Und dann dachte sie an die Tauffeier. Es war wirklich hübsch gewesen! Pearl hatte sich selbst übertroffen mit dem Hühnerfrikassee, dessen Sahnensauce mit Champignons, Parmesankäse und Zwiebeln angemacht war, mit den köstlichen Tomaten- und Gurkenbroten, den heißen frischen Pommes frites und den jungen grünen Erbsen, die so klein und zart und süß waren, daß sie in drei Minuten gar wurden. Als Nachtisch hatte es Erdbeereis und Torte gegeben. Alle hatten viel Sekt getrunken – ihre Freunde aus Cheyenne und Laramie und von den benachbarten Farmen waren gekommen. Penny hatte in einem hohen Stuhl dabeigesessen, bis sie schläfrig wurde und quengelte. Dann hatte Rob sie auf den Arm genommen, sie hatte das Gesicht an seinem Hals vergraben und geschluchzt: »Papa – Ba-ba!«, und er hatte sie zu Bett gebracht.

Wie reizend er mit der Kleinen war –

Sie wollte sehen, was Penny trieb, konnte sie aber nirgends entdecken.

Nell erhob sich schnell und ließ die Näharbeit sinken. Sie schaute zum Bach – aber er war doch so seicht – wenn Penny hineingefallen wäre, hätte sie bestimmt gebrüllt.

Da war die Kleine. Sie saß inmitten von feuerroten Blüten, bog die Stengel zu sich herab und packte sie mit dem Händchen. Die Blumen wuchsen am Fuß einer mächtigen Felsgruppe auf der Weide hinter dem Stacheldrahtzaun – wie war Penny nur dorthin gekommen? Durch die Umzäunung? Sie war durch nichts zu halten. Nell rannte zum Zaun und lehnte sich an einen Balken. »Was tut denn das Baby da?« rief sie.

»Eins, wei, dei, füf, ehn, wei dei«, erklärte Penny.
Plötzlich hörte sie auf zu zählen. »Wauwau, Wauwau!« krähte sie und deutete mit glucksendem Lachen in die Gegend. Ein kleines gestreiftes Eichhörnchen huschte über den Felsen. Es blieb stehen und machte Männchen.
»Das ist doch kein Wauwau, Liebling, sondern ein Eichhörnchen.«
Dann nahm sie mit einem Seitenblick einen Schatten wahr – etwas Großes, Dunkles schlich lautlos über die Weide heran.
Cricket. Seine Augen fixierten das weiße Kleid der Kleinen und die scharlachroten Blumen.
Nell warf sich hin und rollte unter der Umzäunung hindurch. Ihr Rock verfing sich im Draht. Sie versuchte, sich durchzuzwängen, doch damit verhakten sich die Stacheln nur noch fester in dem dicken Leinen. Sie schrie dumpf auf, spannte alle Kräfte an und riß und zerrte.
Cricket stand neben Penny, senkte den Kopf und beschnüffelte sie. Penny wich etwas zurück, als sie den großen dunklen Schädel so nahe sah und roch, und sagte dann fragend: »Wauwau?« Sie streckte ihre winzige Hand nach ihm aus.
Der Stier schlug mit dem rechten Huf nach hinten aus und wirbelte eine Staubwolke auf. Er brummte tief und kehlig, und bei diesem angsteinflößenden Ton brach Penny in wildes Weinen aus. Sie strampelte, um auf die Füße zu kommen. Cricket wandte den Kopf. Seine Hörner waren jetzt dicht vor der Kleinen.
Nell stürzte sich auf ihn und schlug ihn mit der geballten Faust auf die Nase. Sie riß das Baby an sich und floh zu den Felsen. Am Oberschenkel spürte sie das Schnauben des gereizten Stiers und strauchelte. Mit der rechten Hand klammerte sie sich am Felsen fest, mit der linken preßte sie Penny an sich. Mühsam zog sie sich an dem ersten, niedrigsten Felsen hoch und warf sich dann auf den höheren.
Auf dem Stein mit einer Hand Halt zu finden, die Röcke zu raffen, damit ihre nackten Knie nicht ausrutschten, kostete sie unsägliche Anstrengung und blutige Schrammen.
Pilger bellte und versuchte, Crickets Aufmerksamkeit abzulen-

ken. Aber so leicht wechselt kein Stier sein Ziel. Brüllend schwenkte er den gesenkten Kopf hin und her und stieß Pilger beiseite, als sei er eine lästige Fliege, behielt dabei jedoch Nell immer im Auge. Er zwängte sich durch die kleineren Felsen am Fuß des großen und stieß mit den Hörnern nach ihr.

Nell schrie auf. Sie glitt aus und konnte keinen Halt mehr finden. Endlich klammerte sie sich an einer Felspalte fest. Penny strampelte mit Armen und Beinen, um sich dem Zugriff ihrer Mutter zu entwinden. Direkt über ihnen war eine schräge Platte im Felsen. Nell zog sich mühsam hinauf. Es war noch nicht hoch genug und bot keine Sicherheit, aber sie konnte nicht weiterklettern.

Plötzlich wandte sich Cricket ab und jagte hinter Pilger her, dessen Hartnäckigkeit ihn in Wut versetzte. Pilger floh, blieb stehen, machte kehrt, der Stier war ihm dicht auf den Fersen. Als Cricket sich herumschwang, schoß Pilger wie ein Pfeil auf ihn zu und packte ihn an der Nase.

Die scharfen Zähne des Hundes krallten sich in das zarte Fleisch. Der Stier brüllte vor Schmerz laut auf und schwenkte den Kopf in großem Bogen. Aber Pilger hatte sich fest verbissen, und als er endlich durch die Luft geschleudert wurde, hielt er ein kleines Stück Fleisch zwischen den Fängen, und aus Crickets Nase rann Blut.

Mit dumpfem Aufprall schlug Pilger auf die Erde und blieb reglos liegen. Cricket raste zu ihm.

Nell beugte den Kopf über das schreiende Kind, das sich an ihre Brust klammerte. Sie war schweißgebadet. Ihr Herz klopfte so heftig, daß sie am ganzen Körper zitterte. Voller Verzweiflung beobachtete sie den Kampf der beiden. Wenn Pilger unterlag ... Der Stier war jetzt bei ihm.

Verblüfft sah Nell, wie der Hund hinter Crickets Vorderbeinen hervorkrabbelte und zu der Umzäunung trottete, bevor Cricket ihn abermals erwischen konnte. Der Stier hatte sein Ziel verfehlt und war direkt über den Hund hinweggegangen.

Cricket kam wieder zum Felsen. Er wahr wahnsinnig vor Schmerzen, raste um den Felsen, zwängte sich immer näher heran und stieß mit den Hörnern nach oben.

Nells Kopf schwankte hin und her. Vor ihren Augen drehte sich alles. Sie fürchtete in Ohnmacht zu fallen. »Papa – Baba!« kreischte Penny, begleitet von wildem Heulen. »Papa – Baba!«
»Wein doch nicht, Liebling – es geschieht dir ja nichts – Mutti ist bei dir!« versuchte Nell das Baby zu beruhigen.
Verzweifelt schaute sie sich um. Ganz hinten erkannte sie die Ecke des Hauses. War denn kein Mensch dort? Niemand, der den Stier wegtreiben und sie von hier herunterholen konnte?
Im Innern rief sie nach Rob, aber der war weit fort – außerdem hatte er sich geweigert, den Stier wegzugeben ... und jetzt dies ... es war nur seine Schuld – der Zorn auf Rob steigerte ihre Angst noch.
Sie begann zu weinen. Wie lange sollte das noch dauern? Wie lange konnte sie sich hier festklammern? Wenn nur Pilger den Stier weit genug locken würde, damit sie herunterklettern und zur Einzäunung rasen konnte.
Dann ging ihr Weinen in Lachen über. Die ganze Geschichte kam ihr plötzlich komisch vor. Sie sah sich förmlich hier oben auf dem Felsen kleben, von dem wütenden Stier mit der blutenden Schnauze in die Enge getrieben. Ein hysterischer Lachkrampf schüttelte sie, daß sie zu ersticken glaubte. Nell griff sich an die Kehle. Vor ihren Augen verschwammen alle die furchtbaren Bilder eines drohenden Unheils. Jetzt war es da – sie würde ohnmächtig werden und Penny nicht mehr halten können – sie fühlte, wie ihr die Sinne schwanden, und nahm ihren ganzen Willen zusammen.
Nell band das bunte Kopftuch ab und drehte es zu einem Seil zusammen. Das schlang sie Penny fest um die Taille und zog die beiden Enden durch ihren eigenen Gürtel, verknotete sie sorgfältig – dann verlor sie das Bewußtsein. Penny krümmte und wand sich, streckte die Ärmchen aus und schrie gellend: »Papa, Ba-ba!« Aber sie war festgebunden und konnte sich nicht von der leblosen Gestalt lösen, die auf der schrägen Felsplatte lag.
Mit einem Stoß – ähnlich dem Aufprall einer Woge – kehrte Nell in die grauenhafte Wirklichkeit zurück.
Als hätte er ihr Bitten gehört, war Pilger wieder bei dem Stier. Cricket jagte hinter ihm her, die Hörner gesenkt, Hinterfüße

und Schwanz wirbelten durch die Luft. Sein Brüllen ließ die Erde erzittern. Aber Pilger war behende. Immer wieder wich er aus, drängte sich dann heran und zwickte das wilde, angreifende Ungetüm, das an ihm vorbeifegte, in den Schenkel oder ins Vorderblatt. Er wartete auf eine zweite Chance an der Schnauze.
Jetzt hatte er sie! Seine Zähne schnappten fest zu! Und abermals schwenkte der rasende Stier den Kopf, in den sich der Hund verbissen hatte, hin und her. Pilger segelte durch die Luft. Aber diesmal war Cricket rechtzeitig zur Stelle. Er machte eine schaufelnde Seitwärtsbewegung mit dem Kopf. Dann erhob er ihn wieder – auf den Hörnern lag eine gekrümmte kleine Gestalt. Cricket senkte den Kopf und kniete sich hin. Pilger war nicht mehr zu sehen – der Stier wühlte die Hörner in die Erde.
Nell hörte den Todesschrei des Hundes. Sie drehte das Gesicht zum Felsen, klammerte sich daran fest, als wolle sie verhindern, daß er unter ihr wegsauste. Die ganze Welt drehte sich im Kreis. Sie wußte, daß sie wieder ohnmächtig wurde. Ach, Pilger! Pilger! . . . .

Pearl stöhnte. Sie saß auf dem Bettrand und stützte den Kopf in die Hände. Schon eine ganze Weile verharrte sie so, lauschte und bedachte Cricket und sein pausenloses Gebrüll mit kräftigen Flüchen.
Schließlich erhob sie sich schwankend, ging in die Küche, tauchte ein Tuch in kaltes Wasser und preßte es auf Gesicht und Kopf. Das wiederholte sie mehrmals. Dann schürte sie das Feuer an, schob den Kaffeetopf nach vorn und lief hin und her, bis er heiß war. Sie goß sich eine Tasse des schwarzen, starken Getränkes ein und nahm ein paar Schluck. Dabei stand sie in der Nähe des Fensters.
Plötzlich erklang Pferdegetrappel. Pearl sah, wie der Reiter vom Weg abbog und über die Wiesen jagte. Es war Ken auf Flicka, und sie ritten in rasendem Galopp. Wohin wollte er denn um Himmels willen? Er sprengte direkt auf den Stacheldraht zu. Nie würde er versuchen, ihn zu nehmen! Nein – er zügelte Flicka und sprang ab. Dann packte er einen Zaunpfahl, schwang sich hinüber und entschwand Pearls Blicken.

Sie konnte sich keinen Vers darauf machen. Aber sie war neugierig geworden und ging auf die Terrasse. Von hier aus erkannte sie undeutlich, daß hinten auf der Wiese etwas vor sich ging, aber es war zu weit entfernt, und vor ihren getrübten Augen verschwamm noch alles. Sie eilte an Captain McLaughlins Schreibtisch und holte seinen Feldstecher aus dem Schubfach. Dann ging sie wieder auf die Terrasse, drehte an den Gläsern, bis sie plötzlich die ganze Szene deutlich vor Augen hatte. Nell auf dem Felsen! Und Ken unten auf der Wiese. Er kämpfte gegen den Stier und hatte nichts weiter als seine Reitpeitsche! Cricket schäumte vor Wut. Ken griff an. Er zog ihm wieder und immer wieder die Peitsche über die Schnauze und zwang ihn zurück – der Stier wich den Schlägen aus und griff seinerseits an – Ken machte einen Schritt zur Seite und schlug abermals drauflos, als Cricket hinter ihm herjagte.
In diesem Augenblick ließ Pearl das Fernglas fallen und rannte schreiend durch die Schlucht. Die Leute waren in der Koppel. Sie waren gerade mit dem Leiterwagen zurückgekommen, nachdem sie den ganzen Tag an den Zäunen gearbeitet hatten.
»Der Stier!« schrie Pearl. »Gus! Tim! Nehmt eure Mistgabeln! Der Stier bringt Ken um!«

27

Also, wie ich Ihnen sage, Chef«, erzählte Gus aufgeregt, »da hat doch Ken den Stier mit der Reitpeitsche vom Felsen abgehalten, und seine Mutter ist inzwischen mit dem Baby 'runtergeklettert. Er hat's ihm tüchtig gegeben. Hat ihn angebrüllt. Und hat ihm ins Gesicht geschlagen – über die Augen und die Schnauze – und Cricket hat gequiekt wie 'n Schwein. Dann ist er weggerannt und wieder auf Ken los. Ken ist gerade noch rechtzeitig zur Seite gesprungen, hinter dem Stier hergerast und hat ihm immer wieder eins versetzt. Cricket ist ausgerückt, wieder auf Ken los, so ist's dauernd hin und her gegangen – und Ken hat ihm mächtig was über den Schädel gezogen – und dann sind wir mit den Heugabeln gekommen ...«

Es war zehn Uhr abends. Rob, Howard und Carey waren gerade zurückgekommen und standen auf der dunklen Terrasse.
»Er hat den Stier umgebracht, sagst du?« Rob betonte jedes Wort. Carey überlief es heiß und kalt.
»Ja, Chef. Die Herrin ist ohnmächtig geworden. Dann ist sie wieder zu sich gekommen und noch mal umgekippt. Ken hat sie ins Haus getragen, und wir haben inzwischen den Stier auf die Koppel getrieben. Er hat gebrüllt wie am Spieß und um sich geschlagen – 'n mordsmäßigen Spektakel hat er aufgeführt. Die Schnauze und die Augen haben ihm weh getan. Er hat Blut gerochen und geleckt. Ganz außer sich vor Wut ist er gewesen. Die Herrin ist aus dem Haus gekommen und hat das große Gewehr in der Hand gehabt. Ken war bei ihr. Sie hat sich bis zur Einzäunung der Koppel geschleppt und das Gewehr durch die Balken gesteckt. Ken hat's ihr weggenommen, und sie hat angefangen zu weinen.«
Ein heiserer Ton drang aus Robs Kehle.
»Und da hat Ken gesagt: ›Geht weg, Leute!‹ Genauso hat er's gesagt, Chef. Und wir sind zur Seite gegangen. Ken hat den Stier erschossen. Der ist umgefallen – hat ein mächtiges Getöse gemacht. Die Herrin ist auch umgefallen. Ken hat sie aufgehoben und zu mir gesagt: ›Mach Ketten an den Hörnern fest, Gus, nimm den Lastwagen und karr ihn weg. Wirf ihn in den alten Schacht.‹«
»Und du hast das getan?«
»Ja. Wir haben ihn abgeschleppt. Er liegt jetzt im Schacht.«
Einige Augenblicke herrschte Schweigen. Carey stellte sich vor, wie der Lastwagen den riesigen, leblosen Körper achthundert Meter über die Straße, dann durch die Prärie zu den Bäumen und dem alten Schacht geschleppt hatte – wie das gewaltige Tier heruntergeschleudert wurde, so schlaff, so hilflos wie eine tote Ratte, und wie es dann unten aufprallte – eine formlose Masse.
»Du meine Güte!« rief Howard atemlos.
»Und Mrs. McLaughlin wollte in die Stadt fahren?« Robs Stimme klang gepreßt.
»Ja. Ken hat gesagt, er will den Doktor holen. Aber sie hat ge-

meint: ›Nein, bring mich lieber zu ihm.‹ Sie hat sich immer an die Kehle gefaßt, Chef. Ihre Augen sind rausgequollen. Sie hat mal geweint und mal gelacht. Dann ist sie ohnmächtig geworden. Wir haben sie ins Auto getragen, und Ken hat sie weggefahren.«

»Und das Baby?« fragte Rob scharf.

»Ken hat sie mitgenommen. War ja keiner außer Pearl hier.«

»Danke, Gus.« Rob wandte sich an die anderen. »Geht schlafen, Kinder. Ich muß sofort in die Stadt.«

Er stieg in den kleinen Omnibus, den er gerade auf dem Hügel geparkt hatte und fuhr davon in die Dunkelheit.

Carey konnte noch nicht gleich ins Bett gehen, ebensowenig Howard. Sie durchsuchten die Küche nach Lebensmitteln, setzten sich an den Tisch mit der rotgewürfelten Decke, aßen Rühreier und tranken Schokolade. Dabei besprachen sie die Ereignisse des Tages – Buck Dalys Bericht, wie er die Pferde in einer Schlucht fünf Kilometer westlich von Westgate gefunden hatte. Und jetzt diese gräßliche Geschichte mit Nell und dem Stier!

Carey war von Ehrfurcht und Bewunderung erfüllt. Als sie endlich schlafen gingen, lag sie noch lange wach und dachte über alles nach, dachte an Ken. Immer wieder sah sie die Szene vor sich, wie Gus sie beschrieben hatte. Das war so ganz Ken ... er war tapfer – heiße Tränen stiegen ihr in die Augen – er war der tapferste, wunderbarste Junge, den sie je gekannt hatte oder sich vorstellen konnte ... Wenn sie nur nicht so häßlich zu ihm gewesen wäre und ihn nicht die ganze Zeit über zum besten gehalten hätte! Sie bohrte den Kopf ins Kissen und begann zu weinen. Schließlich schlief sie ein und schreckte nach ein paar Stunden wieder hoch.

Motorengeräusch hatte sie geweckt. Sie lief zum Fenster und zog die Vorhänge auf. Zwei Autos kamen heran. Mit aufgeblendeten Scheinwerfern fuhren sie am Haus vorbei. Kurz darauf näherten sich Stimmen. Rob und Ken gingen dicht nebeneinander ins Haus und unterhielten sich gedämpft. Im linken Arm trug Rob das schlafende Baby. Den rechten hatte er um Kens Schultern gelegt.

Dann entschwanden sie Careys Blicken. Sie hörte, wie die

Haustür geöffnet wurde – leise Stimmen, dann Schritte, die nach oben gingen.
Ken war zu Hause. Nun sind wir beide wieder unter dem gleichen Dach, dachte sie. Und Ken war ohne jeden Zweifel ein Held!
Weit entfernt schien ein junger Hund jämmerlich zu weinen. Am Tag vor Pennys Taufe waren alle Hundejungen, bis auf Willy, den neuen Besitzern übergeben worden. In der ersten Nacht hatte Nell den Kleinen zu Daisy gelegt, damit er nicht allein wäre. Aber Willy wollte ständig bei Daisy trinken, die ihn wütend anknurrte und nach ihm schnappte. Daruf meinte Nell, Willy könnte ebensogut allein schlafen und sich allmählich daran gewöhnen. Sie hatte eine Kiste für ihn zurechtgemacht, die an der Mauer des Werkzeugschuppens unter dem Schutz der Dachrinne aufgestellt wurde. Die Wände der Kiste waren so hoch, daß er nicht herauskrabbeln konnte.
Ja – es war wirklich Willy! Das jämmerliche Weinen ging in verzweifeltes Kläffen über und schließlich in ein langgezogenes, zitterndes Jaulen. Carey wollte ihn so gern trösten. Wenn sie ihn nur bei sich hätte und ihn in die Arme nehmen könnte – das würde auch ihr Herz erleichtern!
Sie schlüpfte aus dem Bett, zog Schuhe an und stahl sich im Morgenrock in die warme Sommernacht. Als sie über die Terrasse ging, entdeckte sie zwei junge Katzen vor sich. Sie hatten ebenfalls Willys jammervolles Weinen gehört. Mitunter blieben sie stehen und lauschten, dann gingen sie wieder weiter zur Hundekiste. Carey folgte ihnen langsam und beobachtete sie.
Willy hörte sie kommen. Er weinte nicht mehr, horchte gespannt, begann aufs neue, aber es klang verändert – ungeduldig, leidenschaftlich flehend.
Die Kätzchen krochen jetzt über die Kistenwände. Willy begrüßte sie aufgeregt. Carey beugte sich herunter und sah ihnen zu. Wie glücklich sie sich begrüßten! Die Kätzchen schnurrten und leckten Willys Gesicht. Willy drehte und wendete und schlängelte sich hingerissen. Endlich legten sie sich hin, dicht aneinander gedrückt. Willys Kinn ruhte auf dem Kopf der einen Katze. So würden sie schlafen!

Carey ging zum Haus zurück. Sie weinte wieder und wußte nicht, warum. Diese Zärtlichkeit der beiden Katzen, die zu dem jungen Hund gekommen waren, um ihn zu trösten!
Plötzlich sah sie eine dunkle Gestalt vor sich. Als sie Ken erkannte, durchfuhr sie ein Schreck. Niemand auf der Welt wollte sie lieber sehen als Ken; sie wollte ihm etwas sagen über seine Tat, seine Hand berühren und den Blick seiner Augen auf sich spüren. Sie blieb stehen. Die Haare fielen ihr auf die Schultern, Tränen strömten über die Wangen, sie streckte die Hände nach ihm aus und hatte völlig vergesen, daß sie nur ihren weißseidenen Schlafanzug trug. »Ach, Ken! Du bist einfach wunderbar!«
Ken war verwirrt und ängstlich, müde und aufgeregt. Zögernd ging er auf sie zu. Er nahm sie in die Arme und drückte sie fest an sich. Carey legte die Arme um ihn, und er spürte den schlanken Jungmädchenkörper. Sie weinte und schluchzte.
»Hast du – hast du – den Kleinen gehört?«
»Ja. Ich – hab – ihn – gehört –«
»Und – du – bist – zu ihm rausgekommen?«
»Ja –« Ken zog sie noch näher an sich. Er begann sie aufs Haar zu küssen.
»Ach, Ken! Ich – bin – auch – gekommen – der arme kleine Hund!«
Ken wurde allmählich auch zum Weinen zumute. Seine Stimme zitterte. »Ja. Armer, kleiner Kerl.«
»Er ist so rührend!« schluchzte Carey.
Ken küßte sie, immer wieder. Carey legte die Arme um seinen Hals. »Es ist wirklich 'ne Schande –«, murmelte Ken.
»Ach, Ken! Ken –«
»Himmel, Carey –«
»Ich glaub, ich muß jetzt gehn –« Carey seufzte tief. Sie atmete schwer. Endlich löste sie sich aus Kens Armen und fuhr mit dem Handrücken über ihre Augen. »Gute Nacht, Ken.«
»Gute Nacht, Carey.«
Er blieb regungslos stehen, während sie langsam in der Dunkelheit verschwand. Wie betäubt sah Ken zum Himmel auf. Plötzlich ballte er die Fäuste und warf beide Arme hoch in die Luft – voller Triumph. Dann schlich er eilig ins Haus.

28

Nell lag einige Tage ständig unter Betäubungsmitteln. Die Ohnmachten, die ständigen Weinkrämpfe ebbten allmählich ab. Sie sollte so lange im Krankenhaus bleiben, bis sie sich völlig von dem furchtbaren Schock erholt und bis der Arzt sie gründlich untersucht hatte. Eine erfahrene Kinderschwester wurde auf die Ranch geschickt, um Penny zu versorgen.

Howard und Ken gingen auf dem Bahnsteig von Tie Siding auf und ab. Offensichtlich hatten die beiden etwas auf dem Herzen. Sie schwiegen. Howard hatte das Gefühl, als sei ihm der Boden unter den Füßen entzogen. Von zu Hause wegzugehen, ohne daß Mutter ihm auf Wiedersehen sagen konnte! Der Arzt erlaubte keine Besuche im Krankenhaus, und so hatte Howard kein Abschiedswort, keinen Kuß, keine kleine Lektion über die Liebe zu Gott, die er mitnehmen konnte. Und sein Vater war auf einer Viehzüchtertagung, so daß nur Ken ihn zum Zug begleitete. Er kam sich wie ein Fremder vor, der in die Welt hinauszog, ohne daß jemand danach fragte.

In einem solchen Augenblick denkt man natürlich mehr über Religion nach.

Zeitweise war Howard völlig von Zweifeln zerrissen. Beim Abschied hatte er seinen Vater gefragt: »Du weißt doch, Vater, wie Mutter mit uns über Religion spricht – glaubst du auch daran?« Und Rob hatte geantwortet: »Ja, natürlich. Ich weiß nicht so viel davon wie sie, habe mich auch nicht so damit beschäftigt, aber was sie euch erzählt, ist wahr, und eines Tages wirst du sehr froh sein, das zu wissen. Im Leben der meisten Menschen kommt einmal eine Zeit, da ihnen nur die Zuflucht zu Gott bleibt.« Er lachte auf. »Dieser Satz belustigt mich immer. Das sollte für jeden wohl gerade genug sein.«

Nur die Zuflucht zu Gott – Howard ging langsam, die Augen auf den Bahnsteig geheftet, nur die Zuflucht zu Gott – das wäre schrecklich! Er war noch weit davon entfernt.

Ken räusperte sich aufgeregt. Beide Jungen waren über ihren

Streit wegen Carey hinweggegangen, und doch war die Sache noch nicht bereinigt. Sie stand zwischen ihnen.
Schließlich faßte er Mut. Es blieb nicht mehr viel Zeit – der Zug mußte jeden Augenblick einfahren.
»Erinnerst du dich an unseren Boxkampf neulich, Howard?« begann er.
»Klar.«
»Also – willst du mir nicht erzählen, was eigentlich passiert ist?«
»Du meinst – mit Carey?«
»Ja. Was hast du getan, daß sie so wütend geworden ist?« Sein Herz klopfte, als er die Frage endlich herausgebracht hatte.
Howard wandte den Kopf hochmütig ab. Er hatte seinem jüngeren Bruder nie gestattet, ihn für seine Handlungen zur Rechenschaft zu ziehen. Aber da stand ein veränderter Ken; hinter dem ruhigen, gespannten Gesicht und den fragenden Augen lag Autorität! Er fragte, als habe er ein Recht, alles zu erfahren. Außerdem stimmte die Traurigkeit wegen seiner Mutter Howard milde und nachgiebig.
Er sah fast schüchtern zur Seite. »Das war ganz anders, als du denkst! Ich hab Carey nie geküßt und es auch nicht mal versucht.«
Ken zeigte seinen inneren Jubel nicht. Er aber hatte Carey geküßt – er hatte einen Vorsprung – einen weiten Vorsprung.
»Aber sie war doch so wütend auf dich«, sagte er. »Ich hab's gehört.«
»Das war nur lauter kindischer Unsinn«, erklärte Howard. »Ich hab sie vom Felsen in den Weiher gestoßen, in dem wir fischten. Sie ist in den seichten Tümpel gefallen – nichts wie Schlamm überall. Sie hat so komisch ausgesehen, als sie rauskam. Ich hab sie mächtig ausgelacht. Und darüber war sie am wütendsten. Auf dem ganzen Heimweg hab ich sie immer noch aufgezogen. Dann hab ich versucht, sie ein bißchen zu säubern. Überall auf ihren Armen und Beinen klebten kleine Blutegel. Die hab ich runtergenommen, und ich mußte noch mehr lachen und hab ihr einen hinters Ohr gesetzt, und als sie das gemerkt hat –«
»Aber du hast mich doch in dem Glauben gelassen – du hast ge-

sagt – du hast mit mir geboxt –« stammelte Ken, von Erleichterung und Glück überwältigt. Carey hatte ihm nichts von diesem demütigenden Erlebnis erzählt!

»Na, ich war einfach verärgert, weil du von mir Rechenschaft verlangt hast über das, was ich getan hab. Warum hätte ich sie denn nicht küssen sollen, wenn ich gewollt und wenn sie's zugelassen hätte? Was ging das dich an?«

Der Zug tauchte auf. Beide Jungen beobachteten ihn eingehend. Howard ergriff einen Koffer, Ken den anderen. Howard sah sich noch einmal mit einem fast wilden Blick um. Plötzlich schien es ihm, als würde er in einen Abgrund gestoßen – er wandte sich zu seinem jüngeren Bruder, der sich ebenso spontan und herzlich umdrehte. Sie drückten sich fest die Hände – und auf einmal lagen sie sich in den Armen.

»Keine Sorge, Ken. Carey macht sich nicht die Bohne aus mir!«

»Mensch, Howard –«

»Das stimmt schon –«

»Es tut mir schrecklich leid, Howard –«

»Und ich mach mir nicht die Bohne aus ihr!«

Der Zug fuhr ein. Für den einzigen Reisenden würde er nur eine Sekunde halten. Der Schaffner klappte das Trittbrett herunter, schwang sich darauf und ergriff die Koffer. Howard stieg ein. Er stellte sich an die Tür, um Ken zuzuwinken. Beiden Jungen war ein Stein vom Herzen gefallen, sie strahlten vor Zuneigung und Glück. Ken salutierte.

»Tschüs, Kadett!« brüllte er. »Mach's gut!« Er grinste bis über beide Ohren. Der Stationsvorsteher gab das Signal, der Zug fuhr an, und Howard entschwand Kens Blicken, als die Türen geschlossen wurden.

Ken stand stramm, bis er nur noch einen winzigen Punkt am Horizont erkennen konnte. Als er zum Wagen zurückging, erinnerte er sich an den West-Point-Marschtritt, den Rob ihnen vorgeführt hatte, und versuchte ihn nachzumachen.

Nell sah unentwegt auf die Uhr. Sie wußte, um welche Zeit der Zug ihren Sohn entführen würde – ohne Abschied. Ohne die kleine Lektion, um die er gebeten hatte. Daß sie ihn so enttäuschen mußte!

Sie ließ sich von der Schwester Papier und Federhalter geben. Da sie strengste Ruhe verordnet bekommen hatte, mußte sie sehr energisch werden: es würde sie nur noch nervöser machen, wenn sie den Brief nicht schreiben dürfte, erklärte sie. Erlaubte man es ihr aber, würde sie damit den Gedanken daran los.

Nell saß im Bett, von Kissen gestützt, zog die Knie an und legte den Schreibblock darauf. Sie war von tiefem Frieden erfüllt. Was für ein schreckliches Schicksal auch drohend über ihr gehangen haben mochte, es war nun überstanden. Es war über sie hereingebrochen mit all seinem Grauen, und jetzt war sie in Sicherheit.

Außerdem erleichterte sie die Erkenntnis, daß es eine Ursache für all ihre Erregung, für das würgende, beengende Gefühl, die Träume und düsteren Vorahnungen gab – eine vergrößerte Schilddrüse, die nach innen gewachsen war und auf die Luftröhre gedrückt hatte. Ein Kropf, wie er so oft in großen Höhenlagen vorkommt, wo Boden und Wasser wenig Jod enthalten. Hätte sie sich doch nur schon früher untersuchen lassen! Aber nein – es war besser so. Durch alles hindurchgegangen zu sein, durch Angst und Todesgefahr ... und am anderen Ufer anzulangen – ihre Gedanken stockten ... Pilger! ... und dann diese lange, wohltuende Ruhe im Krankenhaus zu haben und zu wissen, daß die Behandlung sie gesund machen, daß sie auf das Gestüt zurückkehren und sich ganz anders fühlen würde und aufs neue beginnen konnte.

Ken ... Carey ... wie mochte es mit den beiden weitergehen? Sie lächelte, und ihre Augen blickten ins Leere. Es schadete nichts. Sie würden schon ohne sie zurechtkommen. Alles würde sich klären. Howard – an ihn mußte sie jetzt denken, an den Jungen, der für immer aus dem Haus ging und der sie gebeten hatte, ihn mehr über Gott zu lehren.

Aber Nell zögerte. Sollte sie ihm das schreiben, was sie vorhatte? War es wirklich für ihn geeignet? Sie mußte zurückdenken und sich daran erinnern, wie jung sie gewesen war, als sie sich ebenfalls Fragen über Gott gestellt hatte, alles wissen und erfassen wollte. Junge Menschen, Kinder müssen von Gott erfahren. Für sie ist es am allerwichigsten. Sie sollen ja ins Leben

hinaustreten. Und Gott muß ihr Begleiter auf diesem Weg sein – sie dürfen ihn nicht allein gehen. Übrigens – wer weiß – vielleicht wollte einer ihrer Söhne Geistlicher werden!
Bei diesem Gedanken legte Nell den Federhalter weg und sah aus dem Fenster.
Ihr Urgroßvater väterlicherseits war Pfarrer in einer kleinen Landgemeinde gewesen. Er hatte sein schmales Einkommen mit Ackerbau aufgebessert und behauptet, daß er die Eingebung für seine schönen Predigten hinter dem Pflug bekäme. Er glaubte fest daran, daß sich jedes geistige Leben natürlich aus dem Erdreich entwickelte. Die Propheten des Alten Testaments, die großen Prediger und Dichter, waren Schafhirten und Bauern gewesen. Sie waren erdverbunden, und daraus kamen ihnen ihre Visionen.
Demnach müßten ihre Söhne ebenfalls Dichtergaben, Visionen und Seelenstärke haben. Sie hatten doch, vor allem Künstlichen bewahrt, nahe der Erde, den Stürmen, dem Himmel und der Einfachheit und Leidenschaft und dem Gehorsam der Tiere gelebt. Glaube sollte ihnen ganz natürlich sein. Sie sollten sich unmittelbar an Gott wenden und sich auf ihn stützen können.
Wenn sich einer der beiden für den geistlichen Beruf entschließen würde, welcher wäre es wohl? Howard schien einen kühlen, abwägenden Verstand zu haben – war er deshalb so interessiert an Gesprächen über Religion, oder waren sie ihm ein tiefes, persönliches Anliegen? Er war so verschlossen – man konnte es schwer sagen. Auf jeden Fall aber galt es – den Samen zu säen.
Nell begann zu schreiben.

Im Krankenhaus, 2. Juli

Guten Tag, Liebling!

Du bist also von mir weggefahren! Aber nicht aus meinen Gedanken und nicht aus meiner Feder. Und ich habe auch nicht vergessen, daß wir uns nicht richtig verabschiedet und unser Gespräch über die Liebe zu Gott nicht haben konnten.
Ich weiß, daß ich Dir versprochen habe, Dir von meinen Gedanken über dieses Thema zu erzählen, und ich breche meine Versprechen nicht gern. Dieser Brief wird also die kleine Lektion

sein, um die Du mich gebeten hast. Ich werde Dir noch viele Briefe schreiben, aber zuerst soll dieser von meinem Herzen –

Ein anspruchsvolles Thema, auf das ich mich da einlasse! Der heilige Franz von Sales hat ein »Traktat von der Gottesliebe« geschrieben, ungefähr sechshundert Seiten stark, wenn ich mich recht erinnere, und sehr klein gedruckt! Das brauchst Du nicht zu lesen. Ich sage Dir nur meine eigenen Gedanken darüber, ganz einfach, fast kindlich, und ich hoffe, daß Du sie verstehst und daß sie Dir einen Weg zeigen.

Man spricht so häufig von der »Liebe zu Gott«, als sei es eine Selbstverständlichkeit. Den Kindern sagt man: »Wenn du Gott lieben würdest, hättest du das nicht getan.« Sie haben offenbar nie genug Verstand zu antworten: »Aber ich liebe ihn doch nicht. Ich kenne ihn ja gar nicht. Ich will ihn auch gar nicht haben und nicht einmal an ihn denken.« Und das wäre oft die Wahrheit. Ebenso setzen die meisten Predigten voraus, daß jeder Christ, jeder fromme Mensch die wahre Liebe zu Gott im Herzen tragen muß. Aber das stimmt nicht. Ich glaube, es ist eines der seltensten Dinge auf der Welt, eine der größten Gaben, die kostbarste Perle. Und so möchte ich allen Pfarrern immer mahnend zurufen: »Bitte, haltet uns eine Predigt über die Liebe zu Gott. Wie kann man sie erwerben? Wo findet man sie?« Ich habe wohl noch nie eine Predigt gerade über dieses eine Thema gehört (womit ich nicht sagen will, daß es sie nicht doch gegeben hätte!).

Die Folge davon ist also, daß ich selber viel darüber nachgedacht habe. Ich habe mich bemüht herauszufinden, wie diese herrliche Flamme im Herzen der Menschen entfacht werden kann. Ich habe die Liebe, jede Art von Liebe, bis zu ihren Ursprüngen zurückverfolgt, oder es wenigstens versucht, und es scheint mir, als habe ich eine ganze Menge festgestellt.

Zu Anfang noch ein Wort darüber, wie Liebe Glück verleiht. Wenn Du es richtig bedenkst, kann allein die Liebe Glück schenken. Es gibt kein Lobpreisen, keine Anbetung ohne Liebe. Siehst Du etwas Schönes – einen Sonnenuntergang oder ein hübsches Gesicht oder eines dieser unbeschreiblichen Naturschauspiele, die man ab und zu erlebt – so steigt in Deinem Herzen eine Welle von Liebe und Glück und Verehrung auf, bis es zu zerspringen droht und Dir die Tränen in die Augen kommen! Es kann auch die überwältigende Größe einer Symphonie sein oder Tapferkeit, oder eine edle, selbstlose Tat – und wieder erfüllt diese überströmende Liebe Dein Herz. Man kann das bis zu den alltäglichsten Dingen zurückverfolgen. Stell Dir ein junges Mädchen vor, das auf seinen ersten Ball geht. Sie betrachtet bewundernd ihr Abendkleid, das auf dem Bett ausgebreitet liegt, faltet die Hände – die klassische Haltung der Anbetung und der Liebe! – und ist entrückt in ihrem Glück. Oder – ein Zusammensein mit Freunden. Geh deinen warmen, glücklichen Empfindungen dabei auf den Grund. Du kannst sie gute Laune, Herzlichkeit, Gastfreundschaft nennen. Das alles sind nur andere Namen für Liebe.

Und deshalb sage ich, daß es die Liebe ist, die uns all unser Glück gibt. Fänden wir nur einen Weg, sie zu einer gewaltigen Flamme zu entfachen, die nie schwächer wird oder gar verlöscht und die für einen, einzigen, brennt, der uns nie enttäuschen oder verlassen kann – mehr könnten wir uns nicht wünschen. Wir würden ständig vor Glück zerspringen.

Dieses große Glück wurde den Heiligen zuteil, und deshalb sind sie auch Heilige. Es wohnt in den Mystikern.

Jetzt aber zurück zu unserer Suche – wie kann man die Liebe erlangen?

Gut denn, sieh sie Dir an. Wo immer Du sie entdeckst (und Du findest sie fast überall), verfolge sie zurück bis zu ihrem Anfang. Womit begann sie?

Laß uns ein sehr einfaches Beispiel nehmen. Penny, wenn sie mich morgens als erste sieht. Oder die jungen Hunde. Sie platzen beinahe vor Liebe. Woher bekommen sie sie? Wie erlangt Penny sie?

Nun – Penny braucht mich. Sie ist hilflos ohne mich. Ein Baby empfängt von seiner Mutter Geborgenheit, Nahrung, Wärme, Zärtlichkeit, Pflege und tausend Geschenke, die sich wandeln und größer werden, je mehr das Kind und seine Bedürfnisse wachsen.

So steht zu Anfang das Bedürfnis.

Und was kommt als nächstes? Ich würde sagen – die Erkenntnis, wo der Ursprung des Guten liegt. Das Kind merkt sehr schnell, daß alle diese Dinge von seiner Mutter kommen. Und dann? Dankbarkeit. Hier haben wir Liebe, die aus dem vollen Gefäß überströmt.

Daran siehst Du die Entwicklungsstufen der Liebe. Zuerst das Bedürfnis, dann die Erkenntnis, wo der Ursprung des Guten liegt (wenn ich nur ein Wort dafür finden könnte – vielleicht kannst Du's), und schließlich Dankbarkeit.

Ich glaube, es gibt keine Liebe in der Welt, die nicht mit diesen Empfindungen beginnt.

Die Liebe zu Freunden? Natürlich. Das Bedürfnis, einen Menschen zu finden, die Erkenntnis, daß eine ganz bestimmte Person der gesuchte Freund ist, und dann die Dankbarkeit.

Die Liebe zwischen Mann und Frau? Von jeher brauchen sie einander, dann erkennen sie, daß der andere all die Gaben besitzt, nach denen sie so sehr verlangen, und dann – wenn sie sich verschenken – die große Dankbarkeit.

Die Liebe zu Gott? Zuerst erkennen wir, wie sehr wir ihn brauchen. Ich glaube, ein Mensch, der dazu nicht fähig ist, aus Selbstgefälligkeit und Überheblichkeit, kann niemals dieses große Glück erfahren.

Und dann irren wir vielleicht Jahre hindurch herum, um den Ursprung des Guten zu finden. Schließlich gelingt es uns. Wahrscheinlich sagt es uns jemand, und zwar auf eine Weise, die wir anerkennen und verstehen können. Die Fackel ging von einer Hand in die andere über, und das ist von Anbeginn aller Zeiten so gewesen. Wir wissen jetzt, wo das Gute ist, und wir wenden uns ab von den Dingen der Welt (oder zumindest sind wir uns darüber klar, daß sie keine endgültige Macht und Bedeutung haben) und hin zu Gott, und unsere »Herzen brennen«. Wir wissen, daß Gott mit uns ist, daß er es von jeher war und immer sein wird, und Dankbarkeit erfüllt uns, wir sind so glücklich, daß wir sterben könnten.

Diese zweite Stufe ist meiner Meinung nach ein Wunder. Sie ist ein Geschenk. Manche bekommen es, und andere nicht. Es erhalten wohl diejenigen, die es am nötigsten brauchen, die unablässig danach suchen. Man muß darüber nachdenken. Es mag scheinen, als gebe es viele gute Dinge, die nicht von Gott kommen – ein hübsches Kleid, schmackhaftes Essen, materielle Gegenstände, die man kauft, oder Gewinne, die man erzielt – aber das hieße, es von einer niedrigen Warte betrachten. Die Vornehmheit des menschlichen Charakters, Heldentum, Mut, Selbstlosigkeit, Standhaftigkeit und vor allem Gewissen – diese unerklärliche Entschlossenheit des Menschen, sich über seine primitiven Instinkte zu erheben und auf der höchsten Stufe zu leben, die er erreichen kann (auf diese Kraft läßt sich jeder Fortschritt der Menschheit zurückführen) – es ist so offenbar, daß dies alles von Gott kommt. Und wir sind dankbar dafür. Versuche Dir vorzustellen, wie das Leben auf diesem Planeten aussehen würde, wenn der Mensch kein Gewissen hätte. Oder wie es ohne Schönheit wäre. Denke Dir das physikalische Weltall ohne Ordnung, Planung, System.

Wenn Du so an alles herangehst, Howard, wird Dein Herz vielleicht plötzlich »in Dir brennen«, und Du wirst erkennen, daß die Flamme der Liebe zu Gott entzündet wurde, weil Du ihn als den Ursprung des Guten erkannt hast.

Hast Du erst einmal die Liebe zu Gott gewonnen, springt der Funke auf alles andere über, und Dein Herz, Dein Leben und Deine Welt sind erfüllt von Liebe und daher auch von Glück.

Mein lieber Junge, schreib mir, sobald Du Zeit hast. Ich werde Dir auch bald wieder schreiben und über weniger erhabene Dinge.

Mir geht's schon besser. Alles Liebe für den Kadetten.

Mutter

Während Nell ihren Brief beendete, ihn der Krankenschwester gab und sich dann erschöpft in die Kissen zurücksinken ließ, saß Howard im Pullmanwagen. Ein tiefes Glück erfüllte ihn. Wie betäubt überlegte er, warum wohl dieses plötzliche Hervorbrechen brüderlicher Liebe, die rasche, herzliche Umarmung und der Anblick von Kens Salutieren und Lachen alles Unglücklichsein aus seinem Herzen vertrieben hatten.

29

In Sturmwinds Horde waren vier schwarze Stuten. Buck war nicht nahe genug herangekommen, um Juwel an den weißen Flecken auf der Stirn erkennen zu können, aber Sturmwind hatte er mehrmals gesehen, ebenso zahlreiche Fohlen. Sie grasten in den Niederungen des Quellgebietes. Der Spindle River floß von Norden nach Süden durch eine tiefe Schlucht, etwa fünf Kilometer westlich von Westgate. Sie war rund achthundert Meter breit und wurde von steilen Felswänden begrenzt, die sich am nördlichen Ende immer mehr verengten und dann wieder auseinandergingen. Das war die gegebene Stelle für die Koppel. Die Seitenwände bildeten ein natürliches Hindernis. Quer durch die Schlucht konnten sie dann Zäune errichten. Hier und am südlichen Ausgang konnten Reiter aufpassen, daß die Pferde nicht wegliefen, während die Koppel gebaut wurde. Das alles stand in einem Brief von Buck, der Rob McLaughlin bereits im Hotel in Westgate erwartete. Es war ein heißer Spätnachmittag im Juli.

Ken McLaughlin und Carey Marsh sprangen aus dem Kleinomnibus und begannen die Koffer auszuladen; Rob ging hinein, um sich einzutragen.

Hinter dem Omnibus tauchte der Lastwagen auf, den Tim steuerte. Ross Buckley saß neben ihm im Fahrerhaus. Sie hatten sechs Pferde des Gänselandgestüts bei sich. Tim brüllte Ken zu, er wolle weiterfahren und einen Stall suchen, in dem er die Tiere ausladen konnte.

Ross kam sich sehr wichtig vor. Mit einem halben Dutzend von Captain McLaughlins berühmten Vollblutpferden und einer so wichtigen Aufgabe, den ungebärdigen Hengst und das englische Fohlen zu finden und zu fangen, in eine fremde Stadt einzuziehen, war schon eine Sache, bei der man wieder aufleben konnte! Er lehnte sich weit heraus, schwang seinen großen Hut und stieß begeisterte Kriegsrufe aus. Die Pferde waren außer Rand und Band, als sie all die seltsamen neuen Dinge sahen und witterten.

Mit Donnergetöse drängten sie sich von einer Seite des Wagens auf die andere. Big Mohawk, der auf Wunsch des Captains nur halb gezähmt war, bäumte sich und stürzte krachend wieder zu Boden.

Bis die beiden endlich einen Stall gefunden hatten, war die halbe Stadt um sie versammelt.

Westgate war schon auf die Besucher vorbereitet. Gestern war eine große Cadillac-Limousine mit einem hochfeinen Anhänger eingetroffen, die ein englischer Reitknecht steuerte. Dem Auto war eine imposante Dame entstiegen – sie entsprach durchaus der Vorstellung, die sich die Einwohner von einer englischen Königinmutter machten – und ein großer, hagerer alter Herr, der hinkte und einen Hörapparat trug. Er war mit gelbbraunen Samthosen und einem gewaltigen Hut bekleidet. Bald erkannte man in ihm Beaver Greenway, den berühmten Rennstallbesitzer aus Idaho.

Das Städtchen umfaßte nicht mehr als fünf bis sechs Häuserblocks. Eine Staatsstraße führte hindurch, ein schmaler Asphaltstreifen, zu dessen beiden Seiten ein breiter, schmutziger Weg verlief. Die Stadt lebte von den Holzfällerlagern in den nahen Bergen, den Farmen auf der Nordplatte und den kleinen Flüssen.

Es gab sogar ein Hotel, ein großes, quadratisches Eckgebäude, das mit Holzschnitzwerk so kunstvoll verziert war wie ein reichgestickter altmodischer Unterrock. Breite Veranden zogen sich an den Vorder- und Seitenfronten um das Haus, das sich »Zur schönen Aussicht« nannte.

Und die Aussicht war wirklich schön. Im Westen erhob sich hinter einem langgestreckten niedrigen Waldgebiet eine Gebirgskette. Die Gipfel breiteten sich fächerförmig nach Norden und Süden aus. Über der Baumgrenze gingen sie in kahle Felsen über, und dahinter lagen in weiter Ferne schneebedeckte Spitzen, die morgens blendend weiß, bei Sonnenuntergang rosa und an den langen Abenden purpurrot leuchteten.

Dieser herrliche Ausblick im Westen war ein Glück für Carey, denn sie verbrachte an den folgenden Tagen viele Stunden im Schaukelstuhl auf der Veranda gemeinsam mit ihrer Großmutter.

Aber jetzt stand sie in der Hotelhalle. Ihr Onkel umarmte sie heftig und drückte ihr einen schallenden Kuß auf die Wange. Dann hielt er sie von sich und sah sie prüfend an.
»Meiner Seel, Carey – wie hast du mir gefehlt! Ohne dich ist der Blaue Mond nicht mehr dasselbe!«
»Ich freue mich so, dich zu sehen, Onkel Beaver.« Sie fiel ihm wieder um den Hals. »Mir kommt es vor, als sei ich ewig weggewesen!«
»Ist's dir gutgegangen? Laß dich anschauen!« Er betrachtete sie abermals eingehend. Sein Gesicht wurde ernster, als sie ihm lebhaft von der herrlichen Zeit erzählte, die sie verbracht hatte. »Du hast dich verändert, Carey.«
»Wirklich, Onkel Beaver?«
»Auf mein Wort!« Er drehte sie herum und packte sie bei den Schultern. »Aber Kind, du bist ja ein völlig anderes Mädchen. Ich hab den Eindruck, daß ich dich noch nie vorher richtig glücklich gesehen hab, Carey!«
»Wie meinst du das, Onkel Beaver? Natürlich bin ich glücklich gewesen.«
Aber er schüttelte den Kopf. »Ich muß erst darüber nachdenken. Irgendwas ist passiert, aber ich weiß noch nicht genau – was. Vielleicht bist du plötzlich erwachsen geworden.«
»Wo ist Großmama, Onkel Beaver?«
»Oben in ihrem Zimmer. Sie wollte sich ein bißchen hinlegen. Jetzt müßte sie eigentlich wach sein und runterkommen können. Bald ist's Zeit zum Abendessen.« Er wandte sich an Rob, der Bucks Brief las. »Haben Sie Ihren Schlüssel, McLaughlin? Ich hab ein Doppelzimmer für Sie und Ken genommen.«
Rob sah auf. »Hier ist ein Brief von Buck. Er schreibt, die Pferde seien gleich da drüben im Westen hinter dem Kamm. Er hat sein Zelt ganz in der Nähe aufgeschlagen.«
»Ach herrje! Ich kann's kaum noch abwarten!« rief Ken. »Am liebsten würde ich gleich jetzt losreiten und Sturmwind mal schnell anschauen!«
»Halt dich zurück, junger Mann!« erwiderte Rob.
Carey lachte. »Aber er möcht doch so gern! Und ich erst! Hast du für mich auch ein Zimmer bestellt, Onkel Beaver?«

Der Portier holte einen Schlüssel vom Brett. »Im Zimmer Ihrer Großmutter ist ein zweites Bett, wir haben es schon für Sie hergerichtet.«
»Ja, Carey, deine Großmutter hat ein Doppelzimmer für euch beide ausgesucht.«
»Aber ich werde früh aufstehen und reiten und möchte Großmama nicht aufwecken. Deswegen hätte ich lieber ein eigenes Zimmer wie zu Hause.«
Carey sagte das ruhig und entschlossen, und wieder sah sie ihr Onkel verblüfft an.
»Wie du willst.«
Der Portier nahm einen anderen Schlüssel.
Carey erkundigte sich, wo das Zimmer ihrer Großmutter sei, rannte die Treppe hinauf und klopfte leise an. Sie wartete gar nicht erst die Antwort ab und ging hinein.
Mrs. Palmer war bereits zum Abendessen angekleidet. Sie zog gerade die Jalousien hinauf, um Luft hereinzulassen, die immer noch warm war, aber nicht mehr so heiß wie mittags.
Als sie die Tür gehen hörte, drehte sie sich um. Sie war erstaunt, daß jemand unaufgefordert ihr Zimmer betrat. Carey stürzte auf sie zu. »Ach, Großmama!« rief sie und umarmte sie stürmisch.
In dieser ersten Sekunde spürte Mrs. Palmer bereits, daß etwas ganz und gar nicht stimmte. Wie nachdrücklich Carey sie begrüßt hatte! Wie kräftig sie die jungen Arme hielten! Wo waren die Zaghaftigkeit, die Schüchternheit, die sich gehört hätten? Sie wurde blaß. Die hellen grauen Augen unter den feingezeichneten schwarzen Brauen blickten hart.
Schroff machte sie sich aus Careys Armen los und trat zurück. Dabei glättete sie ihr Kleid, als sei ein Hund an ihr hochgesprungen. Sie sprach mit beißendem Sarkasmus, verbeugte sich graziös und begann eine spöttische Szene zu spielen.
»Ach, wie geht es dir? Wer ist denn das überhaupt, wenn ich fragen darf? Eine junge Dame! Und was für eine großartige junge Dame!«
Die Wirkung auf Carey war vernichtend. Sie empfand die Wut ihrer Großmutter, die so leicht aufflammte. Die Entdeckung traf

sie wie ein Schlag: es hatte sich nichts verändert! In den vergangenen glücklichen Wochen hatte sie das alles ganz vergessen.
Ihre Hände fielen schlaff herab. Sie schämte sich für ihre Großmutter.
Mrs. Palmer hob ihr Lorgnon an die Augen und musterte das Mädchen kalt. »Was für ein Aufzug! Du siehst ja aus wie ein Stalljunge!«
Carey hatte auf der Fahrt ihre blauen Leinenhosen und eine rosagestreifte Bluse getragen.
»Wo ist dein Gepäck?«
»Ken bringt es herauf, Großmama.«
»Du schläfst hier.« Mrs. Palmer zeigte auf das große Doppelbett im Hintergrund.
Carey verlor den Mut. »Großmama«, begann sie zaghaft, »du weißt doch, daß ich früh aufstehen und zu der Stelle reiten will, wo die Pferde sind. Ich glaub, es ist besser, wenn ich mein eigenes Zimmer habe –« Sie schwieg. Mrs. Palmer war ganz plötzlich in einen Stuhl neben dem Fenster gesunken und preßte die Hand auf ihr Herz. Sie lehnte den Kopf zurück. Ihr Gesicht war verzerrt.
»Ach, Großmama!« Jetzt sprach wieder das erschreckte Kind. »Ist es dein Herz? Wo steht dein Riechsalz?«
Mrs. Palmers Kopf rollte haltlos hin und her, aber sie deutete mit der Hand auf die Kommode. Carey suchte eilfertig unter den Toilettesachen nach dem Riechfläschchen. Sie hielt es der Großmutter unter die Nase und stützte ihr den Kopf mit der rechten Hand. Es erschien ihr schon wieder ganz selbstverständlich. Der Besuch auf dem Gänselandgestüt war wie ein längstvergangener Traum.
»Jetzt ist's besser.« Mrs. Palmer stieß sie von sich, atmete tief und setzte sich gerade auf. »Du möchtest ein eigenes Zimmer, hast du gesagt? Schön. Vielleicht kann dein Onkel eine Frau im Dorf auftreiben, die hier bei mir schläft. Der Doktor hat gesagt, ich darf in einer fremden Umgebung nachts nicht allein sein.«
»Aber, Großmama! Natürlich schlafe ich bei dir. Ich hab nur – nicht gleich daran gedacht, daß du Herzkrämpfe hast.«
Auf dem Korridor hörte man Schritte. Überraschend behende

sprang Mrs. Palmer auf und ging zur Tür, öffnete und sah, wie der Portier und Ken Careys zwei schwere Koffer schleppten. Der Portier schloß die Tür des gegenüberliegenden Zimmers auf. Ken stellte den Koffer ab und wollte Mrs. Palmer begrüßen. Er war verstaubt und verschwitzt. Aber Careys Herz wurde leichter, als sie sein langes, ausdrucksvolles Gesicht und seinen warmen, zärtlichen Blick sah. Ein solches Gefühl mochte ein Gefangener haben, wenn jemand zu seiner Befreiung auftauchte.

»Guten Tag, Mrs. Palmer«, sagte Ken höflich.

Sie übersah seine ausgestreckte Hand. »Guten Tag, Kenneth. Würdest du bitte Careys Gepäck hier hereinbringen.«

»Ich hab gedacht, sie hat ein eigenes Zimmer? Sie hat doch gesagt –«

»Carey schläft hier, Kenneth.« Damit rauschte sie zurück ins Zimmer. Ken sah den Portier an. Sie nahmen die Koffer auf und folgten ihr. »Den großen hierher – und den anderen dort.« Sie zeigte auf zwei Stühle.

Carey schaute Ken an. Howard hatte dunkle, undurchsichtige Augen, die man nicht ergründen konnte. Kens aber waren wie ein tiefer, dunkelblauer Brunnen, in dem sich jetzt ein Schock widerspiegelte. Er war entsetzt. Carey hätte ihm so gern einen Blick zugeworfen, in dem er ihren Hilfeschrei erkannte! Aber es war ja alles verkehrt! Hilfe – wofür?

Die Koffer wurden nach den Befehlen der alten Dame abgestellt. Sie gab dem Portier ein Trinkgeld, und er verließ das Zimmer. Ken stand immer noch zögernd da. Er fühlte, daß Carey in der Klemme war und daß er einen Weg finden müßte, ihr zu helfen.

»Ich geh in die Ställe und schau mal nach den Pferden. Möchtest du mitkommen, Carey?«

»Carey geht heute abend nicht mehr hinaus, Kenneth.« Mrs. Palmer sagte das so sanft, mit solch überlegener Entschiedenheit, daß Ken, der doch einen Kampf für Carey ausfechten wollte, sich plötzlich hinter der verschlossenen Tür wiederfand und nicht wußte, wie er dorthin gekommen war. Was war nur an dieser alten Frau, daß sie alle anderen wie Schachfiguren hin- und herschieben konnte?

30

Nach dem Abendessen saßen sie auf der vorderen Veranda. Ein würdevoller Herr, der den Dialekt der Südstaaten sprach, gesellte sich zu ihnen und stellte sich als Ashley Gildersleeve, Inhaber der Wochenzeitung von Steamboat Springs, vor. Er erklärte, seine wertvolle Stute Lady Godiva sei im vergangenen Jahr verschwunden. Nachweisbar sei Sturmwind in der Gegend gewesen, und die allgemeine Ansicht ginge dahin, daß der weiße Hengst Lady Godiva gestohlen hätte. Er habe gehört, daß man nach Sturmwind suche, und wolle gern dabeisein.

Rob schüttelte ihm die Hand, machte ihn mit den übrigen bekannt und zog einen Stuhl für ihn neben Mrs. Palmer. Ashley Gildersleeve ließ sich nieder und zeigte sich als guter Gesellschafter.

Die alte Dame wurde sehr gesprächig. Sie schwatzte munter und begann jeden Satz mit einer Bemerkung über sich selbst: »Ich kann Ihnen versichern, Mr. Gildersleeve, das ist eine große Sache für mich«, oder »In meiner Mädchenzeit in Philadelphia –«.

Mr. Gildersleeve hatte eine galante Art im Gespräch mit Damen. Wenn Frauen die Aufmerksamkeit auf sich lenkten, war die einzig richtige Antwort ein Kompliment! Bereits bei dem ersten Versuch wurde Mrs. Palmer gelöst und mitteilsam.

Inzwischen gingen Ken und Carey die Straße entlang.

Sie war sehr häßlich – ein Durcheinander von Tankstellen, Garagen, Drugstores, Kegelbahnen, kleinen Textilgeschäften und Metallwarenhandlungen. In den Seitenstraßen befanden sich die kleinen Holzhäuser der Einwohner.

»Mensch, Carey, das ist nicht mehr so wie zu Hause – wo wir beide ausreiten konnten, wann wir wollten«, stellte Ken ziemlich verzweifelt fest.

»Ich weiß, Ken. Alles hat sich verändert.« Carey seufzte tief. »Aber das war auch nicht wirklich mein Leben, mit dir und deiner Familie, sondern deines. Mein Leben ist ganz anders. Und jeder Mensch muß einmal in sein eigenes Leben zurückkehren.«

Ken erstickte beinahe an dem, was er sagen wollte – daß sein Leben und das ihre doch zusammengehörten. Sie blieben auf einer kleinen Brücke stehen, lehnten über das Geländer und sahen auf den seichten Bach hinunter. »Sag mal, Carey – findest du eigentlich, daß ich sehr – hm – besitzergreifend bin?«
»In welcher Beziehung? Sturmwind? Aber der gehört dir doch – warum solltest du's da nicht sein?«
»Ich – ich meine nicht Sturmwind.« Ken bekam plötzlich keine Luft mehr und verlor den Mut. »Also – deine Großmutter ist auch besitzergreifend, was dich angeht, aber auf die falsche Art!«
»Auch?«
»Ach – ich –« Er konnte nicht weiter. Tapfer schaute er ihr ins Gesicht und platzte dann heraus: »Carey, hast du – mich gern?«
»Natürlich! Das weißt du doch!«
»Ja, ich weiß. Aber ich meine – zum Beispiel so gern wie Howard?«
»Viel mehr. Howard ist oberflächlich.«
»Und was bin ich?«
»Du bist reif.«
Ken kostete das aus. Reif. Das Wort brachte ihn über die Schwelle der Knabenzeit. Herrlich war das – reif! Dann erwachten die Zweifel. Sie hatte es so ernsthaft gesagt, sie war immer so mütterlich zu ihm, daß er sich kaum gewundert hätte, wenn sie plötzlich ihr Taschentuch herausziehen und ihm die Nase putzen würde. Er wußte nicht recht, ob das ein gutes oder ein schlechtes Zeichen war.
Ein lautes Hupen störte sie auf. Er zog Carey an sich, als das Auto vorübersauste. Aus diesem Augenblick hätte sich etwas ergeben können, und wieder bekam Ken keine Luft. Carey hakte ihn vertrauensvoll unter. »Ich glaub – wir müssen zurück – Großmama wird mich schon suchen.« Und als sie zum Hotel schlenderten, begann sie zögernd von ihrer Großmutter zu sprechen; wie sehr sie wünschte, nicht mit ihr in einem Zimmer schlafen zu müssen, sondern ein eigenes zu haben, so daß sie früh aufstehen und mit Ken ausreiten könnte – zu den Pferden.

»Morgen wird endgültig entschieden, wo die Koppel gebaut werden soll«, sagte Ken. »Wir haben genügend Leute und die Erlaubnis, Holz zu fällen. Um halb sechs wollen wir frühstükken und dann losreiten, dein Onkel, Vater und ich. Buck und die Leute treffen wir draußen. Warum kommst du nicht mit?«

»Großmama würde es nie erlauben. Das weißt du doch, Ken.«

»Ich finde es schrecklich, wie deine Großmutter dich rumkommandiert!«

»Manchmal – geht's mir – auch so, Ken. Als ich bei euch war, hab ich beschlossen, das nicht länger mitzumachen. Aber wenn du von ihr getrennt bist, vergißt du ganz, wie sie wirklich ist und daß sie etwas an sich hat, jeden schließlich zum Nachgeben zu bringen. Sobald du wieder mit ihr zusammen bist, erkennst du das.«

Ken hatte das auch bereits öfter festgestellt. Sogar sein Vater gab nach, wenn Mrs. Palmer mit den Augen blitzte. Aber er warf sich in die Brust und beharrte: »Das kannst du auf die Dauer nicht aushalten! Ich würde ihr einfach sagen, sie soll sich um ihren eigenen Kram kümmern.«

Carey schnappte nach Luft. So wagte kein Mensch über ihre Großmutter zu sprechen! Gleich darauf sah sie ihn mit leuchtenden Augen an. »Vielleicht tu ich's!« sagte sie leise, und dann kühner: »Ja, Ken, ich tu's bestimmt!«

Als sie beim Hotel ankamen, ging ein großer Mann die Treppe hinauf und nahm seinen riesigen Hut ab.

»Ich suche Captain McLaughlin.«

Ken und Carey setzten sich auf die oberste Stufe.

Rob erhob sich. »Das bin ich.« Sie schüttelten sich die Hände.

»Ich bin der Vertreter des Sheriffs. Mein Name ist Elmer Barrows.«

Er wies seine Dienstmarke vor.

Rob machte ihn mit allen bekannt. »Setzen Sie sich, Sheriff. Was haben Sie auf dem Herzen?«

Der Sheriff schob ein Stück Kautabak in den Mund. »Also – es handelt sich um die Pferde, die Sie aus unserem Staat abholen wollen. Ich hab gehört, daß Sie deswegen hergekommen sind.«

»Das stimmt«, bestätigte Rob. »Das schwarze Fohlen gehört Mr. Greenway.«
»Hat es eine Markierung, Mr. Greenway?«
»Nein.«
»Sie werden verstehen, daß ich mich über das Eigentumsrecht an den Pferden unterrichten muß, bevor sie weggebracht werden können. Wie viele sind es?«
»Zwischen fünfzehn und zwanzig, ohne die Fohlen«, erklärte Rob. »Natürlich können wir das Eigentumsrecht nachweisen. Mr. Greenway hat Papiere für sein Fohlen, und der Reitknecht kann es identifizieren. Er hat es von England herübergeholt.«
»Und woher kommen die anderen?«
»Aus ganz Wyoming und Colorado«, grinste Rob. »Wo es dem Hengst gerade eingefallen ist, sie zu stehlen. Wenn wir sie erst eingefangen haben und mit den beiden, die wir suchen, abgefahren sind, überlasse ich Ihnen den Rest.«
»Das würde wohl das beste sein.«
»Und ich spare dabei eine Menge Arbeit. Sie können die Markierungen prüfen und die Eigentümer benachrichtigen.«
»Lady Godiva kann ich identifizieren«, sagte Mr. Gildersleeve.
»Und der Mann dort wird sich seine Pferde heraussuchen, wenn ich mich nicht sehr irre.« Rob wies auf einen verbeulten kleinen Ford, der in einer dichten Staubwolke vor dem Hotel hielt.
Ein bärtiger Mann mit seinen beiden großen Söhnen stieg aus.
Rob ging die Stufen herunter, um sie zu begrüßen. »Jeff Stevens! Ich wette – Sie kommen wegen Ihrer Stuten! Wie haben Sie denn das gerochen?«
»Ach, die Leute in Glendevy haben erzählt, daß Sie den Hengst mit den Stuten hier oben entdeckt haben und ihn einfangen wollen. Da hab ich mir eben gedacht, die Gelegenheit ist günstig, ich fahr schnell mal mit Tad und Hick her und schnapp mir meine Viecher!« Er lachte schallend.
»Paßt mir sehr in den Kram«, erwiderte Rob. »Dann kann ich ja meine Arbeitspferde zurückkriegen.«
»Sie haben mir wirklich mächtig damit geholfen, Mr. McLaughlin, aber die beiden können Molly und Lizzi nicht das Wasser reichen.«

»Kommen Sie zu uns auf die Veranda.« Rob stellte die Neuankömmlinge vor. »Das ist Mrs. Palmer –«
»Sehr erfreut, meine Dame«, murmelte Stevens und drehte den speckigen Hut verlegen in den Händen.
»Und Mr. Greenway –«
»Guten Tag auch.«
»Und hier Miss Marsh. Ihr gehört das Fohlen, das wir suchen. Meinen Sohn Ken kennen Sie. Und das ist der Sheriff.«
»Ich bin nicht gerade der richtige Anblick für Jeffs zarte Augen«, meinte der Sheriff langsam.
»Setzen Sie sich doch!« forderte Mrs. Palmer überschwenglich auf. »Und erzählen Sie – haben Sie auch Stuten verloren? Meine Güte! Kenneths Hengst scheint ja der reine Blaubart zu sein!«
»Ob er 'n blauen Bart hat, weiß ich nicht, aber der Kerl klaut Stuten. Wenn mir der Captain nicht 'n Gespann geliehen hätte – ich wüßte nicht, wie ich die Ernte diesen Sommer hätte reinbringen sollen.«
»Wie steht's eigentlich damit, Sheriff?« fragte Rob. »Gibt es ein Gesetz, wonach ein Bürger dafür verantwortlich gemacht werden kann, wenn sein Hengst sich in der Gegend rumtreibt und Stuten stiehlt?«
»Nicht daß ich wüßte.«
Jeff schnappte sofort ein. »Soll sich bloß keiner einbilden, daß ich's mir einfach gefallen lasse – wenn der Hengst von 'nem reichen Mann meine Stuten klaut, die ich für mein täglich Brot brauche!«
»Aber der Captain hat Ihnen doch ein Gespann geliehen! Da können Sie ja gar keinen Verlust gehabt haben«, wies ihn der Sheriff zurecht.
»Ich bin in der schwierigen Lage, daß es gar nicht mein Hengst ist, sondern daß ich nur für ihn verantwortlich bin«, erklärte Rob. »Das Pferd gehört nämlich Ken.«
»Damit sitzen Sie aber schön in der Patsche!« sagte der Sheriff.
Ken lachte verlegen.
In einer Staubwolke näherten sich zwei Reiter. Es waren Ross und Tim, die der Versuchung nicht widerstehen konnten, der

staunenden Stadt McLaughlins Rassepferde mit den überschlanken Fesseln vorzuführen. Sie tänzelten auf dem Seitenweg dahin, Ross wirbelte sein Lasso durch die Luft und grüßte alle und jeden mit freundlichen Zurufen.
Als sie vor dem Hotel hielten, rief Rob sie heran, um sie mit dem Sheriff bekannt zu machen. Die Jungen stiegen ab, banden die Pferde fest, lehnten sich ans Geländer der Veranda und wurden vorgestellt.
»Das ist Jeff Stevens«, erklärte Rob.
»Der Mann, dem Sturmwind die Stuten gestohlen hat?«
»Der bin ich«, prahlte Stevens. Sein Ruhm begann ihm Freude zu machen. »Ich bin rübergekommen, um meine Stuten von diesem gottverdamm... – Verzeihung, meine Damen, ich wollte sagen, von diesem elenden Kerl – zurückzukriegen, der über Zäune setzt und Pferde klaut.«
»Hol mich der Teufel!« sagte der kleine Zureiter langsam. »Scheint ganz so, als ob jeder hier den Hengst gesehen hat, nur ich nicht. Ich würd meine Vorderzähne hergeben, wenn ich ihn reiten könnte! Wetten, daß ich auf 'nem Rodeo jeden Preis mit ihm machen würde? Er soll ja 'n närrischer Bock sein!«
»Närrischer Bock!« rief Ken beleidigt. »Er kann mehr als Bokken. Rennen kann er. Das schnellste Pferd, das man sich nur vorstellen kann!«
»Das kann ich bestätigen«, sagte Greenway. »Ken hatte ihn vor zwei Jahren für mein Rennen in Saginaw Falls gemeldet. Sturmwind hätte auch glatt gewonnen, wenn er sich nicht in den Kopf gesetzt hätte, zu bocken. Mitten im Rennen ist er ausgebrochen, und wie er sich aufgeführt hat!«
Alle erzählten jetzt gleichzeitig von bockenden Pferden, die sie einmal besessen oder geritten hatten.
Tim fragte Jeff Stevens, ob er es mit eigenen Augen gesehen hätte, wie Sturmwind seine Stuten entführte.
Mit erhobener Stimme erzählte Jeff Stevens die Geschichte. Seine beiden Söhne Hick und Tad lehnten am Geländer und rauchten Zigaretten, die sie sich lässig mit einer Hand rollten.
»Ich hab die beiden Stuten gerade abgeschirrt, ganz nahe bei der Koppel war's. Sie wußten schon, was kam, bevor noch einer von

uns es kapiert hatte. Sie fingen an zu wiehern und rumzurasen. Lizzie war ganz außer sich! Sie stieg hoch, und Tad hat ihr das Geschirr schnell über den Hals werfen wollen. Dabei hat er das Gleichgewicht verloren und ist ganz plötzlich in die Knie gegangen.« Tad grinste verlegen; sein Bruder versetzte ihm einen Rippenstoß.

»Das Geschirr ist halb daneben gelandet, und bevor man noch einen Ton sagen konnte, kommt doch dieser Kerl, dieser weiße Teufel, direkt auf uns zu, wiehert, schreit und rast auf Lizzie los. Die macht einen Sprung und rennt wie der Wind weg. Tad hält immer noch die Zügel und reitet auf dem Hosenboden mit –«

»Ha–ha–ha – und ob er's getan hat!« platzte Hick heraus.

»Er hat nicht schlecht geflucht dabei! Wir konnten nur die beiden Pferde sehen, eins weiß, das andere braun, die über die Wiesen davonsausten. Einmal ist Liz stehengeblieben – sie wollte sich von dem Geschirr freimachen. Da hat der Hengst das Kummet zwischen die Zähne genommen und es weggerissen. Ja, das hab ich mit meinen eigenen Augen gesehen. Der ist nicht ohne, der Hengst. Und ich will auf der Stelle tot umfallen, wenn er nicht 'ne Woche später wiedergekommen ist und die andere Stute geklaut hat. Ich kann Ihnen nur sagen – kein Mensch konnte was dagegen machen, man hätte sich höchstens hinsetzen und ihm mit 'nem Gewehr auflauern sollen.«

Dröhnendes Gelächter, Verwünschungen und Fragen folgten diesem Bericht. Der Hengst wurde immer sagenumwobener und gewaltiger.

Anscheinend war die halbe Stadt vor der Veranda versammelt. Der Sheriff übernahm die Vorstellung.

»Das ist Charley Gage, der Präsident der Viehzüchter- und Holzhändler-Bank von Westgate.«

»Nehmen Sie Platz, Mr. Gage.«

»Kommt rauf, Jungens, ich möchte euch mit Mr. Greenway, dem Rennstallbesitzer aus Idaho, und Mr. McLaughlin bekannt machen – das sind unsere Feuerwehrleute!«

Die Hotelgäste, Durchreisende und Vertreter, und einige Einwohner des Städtchens setzten sich zu ihnen.

»Der Hengst von Ken McLaughlin verursacht den ganzen Rummel hier«, erklärte der Sheriff. »Er ist jetzt am Ende seiner Laufbahn angelangt. Bei der Hälfte der Leute, die ihr hier seht, hat er Stuten gestohlen.«
»Gehört er wirklich dir?« erkundigte sich ein Feuerwehrmann bei Ken.
»Klar.« Ken wußte nicht genau, ob er nun ein Held oder ein Bösewicht war.
»Kannst du ihn reiten?« fragte Jeff Stevens. Er schlug sich mit beiden Händen auf die Knie und beugte sich zu Ken.
»Natürlich! Ich hab ihn doch großgezogen!«
»Alle Achtung, Mensch!« staunte Tad Stevens kopfschüttelnd. »Den Teufel satteln und aufzäumen! Nichts für mich!«
Jeff Stevens hatte die funkelnden kleinen Augen immer noch fest auf Ken gerichtet. »Sag mal – Joe Daly hat mir da erzählt – der hat doch eure Widder in Pflege, stimmt's?«
»Hm.«
»Also Joe Daly hat's von Jeremy gehört. Dem hat Gus vorgeflunkert, du hättest den Hengst ungesattelt irgendwo in den Bergen geritten, als er seine Stuten zusammengetrieben hat.«
»Das stimmt auch«, sagte Carey vernehmlich. »Das hat er getan. Er hat's mir erzählt!«
»Carey!« rief ihre Großmutter. »Sprich nicht so laut, mein Kind.«
»Ist das wirklich wahr, Ken?« beharrte Jeff.
Ken war bescheiden. »Sturmwind ist leicht zu reiten. Ich hab ihn ungesattelt geritten, seitdem er mich überhaupt tragen konnte.«
Tim und Ross bestätigten die Geschichte. Alle waren erstaunt und betrachteten den Jungen eingehend.
»Hat er das tatsächlich gemacht?« erkundigte sich Greenway bei Rob.
»Ja. Die tollste Kraftprobe, von der ich je gehört hab. Er hat gar nicht gewußt, daß er irgendwas Ungewöhnliches getan hat. Hat sich zwei Kilometer oder noch mehr oben gehalten, ist dann runtergerutscht und voller Wunden und Schrammen nach Hause gekommen.«

»Guter Gott!« Grennway sah Ken respektvoll an.
»Reiten kann er«, meinte Rob. »Wenn er auf Sturmwind saß, hab ich achthundert Meter in siebenundvierzig Sekunden abgestoppt. Er setzt über Zäune, Felsen, Wege – Viehhürden – nichts kann ihn aufhalten.«
Greenway wurde nachdenklich. Wenn Ken ein so guter Trainer für Sturmwind gewesen war, könnte er doch auch Juwel in Form bringen?
»Was wollen Sie denn mit diesem sagenhaften Pferd anstellen, wenn Sie's fangen?« fragte der Sheriff.
»Erst müssen wir's haben.«
»Hol mich der Teufel, geben Sie's mir!« rief Ross. »Ich mach's berühmt!«
»Berühmt ist Sturmwind ja schon«, meinte Ken mürrisch. Er war in der Klemme. Was mit Sturmwind geschehen sollte, war noch nicht zwischen ihm und seinem Vater besprochen worden. Er wich dieser Frage auch aus, denn er wollte nicht, daß Rob sich festlegte. Das Pferd einfangen, es wegbringen und damit seinen Raubzügen ein Ende machen – soweit hatten sie sich bisher nur geeinigt. Aber Ken wußte genau, daß sein Vater damit nicht zufrieden sein würde. Sturmwind würde auf dem Gänselandgestüt eine ebensolche Gefahr sein wie im Gelände. Rob würde ihn loswerden wollen, ihn kastrieren lassen oder verkaufen, oder verschenken oder – erschießen! Ihm wäre es egal!
Bei dem Gedanken wurde Ken bitter und verzweifelt. Wenn sich alles nur so ergeben würde, daß Sturmwind wieder Rennen laufen könnte!
»Na, Ken – wie wär's denn damit?« wiederholte Ross.
»Was willst du mit ihm anfangen, Ken?« Der Sheriff war hartnäckig. »Du kannst keinesfalls das Risiko eingehen, daß er wieder die Gegend unsicher macht, das ist dir doch klar?«
»Du mußt ihn auf dem Gestüt lassen«, bekräftigte Jeff Stevens.
»Wenn du's nicht tust, machen wir Farmer 's für dich!«
»Meine Güte – was für ein gewalttätiges Leben!« sagte Mrs. Palmer.
»Ich will ihn Rennen laufen lassen.« Ken verbrannte alle Schiffe hinter sich. Er sah seinen Vater dabei nicht an. Dieser Weg war

schließlich so gut wie jeder andere, ihn um Erlaubnis dafür zu bitten, was er sich so heiß wünschte.
»Stimmt das auch, Ken?« fragte Tim. »Willst du ihn noch mal für Mr. Greenways Rennen melden?«
Ken faßte Mut. »Diesmal reite ich ihn selbst«, erklärte er. »Und er wird auch gewinnen!«
»Ich glaub schon, daß das möglich wäre«, meinte Greenway. »Er muß nur von jemand geritten werden, der ihn zu behandeln versteht. Schnell genug ist er!«
»Ich kann ihn behandeln«, erwiderte Ken bitter.
»Aber er sollte auch Hindernisrennen laufen«, sagte Carey. »Er ist doch ein so guter Springer.«
»Ja.« Ken wurde kühner. »Das hab ich mir auch gedacht.«
»Vielleicht im November – den American Grand National in Belmont? Er und Juwel könnten doch zusammen gemeldet werden!« Carey klatschte in die Hände. »Das wär ein Heidenspaß! Ich frag mich nur, wer gewinnt!«
»Was halten Sie davon, Mr. McLaughlin?« erkundigte sich der Sheriff.
Rob stopfte eifrig seine Pfeife. »Ken geht noch zur Schule«, erklärte er ruhig. »Und er muß auch noch weiter zur Schule gehen. Wie soll denn ein Kind mit einem Hengst von einem Pferderennen zum anderen fahren?«
»Liegt aber 'n Haufen Geld drin!« meinte einer der Männer.
»Manchmal. Aber was ist das für ein Leben? Welcher Vater würde wohl seinen Sohn dauernd auf der Rennbahn rumlungern lassen? Was würden Sie dazu sagen, Greenway?«
»Lassen Sie ihn bei seinen Hammeln bleiben, McLaughlin. Wenn er sich erst mal mit Rennpferden und Rennen abgibt, steigt er auf mein Niveau herunter!«
Brüllendes Gelächter erhob sich, das Ken auf sich bezog. »Aber würdest du nicht gern dein Pferd Rennen reiten lassen, Vater, wenn es gewinnen könnte?« fragte er erregt.
Rob grinste. »Natürlich! Ich bin doch auch nur ein Mensch! Wenn man Pferde züchtet, kann man's gar nicht vermeiden, daß man für sie Hoffnungen hegt. Man möchte, daß sie besser als alle anderen sind. Und das führt gewöhnlich zur Rennbahn.«

»Aber warum sollte es denn auch nicht?« fragte ein Feuerwehrmann. Er konnte gar nicht begreifen, daß es irgendwelche Gründe gegen eine so glorreiche Karriere wie Pferderennen geben sollte.

»Fragen Sie Mr. Greenway«, erwiderte Rob.

»Es ist sehr tragisch, daß das Pferd, das edelste aller Tiere, so ausgenutzt wird«, erklärte Greenway. »Wenn ich auch selbst Rennstallbesitzer bin, muß ich doch zugeben, daß sie alle im großen und ganzen ein übles Gesindel sind.«

»Es liegt am Geld«, meinte Mr. Gage, der Bankpräsident. »Ab und zu gibt's dabei mal einen solchen Treffer, daß alle Spieler und verkrachten Existenzen auf den Rennbahnen rumlungern.«

»Das ist's genau«, erwiderte Rob. »Und dann ist auch noch eine gewisse Selbstverherrlichung dabei.«

Greenway lachte. »Das stimmt. Der Besitzer verwechselt sich allmählich mit seinem Pferd – rennt selber – und gewinnt die Preise.«

Darüber wurde noch mehr gelacht. Dann verabschiedeten sich Ross und Tim und ritten davon.

Als nächste gingen Mr. Gildersleeve und der Bankier. Die Gesellschaft löste sich auf.

Ken hatte eine Todesangst um Sturmwind. Was würde mit ihm geschehen? Gar nicht darüber nachdenken ... nur daran, ihn wiederzuhaben ... sich an seinen gewölbten Nacken lehnen, die starken Muskeln fühlen ... und wissen, daß er wieder ihm gehört ... auf diesem Rücken sitzen und in wildem Ritt durch die Luft getragen werden ... das war wie Fliegen oder Segeln ...

Ein seltsames Gefühl durchlief seinen Körper. Es war wie der elektrische Strom, mit dem der Hengst geladen war und der den Reiter und ihn zu einer Einheit verschmelzen ließ.

31

Als Carey in ihr Zimmer hinaufging, sagte sie ständig vor sich hin: »Kümmere dich um deinen eigenen Kram!« Sie war immer noch sehr mutig. Natürlich würde sie nicht gerade diese groben Worte wählen, aber mit irgendeiner unabhängigen Handlung mußte sie ihrer Großmutter ein- für allemal zeigen, daß sie kein kleines Mädchen mehr war.

Wenn aber Großmama wirklich krank wäre? Zum erstenmal in ihrem Leben zweifelte Carey daran.

Spät nachts stützte sie sich auf und sah durch das große Zimmer zu ihrer Großmutter hinüber, die in dem anderen altmodischen Bett schlief. Sie atmete langsam und regelmäßig, ab und zu von einem tiefen Schnarchen unterbrochen.

Es klang kräftig und gesund. Sie bekam auch nie irgendwelche Anfälle während der Nacht, und trotzdem hatte sie erklärt, Carey müsse im gleichen Raum schlafen. Carey dachte lange und ernsthaft darüber nach und kam zu den Schluß, daß die Krämpfe ihrer Großmutter, so überzeugend und bedauernswert sie auch wirkten, meist dann auftraten, wenn nicht alles nach ihrem Kopf ging. Nun – es war höchste Zeit, sich dagegen zu wehren. Sie mußte jetzt ihren inneren Wecker auf fünf Uhr früh stellen, und falls Mrs. Palmer sich einmischte, würde sie ihr gründlich die Meinung sagen!

Es war zu heiß zum Schlafen. Kein Luftzug kam durch das weitgeöffnete Fenster. Carey schlug die Decke zurück und stieß sie mit den Füßen weg. Dann setzte sie sich auf, zog das Nachthemd aus und warf es trotzig auf den Boden. Sie schob das Kissen beiseite und lag jetzt flach ausgestreckt da – ein langer, schlanker Schatten. Das Haar hatte sie hochgenommen, damit der Hals nicht zu heiß wurde.

Jetzt fühlte sie sich noch viel kampfbereiter. Auf der Straße raste ein Auto vorbei. Ein Zug pfiff, ganz entfernt, und die Berge warfen das Echo zurück. Diese Geräusche ließen sie die Welt und das Leben draußen empfinden. Wenn sie nur erwachsen und mutiger würde, könnte sie daran teilhaben!

Sie erwachte pünktlich um fünf. Ihre Großmutter schlief noch. Unten hörte sie Rumoren in der Küche – der Herd wurde geheizt. Stimmen ertönten – eine klang wie Kens!

Mit lautlosen Bewegungen zog sie die Wäsche an. Ihre blauen Leinenhosen waren im Wandschrank. Sie machte einen vorsichtigen großen Schritt durchs Zimmer und sah über die Schulter zu

ihrer Großmutter. Die weitgeöffneten grauen Augen funkelten sie wütend an.
»Was tust du denn da, um Himmels willen?«
»Ich – ich – bin – eben – aufgestanden –«
»Leg dich schleunigst wieder hin!«
Gehorsam schlüpfte Carey wieder ins Bett und zog die Decke herauf. Sie ärgerte sich über sich und schalt sich einen Feigling.
Als es Zeit zum Aufstehen war, zog Mrs. Palmer andere Saiten auf. Carey war »mein Liebes« und »mein Täubchen« und »mein einziges kleines Mädchen«. Sie erzählte ihr, wie sehr sie sich im vergangenen Monat nach ihr gesehnt hätte und wie einsam sie gewesen sei. Es war so schwer, nur die Dienstboten um sich zu haben, wenn sie krank war.
Carey folgte ihr brav zum Frühstück nach unten. Dann setzten sie sich auf die Veranda. Sie schrieb Briefe für ihre Großmutter, hielt ihr die Wolle zum Aufwickeln und ging mit ihr spazieren. Und rutschte ungeduldig hin und her, die Augen auf die fernen Gipfel gerichtet.
Abends hatte Rob ein Ferngespräch mit Nell. Sie tauschten ihre Neuigkeiten aus. Rob hatte schreckliche Sehnsucht nach ihr. Er erzählte ihr von den Pferden, die sie im Quellgebiet des Spindle River gefunden hatten.
»Sie sitzen in der Falle.«
»Wirklich?«
»Klar. Rechts und links von ihnen sind die Felswände der Schlucht. Am Nordende wollen wir die Koppel errichten.«
»Kannst du genug Leute bekommen?«
»Mehr als das! Die Schwierigkeit besteht darin, sie abzuwimmeln. Ein paar Männer, denen Sturmwind die Stuten gestohlen hat, sind auch hier. Von überallher sind sie gekommen. Und vergiß nicht – die Einwohner, der Vertreter des Sheriffs, der Bankpräsident, der Zeitungsbesitzer, die Feuerwehr und überhaupt jedes männliche Wesen über vierzehn, das gesunde Glieder und Lungen hat. Das Pferd ist eben berühmt!«
»Juwel?«
»Juwel – lächerlich! Sturmwind natürlich«, erklärte Rob stolz.
»Wieviel Stuten sind's denn?«

»Wir können sie nicht genau zählen. Sie jagen hin und her, und ich lasse keinen in die Nähe. Ich möchte sie nicht scheu machen. Aber es sind mehr, als ich gedacht hab. Er hat noch ein paar neue gestohlen. Vielleicht zwanzig!«
»Zwanzig Stuten! Das ist ja 'ne richtige Horde!«
»Und ob. Er ist schon ein toller Hengst!«
»Hast du Juwel gesehen?«
»Es sind 'ne Menge schwarze Stuten darunter. Aus der Entfernung können wir sie nicht unterscheiden.«
»Wie ist's mit Fohlen?«
»In rauhen Mengen! Er hat wirklich sein Bestes getan – sie gut gefüttert – neben jeder Stute läuft ein Fohlen. Zwei Palominos sind auch dabei.«
»Auch ein weißes?«
»Kein einziges.«
»Komisch, nicht?«
»Nein, das ist nur natürlich. Sturmwind ist ein Rückschlag. Die Erbmasse des Albinos ist nur auf die Stuten übergegangen.«
»Hast du mit Ken über Sturmwind gesprochen?«
»Wie meinst du das?«
»Was mit dem Hengst geschehen soll.«
»Nein.«
»Na, was ist los?«
»Ken hat eine Idee.«
»Ach, Rob!«
»Hör nur! Er will ihn wieder Rennen laufen lassen!«
»Rob!«
»Das hättest du dir doch denken können.«
»Was hast du ihm darauf gesagt?«
»Ich hab gar nicht mit ihm darüber geredet.«
»Du willst es also nicht mal in Erwägung ziehen?«
»Unter keinen Umständen! Ken wieder aus der Schule nehmen?«
»Er hat doch sehr fleißig gearbeitet.«
»Hältst du ihm etwa die Stange, Nell?«
»Nein, Rob, ich glaube, du hast völlig recht.« Rob schäumte. »Rennen! Das ist wie Gift. Es geht ins Blut. Wenn du mal vom Rennfieber gepackt wirst, bist du rettungslos verloren.«

»Also, was willst du nun wirklich mit Sturmwind anfangen?«
»Das weißt du genausogut wie ich.«
»Was denn?«
»Ich kann ihn doch nicht nach Hause bringen.«
»Keinesfalls.«
»Und er darf auch nicht frei im Gelände herumlaufen.«
»Sicher nicht.«
»Da bleibt nur noch eins übrig.«
Nell schwieg lange.
»Hallo! Bist du noch da?«
»Ja, Liebling. Ich hab nur nachgedacht.« Sie seufzte. »Natürlich wird es Ken das Herz brechen, aber ich glaub schon, du hast recht. Kastriere ihn nur.«
»Ja.«
Wieder entstand ein drückendes Schweigen. Dann fuhr Rob fort: »In Westgate gibt's einen guten Tierarzt. Er soll's machen, sobald wir Sturmwind in der Koppel haben. Ich will nicht das Risiko auf mich nehmen, daß er wieder ausrückt. So können wir ihn auf dem Gestüt lassen. Er wird ein herrliches Reitpferd für Ken abgeben.«
»Ja.« Nell seufzte abermals. »Das hätte wirklich schon längst geschehen sollen. Wirst du's Ken sagen?«
»Keine Silbe«, erwiderte Rob mürrisch. »Er soll's erst merken, wenn er's sieht.«
»Ja«, sagte Nell nur nach einer langen Pause.
Mr. Ashley Gildersleeve mietete sich ein Pferd und schloß sich – im Arbeitsanzug und mit einer dicken Zigarre im Mund – den Reitern an, die die Schlucht bewachten. Lady Godiva würde ihm nicht noch einmal entkommen, wenn er es verhindern konnte!

32

Der Himmel war bleiern. In den Bäumen der Berge regte sich kein Blatt.
Die Stuten wälzten sich auf den Sandbänken des Spindle River.

Der heiße Sand, der durch das Fell auf die Haut drang, verursachte ein angenehmes Prickeln. Die mächtigen Tiere lagen auf dem Rücken und zappelten wie hilflose Riesenfische. Es erforderte viel Drehen und Winden, bis sie jede Stelle gescheuert hatten. Dann stemmten sie die Vorderbeine auf den Boden, richteten sich schwankend auf und schüttelten sich heftig, um den Staub, Sand und Schweiß loszuwerden. Danach fühlte sich jede Stute erfrischt und neu belebt wie eine Frau nach einer schwedischen Massage.

An den Rändern der Schlucht und an den Ufern des Flüßchens gab es halbvertrocknetes, dunkelbraun verbranntes Gras in Hülle und Fülle. In diesem Zustand war es am nahrhaftesten. Während die stets hungrigen Stuten fraßen, schliefen die Fohlen, flach auf der Seite liegend, oder sie ahmten ihre Mütter nach und taten, als grasten sie ebenfalls. Sie konnten das Gras nur erreichen, indem sie die kleinen, kurzen Hälse reckten und die Vorderbeine weit spreizten. Wenn die Abenddämmerung alles in ein rosig überhauchtes goldenes Licht tauchte, balgten sie sich wie Kinder. Sie warfen den Kopf in den Nacken und drückten dann wieder das Kinn auf die Brust. Sie bockten und stießen, sie bäumten sich und taten, als kämpften sie miteinander. Die staksigen Vorderbeine wirbelten durch die Luft. Plötzlich warfen sie sich hin und galoppierten gleich darauf wie besessen herum, und die kleinen Hufe trappelten leise über den Boden.

In den Nadelwäldern über dem nördlichen Ende der Schlucht lagen Tausende von gefällten Baumstämmen. Darunter gab es wahre Riesen von etwa fünfzehn Metern Länge, die so kerzengerade gewachsen waren, daß sie beim Loten nur eine Abweichung von rund fünf Zentimetern zeigten. Sie hatten wenig Äste, weil sie zu dicht standen. Zahlreiche Bäume gingen deswegen ein, und die Regierung war froh, wenn sie geschlagen und abtransportiert wurden.

Das Holzfällen und die Errichtung der Koppel, die hundertfünfundvierzig Quadratmeter umfaßte, gingen schnell und ruhig vonstatten. Hammer und Nägel wurden nicht benutzt. Die Längsbalken wurden mit Drahtrollen in den Löchern befestigt, die sie mit Maschinenbohrern ausgebaggert hatten.

Die Gatter waren dreißig Meter lang und über zwei Meter hoch.
»Eindreiviertel Meter hohe Gatter und Zäune hätten es vielleicht auch getan«, meinte Greenway, als er mit Rob langsam auf dem Bergabhang über der Koppel entlangritt.
»Für die Stuten bestimmt«, erwiderte Rob. »Mit denen gibt's sicher keinerlei Schwierigkeiten. Sie sind alle gezähmt und werden direkt in die Koppel trotten und nach Hafer suchen. Falls er sich nicht ein paar Wildstuten geschnappt hat. Buck glaubt, es wären welche darunter – aber Sturmwind ist der einzige, der uns Theater machen wird. Wenn der wirklich über einen eindreiviertel Meter hohen Zaun setzen will, schafft er es auch.«
Greenway pfiff durch die Zähne. »Eindreiviertel Meter! Donnerwetter! Den kann man doch in keiner Koppel und auf keiner Weide halten!«
»Das ist ja das Verdammte.«
»Was werden Sie mit ihm tun, wenn Sie ihn haben?«
Rob lachte. »Immer das gleiche Lied! Was soll man mit Sturmwind anfangen? Sie möchten ihn nicht vielleicht kaufen?«
»Wenn ich's täte, würde ich ihn zuerst mal kastrieren lassen. Wie ist es nur möglich, daß Sie das bisher nicht getan haben? Er ist doch zweifellos für ein Gestüt völlig ungeeignet.«
»Mein Herr Sohn! Manchmal stirbt ein Fohlen beim Kastrieren – bei uns ist's ein- oder zweimal passiert –, und Ken war wild entschlossen, seine große Liebe keiner solchen Gefahr auszusetzen. Er hat's immer wieder irgendwie geschafft – hat auch Dusel dabei gehabt. Einmal war der Tierarzt gerade da, und wir konnten Sturmwind nirgends finden. Ich hab's dann bis zum nächsten Jahr verschoben, und da hat Ken mich rumgekriegt.«
»Eindreiviertel Meter!« Greenway kam gar nicht darüber hinweg. »Und nur das Training mit Ken! Kein Wunder, daß der Junge sich's in den Kopf gesetzt hat, ihn Hindernisrennen laufen zu lassen. Wäre das nicht vielleicht doch ein Ausweg für Sie, McLaughlin? Er könnte gewinnen, jemand würde ihn kaufen, und Sie hätten keine Sorgen mehr mit ihm.«
»Das ist undurchführbar«, erwiderte Rob. Er wollte noch hinzufügen: »Übrigens ist's auch nicht notwendig – er wird kastriert, noch bevor er aus der Koppel herauskommt, die wir gerade

bauen«, beschloß dann aber, das lieber für sich zu behalten. »Sehen Sie dort«, er deutete auf eine purpurne Wolke, die über die Berge hinweg nach Norden segelte. »Wir kriegen einen Wetterumschlag. Höchste Zeit, daß die Hitze aufhört.«

Greenway trocknete sich den Hals mit dem Taschentuch. »Mir wär auch Schnee recht«, erklärte er. »Die Hitze macht mich noch fertig.«

»Vielleicht schneit's sogar wirklich. Kann man gar nicht wissen. Nach dem 4. Juli kann der Winter jederzeit hereinbrechen.«

»Ich möcht Sie was fragen, Rob.«

»Schießen Sie los.«

»Ich würde Ken gern für ein paar Wochen auf mein Gestüt mitnehmen – solange Sie ihn eben entbehren können.«

»Das ist wirklich furchtbar nett von Ihnen«, meinte Rob zögernd.

»Gar nicht nett – der pure Egoismus. Carey und er sind dicke Freunde – haben Sie die beiden mal beobachtet?«

Rob sah ihn an, und beide brachen in schallendes Gelächter aus. »Na, und ob!«

»Also, die Kleine kommt nicht genug mit Gleichaltrigen zusammen. Es war so herrlich für sie in diesem Sommer, mit Ihnen, Ihrer Frau und den beiden Jungen, und hat ihr auch sehr gutgetan. Ich möchte gern, daß das nicht so plötzlich aufhört.«

»Was wird Ihre Schwester dazu sagen?« fragte Rob.

Greenway dachte flüchtig an die Unterredung, die er heute morgen beim Frühstück mit seiner Schwester gehabt hatte. Carey war hinausgegangen, und er hatte die Gelegenheit benutzt, Mrs. Palmer mitzuteilen, daß er Ken mitnehmen wollte, falls Rob einverstanden sei.

Seine Schwester hatte sich mit der ihr eigenen Energie ausgedrückt. »Was ist denn nur in dich gefahren! Du mußt doch sehen, daß sich der Junge in Carey verliebt hat?«

»Deswegen tu ich's ja gerade!«

»Du willst das noch unterstützen!«

»Du siehst die Dinge ganz schief. Sie sind doch beide noch Kinder. Und Carey ist glücklich. Jedes Mädchen ist glücklich, wenn ein netter Junge in seiner Nähe ist. Carey ist viel zuviel allein gewesen. Als Kind war das nicht so schlimm, aber jetzt wird sie allmählich erwachsen. Sie soll mehr Freiheit haben und auch mehr mit gleichaltrigen Jungen und Mädchen zusammenkommen. Mit Ken McLaughlin könnten wir den Anfang machen.«

Das hatte sie beinahe umgeworfen. Um jeder Szene vorzubeugen, hatte er kichernd hinzugefügt: »Daß du jetzt keine Ohnmacht und keinen Asthmaanfall kriegst, Caroline! Mit mir kannst du das nicht machen. Diesmal bin ich unwiderruflich entschlossen.«

Rob wartete immer noch auf Greenways Antwort. Greenway räusperte sich etwas verlegen. »In einem solchen Fall gilt mein Wort. Aber ich muß Ihnen gestehen, Rob, daß ich mir ziemliche Sorgen darüber mache, wie meine Schwester Carey unter der Fuchtel hat. Sie ist eine sehr herrschsüchtige Frau und lehnt jeden Menschen ab, den sie nicht herumkommandieren kann. Außer mir. Ich hab's fertiggebracht, mein Leben zu leben, ihr aus dem Weg zu gehen, sie ein bißchen aufzuziehen und ihr ihren Willen zu lassen. Aber wenn's um Carey geht – ist's ein –« Er stockte.

»Manches hab ich natürlich auch gemerkt«, sagte Rob langsam. »Ist sie wirklich krank?«

»Wenn ich das nur wüßte! Sie hat einen Arzt, der ständig ins Haus kommt und ihr aus der Hand frißt! Meiner Meinung nach stellt sie ihre Diagnosen selber und suggeriert ihm, was ihr fehlt, was sie essen, wie sie sich verhalten und wie ihre Umgebung sie behandeln soll. Das gibt sie dann an Carey und mich weiter und an jeden, den sie beherrschen möchte. Dabei läßt sie ihren ganzen Charme spielen – und sie hat welchen, das wissen Sie ja!«

»Freilich, und sie weiß ihn auch einzusetzen. Aber wenn sich's um Carey handelt, könnten Sie doch bestimmt tun, was Sie für richtig halten?«

»Das ist gar nicht so leicht. Ich hab mich bisher nicht viel eingemischt, weil Carey noch so jung ist und im großen und ganzen glücklich und zufrieden war. Trotzdem muß ich zugeben, daß mir oft flau bei dem Gedanken geworden ist, was wohl passieren wird, wenn Carey mal ins heiratsfähige Alter kommt.«

»Da müssen Sie schon aufpassen, oder Carey wird nie heiraten.

Oft sind Menschen wie Ihre Schwester daran schuld, wenn ein Mädchen zur alten Jungfer wird.«

»Ich weiß. Sie hat auch alles getan, was sie konnte, um die Heirat ihrer Tochter zu verhindern. Und bei Carey wird sie's nicht anders machen.«

»Deswegen sieht sie auch Ken immer an, als ob sie ihn am liebsten vergiften möchte.«

Greenway lachte. »Ja, im Augenblick ist er der Hauptfeind. Aber es ist nicht nur das. Carey wächst heran und beginnt ein eigenes Leben zu haben. Und sie fühlt, daß Carey ihr entgleitet!«

»Das würde sie nicht zulassen.«

Greenway war sehr erregt. »Wenn das Kind bloß nicht so weichherzig wäre! Das ist das Schlimmste daran, und deshalb sind mir auch die Hände gebunden. Carey hängt von Kind auf abgöttisch an ihrer Großmutter!«

Rob schwieg. Er konnte das gut verstehen. Einem Kind erscheint es nicht grausam, wenn es beherrscht wird. Liebe und Gehorsam sind dann so eingewurzelt, daß sie noch jahrelang weiterbestehen.

»Sie müssen aufpassen, sonst ruiniert sie das Leben der Kleinen.«

»Nein, ich lasse mich nicht unterkriegen. Vor allem muß Carey ins College. Und bis dahin geben Sie mir Ken. Ich möchte ihn noch aus einem anderen Grund haben, Rob.«

»Wieso?«

»Er hat Ihren Hengst großartig trainiert!«

»Das kann ich mit gutem Gewissen bejahen.«

»Juwel wird sehr viel Training brauchen, und ich hätte gern, daß Ihr Junge das übernimmt.«

»Juwel ist bestimmt gut in Form. Das Leben in der Freiheit bringt die Pferde auf Höchstform.«

»Vielleicht hat sie gefohlt?«

»Selbst dann wird sie nicht schlapp sein. Ich mache jede Wette mit Ihnen, daß Juwel im Oktober oder November Rennen laufen kann.«

»Trotzdem wird sie Training brauchen, und das soll Ken tun!«

Rob antwortete immer noch nicht. Wenn er die Wahl hatte,

Sturmwind in Kens Gegenwart kastrieren zu lassen, oder Ken weit weg auf dem Gestüt zum Blauen Mond zu wissen, zog er die zweite Lösung vor. Nach seiner Rückkehr würde Ken dann vor eine vollendete Tatsache gestellt.
»Also gut, Greenway. Ich bin einverstanden. Das ist sicher eine großartige Sache für Ken.«
»Dann wär's abgemacht. Ich bin sehr froh und weiß, daß Carey es auch sein wird.«
Rob zeigte nach unten zum Lagerplatz. »Sehen Sie den Rauch! Zeit zum Mittagessen!«
Sie ritten hinunter, stiegen ab und gesellten sich zu den Männern.
Ross Buckley hatte ein Feuer entfacht, auf dem ein großer Topf mit Kaffee kochte. Die Männer holten mächtige Schinkenbrote aus ihren Verpflegungsbeuteln.
Greenway setzte sich auf einen Baumstamm, hörte den Reden zu und sah sich um. Er sog die warme Luft ein, die nach Tannennadeln und heißer Erde duftete. Die Einfachheit und Schönheit seiner Umgebung machte ihn glücklich. Carey müßte hier sein – er suchte nach Ken.
Der Junge stand etwas abseits bei den angebundenen Pferden. Er wollte Flicka gerade den Eimer mit Hafer unter die Nase halten, als sie plötzlich den Kopf hochwarf. Sie stellte die Ohren auf, äugte die Schlucht herunter und wieherte durchdringend.
Rob sprang auf, ebenso die meisten anderen. Greenway erwartete eigentlich, daß der weiße Hengst aus dem Gebüsch hervorbrechen und auf sie losrasen würde.
»Paß doch auf, was du tust!« schrie Rob.
Ken hatte Flicka bereits umgedreht und versuchte, sie für den Hafer zu interessieren. Die anderen Pferde hatten die Köpfe erhoben, fraßen aber jetzt friedlich weiter. Aus der Schlucht kam kein antwortendes Wiehern.
Ken ging zum Feuer, nahm seinen Becher mit Kaffee und ließ sich auf einen Stein nieder. Greenway betrachtete ihn eingehend. In den Augen lag etwas Verschmitztes, um den Mund ein trotziger Zug – er sah sehr sensibel, intelligent und hübsch aus. Kein Wunder, daß Carey ...

»Dein Vater und ich haben etwas ausgeheckt, das dich angeht, Ken«, sagte er.
»Tatsächlich, Sir?«
»Ja. Ich suche jemanden, der Juwel für mich trainiert. Möchtest du nicht mitkommen und mit dem Fohlen arbeiten?«
»Jetzt gleich, meinen Sie?« Ken errötete bis an die Haarwurzeln. Carey – war sein einziger Gedanke.
»Sobald wir sie eingefangen haben.«
»Meine Güte! Das wär 'ne Sache, Mr. Greenway!« Sein Blick ging zu Rob. »Hat Vater es erlaubt?«
»Natürlich. Ich glaub, es wär 'ne hübsche Aufgabe für dich.«
Kens Augen hingen an Robs Gesicht, und sein Ausdruck veränderte sich. Er war verwirrt. Sein Vater hatte das so ungewohnt sanft gesagt. Plötzlich rief er laut »Aha« und verstummte dann. Während die Männer schwatzten, saß er nachdenklich da. Sturmwind – er konnte doch Sturmwind nicht verlassen. Als ob seine Gedanken hörbar wären, fragte wieder einmal einer der Männer:
»Was soll mit Sturmwind geschehen?«
Rob antwortete nicht. Alle steuerten freigebig Vorschläge bei. Aber keiner hatte bisher Sturmwind oder das Fohlen wirklich gesehen. Die Seitenwände der Schlucht waren fast bis zum Gipfel mit Bäumen bestanden. Um zu der Koppel zu gelangen, ritten die Männer über einen alten Holzweg. Rob hatte Anweisung gegeben, daß niemand zu nahe an die Pferde herankam.
»Ich möcht nicht, daß er kastriert wird«, erwiderte Ken nur.
»'ne großartige Idee!« spottete Rob.
»Er könnte dabei draufgehen!« Ken machte ein eigensinniges Gesicht.
»Kann vorkommen, aber es ist nicht sehr wahrscheinlich.«
»Außerdem wäre er dann nie mehr ganz derselbe.«
»Ken meint, er wäre dann nicht mehr der große Sturmwind!« erläuterte Rob im gleichen ironischen Ton. Die Männer schlürften ihren Kaffee aus den großen Blechbechern.
»Zum Teufel, Ken, wozu taugt er eigentlich?« fragte Hank Percy, ein großer, wettergegerbter Holzfäller aus einem der Lager.

»Ich predige ihm dauernd, ob er nun will, daß Sturmwind kastriert wird oder nicht – eines Tages passiert's doch. Entweder tut's ein guter Tierarzt mit sauberen Instrumenten oder ein wütender Farmer mit einem alten rostigen Taschenmesser.«

»Geben Sie ihn lieber mir, Captain!« sagte der hartnäckige Ross, während er das Feuer schürte.

Ken wurde blaß und erstarrte. Da hatte er es! Die gleiche Schwierigkeit wie damals, nachdem Sturmwind das Rennen in Saginaw Falls verloren hatte. Nur wußte er diesmal kein Tal, in dem er den Hengst einsperren und damit unschädlich machen könnte.

Greenway bemerkte seinen verzweifelten Ausdruck. Alles um ein Pferd! Wie mußte der Junge an ihm hängen! »Du hast uns zwar gesagt, was du nicht möchtest, Ken, aber was willst du denn nun eigentlich? Welches ist deiner Meinung nach das richtige Leben für den Hengst?«

Ken sah zu Boden und erklärte leise: »Wie er's im Tal der Adler gehabt hat und« – er wies dabei nach Süden auf die Schlucht – »hier unten mit seinen Stuten und Fohlen. Ich hätte ihn nur gern so in der Nähe, daß ich ihn ab und zu reiten könnte.«

Die Männer lachten.

»Und ihn Rennen laufen lassen«, ergänzte Tim. »Das hast du doch neulich abends gesagt.«

Sie neckten Ken mit seinen Wunschträumen.

»Wenn er nicht kastriert wird, mußt du ihn mit nach Hause nehmen und dort behalten«, meinte Percy.

»Ich hab schon einen Hengst«, erwiderte Rob. »Ihr könnt euch selber ausmalen, was passieren würde, wenn ich einen zweiten anbringe!«

»Mit einem solchen Pferd kann man nur eins machen – entweder Rennen oder Rodeos«, sagte Ross.

Rennen! Zu diesem Schluß war Ken in seinen endlosen Grübeleien auch immer wieder gekommen. Der einzige Ausweg. Er sah seinen Vater verstohlen an. Aber Rob stopfte eifrig seine Pfeife.

Nach dem Essen wurde das Feuer gelöscht. Mr. Greenway erklärte, er wolle zurück in die Stadt. Ken fragte seinen Vater, ob er ihn begleiten dürfte.

Unterwegs begann Ken: »Es tut mir furchtbar leid, Mr. Greenway, aber ich glaub doch nicht, daß ich mitkommen kann.«
»Warum denn nicht, Ken?«
»Wegen Sturmwind. Wir haben doch noch nicht endgültig beschlossen, was mit ihm geschehen soll, und ich hab Angst, ihn allein zu lassen.«
»Angst?«
»Ja.«
Greenway zügelte sein Pferd, und die beiden sahen sich in die Augen. Der Teufel soll mich holen, wenn er nicht glaubt, sein Vater läßt das Pferd kastrieren, sobald er nur den Rücken gekehrt hat, dachte Greenway.
Wortlos ritten sie weiter. Greenway war immer noch tief in Gedanken versunken. Nach geraumer Zeit kam er zu dem Ergebnis, daß der Junge recht hatte. Genau das würde Rob McLaughlin tun!
»Ich weiß nicht recht, ob ich ihm das zum Vorwurf machen kann«, murmelte Greenway. »Aber dem Jungen ebensowenig. Es ist besser, wenn er in der Nähe bleibt.«
»Was sagten Sie, Sir?«
»Ich hab nur laut gedacht.« Er hielt abermals an und nahm seinen Feldstecher. Er konnte die Pferde im Unterholz deutlich sehen.
»Möchtest du auch mal reinschauen?«
Plötzlich schrie Ken auf. »Lieber Himmel! Da ist er!« Er ließ das Fernglas sinken und bemühte sich, mit bloßem Auge den weißen Hengst zu erkennen, der über eine Grünfläche lief. Mr. Greenway griff nach dem Feldstecher.
»Ja, das ist er also«, sagte er, als sie weiterritten. »Und er hat keine Ahnung, daß seine Verbrecherlaufbahn sich dem Ende nähert.« Er lächelte Ken zu. »Du bist sicher mächtig aufgeregt, daß du ihn bald wiederbekommst?«
Ken strahlte übers ganze Gesicht. »Und wie!« Er drehte sich dauernd nach hinten, um einen Blick auf die Pferde zu werfen.
»Ich würde dir gern helfen, Ken.«
Der Junge sah ihn fragend an.
»Wenn wir nun Sturmwind zum Blauen Mond mitnähmen?«

Ken überlegte fieberhaft.
»Ich möchte, daß du kommst, und wenn ich dich nicht ohne den Hengst kriegen kann –«
»Meine Güte, Mr. Greenway!«
»Also willst du?«
»Und ob ich will, das können Sie mir glauben! Ich danke Ihnen so, Mr. Greenway. Sie wissen gar nicht, aus was für 'ner Klemme Sie mir damit geholfen haben!«
»Wirklich? Ich hab eher den Eindruck, als ob die Klemme nur ein paar Wochen hinausgeschoben würde.«
Aber Kens Gedanken rasten in die Zukunft. Sturmwind auf dem Gestüt zum Blauen Mond, wo es eine Trainingsbahn und berufsmäßige Trainer gab – natürlich würde Sturmwind eine Sensation hervorrufen – alle würden ganz außer sich sein über das, was er leisten konnte – und Mr. Greenway war Rennstallbesitzer – und reich – bestimmt würde es dazu kommen, daß Sturmwind ein Rennen lief! Der Startschuß! Die Jockeys! Und die Pferde, die über die Bahn rasten, und diesmal er, Ken, im Sattel!
»Wir werden einen Anhänger für zwei Pferde suchen und Sturmwind und Juwel gemeinsam verladen«, sagte Mr. Greenway gelassen. »Nach dem einen Jahr, das sie zusammen verbracht haben, müßten sie sich eigentlich gut vertragen.«
Carey hatte Ken gegenüber so empfunden, als würde sie in wenigen Tagen von der Seite eines jungen Liebhabers gerissen. Und jetzt mußte sie sich auf einen jungen Mann umstellen, der auf Wochen hinaus ihr Gefährte sein würde. Ein ziemlicher Unterschied. Sie wurde außerordentlich zurückhaltend.
Mrs. Palmer wußte nicht, wie sie ihr Mißfallen ausdrücken sollte. Sie entschloß sich für die mitleiderregende Haltung voll ergreifender Tapferkeit, von der sie aus langjähriger Erfahrung wußte, daß sie ihre Enkelin am tiefsten traf.
Bei seinem nächsten Telefongespräch mit Nell sagte Rob: »Ist es nicht unglaublich, wie sich jedesmal alles so ergibt, daß Ken seinen Willen bekommt? Was wettest du dagegen, daß er Sturmwind nicht wieder in einem Rennen laufen läßt?«

33

Nachdem Mr. Greenway ein Machtwort gesprochen hatte, ritt Carey täglich mit Ken aus. Sie aßen mittags mit den Männern. Carey trug ihre blauen Leinenhosen und machte sich nützlich oder versuchte es wenigstens. Wenn sie über den Paß nach Hause ritten, hielten sie an und nahmen das Fernglas, um einen Blick auf den Hengst und seine Horde zu erwischen. Sobald Carey eine der schwarzen Stuten erspäht hatte, rief sie: »Da ist sie!« Eine mußte ja Juwel sein!

Gelegentlich besuchten sie auch Buck Daly in seinem Zelt, das er ziemlich am Ende der Schlucht aufgeschlagen hatte. Er hatte eine Stelle am Abhang ausfindig gemacht, von der aus er das gesamte Tal und jede Bewegung der Pferde beobachten konnte. Manchmal ritt er zum Lager und überzeugte sich, wie die Arbeit voranging. Dann wieder wanderte er mit seinem lautlosen Indianergang umher. Buck hatte nie viel zu sagen.

Trotz all dieser Freiheit war Carey nicht glücklich. Mrs. Palmer war leidend. Sie hatte ständig Schmerzen, Schwindelanfälle und Atembeschwerden.

Eines Morgens – es war der Tag, an dem die Koppel fertig werden sollte – kam Carey in den Speisesaal. Sie trug ein Kleid anstelle ihrer Reitsachen und erklärte ihrem Onkel, daß sie nicht zum Lager mitkommen könnte. Die Großmutter läge im Bett, und sie müßte ihr das Essen heraufbringen. Carey war sehr niedergeschlagen, denn morgen sollten die Pferde in die Koppel getrieben werden.

Wortlos erhob sich Mr. Greenway und ging nach oben.

Er fand seine Schwester im Bett sitzend vor, von Kissen gestützt. Sie trug ein dünnes seidenes Bettjäckchen und las Zeitung.

Greenway zog sich einen Stuhl heran und ergriff ihr Handgelenk. Sie sah ihn erstaunt an. »Was ist los mit dir, Caroline?« fragte er ernst.

»Ich fühle mich sehr elend«, erwiderte sie abweisend.

»Nimm ein paar Löffel Rizinusöl.«

»Sei nicht ordinär, Beaver.«
»Also, was hast du eigentlich?«
»Mein Herz klopft und flattert dauernd, und ich hab Schwindelanfälle. Diese furchtbare Hitze bekommt mir miserabel.«
»Es soll einen guten Arzt in Westgate geben. Ich werde versuchen, ihn zu erreichen, und ihn zu dir schicken, damit er dich untersuchen kann. Vielleicht sollten wir unsere Abreise morgen noch verschieben?«
»Wir fahren morgen?«
»Die Arbeit ist praktisch beendet. Morgen früh werden wir die Pferde in die Koppel treiben. Dann hält uns nichts mehr. Wir können sofort aufbrechen.«
»Ich bin sehr froh, von hier fortzukommen.« Sie sank erschöpft in die Kissen zurück. »Du hast ja keine Ahnung, was es heißt, krank und allein in einer fremden Umgebung zu sein. Und Carey war auch ständig weg.«
»In den letzten paar Tagen, weil ich darauf bestanden habe. Aber ich möchte unter keinen Umständen, daß du ohne Pflege bist. Deswegen lasse ich jetzt den Arzt holen oder eine Krankenschwester.«
»Ich brauche keine Krankenschwester. Das alles kann Carey ebensogut.«
»Carey kann heute oder morgen überhaupt nichts tun! Sie reitet heute mit uns zum Lager und morgen auch, wenn wir die Pferde zusammentreiben. Hab ein Einsehen, Caroline! Gönn ihr doch auch ein bißchen Spaß!«
Das Gesicht der Leidenden bekam Farbe, ihre Augen funkelten wütend. Sie setzte sich mit erstaunlicher Lebhaftigkeit auf.
»Und wer nimmt auf mich Rücksicht? Ich möchte wirklich wissen, was für eine Rolle ich eigentlich in dieser Familie spiele?«
Er kniff die Lippen zusammen. »Ich hab's satt, dauernd zu sehen, wie das Kind Tabletts, Kompressen oder Krüge mit heißem Wasser herumschleppt! Von jetzt ab mußt du eine Krankenschwester haben, Caroline.«
»Ich will aber nicht! Ich will mich nicht zum Invaliden machen lassen!«
Darüber lachte ihr Bruder schallend. »Ich bin höchst entzückt,

das zu hören, meine Liebe. Wenn du keine Krankenschwester brauchst, hast du auch Carey nicht nötig. Ich werd ihr sagen, sie soll heraufkommen und sich zum Reiten umziehen.«
Mrs. Palmer explodierte. »Du verläßt sofort mein Zimmer und kümmerst dich um deine eigenen Angelegenheiten!«
In diesem Augenblick kam Carey mit dem Frühstückstablett herein. Sie schloß die Tür hinter sich und blieb bei dem Anblick, der sich ihr bot, wie angewurzelt stehen. Ihr Onkel erhob sich gerade aus dem Stuhl, Mrs. Palmer sprang mit einem Satz aus dem Bett und rannte hinter ihm her.
»Reg dich ab, Caroline.« Mr. Greenway wollte sie besänftigen. »Ich bleibe wohl besser hier und bringe diese Auseinandersetzung zu Ende, nachdem sie nun einmal begonnen hat. Carey kann ruhig zuhören.«
»Was gibt's denn, Onkel Beaver? Was ist los, Großmama?«
»Hinaus mit dir, Beaver, verlaß sofort mein Zimmer!«
Mr. Greenway machte keine Anstalten.
Zitternd setzte Carey das Tablett ab. Sie rang die Hände. »Sie wird einen furchtbaren Herzanfall kriegen, Onkel Beaver! Geh lieber raus. Ich kümmere mich schon um sie!«
Sofort sank Mrs. Palmer ermattet auf die Bettkante nieder und griff sich mit einer dramatischen Bewegung an die Kehle.
Ihr Bruder hatte das kommen sehen. »Nein. Ich gehe nicht eher, bis der Fall geklärt ist.«
Wie von der Tarantel gestochen, sprang Mrs. Palmer wieder auf. Ihre nackte große Zehe verfing sich in den Fransen des Bettvorlegers, und sie verlor das Gleichgewicht. Greenway wollte sie auffangen, rutschte ebenfalls aus, und beide polterten zu Boden.
Sie schrie ohrenbetäubend. Mr. Greenway war rasch wieder auf den Beinen. »Sie hat einen hysterischen Anfall!« rief er, ergriff den Wasserkrug und schüttete ihn über sie.
Mrs. Palmer würgte und spuckte. Carey holte ein Handtuch, kniete sich neben sie und wischte ihr sanft das Gesicht ab. Vorwurfsvoll sah sie ihren Onkel an, der ihr half, die alte Dame wieder ins Bett zu bringen. Mrs. Palmer schluchzte jetzt herzzerbrechend. »Ach, Onkel Beaver!« sagte Carey anklagend. Sie beugte sich zu ihrer Großmutter und umarmte sie zärtlich.

»Ich komm mir wie ein Unmensch vor«, murmelte Greenway. »Du glaubst doch hoffentlich nicht, daß ich dich absichtlich umwerfen wollte, Caroline?«
Erschöpft wandte sie den Kopf ab und schluchzte: »Geh doch – so geh doch endlich!«
Aber er blieb unerschütterlich stehen. »Ich will, daß Carey ihre Freiheit hat. Verstehst du das – ein für allemal!«
»Carey kann doch alles tun, was sie will.« Die alte Dame beteuerte das in einem Ton, als hätte darüber niemals auch nur der leiseste Zweifel bestanden. Sie lächelte liebevoll unter Tränen, als sie in Careys sanftes Madonnengesicht blickte, das sich über sie beugte.
»Nun, mein kleiner Liebling? Denkst du auch, daß deine Großmutter dich nicht glücklich sehen will? Und daß du nicht jedes Vergnügen haben sollst, das du dir nur wünschen kannst? Geh ruhig, mein Täubchen, geh mit deinem Onkel. Zieh dich um und reite in die Berge hinaus mit – diesem Jungen!« Sie schloß mit einer tieftragischen, resignierten Handbewegung.
»Komm, Carey«, sagte Mr. Greenway. Seine Nichte sah ihn entrüstet an.
»Du glaubst doch nicht im Ernst, daß ich sie in diesem Zustand allein lasse? Ihr Nachthemd ist ganz durchnäßt.«
»Ich warte solange draußen auf dich.«
»Aber sie ist doch schrecklich mitgenommen. Ich werde ihr vorlesen und sie beruhigen.«
»Wenn sie dauernd Pflege braucht, werde ich eine Krankenschwester engagieren.«
»Ich will aber keine Krankenschwester!« Das war ein Wutschrei.
»Dann mußt du eben allein sein.«
»Ich bleib heute bei ihr, Onkel Beaver – nur heute.«
»Und was ist morgen?«
Carey zögerte. Mrs. Palmer fand offenbar, es sei günstiger, diesen kleinen Vorteil zu sichern. »Morgen geht es mir bestimmt besser. Wenn Carey heute bei mir bleiben will –«
»Bitte laß mich, Onkel Beaver!«
»Also gut. Aber es ist das unwiderruflich letzte Mal!«
Als er die Tür hinter sich geschlossen hatte, holte Carey ein fri-

sches Nachthemd und half Mrs. Palmer beim Umziehen. Mit einem Seufzer der Erleichterung lehnte sich die alte Dame in die Kissen zurück und streckte die Arme nach Carey aus. »Mein Täubchen! Mein Kleinchen! Wein doch nicht so, es ist ja alles gut! Er meint es gar nicht so. Dein Onkel ist ein guter Mensch.«
»Aber – ach, Großmama!«
»Nun – was ist denn?« Sie strich Carey übers Haar. »Was soll denn das Ganze? Ist mein kleiner Liebling unglücklich? Hast du deiner Großmutter etwas zu erzählen?«
Carey antwortete nicht. Sie weinte.
»Du hast doch keine Heimlichkeiten vor mir, nicht wahr, Liebling?«
Die alte Dame ergriff mit ihrem charmanten, unwiderstehlichen Lächeln Careys Hände und trocknete ihr dann mit ihrem eigenen Taschentuch die Tränen.
Carey überlegte fieberhaft. Ihre Großmutter hatte immer vollständiges Vertrauen verlangt. Ihr etwas zu verheimlichen war ein Verbrechen. Aber sie konnte doch nicht über Ken sprechen – darüber gab es einfach nichts zu reden – außer den paar Küssen.
»Nun, mein Herzblatt?«
Carey konnte nicht lügen, und sie war nicht geschickt genug, eine ausweichende Antwort zu geben.
Ihre Großmutter lachte leise, als verstünde sie alles und sähe es nicht als eine Sünde an, sondern nur als etwas Natürliches.
»Sag's mir ruhig, Carey.«
»Ich weiß nicht recht?«
»Dieser Kenneth McLaughlin scheint sehr nett zu sein. Ich mag seine Eltern gern. Hat es etwas zwischen euch gegeben? Wolltest du mir das erzählen, Liebes?«
Carey faltete die Hände. Sie war bis über beide Ohren errötet.
»Viel gibt's nicht darüber zu reden, Großmama. Ich hab ihn nur gern.«
»Hat er irgendwas gesagt oder versucht?«
Carey wandte das Gesicht ab. »Also – er ...«
»Hat dich geküßt?« ergänzte ihre Großmutter heiter.
Carey nickte nur.

»Wann?«
»Eines Nachts.«
»Wo wart ihr?«
»Im Freien. Ich hab gehört, wie der junge Hund geweint hat. Da bin ich rausgegangen und Ken auch.« Plötzlich bekam es Carey mit der Angst zu tun. Im nächsten Augenblick würde es sich herausstellen, daß sie schon im Bett gelegen hatte und im Schlafanzug nach draußen gelaufen war.
Doch ihre Großmutter interessierte sich für etwas ganz anderes.
»Hast du dich küssen lassen?«
Carey nickte schweigend. Mrs. Palmer sagte kein Wort. Nach einer endlos scheinenden Minute voller Ungewißheit wandte sich Carey um und sah sie an. Ein vernichtendes Urteil! Die grauen Augen funkelten sie aus schmalen Schlitzen an. Der Mund hatte sich verächtlich verzogen. Dieses Gesicht schrie ihr zu: »Hab ich's endlich aus dir herausbekommen! Jetzt weiß ich Bescheid! Ich hatte schon gleich den Verdacht!« Und Carey war bis ins Innerste erschüttert von diesem Verrat! Sie sprang auf.
»In meinem ganzen Leben werde ich dir nie wieder etwas erzählen, Großmama!«
Mrs. Palmer fuhr hoch. »Du willst mir also nichts erzählen! Du bestimmt nicht! Aber ich werde dir was sagen! Und zwar jetzt auf der Stelle! Dieser Junge wird nicht mit uns auf die Ranch kommen!«
Carey begann am ganzen Körper zu zittern. Sie kämpfte mit den Tränen und wußte nicht, was sie tun oder sagen sollte. Diese unfaßliche Ungerechtigkeit! Wie konnte sie nur! Und sie schwor sich leidenschaftlich, ihrer Großmutter nie wieder zu vertrauen, bei anderen Liebe zu suchen und ihre kindische Abhängigkeit für immer abzuschütteln.
Mrs. Palmer schien plötzlich schwindlig zu werden. Sie sank zurück, wandte den Kopf zur Seite, und ihr Gesicht zuckte erbarmungswürdig.
»Ich fühle mich sehr schwach – ich hab ja noch keinen Bissen gegessen.«
Die jahrelange Gewohnheit machte das Mädchen schuldbewußt.
»Ach, Großmama! Dein Frühstück ist ganz kalt geworden.

Warte bitte einen Augenblick. Ich geh noch mal nach unten und laß dir alles wärmen.«
Carey brachte ein neues Frühstückstablett. Mrs. Palmer warf einen gespielt gleichgültigen Blick darauf, aber der Kaffee, der knusprige Toast, die Schüssel mit Marmelade und der Geruch waren so verlockend, daß sie ihren Appetit unmöglich verbergen konnte. Sie gestattete gnädig, daß Carey ihr beim Aufsetzen behilflich war und ihr einen kleinen Tisch ans Bett schob, auf den sie das Tablett stellen konnte, und begann, mit Genuß zu essen.
Carey ließ sich in dem Schaukelstuhl nieder und sah aus dem Fenster. Ihr Gesicht war blaß und vergrämt. Die Atmosphäre im Zimmer war schrecklich. Mit dem Menschen böse zu sein, der ihr immer am nächsten gestanden hatte – es brach ihr fast das Herz. Sie wußte nicht, wie sie es ertragen, und ebensowenig, wohin sie sich wenden sollte. Eine große Leere war in ihr, weil Ken nicht mitkommen durfte. Heute, morgen – es waren die letzten Tage. Tränen liefen ihr über die Wangen.
Das Frühstück war beendet. Sie nahm den Tisch weg. Ihre Großmutter lächelte sie strahlend an. »Mir ist viel besser! Weißt du, Liebes, ich glaube, der Anfall ist vorbei! Ich kann ruhig allein bleiben. Zieh dich jetzt um, reite los und laß es dir gutgehen!«
Wütend galoppierte Carey über den Paß. Ihr Gesicht brannte. Sie war unglücklich und erledigt. Bittere Enttäuschung und Angst vor der Zukunft quälten sie. Es tat ihr gut, Rotem Flügel freien Lauf zu lassen und sich dem Rhythmus jeder Bewegung anzupassen. Ihr Haar flatterte nach hinten, und der Wind ließ ihre Wangen glühen. Wenn sie doch nur Ken alles erzählen könnte! Er würde sie nicht verraten, sondern auf ihrer Seite sein und sie verteidigen. Jedenfalls war für morgen alles klar. Sie würde beim Zusammentreiben dabeisein und Juwel sehen! Und plötzlich war ihr ganzer Kummer wie weggeblasen. Ein Glücksgefühl durchströmte sie, sie stieß einen lauten Schrei aus, warf den Kopf zurück und breitete die Arme weit aus. Roter Flügel machte einen erschreckten Satz und wandte sich um. Er wunderte sich bestimmt! Laut lachend galoppierte Carey das letzte Stück zum Lager hinunter. Ihr Gesicht war so fröhlich, die Augen

strahlten, so daß Ken, der ihr entgegenkam, ebenfalls lächelte und sich fragte, was wohl geschehen sein mochte ...

Am nächsten Morgen hatte Mr. Greenway sein Frühstück bereits fast beendet, und immer noch waren weder Carey noch seine Schwester heruntergekommen. Es war gleich halb neun; Rob und Ken McLaughlin hatten schon gefrühstückt und waren zu den Ställen gegangen. Die Kellnerin eilte durch die Flügeltür in die große Küche, die auf der Rückseite des Hauses lag.

Mr. Greenway wischte gerade den letzten Klecks Sirup mit dem letzten Stück Eierkuchen von seinem Teller, als er Carey durch die Halle eilen sah. Sie kam mit einer Wolldecke und einem Plätteisen aus der Küche und war im Reitdreß.

Seine Nichte war schon öfter mit Wolldecken und Plätteisen behaftet herumgelaufen. Wütend folgte er ihr.

»Was soll das heißen, Carey?«

»Hexenschuß. Ich kann nicht mit euch reiten.«

»Echt oder gespielt?« brüllte er.

»Ich – ich – weiß nicht!«

Er ließ ihren Arm los. Carey rannte die Treppe hinauf. Er riß die Küchentür auf und sah drei Frauen: eine Kellnerin im adretten gestreiften Kattunkleid; eine dunkle, ältere, die das Frühstück zubereitete; und Mrs. Evans, die Besitzerin des Hotels und gleichzeitig Köchin. Sie saß am Tisch und trank Kaffee. Mrs. Evans' bloßer Arm sah wie ein riesiger Schinken aus.

»Versteht hier jemand was von Krankenpflege?« rief Greenway.

Mrs. Evans stellte ihre Kaffeetasse ab, wischte sich den Mund und schob den Stuhl zurück. Ihre fetten rosa Hängebacken, die von wuscheligem blonden Haar eingerahmt waren, wabbelten, als sie sich vorbeugte und gegen den Tisch stemmte.

»Ich. Ist jemand krank?« dröhnte ihre gewaltige Stimme.

»Verstehen Sie was von Hexenschuß?«

Mrs. Evans band bereits die Schürze ab und watschelte durch die Küche. Sie muß weit über zwei Zentner wiegen, dachte Mr. Greenway; sie ist ebenso groß wie dick und hat das Organ eines Mannes.

»Haben Sie jemand bei Hexenschuß schon mal ein Plätteisen ins Kreuz gelegt?«

»Meinem Großvater. Der hatte das dauernd. Flanellwäsche ist am besten. Pferdeliniment ist auch gut – warten Sie mal, ich hol's gleich.« Sie wackelte zu einem Wandschrank und kam mit einer Flasche zurück. Gemeinsam gingen sie nach oben.

Ohne anzuklopfen, betraten sie Mrs. Palmers Zimmer. Mr. Greenway deutete stumm auf das Bett, auf dem sie flach ausgestreckt lag. Die Augen waren vor Schmerz halb geschlossen. Mit jedem Atemzug ächzte sie schwach.

Carey stand neben ihr, das Plätteisen in der Hand.

»Sie will sich nicht umdrehen!« erklärte sie.

Mrs. Evans schritt entschlossen zum Bett und nahm Carey das Bügeleisen aus der Hand.

Mrs. Palmer riß die Augen weit auf.

Ihr Bruder ergriff Careys Arm. »Komm. Du hast hier nichts mehr zu suchen.« Er strebte energisch der Tür zu und zog Carey mit sich.

»Aber, Onkel Beaver, ich muß ihr doch sagen, wie sie's machen soll!«

Ungerührt ging er weiter.

»Sie muß umgedreht werden.«

»Ich werd sie schon umdrehen, keine Bange!«

Mrs. Evans befeuchtete den Zeigefinger und probierte, ob das Eisen heiß genug sei.

»Komm doch, Carey.« Mr. Greenway öffnete die Tür.

»Was soll dieser Überfall bedeuten? Autsch – autsch!« Mrs. Palmers Entrüstung ging in einem Schmerzgeheul unter.

»Sie müssen fest drücken!« schrie Carey.

»Worauf Sie sich verlassen können! Gehen Sie nur mit Ihrem Onkel, kleines Fräulein. Ich kümmere mich schon um sie.«

Greenway schloß die Tür hinter sich.

34

Sturmwind hatte die ganze Woche gewußt, daß die Männer am Nordende der Schlucht arbeiteten. Während er graste, hob er hin und wieder den Kopf und lauschte auf die galoppie-

renden Pferdehufe, die den Boden erschütterten. Aber sie kamen nicht bis zum Quellgebiet. Er und seine Stuten wurden niemals belästigt. Es war ihm durchaus angenehm, daß Menschen in der Nähe waren und arbeiteten. Ihm schien, als sei er wieder auf dem Gänselandgestüt, wo er auch ständig Stimmen, Lachen und Rufen gehört und den gleichen Geruch gewittert hatte. So empfand er weder Angst noch Aufregung.
Hier gab es alles, was Sturmwind und seine Stuten brauchten. Dichtes Gebüsch, in das sie sich werfen konnten, um die lästigen Fliegen abzuscheuern und sich zu kratzen! Dann hatten sie ein paar alte Salzlecken und Bäche und Sand, in dem sie sich wälzen konnten! Und wenn abends die Hitze des Tages nachließ und der Sonnenuntergang den Himmel brennend rot färbte, spürten alle Pferde, wie die Luft mit Elektrizität geladen war. Sie hörten auf zu fressen. Während die Fohlen sich balgten, bildeten die Stuten kleine Gruppen und schwatzten miteinander. Sturmwind, der neben seiner Leitstute Lady Godiva stand, erhob den Kopf, stellte die Ohren auf und beobachtete seine Horde.
Die Sonne erreichte das Quellgebiet erst gegen sechs Uhr früh. Dann nahmen die Pferde völlig entspannt ihr tägliches ultraviolettes Strahlenbad.
Als Sturmwind an diesem Morgen die Sonne genoß, überkam ihn plötzlich ein unbehagliches Gefühl. Bei einem Menschen hätte man es eine trübe Vorahnung genannt. Mit erhöhter Wachsamkeit begann er sich umzusehen. In unmittelbarer Nähe seiner Horde, die über ein Gebiet von rund vierhundert Quadratmetern verstreut graste, gab es nichts, was dieses Unbehagen verursachen konnte. Er trottete ein paar hundert Meter nach Norden, blieb stehen und witterte die vertrauten Gerüche, die er bereits seit einer Woche kannte. Heute jedoch lag etwas Besonderes in der Luft.
Sturmwind kehrte zu seinen Stuten zurück und begann wieder zu grasen. Er hob den Kopf, als er die ersten Reiter langsam von Süden näherkommen sah. Sie hatten sich über das ganze Tal verteilt.
Die Stuten wurden unruhig; sogar die Fohlen spürten den Alarm und flüchteten zu ihren Müttern. Dort starrten sie den heran-

kommenden Männern entgegen. Einige Pferde setzten sich in Trab, und kurz darauf zog die ganze Horde nordwärts.
Bald erkannten sie, daß sie getrieben wurden. Für die Wildstuten war das neu und schrecklich, und ihre Angst steckte die übrigen an. Einige Stuten rasten die Böschung im Westen der Schlucht herauf, wurden aber sofort von zwei Reitern aufgehalten und galoppierten zurück. Als sie mit den anderen zusammenstießen, bäumten sie sich, und Staubwolken wirbelten auf. Sie drehten sich dauernd um die eigene Achse und liefen dann wieder in die Richtung, aus der sie gekommen waren. Aber die Reiter drängten sie zurück.
Die Stuten scheuten abermals, warfen die Köpfe hoch und machten kehrt. Die ganze Horde stob direkt nach Norden auf die Koppel zu.
Sturmwind war bei ihnen. Sie jagten durch die kleinen Dickichte, setzten über Felsen, durchquerten die seichten Bäche, die ihren Weg kreuzten. Mitunter lagen einige Seite an Seite, wie Rennpferde. Dann wieder waren sie weit verstreut, und jedes bahnte sich seinen eigenen Weg.
Pferde haben ein fast unwahrscheinliches Sehvermögen, aber die Angst beeinträchtigte ihre Sinne ebenso wie ihren Verstand und blendete sie fast. Als die Umzäunung der Koppel auftauchte, sahen die Tiere sie zunächst gar nicht. In eine riesige Staubwolke gehüllt, rasten sie direkt darauf zu, die rosa Nüstern bebten, und die weißen Augäpfel traten unter den wehenden Mähnen hervor.
Jetzt stürzten ihnen noch mehr Reiter aus den Büschen mit lauten Zurufen entgegen.
Sturmwind lag an der Spitze. Er wollte es nicht zulassen, daß seine Horde in diese Falle ging, machte kehrt und versuchte, die Stuten aufzuhalten. Aber die Männer drängten sich näher heran und schwangen ihre Lassos. Sturmwind war überall gleichzeitig. Er schlängelte sich zwischen den Stuten und den offenen Gattern hindurch, biß, schlug, zwang sie zurück, aber einige rannten hinter seinem Rücken in die Koppel. Endlich hatten sich alle Stuten hereingedrängt und Sturmwind mit sich gerissen. Die Männer stiegen schnell ab und schlossen die Gatter.

Das Durcheinander wurde noch toller. Die Wildstuten rasten ständig im Kreis herum, bäumten sich und trommelten mit den Hufen gegen die Umzäunung.
Sturmwind hatte sie bald zusammengetrieben und wieder unter seiner Fuchtel. Als ob er sie befreien könnte, jagte er durch die ganze Koppel und suchte einen Ausgang. Die Stuten zerstreuten sich wieder.
Ken saß auf dem obersten Balken und Carey neben ihm. Sie waren furchtbar aufgeregt und gleichzeitig bedrückt von dem wilden Schauspiel und der Angst der hilflosen Tiere.
Carey murmelte ständig vor sich hin, als sie die kleinen, flinken Fohlen beobachtete, wie sie kehrtmachten, sich bäumten, tänzelten und hinter den Muttertieren hersausten.
»Sieh sie dir doch nur an! Sind sie nicht bezaubernd? Die armen kleinen Dinger!«
Aber Ken war in Sturmwinds Anblick versunken. Das Herz tat ihm weh seinetwegen. Er verstand jede Bewegung des Hengstes, jeden wilden Blick.
Ross schwang sich zu ihnen auf den Zaun und drehte sich eine Zigarette. Direkt hinter ihnen standen Greenway, Collins und einige der anderen.
»Wo ist Juwel?« Carey verrenkte sich beinahe den Hals. »Siehst du sie, Onkel Beaver? Ach, da ist sie ja! Ich glaub, ich seh sie, dort in der Mitte mit einem kleinen schwarzen Fohlen!«
Sturmwind machte eine letzte Runde durch die Koppel, blieb ab und zu stehen und bäumte sich gegen die Umzäunung, ob sich nicht irgendeine schwache Stelle fände, ein Spalt, durch den er entfliehen könnte. Nichts! Dann schien er aufzugeben und sich zu beruhigen. Er trottete immer noch an der Einzäunung entlang, die Ohren aufgestellt. Aber sein Schritt war langsamer geworden.
Ein Lasso schwirrte durch die Luft. Es gehörte Tad Stevens. »Da ist sie ja!« brüllte er.
Ein zweites Lasso folgte, und noch während Rob schrie: »Hört auf damit! Verdammt noch mal!«, war das Unglück geschehen.
Sturmwind scheute vor dem sausenden Seil. Er schoß zu der Einzäunung im Westen und sprang so hoch er konnte.

Es war ein herrlicher Sprung. Sein mächtiger Körper hob sich leicht und schien durch die Luft zu fliegen. Eine eindreiviertel Meter hohe Hürde konnte Sturmwind nehmen, diese jedoch nicht. Aber seine Füße waren oben. Er krallte sich mit den Hufen in den Balken fest, balancierte und rollte auf die andere Seite. Dabei schlug er einen regelrechten Salto. Wild strampelnd gelang es ihm, wieder auf die Füße zu kommen. Er war unverletzt! Sturmwind war frei!

Die Zuschauer erstarrten in Schweigen. Sogar die Stuten verharrten lautlos, als der Hengst auf die äußere Böschung kletterte und zwischen den Bäumen verschwand.

Plötzlich wieherte Lady Godiva schrill auf. Sie trabte an der Einzäunung entlang und rief immer wieder nach ihm.

Jetzt tauchte der Hengst in einer Lichtung auf und drehte sich um. Er wieherte laut und wütend. In der Koppel ging es jetzt zu wie im Tollhaus. Die Stuten und auch die Fohlen schrien vor Aufregung. Ross stimmte mit wildem Kriegsgeheul in den allgemeinen Krach ein, und dann begannen die Männer zu lachen und zu scherzen.

»So ein Kerl!«

»Hat man je so was gesehen?«

»Junge, Junge, das war 'ne Sache!«

Als ob er diese Worte gehört hätte, tauchte Sturmwind wieder im Wald unter.

»Na – wir haben jedenfalls die anderen!« Das war Jeff Stevens. Tad hatte eine der Stuten mit dem Lasso eingefangen. Er ließ sich den Zaun herabgleiten und zog sie zu sich. An ihrer Seite trottete ein langbeiniges Fohlen. Es war dunkelbraun und versprach ein vollkommener Morgangaul zu werden. Hick Stevens fing die andere Stute ein.

Buck Daly glitt lautlos zwischen den Pferden hindurch, suchte nach Jenny und warf ihr ein Seil über den Hals. Neben ihr stand ein bildhübsches kleines Fohlen.

»Ihrer Mutter wie aus dem Gesicht geschnitten!«

»Wo ist sie denn nur? Ich seh sie gar nicht!« Carey streckte ein Bein nach unten, da fühlte sie, wie ihr Onkel sie hinten fest beim Gürtel packte.

»Du gehst mir nicht in die Koppel, mein Fräulein!«
»Aber Onkel Beaver, ich –«
»Kommt nicht in Frage.«
Sie sprang neben ihn. »Ich möchte sie doch suchen, Onkel! Komm mit!«
»Ich kann nicht über den Zaun.« Er hielt sie fest. »Collins wird gehen.«
Keuchend kletterte Collins auf den Zaun, gefolgt von Tim. Sie ließen sich in die Koppel herab und umkreisten die zusammengedrängten Stuten, nach Juwel Ausschau haltend.
Ken spielte mit dem Halfter, den er in den Händen hielt. Ihm war ganz übel im Magen, und seine Zähne klapperten leise. Gedankenlos drehte er das Leder zusammen. Hinter ihm – auf einem Felsen im Wald – lagen Sturmwinds Sattel und Zaumzeug. Er hatte den Hengst auf dem Rückweg in die Stadt reiten wollen. Mehr als einmal hatte er den Triumph, die Ekstase dieses Rittes, im Geist an sich vorüberziehen lassen. Sturmwind reiten! Sie glaubten alle, er könnte das nicht! Alle hatten sie Angst vor ihm! Und Carey hätte gesehen, wie er den Hengst ritt!
Sein Vater würde schrecklich wütend über das Ganze sein! Man konnte Gift darauf nehmen, daß Sturmwind sofort darangehen würde, eine neue Stutenschar zu sammeln. Rob – wo war er überhaupt? Ken wollte ihn nicht sehen, nicht mal von weitem, aber plötzlich mußte er sich einfach umschauen, und als seine Augen denen seines Vaters begegneten, durchfuhr ihn ein Schlag. Er blickte schnell wieder auf den Halfter herab und biß die Zähne zusammen.
Einer nach dem anderen stieg über die Umzäunung in die Koppel. Der Geruch nach Staub und schwitzenden Pferdeleibern drang in Kens Nase. Die Stuten beruhigten sich.
Der Sheriff prüfte die Pferde. »Ein paar unmarkierte sind darunter«, rief er, und die Zaungucker – Männer und Knaben aus der Stadt, die nur zum Vergnügen hergekommen waren – brüllten:
»Ich nehm sie!«
»Gib sie mir doch!«
»Ich brauch 'n Wildpferd!«

Der Sheriff zog das Buch heraus, in dem die Markierungen eingetragen wurden. Sie trieben die Pferde auseinander. Sobald ein Fohlen auch nur einen Augenblick von seiner Mutter getrennt wurde, gab es wildes Wiehern. Mutter und Kind versuchten verzweifelt, wieder zusammenzukommen, stellten sich auf die Hinterbeine und sprangen plötzlich vorwärts.
Careys Kopf tauchte über dem obersten Balken neben Ken auf. Ihr Gesicht war vor Hitze und Aufregung gerötet. Der Leinenhut war nach hinten gerutscht, und das dunkle Haar hing ihr in feuchten Strähnen in die Stirn. Der rote Mund stand weit offen. Ken blickte auf sie herunter.
»Ach, Ken! Hast du sie gesehen?«
Er schüttelte den Kopf. Die Übelkeit wurde schlimmer .Er sprang herunter, ging um die Koppel herum und verfolgte Sturmwinds Weg bis hinauf zum Wald. Er hatte Halfter und Zügel seines Hengstes immer noch im Arm. Die Spur war ganz deutlich. Zu Pferd hätte er die Fährte leicht aufnehmen können.
Sein Herz klopfte heftig. Er setzte sich auf einen Felsen und versuchte, sich zu fassen. Dann legte er sich flach hin und schloß die Augen.
Die Sonne war hinter einer Wolke verschwunden. Ein leichter Hauch von kühlerer Luft strich über sein Gesicht. Er seufzte tief und spürte, wie sich sein Herz beruhigte. Die Übelkeit ging vorbei. In seinen Armen und Beinen fühlte er wieder Kraft. Wie kam es wohl, daß eine schwere Enttäuschung einen so schnell krank machen konnte?
Er konnte immer noch den Betrieb in der Koppel hören: die Stimmen der Männer, das Hundegekläff, die donnernden Hufe der Stuten, das Quietschen der Fohlen. Aber er kümmerte sich nicht darum.
Sturmwind – war wieder weg! Sollte er zurückgehen und mit Flicka die Spur sofort aufnehmen? Und wenn er ihn erreicht hatte, würde der Hengst sich fangen lassen?
Ken richtete sich auf, nahm den Hut ab und knöpfte sein Hemd weiter auf. Was auch immer sein mußte – er würde es tun. Er fühlte sich stärker.
Unter ihm sah es aus wie auf einem ländlichen Roßmarkt. Die

Pferde, Fohlen und Männer in der Koppel; gesattelte Pferde, die draußen an den Bäumen festgebunden waren; der zertrampelte Boden; die Staubwolken aufwirbelnden Hufe; die Hunde, die ihre neugierigen Nasen in alles steckten.

Am Himmel waren wenig Wolken. Über den Bergen im Norden stand eine drohende Wand, die sich kaum zu bewegen schien. Die Sonne war für einen Augenblick unter dem Rand einer Wolke hervorgekommen und jetzt wieder verschwunden.

Im Zenit schwebten vier reglose schwarze Vögel. Mächtige Tiere! Das waren keine Habichte. Sie hatten nicht die klaren Umrisse, die gebogenen Flügelspitzen, sondern waren schwerfälliger. Im Bruchteil einer Sekunde erkannt er es deutlich: es waren Geier. Geier aber kommen nur dorthin, wo Aas ist. Sie sind auch Propheten und tauchen auf als Vorboten des Todes. Sie hingen im Himmel über der Koppel, wartend.

Ken fühlte sich jetzt ganz wohl. Er könnte nach unten gehen zu den anderen und nach Juwel suchen. Wie glücklich würde Carey sein, wenn er das Fohlen fände. Darüber konnte er seine ganze Enttäuschung vergessen.

Er rannte den Abhang hinunter. Eine Anzahl Stuten war bereits von ihren Besitzern aus der Koppel geführt worden. Ken betrachtete sie prüfend: da waren die Stuten von Stevens und die beiden Palominos, Mr. Gildersleeve mit Lady Godiva und drei andere schwarze Stuten – aber keine, die dem Bild von Kronjuwel glich.

Sein Vater unterhielt sich mit Mr. Greenway, Collins und Tim in der Nähe des Gatters. Carey stand dicht bei ihnen. Als Ken herankam, drehte sie sich um und sah ihn an. Ihr Gesicht war schneeweiß, tränenüberströmt, und die Augen blickten müde.

»Juwel ist nicht da«, sagte sie.

»Nicht da?« Er konnte es nicht glauben. Sturmwind würde eine Stute nie gehen lassen, wenn er sie erst einmal gefangen hatte. Er schaute zu den Männern.

»Nein, sie ist nicht da«, bestätigte Collins.

»Das ganze verdammte Theater für nichts und wieder nichts.« Rob beherrschte sich mühsam.

Mr. Greenways Gesicht war länger und trauriger, als Ken es je erlebt hatte. »Ich bin überzeugt davon, daß sie bei dem Sturz vom Güterwagen innere Verletzungen davongetragen hat«, meinte er. »Sie konnte zwar noch mit Sturmwind davonrennen, ist aber eben später eingegangen. Mir ist's schon damals wie ein Wunder vorgekommen, daß ihr gar nichts passiert sein sollte.«

»Vielleicht haben Sie recht«, erwiderte Rob langsam. »Es sieht ganz so aus. Der Hengst hätte sie nie aus seiner Horde entfliehen lassen – wenn sie nicht verletzt oder krank war.«

»Das stimmt, Captain«, bekräftigte Tim.

Sie schwiegen bedrückt. Carey schluchzte laut auf.

»Komm, Carey, wir beide reiten zurück ins Hotel. Das war zuviel für dich«, sagte Greenway zärtlich.

»Die Jungen wollen 'n Rodeo veranstalten«, verkündete Tim.

»Ein Rodeo?«

»Sie wollen versuchen, die Wildpferde zu zähmen«, erklärte Rob. Er deutete mit dem Kopf zu den Stuten, die noch in der Koppel standen. »Der Sheriff nimmt die markierten, die gezähmten, in die Stadt mit. Dort läßt er sie im Stall, bis die Eigentümer kommen und sie abholen. Er will gleich telegrafieren. Aber die Wildpferde gehören denen, die sie bändigen und reiten können.«

»Das wird 'ne Sache«, grinste Tim. »Ross hat gesagt, er will drei Stück nehmen.«

»Und sich 's Schlüsselbein und 'n paar Rippen dabei brechen!«

»Möchtest du bleiben, Carey?« fragte Greenway.

Sie schüttelte den Kopf. »Es ist so – schrecklich – heiß, Onkel Beaver.«

Er legte den Arm um ihre Schulter. »Du hast genug für heute, Liebes. Und ich auch. Ich glaub, ich ziehe heut nachmittag noch los, McLaughlin – sobald wir unsere Sachen gepackt haben. Es gibt nichts mehr, worauf wir warten sollten.«

»Nein – nichts mehr«, sagte Rob.

»Sie kommen noch nicht mit?«

»Ich bleib hier und seh zu, wie die Jungen sich die Hälse brechen.«

Greenway nahm den Hut ab und streckte die Hand aus. Diese Geste war wie ein Schlag für Ken. Sie verabschiedeten sich!

Die beiden Männer schüttelten sich die Hände. Carey begann wieder zu weinen und bedeckte das Gesicht mit den Händen. Sie schien völlig außer sich zu sein.
»Mach die Pferde los, Collins!« schmetterte Greenway. Der Reitknecht rannte davon, während Greenway Careys Arm nahm.
»Komm, Kleines«, sagte er liebevoll. Sie gingen zu den Pferden.

35

Der Sheriff behauptete, er könne mit seiner 30er-Marlin ein bewegliches Ziel auf dreihundert Meter treffen, und jeder in Westgate könne das bezeugen.
Rob nahm das Gewehr auf und wog es prüfend in der Hand. Das Mondlicht glitzerte auf dem blauschwarzen Lauf. Er legte es an.
»Ich hab's geschenkt bekommen«, erzählte Barrows. »Zufällig konnte ich dem Präsidenten der Marlin-Werke einen Gefallen tun, ohne zu wissen, um wen es sich handelte – ich erzähl Ihnen das gelegentlich. Jedenfalls hat er mich besucht und gesagt, er würde mir gern ein Gewehr schenken, das beste, das sie herstellen. Die Fabrik ist in New Haven. Sie haben mir 'nen Katalog geschickt, und ich hab mir dies hier ausgesucht.«
»Es fühlt sich an, als ob es ganz von selber schießt«, sagte Rob.
»Tut's auch. Visiert und zielt – alles, ich muß nur noch abdrücken.« Er lachte.
»Geben Sie's mir mal«, bat Ross. »Fühlt sich wirklich prima an. Willst du's auch anschauen, Ken?«
Ken probierte es aus und gab es dann dem Sheriff zurück.
Die vier Männer hatten es sich auf einer Felsspalte östlich der Koppel bequem gemacht. Sie lag etwa in der Mitte des Abhangs und bot eine gute Aussicht auf das Nordende der Schlucht, die Koppel, das umliegende Gelände, das zu den Bergen anstieg. Sie erkannten die Stuten, die jetzt ruhig dastanden, erschöpft von den Züchtigungen, die sie am Nachmittag erfahren hatten. Ross hatte zwei tatsächlich untergekriegt und wollte sie morgen auf

seine Ranch mitnehmen. Andere waren mit dem Lasso eingefangen, gebändigt und geritten worden. Aber sie hatten ihren Preis gefordert. Einem der Jungen war der Oberschenkel von einem Pferdehuf aufgerissen worden, ein anderer hatte sich die Rippen gebrochen, als sein Pferd auf ihn stürzte. Es waren noch immer fünf Wildstuten in der Koppel, die auch nie gezähmt werden würden. Ihre kleinen Fohlen dösten neben ihnen vor sich hin oder lagen flach auf dem zertrampelten Boden und schliefen. Ihre Schatten hoben sich schwarz von dem silbrigen Grund ab.

»Wäre ein wunderbarer Schuß von hier oben«, meinte der Sheriff.

»Warten Sie's nur ab«, erwiderte Ross.

Als Ken seinem Vater erzählt hatte, daß er Sturmwinds Spur aufnehmen und versuchen wollte, ihn zu fangen, hatte Rob geantwortet: »Ich halte das für unnötig. Sturmwind wird seine Stuten nicht im Stich lassen. Er treibt sich wahrscheinlich schon jetzt ganz in der Nähe herum, beobachtet und belauscht alles. Ich vermute, daß er zur Koppel zurückkommen wird, sobald es ruhig ist, wahrscheinlich heut nacht. Wenn du dir zutraust, ihm den Halfter umzulegen, hast du deine Chance.«

»Heute nacht?«

»Ja. Wir bleiben hier und warten auf ihn.«

»Und wenn er's nicht tut?«

»Was?«

»Sich von mir den Halfter anlegen lassen?«

»Ich hab Ross versprochen, daß er es mit dem Lasso versuchen darf. Nur einmal, zweimal würde ich nicht riskieren.«

»Und wenn er ihn nicht erwischt?«

»Der Sheriff hat ein Gewehr, das nie danebentrifft. Verstehst du, Ken, ich kann Sturmwind nicht wieder davonlaufen lassen.«

Ken saß auf dem Felsen und hielt den Halfter in der Hand. Wenn es nur ein Zauberhalfter wäre ... und Sturmwinds Kopf anziehen könnte, wie der Magnet eine Nadel ...

Die Stunden schlichen dahin. Es war noch immer Nacht. Die schwarze gezackte Silhouette der Berge hob sich scharf von dem klaren tiefblauen Himmel ab, in dem ein kleiner Mond hing, eine Münze aus schimmerndem Silber.

Ken und sein Vater hatten im Hotel zu Abend gegessen. Die Greenways waren noch nicht abgefahren, weil Mrs. Palmer wirklich krank und nicht transportfähig war. Ken hatte Carey gesehen und ihr erzählt, daß er nicht mit ihnen kommen könne, weil er bleiben und auf Sturmwind Jagd machen wolle – da hatte er noch nicht gewußt, daß so oder so heute nacht alles aus wäre. Es gab nur eine Chance. Der Halfter. Wenn das nicht klappte, wäre es mit Sturmwind aus, und Carey würde mit einem leeren Anhänger hinter dem Cadillac aufs Gestüt zum Blauen Mond zurückkehren.

Er nahm seine Trillerpfeife aus der Tasche und umschloß sie fest mit der Faust. Er hielt sehr viel von ihr. Sturmwind hatte bereits als junges Fohlen gelernt, auf dieses Pfeifen zu kommen. Er liebte es sogar. Es bedeutete Hafer, Freunde, Geborgenheit – alle Dinge, die ein Fohlen gern hat.

Er überlegte. Falls er Sturmwind fangen sollte, würde Mr. Greenway überhaupt wollen, daß er mit ihm käme, auch ohne Juwel? Wahrscheinlich nicht.

Ein aufgeregtes Wiehern zerriß das Schweigen. Die vier Männer erhoben sich geräuschlos. Die Stuten waren auf dem Sprung – die Körper gespannt, die Köpfe nach Nordwesten gerichtet, die Ohren hochgestellt.

»Er ist da«, flüsterte Ken. »Wir gehen lieber.« Er schlich mit Ross durch die Bäume zur Koppel hinunter.

Rob stand neben dem Sheriff. Durch die Stille der Nacht kam das Geräusch von Huftrappeln und von knackenden Büschen.

Eine schöngewachsene große schwarze Wildstute war in höchster Aufregung. Sie hatte gewiehert. Unentwegt trottete sie am Zaun entlang, legte den Kopf durch die Balken, witterte erregt, ekstatisch und stieß immer wieder ihre wilden, inbrünstigen Liebesrufe aus.

Die anderen Stuten waren von ihrer Aufregung angesteckt. Sie begannen sich zu bäumen, wieherten, blieben stehen und witterten und sahen durch die Umzäunung.

Der weiße Hengst kam aus den Bäumen hervor und trabte bergab zur Koppel. Er stieß einen ungestümen, triumphierenden Schrei aus, und die Stuten antworteten ihm. Im Mondlicht schimmerte er silberweiß. Der Sheriff brachte das Gewehr in Anschlag.

»Warten Sie noch«, flüsterte Rob.

»Natürlich«, erwiderte Barrows.

Sie erkannten die tintenschwarzen Gestalten von Ken und Ross, die sich auf die Koppel zu bewegten. Jetzt waren sie im Schatten der Einzäunung untergetaucht.

Der Hengst galoppierte zum Zaun, wo ihn die schwarze Stute erwartete. Sie legten die Köpfe aneinander, ihre Nüstern berührten sich, sie quietschten leise.

Düster und unglücklich beobachtete Rob die beiden. Daß man so etwas tun mußte! Er ballte langsam die Hand.

»Was ist nur mit Ken los?« murmelte er. »Warum pfeift er ihm nicht? Nein – er hat ganz recht – der Hengst würde jetzt nicht auf das Pfeifen reagieren – er muß die zärtliche Begrüßung erst hinter sich haben.«

Jetzt trottete der Hengst an der Umzäunung entlang. Er suchte nach einer Stelle, durch die er in die Koppel gelangen konnte. Ken pfiff. Wieder und wieder stiegen die sanften Triller in die Luft, und alle Pferde lauschten gespannt.

Ken machte ein paar Schritte, damit ihn der Hengst sehen konnte. Mit einer Hand hielt er die Pfeife an die Lippen, die andere war ausgestreckt, der Halfter hing über seiner Schulter. Zwischen den Pfiffen rief er: »Sturmwind! Komm doch her, Sturmwind!«

Er erwartete, daß Sturmwind zögern, dann auf ihn zukommen würde, ganz nah. Er würde vielleicht den Halfter ablehnen, aber doch nahe genug sein, um Ken zu wittern. Aber das Pferd tat nichts dergleichen.

Er schlug so wild aus, wie Ken es noch nie gesehen hatte, machte kehrt und stob davon.

Ross warf das Lasso und verfehlte ihn. Der Hengst war nur ein weißer Strich, der davonjagte. Fluchend zog Ross das Lasso ein.

Man hörte einen Schuß. Die weiße Gestalt bäumte sich hoch auf, die Hufe stießen ins Leere. Das Pferd stürzte krachend zu Boden. Langsam ging Ken zu der Stelle.

»Ich glaub, der hat gesessen«, sagte der Sheriff.
»Ein guter Schuß, Barrows«, erwiderte Rob. Er bat den Sheriff um ein Streichholz und ließ sich viel Zeit, um die ausgegangene Pfeife wieder anzustecken.
»Geh weg!« sagte Ken heftig zu Ross, der ihm auf den Fersen folgte. Der kleine Zureiter blieb stehen. Ken merkte nicht, daß er stöhnte, als er zu der weißen Masse kam, die auf dem Boden lag.
Blind vor Kummer kniete er nieder. Er nahm den Kopf in die Arme. Auf dem Schulterblatt konnte Ken die große Wunde und den dunkel hervorquellenden Strom sehen. Ein krampfhaftes Zucken, ein tiefer Seufzer – und alles war vorbei.
Ken starrte vor sich hin. Er starrte auf das Maul, das nicht schwarz wie bei Sturmwind war, sondern rosa. Konnte ein Pferd die Farbe seines Mauls verändern? Es dauerte lange, bis sein Verstand wirklich zu arbeiten begann. Er untersuchte die Augen – sie hatten hellrote Ränder und weiße Wimpern. Die Ohren – waren innen rosa. Sturmwind hatte ein schwarzes Maul, schwarze Wimpern, und das Innere seiner Ohren war dunkel. Dies hier war ein echter Albino und zeigte keinerlei dunkle Stellen.
Ken stand auf und prüfte das Pferd eingehend. Es war ein Hengst, etwa zwei Jahre alt.
Dann erinnerte er sich. »Ach!« sagte er laut.
Ross schlendete heran. »Was ist los?« fragte er.
Die beiden anderen kamen, Ken ging ihnen entgegen. »Das ist nicht Sturmwind, sondern Paria«, erklärte er.
»Paria?«
»Erinnerst du dich – als ich damals auf Sturmwind ins Tal der Adler geritten bin, war dort eine schwarze Stute mit einem kleinen weißen Fohlen. Ich hab dir genau davon erzählt. Sie hat versucht, vor Sturmwind zu fliehen, als er die Pferde zusammengetrieben hat. Ich hab die beiden Hagar und Paria genannt.«
Sie untersuchten das tote Pferd. Die schwarze Stute Hagar wieherte voll Schrecken.
»Das ist seine Mutter!« erklärte Ken leise.
»Verdammt noch mal!« rief Ross.

»Die verdammteste Geschichte, die ich je gehört hab! Ich hab ja wohl das falsche Pferd erschossen? Aber ich hab nicht gewußt, daß zwei solche in der Gegend waren.«

Rob schwieg.

»Er muß die schwarze Stute und ihr weißes Fohlen mitgenommen haben, als er im letzten Sommer das Tal verlassen hat«, meinte Ken. Das Blut sang in seinen Ohren. Sturmwind war gerettet ... Sturmwind war frei ... »Das ist ein Zweijähriger«, sagte er laut. »Sie können's sehen. Er ist nicht so schwer gebaut wie Sturmwind.«

Rob richtete sich auf.

»Wir können jetzt wohl ebensogut nach Hause gehen«, erklärte der Sheriff.

Rob war angeekelt. »Ich werd die Stute herauslassen. Wir haben ihr Fohlen grundlos umgebracht. Sie soll noch einen letzten Blick auf Paria werfen.«

Er winkte den Männern, sich zu entfernen. »Ich mach's schon allein, wartet nur dort drüben.«

Rob ging in die Koppel und sprach ruhig mit den Stuten. Endlich hörten sie auf zu zittern und hin- und herzulaufen und beobachteten ihn. Mit ausgestreckten Armen brachte er Hagar und ihr kleines schwarzes Fohlen von den anderen weg. Sie sah das offene Gatter und die Freiheit, warf ihm einen argwöhnischen Blick zu, schätzte die Entfernung ab und raste hinter ihm hinaus. Er schloß das Gatter und folgte ihr.

Hagar trottete an der Umzäunung entlang, das Fohlen sprang an ihrer Seite. Als sie die weiße Gestalt am Boden sah, brach sie in ein hohes, wildes Wiehern aus. Sie beugte sich darüber, witterte und stieß die Luft ungestüm wieder durch die Nüstern. Sie wieherte nicht mehr. Sie wußte alles, was geschehen war.

Es war zu Ende. Das Fohlen wollte trinken, und sie säugte es. Sie hob den Kopf und sah zu den Hügeln. Endlich ging sie abrupt weiter und riß die Zitzen aus dem Maul des Fohlens. In kurzem Galopp strebte sie den Hügeln zu, von denen Paria gekommen war, und verschwand hinter einer Biegung. Das Trappeln ihrer Hufe wurde schwächer und verstummte schließlich völlig.

Auf dem Rückweg wandte Ken sich um und sah zum Himmel. Keine Geier! Nur das klare, tiefe Blau, der schimmernde Mond – aber morgen würden sie kommen, in der frühen Dämmerung. Sie haben die ganze Zeit gewußt, daß es Paria und nicht Sturmwind sein sollte, dachte er.

36

Am nächsten Tag ließ sich Carey weder zum Frühstück noch zum Mittagessen blicken. Sie verschlief die Zeit in einem eigenen Zimmer, das ihr Onkel für sie genommen hatte. Als er morgens anklopfte, erklärte sie ihm nur, daß sie kein Frühstück wollte. Sie stieß die Bettdecke weg – es war bereits furchtbar heiß –, zog die Schlafanzugjacke aus, warf die Kissen herunter, legte sich auf den Bauch und schob die Haare nach oben. Alle viere von sich gestreckt, schlief sie in dem großen Doppelbett weiter.

Für junge Menschen gibt es kein besseres Schlafmittel als eine bittere Enttäuschung.

Mr. Greenway und Rob gingen auf die Suche nach einem Chiropraktiker oder einem Orthopäden. Anscheinend war Mrs. Palmer, als sie an jenem Morgen wutschnaubend aus dem Bett sprang, etwas ausgetrieben worden – »vielleicht der Teufel«, meinte ihr Bruder hoffnungsfreudig –, und das hatte den Hexenschuß hervorgerufen.

Ross und die Feuerwehrleute versuchten noch einmal ihr Glück mit den Wildpferden in der Koppel.

Ken sattelte Flicka und ritt davon. Er schlug den gewohnten Weg über den östlichen Abhang des kleinen Tals ein und überquerte es dann. Es gab keinen Grund mehr, das Quellgebiet zu umgehen, wo alles ausgestorben war. Keine Stuten, die friedlich grasten, keine herumspringenden kleinen Fohlen, die ihre winzigen Hufe in den weichen Lehm gruben

Die Westseite war neu für Ken. Sie war höher als die andere und dicht bewaldet. Er durchforschte die Gegend, bis ihm der Schweiß heruntertroff. Auf der Suche nach Wasser folgte er dem

Lauf eines kleinen Baches, der in den Spindle River mündete. Dabei kam er zu einem jener kleinen Teiche, die ziemlich tief und völlig durchsichtig sind und die man häufig halb versteckt am Fuß bewaldeter Berge findet. Die Ufer waren mit Gras, Farnen und Steinen eingefaßt. Ken stieg ab, um zu baden.

Der Teich war sehr kalt. An der tiefsten Stelle reichte das Wasser ihm gerade bis zum Hals. Er rührte sich nicht und beobachtete, wie die Wellen sich allmählich verliefen. Ein Schwarm von Forellen zog an ihm vorbei. Sie hielten an, wendeten, schienen ihn eingehend zu mustern und schwammen dann weiter. Drei blaue Wasserjungfern tanzten über dem Teich. Ihre durchsichtigen Flügel trugen sie über die glitzernde Fläche. Die Luft war erfüllt von dem Duft nach sonnendurchwärmten Tannennadeln, Walderdbeeren und frischem Quellwasser.

Es war herrlich erfrischend. Ken legte sich auf den Rücken und ließ sich treiben. Das Bad wusch das Fieber und den Kummer von gestern ab. Er hatte sich gezwungen, während der letzten Nacht nicht nachzudenken oder zu fragen, sondern nur seinem Vater gehorcht. Er wußte, daß es richtig so war. Ken hatte versucht, alles wie in Trance zu tun. Aber jetzt ließ er das Ganze an sich vorbeiziehen: wie er in das Schreckliche eingewilligt hatte; die quälende Spannung jener Minuten, als er den Halfter in den Händen hielt; die Todesqual, während er zu dem erschossenen Tier ging. Eine einzige endlose Minute hatte er geglaubt, Sturmwind sei tot. Und nun spülte er das alles von sich ab.

Der Teich lag teilweise im Sonnenschein. Kens Gesicht wurde angenehm durchwärmt, und er trieb weiter. Er lächelte vor sich hin, wurde immer freier, immer mehr von Stärke, Vertrauen und Glück durchdrungen. Carey! Sturmwind! Sein kleines »Scheibchen« ... sein großer Hengst ... wie reich er war! Sie waren zwar beide im Augenblick ziemlich fern von ihm, vielleicht war er sogar auf lange Zeit von ihnen getrennt. Aber sie waren da, gehörten zu seinem Leben und zu seinem Ich. Plötzlich wanderte er in Gedanken einen langen Weg gemeinsam mit Carey. Was mußte noch alles geschehen, wieviel Zeit mußte vergehen, bis Carey seine Frau war und sie anfangen konnten, nach Namen für die Kinder zu suchen ...

Er legte sich in die Sonne, bis er trocken war. Dann zog er sich an. Er hätte gern geraucht. Es fiel ihm nicht leicht, damit bis zu seinem achtzehnten Geburtstag warten zu müssen – noch neun Monate! Wo waren eigentlich seine Stiefel? Er hatte sie auf einen Felsen gestellt. Als er sie entdeckte, fiel einer herunter, und er mußte aufstehen, um ihn zu holen. Er stutzte. Ganz in der Nähe war eine kreisrunde Spur auf dem Boden. Wie ein Pferdehuf ... tatsächlich! ... groß wie ein Eimer ... Peters Fährte. Nur er hatte einen solchen Riesenhuf ...
Kens Herz begann wild zu klopfen. Juwel? Er richtete sich auf, seine Gedanken überschlugen sich vor Freude. Wenn Peter mit Sturmwinds Horde gezogen war, nicht direkt mit den anderen, sondern etwas abseits, wie Paria, warum nicht auch Juwel? Aufgeregt suchte er nach weiteren Abdrücken. Er fand mehr als genug. Peters Spuren und die eines zweiten Pferdes, das wohl mittelgroß sein dürfte. Er kannte Juwels Hufe nicht und konnte deshalb auch nichts Bestimmtes sagen. Diese hier hatten etwa das Ausmaß von Flickas und waren auch sehr ähnlich geformt. Gehörten sie etwa Flicka? Sie hatte im Teich getrunken und war am Ufer herumgelaufen. Aber nein – sie waren doch anders, kleiner und runder.
»Ist doch sonnenklar!« schrie er plötzlich, zog schnell die Stiefel an, stieg auf und verfolgte die Fährte. In dem lehmigen Boden waren die Spuren deutlich zu erkennen. Er war jetzt ganz sicher. Zwei Pferde waren hier entlanggekommen, Peter und ein langbeiniges Pferd mit kleinen Hufen. Die beiden hatten eine Art Pfad durch das Gebüsch und die Bäume gebahnt, dem Ken und Flicka leicht nachreiten konnten.
Es war beinahe Mittag, als er zu einer Lichtung kam, die auf einem Bergkamm lag. Dahinter verlief sich der Weg. Ken zügelte Flicka, beugte sich vornüber und untersuchte den Boden.
Der Sand war über und über mit den großen und den kleineren Hufspuren bedeckt. Waren mehrere Pferde hier gewesen? Oder hatten sich die beiden aus irgendwelchen Gründen länger aufgehalten? Warum wohl? Was hatte sie zum Bleiben veranlaßt?
Ken glaubte ein schwaches Rufen zu hören. Er hätte seinen Sinnen mißtraut, wenn nicht Flicka den Kopf gewendet und die

Ohren aufgestellt hätte. Er ritt über die kleine Lichtung zum anderen Ende, wo das Gebüsch schulterhoch war. Flicka streckte den Kopf vor, um hinüberzusehen, und Ken beugte sich über sie. Tief unter ihm spielte sich eine Theaterszene ab. Er konnte sie wie von der Galerie in der Oper beobachten. Die Bühne war die Koppel, wo gestern die Stuten gefangen und später gezähmt worden waren. Heute waren es dieselben Kulissen und eine ähnliche Szene. Die Gatter öffneten sich weit, und zwei Wildpferde, die vor einen leichten Wagen gespannt waren, galoppierten herein. Wahrscheinlich versuchte der verrückte Ross, sie im Geschirr zu zähmen. Kleine schwarze Punkte rannten herum, schlossen die Gatter und liefen dem rasenden Gespann aus dem Weg.
Es war faszinierend, hier zu stehen und zuzuschauen. Der Wind trug ihm ihre Rufe, ihr Gelächter und die grellen Schreie von Ross zu, der die beiden Wildpferde anfeuerte. Wie Känguruhs sprangen sie vorwärts, und es schien unausweichlich, daß sie an einem Felsen zerschellten. Ross konnte sie im letzten Augenblick herumreißen, und sie stürmten jetzt auf eine Gruppe riesiger Bäume zu, die ihren Weg versperrten. Diesmal waren sie nicht aufzuhalten. Ross zog ihre Köpfe ganz herum, aber sie rasten immer noch weiter. Plötzlich krachten beide Pferde zu Boden. Ross hatte ihnen das Lasso übergeworfen. Sie kämpften sich wieder hoch, standen auf den Hinterbeinen und setzten dann in wildem Galopp das Tal herunter, und der kleine Wagen hüpfte hinter ihnen her.
Ken begann zu lachen. Wenn er Flickas reges Interesse an diesem Schauspiel beobachtete, ihren gespannt gehobenen Kopf, die steil aufgestellten Ohren, das Tänzeln, das aufgeregte Brummen und Wiehern, konnte er sich genau vorstellen, wie Peter gestern mit Juwel hier gestanden hatte. Sie hatten wohl alles mit angesehen und sich dann verwundert angeschaut.
Er ließ die Zügel locker. Aufgeregt lief Flicka durch die Lichtung, untersuchte jedes Fleckchen, kehrte dann wieder zu ihrem Aussichtsplatz zurück und sah zu, was unten im Tal geschah. Genauso waren Peter und Juwel herumgetänzelt und hatten dabei ihre Hufspuren auf dem Boden hinterlassen. Wohin führten sie? Ringsum war Gebüsch. Waren sie den Pfad wieder zurückgegan-

gen, den sie heraufgekommen waren? Ken stieg ab und betrachtete alles genau. Er stellte fest, daß die Spur über einen Bergkamm verlief, dann eine kurze Strecke leicht abwärts und jenseits einer Schlucht einen bewaldeten Abhang hinauf und über einen weiteren Kamm.
Ken blieb benommen stehen. Hügel, Schroffen, Berge – eine endlose Wildnis, die immer weiter weg, immer höher und höher anstieg – bis sie zur Wasserscheide des Kontinents mit den vielen Bergketten und den weiten Schneefeldern führte.
Wie kalter Wind wehte ihn die Einsamkeit an.

37

Spät nachts erst gingen Ken und sein Vater in ihr Zimmer. Ken war stiller als gewöhnlich, die widerstreitendsten Gefühle waren in ihm, und eines brachte das andere zum Schweigen. Er hatte seinen Vater, Mr. Greenway und Collins in die Berge geführt, damit sie sich die Spuren ansehen sollten. In der kleinen Stadt schwirrten die Gerüchte über das Ergebnis dieser Untersuchung. Das englische Fohlen war nicht tot, sondern mit Peter davongerannt! Ken war zweifellos ein Held, aber – er hatte Carey nicht wiedergesehen.
Rob setzte sich in einen Schaukelstuhl und zündete seine Pfeife an. Ken ließ sich in dem anderen nieder. Die Fenster waren weit geöffnet. Kein Luftzug bewegte die dünnen weißen Gardinen. Sie hatten kein Licht gemacht, um die Moskitos abzuhalten.
Endlich begann Rob zu reden. In seiner Stimme klang ein frohlockender Unterton. »Freut mich mächtig, daß du die Spuren gefunden hast! Verändert das ganze Bild. Mir war schon ziemlich miesepetrig zumute – daß ich die ganze Korona hergebracht hab, nach Mr. Greenways Fohlen zu suchen. Hat ihn einen Haufen Geld gekostet, und dann sollten wir zurückkommen mit nichts und wieder nichts!«
Ken war sehr stolz und auch glücklich, wie jedesmal, wenn sein Vater ihn lobte. Gleichzeitig bedrückte es ihn, daß Rob so tat, als ob sie das Fohlen bereits gefunden hätten. Tatsächlich aber

mußte Ken die Spur durch diese einsame Bergwildnis verfolgen, die er heute morgen gesehen hatte. Wie lange? Tage? Wochen? Es würde ganz anders sein, als ein oder zwei Nächte im Tal der Adler oder sonstwo zu zelten. Hier mußte er eine wichtige, schwere Arbeit leisten, ganz auf sich gestellt, während die übrigen nach Wyoming und Idaho zurückkehrten.
All das war ihm blitzartig klargeworden, als er heute nachmittag seinen Vater so vertrauensvoll zu Beaver Greenway sagen hörte: »Aber natürlich! Das ist doch ein Kinderspiel! Ken wird sie verfolgen und das Fohlen zurückbringen!«
In seiner Angst war gleichzeitig Aufregung. So etwas hatte er noch nie getan. Und wenn auch der Gedanke an ein solches Unternehmen jedem Jungen die Kehle zuschnüren und Herzklopfen verursachen mochte, würde doch keiner davor zurückschrekken. Er würde sich kopfüber hineinstürzen und sogar die Einsamkeit und die Angst, die zugeschnürte Kehle und das Herzklopfen dabei lieben.
»Du kannst dir hier alles besorgen, was du an Lebensmitteln brauchst. Ich bleibe so lange hier, bis ich dich losziehen sehe. Nimm dir nur genug mit. Du kannst sie in einer Woche fangen, aber es können auch sechs werden. Was für ein Datum haben wir heute? Den zwölften, glaub ich.«
»Stimmt. Howard ist vor elf Tagen gefahren.«
»Kommt mir viel länger vor.«
»Wenn ich sie aber bald finde – könnte ich sie da nicht vielleicht zu Mr. Greenway bringen und sie trainieren?«
»Verteil nicht die Beute, bevor du sie hast«, riet sein Vater. »Es können auch schwere Sommerferien für dich werden.«
Wußte Carey von dem ganzen? Wo war sie jetzt? Ob sie wohl noch auf war und sich mit ihrem Onkel oder Mrs. Palmer unterhielt? Nein, es war schon spät. Wahrscheinlich lag sie im Bett. Vielleicht trug sie den gleichen weißseidenen Schlafanzug, den er einmal gesehen hatte – vielleicht hatte sie das schimmernde Haar nach oben gebunden und das weiche Kindergesicht, die vollen roten Lippen in die Kissen gedrückt ...
»Wann fahren die Greenways ab, Vater?« fragte er plötzlich. Seine Stimme klang heiser.

»Morgen früh.«
Ken war froh, daß es dunkel war. Er schlug die Beine übereinander und umklammerte seine Knöchel.
»Ist Mrs. Palmer denn wieder gesund?«
»Ja. Der alte Drachen!« Rob kicherte. »Wir haben einen Knocheneinrenker aufgetrieben. Der hat irgendeinen Jiu-Jitsu-Griff an ihr ausprobiert, es hat geknackt, und die Gnädigste war wieder in Ordnung.«
Ken schaukelte nervös mit dem Stuhl.
»Ich hab' Greenway geraten, er soll ihr beim nächsten Herzanfall 'ne Überdosis von ihren Medikamenten geben«, fuhr Rob fort.
»Es sind doch keine richtigen Herzanfälle, Vater?«
»Sie ist ein Hypochonder. Man kann nie genau sagen, was stimmt und was gespielt ist, um Aufmerksamkeit und Mitleid zu erregen. Meiner Meinung nach wäre sie 'ne ganz patente Frau, wenn sie nicht alles mit ihren Krankheitstouren durchsetzen würde.«
Ein Fensterladen klappte laut, und die dünnen Vorhänge an den nach Norden gehenden Fenstern wurden von einem kühlen Luftzug hereingeblasen. Ken wandte den Kopf. Wenn ein Sturm käme, könnten die Spuren verwischen.
»Ken!«
»Ja, Sir?«
»Falls unsere Vermutung stimmt, daß Sturmwind sich mit Peter und Juwel zusammentun wird, und falls du sie erreichst, hast du viel bessere Aussichten, deinen Hengst zu fangen, als wenn er mit einer Horde Stuten unterwegs wäre.«
»Ja, Sir.« Ken hatte das auch schon gedacht.
»Du hast noch keine Gelegenheit gehabt, ihm den Halfter anzulegen – den du da bei dir hast –«
Ken gab keine Antwort. Er dachte an die vergangene Nacht, als er diesen Halfter in den Händen gehalten hatte und zu dem weißen Hengst im Mondlicht gegangen war, pfeifend und rufend.
»Ken – wenn's mich auch in 'ne scheußliche Klemme gebracht hat – ich bin doch froh, daß nicht Sturmwind getötet wurde.

Versteh mich nicht falsch – ich würde ein zweites Mal genauso handeln, und Sturmwind müßte erschossen werden, falls man ihn nicht einfangen könnte. Aber trotzdem freu ich mich, daß er's nicht war. Schlimm genug, daß Paria tot draußen liegt.«
Rob nahm die Pfeife aus dem Mund und beugte sich vor. Seine Augen hatten sich jetzt an die Dunkelheit gewöhnt, und er konnte Kens Gesicht sehen. Dieser angespannte, nervöse Ausdruck! Wie intensiv der Junge war – ständig brach sein Herz wegen etwas –, aber er war auch schnell! Lebhaft, intelligent, sensibel –
Mit leichtem Druck legte er die Hand auf Kens Knie. »Es hat sich doch alles zum Guten gewendet, mein Sohn, und der Rest liegt jetzt bei dir. Ich weiß, daß du's schaffen kannst. Ich verlaß mich ganz auf dich.«
Ken lächelte plötzlich, bezaubernd und selbstbewußt. Rob gab es einen Stich – der Blick der dunkelblauen Augen war genau wie Nells.
Wieder wurden die Vorhänge ins Zimmer geweht. Der Wind blies um das Haus, und man hörte Donnergrollen.
»Da wär's also«, sagte Rob und ging zum Fenster. Ken folgte ihm. Die eine Hälfte des Himmels war klar und leuchtend, der helle Mond stand im Zenit. Auf der anderen zog vom Horizont im Norden eine dunkle Wolkenwand schnell herauf.
»Peters Spur ist futsch«, meinte Ken betrübt.
Die Woken ballten sich immer mehr zusammen, und große Fetzen wurden vom Wind dahingepeitscht. Immer wieder zuckten Blitze auf, und der Donner rollte in den Bergen. Im Norden fegte der Sturm über die Erde – Regen, Schnee – man konnte es noch nicht erkennen. Rasend schnell schob sich die Wolkenwand über den Zenit und verdeckte den Mond. Die Welt war jetzt tiefschwarz und von ohrenbetäubendem Krach erfüllt.
»Hagel«, sagte Rob Ken ins Ohr, als das scharfe Prasseln auf den Straßen und dem Hoteldach ertönte. »Du hast Glück!«
»Ein Segen!« rief Ken. Er wußte, daß der Hagel die Pferdespuren nicht verwischen, sondern sie hartfrieren lassen würde.
Es wurde immer lauter. Rob schloß die Fenster. »Geh lieber ins Bett. Das Unwetter wird in ein paar Minuten vorbei sein.«

»Ja«, erwiderte Ken, rührte sich jedoch nicht. Der Sturm hatte seine ganze Angst weggeblasen und ihn mit Zuversicht erfüllt. Das Glück war auf seiner Seite. Sturmwind war nicht erschossen worden, Juwel war nicht gestorben. Beide waren nicht unwiederbringlich verloren. Auch die Aussicht auf seinen Besuch bei den Greenways war nicht hoffnungslos. Wenn er weiter Glück hatte und die Pferde bald fand, blieben immer noch Sommerwochen, die er mit Carey und den Pferden auf der Trainingsbahn im Gestüt zum Blauen Mond verbringen konnte.

In dieser Nacht standen die Gatter der Koppel offen, denn es gab kein Lebewesen, das darin eingesperrt werden sollte. Nur eine tote Stute. Sie hatte sich im Kampf mit dem Lasso und den Pfosten das Genick gebrochen. Außerhalb der Umzäunung lag der Kadaver des weißen Hengstes. Wölfe und Geier hatten sich auf beide gestürzt.

Bei den Tieren gibt es auch einen Nachrichtendienst.

In der dichten Finsternis der Nacht, bevor der Sturm die Wolken auseinandergetrieben hatte, war Sturmwind aus den Wäldern heruntergekommen. Er stand wie angewurzelt, witterte und schnaubte seinen Zorn heraus. Ein grauer Schatten schlich tief gebückt davon. Der Hengst schlug schnell zu. Die messerscharfen Hufe drangen durch das Rückgrat des Wolfes. Ein Todesschrei zerriß die Luft. Sturmwind bäumte sich, kam mit ausgestreckten Beinen auf die Erde und zerschmetterte den Wolf. Dann erhob er das Maul und schickte seinen wütenden Kampfruf in die Welt. Er verharrte kurz, als erwarte er eine Antwort, wandte sich dann zu den Hügeln und raste davon.

Als der Sturm vorüber und die Wolkenfetzen über den mondbeschienenen Himmel verstreut waren, kamen andere Besucher. Riesige, tappende Füße, mit dichtem Haar bewachsen, das bei jedem Schritt wehte, gingen zum Koppelgatter und hafteten dann plötzlich nervös am Boden. Der Geruch nach Blut, nach Tod war überwältigend.

Ein wildes, aufgeregtes Wiehern ertönte. Juwel trottete an seiner Seite. Er brummte tief und beruhigend. Beide Pferde waren zutiefst erschreckt. Juwel stieg auf die Hinterbeine, machte kehrt und stob davon.

Peter wandte sich langsamer um und trottete ihr nach. Juwel beschrieb einen weiten Kreis. Sie galoppierte über die Erde, die Hagel und Mondlicht mit einem silbernen Filigranmuster bedeckt hatten. Es war ein Bild von unbeschreiblicher Grazie und Schönheit, ihre Füße schienen kaum den Boden zu berühren. Sie kehrte zu Peter zurück, als er an dem toten Hengst vorbeitrabte. Zwei Präriewölfe hielten gerade ihr Festmahl. Peter blieb stehen und betrachtete sie. Die Wölfe flohen, jedoch nicht weit. Sie hefteten den Blick auf das große Pferd, und als es weitertrottete, fielen sie wieder über den Kadaver her.
Peter hob den Kopf und schüttelte den Kummer von sich ab. Dann ging er in einen donnernden Galopp über. Juwel holte ihn ein, und gemeinsam jagten sie die Hügel hinauf. Die Stute hielt sich so dicht an seiner Seite wie ein Fohlen bei seiner Mutter.

38

Wenn ihr eine schwierige Entscheidung zu treffen habt, erzwingt sie nie, hatte Rob seinen Söhnen beigebracht. Wägt jede Möglichkeit für sich ab, ohne Vorurteil. Scheinen beide sich die Waage zu halten, laßt euch davon nicht täuschen. Es gibt auf dieser oder der anderen Seite einen Vorteil. Ihr müßt nur lange genug abwarten, dann werdet ihr ihn erkennen und plötzlich die richtige Entscheidung ohne Schwierigkeit treffen.
Ken erinnerte sich an diesen Rat, als er sein erstes Lager einige Kilometer nördlich der Koppel aufschlug, und fand ihn unsinnig. So viele Dinge müssen im Handumdrehen entschieden werden! Oder der richtige Weg ist von Anfang an eindeutig gegeben, ohne daß man erst überlegen muß.
Er stand vor einer sehr wichtigen Frage, die weitreichende Folgen haben konnte. Er war auf der Fährte von Peter und Juwel, die in der Nähe seines Lagerfeuers von einer anderen gekreuzt wurde. Er kannte diese Hufspuren. Sie waren ungewöhnlich groß und gehörten einem Pferd, das nie beschlagen worden war. An den Rändern waren Risse, einige große Stücke waren abgesprungen. Die Hufe waren breit und kräftig und konnten ein

großes Gewicht tragen, ohne zu stolpern. Sie gehörten Sturmwind, und sie führten nach Norden. Nachdem Peter und Juwel von der Koppel gekommen waren, hatten sie etwa zwanzig Kilometer in nördlicher Richtung zurückgelegt, waren dann abgebogen und dem Lauf eines kleinen Baches gefolgt, der nach Osten floß.

Ken war todmüde. Er hatte sich an diesem ersten Tag übernommen. Bald nach Morgengrauen war er mit seinem Vater zum Stall gegangen. Sie paßten auf, wie Sparks beladen wurde, den sie als Packpferd gemietet hatten. Er sollte das Zelt und die Lebensmittelvorräte für sechs Wochen tragen.

»Hoffentlich brauchst du das ganze Zeug gar nicht«, sagte Rob.

»Wahrscheinlich nicht. Aber es wäre ja zu dumm, wenn du etwa kurz vor dem Ziel umkehren müßtest, weil du keine Vorräte mehr hast.«

Sparks schleppte einen halben Zentner Hafer, einen Schinken, ein halbes Dutzend Kanister Mehl, zwölf Dosen Milch, Eipulver, Konservenbüchsen mit Bohnen, Sirup, Honig, Marmelade, Kaffee, Zucker, Salz und Pfeffer. Ken selbst hatte ein Gewehr, Angelrute, Feldstecher, Kompaß, Taschenlampe, Gummimatratze, Wolldecken und ein Badetuch bei sich.

»Paß gut auf, daß du die Last immer gleichmäßig verteilst«, riet Rob.

Ken hatte beiden Pferden den Rücken gestriegelt, als er sie angesattelt und die Ladung heruntergenommen hatte. Dann wälzten sie sich auf dem Boden und grasten.

Zum Abendbrot briet er sich eine Forelle in Schinkenfett, die er in zehn Minuten in dem kleinen, einen Meter breiten Bach gefangen hatte. Danach wusch er ab.

Die ganze Zeit grübelte er über die schwierige Entscheidung nach, die er treffen mußte.

Sturmwinds Fährte war älter. Nicht er hatte die Spur der beiden anderen gekreuzt, sondern umgekehrt. Sonst hätte Sturmwind sie vielleicht eingeholt. Ob Pferde tatsächlich wie Hunde den Spuren folgen, die sie auf dem Boden aufnehmen? Vermutlich nicht. Sie wittern nur in der Luft, riechen andere Pferde auch in großer Entfernung und wissen genau, ob es Stuten oder

Hengste sind. Konnte Sturmwind von seinem jetzigen Standort irgendwo im Norden wohl Peter und Juwel im Osten wittern? Ken hielt das für unwahrscheinlich.
Etwas entfernt kam ein kleines Kaninchen aus dem Dickicht und begann Gras zu knabbern. Ken griff zum Gewehr. Das Tier wackelte mit den langen, wolligen Ohren, flitzte herum, zeigte die Puderquaste von Schwanz und verschwand. Ken hob das Gewehr an die Schulter, spannte den Abzugshahn, zielte auf das Dickicht und wartete.
Gleich darauf zeigte sich das Kaninchen wieder, ein scharfer Knall, und bereits wenige Minuten später nahm Ken seine Beute am Bach aus. Das wäre sein morgiges Mittagessen. Jeden Tag frisches Fleisch zu haben war eine Kleinigkeit – es gab genügend Wildtauben, Kaninchen, Forellen und Feldhühner.
Er kletterte auf einen großen Felsen und beobachtete den Sonnenuntergang. Den ganzen Nachmittag über hatte der blasse, rundliche Mond zwischen den weißen Wolken gehangen und war kaum von ihnen zu unterscheiden. Aber jetzt war er hell und strahlend, und der Himmel glühte wie ein blauer Edelstein.
Der Wind war kühl. Der Hagelsturm hatte die Hitze gebrochen. Kens Blicke schweiften zu der bläulichweißen Linie hinter den höchsten bewaldeten Bergen. Dort lag ziemlich hoher Schnee. Es mußte wohl Neuschnee sein, der unten als Hagel niedergegangen war. Hin und wieder kam ein kalter Lufthauch von oben.
Die ersten Sterne funkelten. Ein Rudel Wölfe zeigte sich etwa zwei Kilometer entfernt. Einige heulten, die anderen fielen ein, dann flaute es wieder ab und verstummte endlich ganz.
Warum schrien sie wohl? Sie brauchten doch keine Beute. Zwei große Pferdekadaver waren noch abzunagen. Das erforderte einige Nächte.
Bei dem Gedanken daran erschauerte er und rümpfte die Nase.
Unmittelbar über ihm begann einer jener Nachtvögel zu krächzen, die nach Sonnenuntergang laute Selbstgespräche führen – grelle Fragen, Schreie und schrille Ausrufe.
Ken schleuderte einen Stein in die Äste. Der Vogel kreischte noch wilder, die Äste knackten, und er flog davon.
Bevor Ken sich schlafen legte, sah er sich noch einmal um. Auf

allen Seiten waren die dunkel aufragenden Umrisse der Berge. Im Süden hatte er gute Fernsicht. Es wirkte wie ein Fenster in dem Berghaus, in dem er eingeschlossen war.

Ken hatte Peters Fährte über die Hügel verfolgt, nicht am Bergabhang, wo er sie zuerst entdeckt hatte, sondern unten in der Nähe der Koppel. Peter und Juwel waren durch diese kleine Schlucht gekommen und hatten an den Ufern des Baches gegrast. Wenn er dieser Spur folgte, konnte er die beiden in ein paar Tagen einholen. Es würde einige weitere Tage dauern, bis er zu dieser Stelle zurückkam. Inzwischen wäre Sturmwinds Spur sehr alt geworden, vielleicht sogar vom Regen verwischt.

Ken warf seine Gummimatratze auf den weichen Rasen, breitete eine Wolldecke darüber, rollte eine andere als Kopfkissen zusammen, legte sich hin und deckte sich zu.

Dann fiel ihm das Beten ein. Er hatte einen Entschluß gefaßt. Wo so viel auf dem Spiel stand, brauchte er Hilfe. Er wollte regelmäßig morgens und abends beten. Nie wollte er das vergessen und sich dabei auch durch nichts ablenken lassen. Schließlich war es weder anständig noch höflich, nur in schwierigen Situationen an Gott zu denken – wie damals, als er versuchte, den Stier von seiner Mutter wegzujagen, oder als sein Vater Sturmwind erschießen wollte! Das war so schrecklich gewesen, daß er nur stammeln konnte: »Hilf mir, Gott!« oder: »Laß es nicht zu, lieber Gott!« Vielleicht würde er Juwel, Sturmwind und Peter finden, wenn er gleich von Anfang an betete. Und würde sie auch sicher wieder zurückbringen! Vielleicht konnte er Sturmwind dann in einem großen Hindernisrennen reiten – und gewinnen! Er brauchte Gott nicht um Rat zu bitten, welcher Fährte er folgen sollte, weil er das tief im Innern bereits wußte.

Sein Vater hatte ihm einige Ratschläge zum Abschied gegeben. Rob trug seine gelbbraunen Reithosen und ein blaues Kattunhemd. Es paßte genau zu seinen Augen, in denen der ungestüme, durchdringende Ausdruck lag.

»Daß du mir auf keine tollkühnen Gedanken kommst!«

»Nein, Sir.«

»Veranstalte ja kein wildes Hindernisrennen nach deinem weißen Herumtreiber!«

»Nein, Sir.«
»Wenn du dir den Hals brichst oder sonst was passiert, muß ich eine Suchexpedition nach dir ausschicken.«
»Ja, Sir.«
»Vergiß nicht: du sollst das englische Fohlen zurückbringen.«
»Ja, Sir.«
»Und denk daran – dein Hengst hat es gestohlen. In gewisser Weise bist du verantwortlich.«
»Ja, Sir.«
»Verdammt noch mal, ich bin verantwortlich! Weil ich ihn nicht rechtzeitig kastrieren ließ!«
»Ja, Sir.«
»Ja, Sir – nein, Sir! Du hörst ja nicht mal zu! Du träumst mit offenen Augen!«
»Ja, Vater – ich hör zu, wollt ich sagen.«
»Den Teufel tust du! Na, gut –«
All das ging Ken durch den Kopf. Aber zunächst mußte er wissen, ob er seine Wolldecke wegschieben und zum Beten hinknien sollte.
Sein ganzes Leben erinnerte er sich daran, wie lange Zeit er gebraucht hatte, um diese Frage zu entscheiden. Endlich kam er zu dem Resultat, daß er ebenso aufrichtig im Liegen beten konnte. Wenn er seine Gebete davon abhängig machen wollte, ob er hinknien sollte, würde nicht viel dabei herauskommen. Häufig unterhielt er sich in Gedanken mit seinen Eltern, bat sie um Rat oder Hilfe – und das war so selbstverständlich, als seien sie immer bei ihm. Warum konnte es mit Gott nicht genauso sein? Er legte den Arm über die Augen und betete andächtig ein Vaterunser.
Zu seinem Erstaunen befriedigte ihn das völlig. Er begann an Carey zu denken.
Eine Zeitlang lag er ganz still. Er ließ seine Freundschaft mit Carey von der ersten Begegnung bis zum letzten Abschied an sich vorüberziehen. Eigentlich war es gar kein richtiger Abschied gewesen – er war nur kurz neben dem Auto stehengeblieben, und sie hatte die Hand herausgestreckt. »Auf Wiedersehen, Ken.« – »Auf Wiedersehen, Carey.« Und dann war der Wa-

gen davongefahren, und der leere Anhänger ratterte hinterher. Ken dachte an den Anfang. Jedesmal war es anders, und jedesmal voller Bedeutung. Mit Unbehagen erinnerte er sich an das Gespräch auf der Felsenburg über Careys Kinder – ihre gemeinsamen Kinder. Am längsten verweilte er bei dem einen Mal, als er sie in den Armen gehalten und geküßt hatte. Das Dumme dabei war nur – es drehte sich alles um den jungen Hund. Sie hätten über sich selbst sprechen sollen. Und er hätte ihr sagen sollen, daß er sie liebte. Noch mehr bekümmerte ihn eine andere Szene, als sie in Westgate spazierengegangen waren und das Auto so dicht an ihnen vorbeigesaust war, daß Carey an ihn gedrückt wurde. Eben dieser Augenblick hatte eine Chance bedeutet: er hätte sie in die Arme nehmen sollen. Hätte er das wirklich? Er prüfte sich. Liebte er sie richtig – mit allem, was Liebe bedeutete? Ewigkeit – immer füreinander dasein – nie mehr ernstlich an ein anderes Mädchen oder eine andere Frau denken? Oder war es nur eine Kinderliebe? Wollte er Carey behalten?

Es tat ihm weh, daß diese Fragen überhaupt auftauchen konnten. Das setzte seine bezaubernde, süße kleine Liebe herab! Natürlich wollte er Carey! Sie gehörte ihm doch! Sie war das einzige Mädchen, das wichtig – oder auch nur wirklich erschien. Die anderen – mit denen er als kleiner Junge auf Kindergesellschaften in Cheyenne und Laramie Postamt gespielt hatte, die Mädchen aus der Tanzstunde im vergangenen Schuljahr – es war ihm, als bestünden sie alle nur aus Locken, Augen, Kichern und hübschen Beinen. Carey aber war wirklich.

Er wußte genau, daß er nie eine andere als Carey heiraten würde – und stöhnte innerlich, weil ihn das Besitzergefühl überkam. Mein eigen – mein Liebling – meine Frau. Sobald er Gelegenheit dazu hatte, wollte er sie um ihr Versprechen bitten, ihn zu heiraten. Am nächsten Morgen stand Ken am Ufer des Baches und trocknete sich ab, nachdem er unter dem Miniaturwasserfall geduscht hatte. Seine Zähne klapperten – Luft und Wasser waren kalt und die Sonne noch nicht über den Bergen aufgegangen. Keine Wolke war zu sehen. Es würde ein herrlicher Tag werden. Er aß, versorgte seine Pferde, bepackte Sparks und verschwand nach Norden – auf Sturmwinds Fährte.

39

Ken mußte Sturmwind bald einfangen, damit er zurückkehren und Peter und Juwel verfolgen konnte, bevor ihre Fährte zu alt geworden war.
Er war noch in den staatlichen Wäldern, aber die Spur führte bergab. Sturmwind hatte sich der Ebene zugewandt. Ken kam zu keiner Ranch, sah keine Menschen, keine anderen Pferde. Der Hengst vermied bewohnte Gegenden.
Wenn der Weg gut war, ritt Ken in kurzem Galopp, nahm dabei aber immer Rücksicht auf Sparks und seine schwere Last. Er hatte sich keine Vorstellung davon gemacht, wieviel langsamer man mit einem Packpferd vorwärtskam.
Ein Tag – zwei, drei Tage auf der eingetrockneten Spur, und sie wurde nicht frischer. Die Dunghaufen waren hart und geruchlos. Kens Zuversicht und sein Glücksgefühl schwanden. Er wagte nicht mehr daran zu denken, daß er in weniger als zwei Wochen mit Sturmwind und Juwel auf dem Gestüt zum Blauen Mond sein könnte, sondern begann, sich wegen der sechs – jetzt nur noch fünf Wochen bis Schulanfang Sorgen zu machen. Er war nervös und abgehetzt. Nachts saß er angespannt neben dem Lagerfeuer, als warte er auf etwas, seine Ohren lauschten angestrengt auf jedes Geräusch.
Es ist schön, tagsüber allein im Wald herumzustreifen und dann nach Hause zu kommen, Lachen und Stimmen zu hören, das glückliche, vertraute Familienleben zu haben. Den ganzen Tag und den Abend allein zu sein – an einem einsamen Lagerfeuer zu sitzen, während das Licht langsam verblaßt, bis die Erde dunkel und voller Schatten und nur der Himmel hell ist – das ist etwas ganz anderes.
Ken war viel einsamer als auf der Jagd nach Sturmwind im vorigen Sommer. Ob das wohl damit zusammenhing, daß er damals Carey noch nicht gekannt hatte? Ja, er sehnte sich nach ihr, nach einem Zuhause und nach Menschen. Außerdem quälte ihn die Verlassenheit dessen, der vom rechten Weg abgewichen

ist. Es schien, als habe sich zur Strafe die Welt gegen ihn verschworen. Eigentlich müßte er jetzt auf Peters und Juwels Spur sein – sie vielleicht sogar schon eingeholt haben.
Eines Tages verlor er die Fährte. Er band Sparks an einem Baum fest und durchforschte mit Flicka die ganze Gegend. Am Waldrand fand er die Spur wieder. Er konnte das nicht verstehen. Sturmwind schien ziellos umherzuwandern. Wenn er nur wüßte, wohin der Hengst eigentlich wollte, könnte er diese Richtung geradewegs einschlagen und damit Zeit gewinnen. Er ritt auf einen Berg, von dem aus er das Gelände kilometerweit überblicken konnte. Jetzt erkannte er, warum Sturmwind in den Wald gegangen war. Es war ein verhältnismäßig schmaler Streifen, und dahinter führte es über eine Reihe von grasbewachsenen Lichtungen abwärts in die Ebene. Jenseits der letzten Lichtung sah er in den Niederungen das schimmernde Band eines Flusses. Genau wie er angenommen hatte – Sturmwind wollte herunter auf die Grenze von Wyoming und die Ebenen zu.
Danach ging es schneller vorwärts. Immer wieder vergewisserte er sich der Fährte seines Wildes. Am fünften Tag ließ er das Hügelgebiet hinter sich und landete am Ufer des North Plate River. Der breite, seichte Fluß rauschte schnell dahin. Sturmwinds Spuren führten ins Wasser.
Am jenseitigen Ufer waren Niederungen, dahinter wieder Hügel. Auf der Ebene wuchs reichlich Gras. Ken äugte angestrengt nach links und rechts. Er erwartete, einen weißen Fleck zu sehen – Sturmwind, der graste, aber kein Lebewesen regte sich. Er kletterte auf eine Anhöhe, nahm sein Fernglas und durchforschte eine halbe Stunde lang ganz genau jeden Fußbreit des Landes, das sich vor ihm erstreckte. Sturmwind war nicht hier. Ken überquerte den Fluß mit Flicka. Er ritt einen halben Kilometer stromaufwärts, dann abwärts. Dort waren Sturmwinds Spuren und ein eingetrockneter Dunghaufen. Flicka beschnüffelte ihn, hob dann den Kopf und wieherte durchdringend.
Kens Herz tat einen Sprung. Galt ihr Ruf Sturmwind? Der Wind wehte von Norden, und in diese Richtung verlief auch die Fährte. Ken lauschte auf eine Antwort, aber es war nichts zu hören. Flicka wieherte abermals. Diesmal kam ein Echo von den

Bäumen am anderen Ufer. Es war Sparks. Hatte Flicka auch zuerst nach Sparks gewiehert?
Er wartete, alles blieb jedoch ruhig. Kilometerweit war nichts zu sehen. Am nächsten Morgen würde er die Fährte weiterverfolgen. Überrascht stellte er fest, daß es dunkel wurde.
Der Himmel hatte sich schon seit einiger Zeit mit Wolken bezogen. Jetzt erkannte er, daß ein Sturm aufkam. Direkt über ihm war eine riesige purpurfarbene Sturmwolke. Er wußte, daß er bald völlig durchnäßt sein würde, und zog seine Regenhaut an. Ein Blitz zuckte auf, dann krachte der Donner. Es schien, als würde die Wasseroberfläche von aufklatschenden Kugeln gepeitscht, bis der Fluß weiß schäumte.
Flicka erschauerte und ließ den Kopf hängen. Kens Regenhaut war im Nu triefend naß. Er lenkte Flicka ins Wasser. Sie ging ein paar Schritte und begann dann zu trinken. Er lockerte die Zügel. Da meinte er, weit weg im Norden ein Pferd wiehern zu hören. Wieder bekam er Herzklopfen und drehte sich um. Durch den strömenden Regen und die Dunkelheit konnte er nichts sehen. Ob er sich wohl geirrt hatte? Flicka trank ruhig weiter. Sie hätte sicher geantwortet, falls Sturmwind ihn aus der Ferne gesehen und begrüßt hätte. Vielleicht aber konnte sie durch das Rauschen des Flusses überhaupt nichts hören. Jetzt hob sie den Kopf, und als er sie mit dem Absatz berührte, ging sie durch den Fluß.
Der Wind wurde stärker. Der Regenguß ließ nach, die Wolken wurden zurückgefegt, und wieder stürzten die Fluten herab. Wie konnten nur solche Unmengen Wasser im Himmel sein? Und wie kamen sie dorthin? Dann drehte der Sturm nach Süden, auf einmal lag ein roter Lichtstreifen über dem Fluß, und es wurde wieder dunkel.
Ken schlug sein Zelt unter einer überhängenden Felsklippe auf, einige Meter vom Fluß entfernt. Der Platz war ringsum von Wald umgeben, der unter dem Regen ächzte.
Er war völlig durchnäßt, fütterte die Pferde und rieb sie ab. Dann zog er sich um und hängte seine feuchten Sachen auf Stekken ums Feuer. Der Sattel lag auf dem Boden und dampfte in der Hitze. Ken kochte und aß Abendbrot, wusch ab, räumte

alles fort. Er war völlig durcheinander und so unglücklich, daß es fast an Verzweiflung grenzte.
Fünf Tage, um bis hierher zu kommen! Wenn er sofort umkehrte, brauchte er die gleiche Zeit bis zu der Stelle, wo er Peters und Juwels Spuren verlassen hatte – und was mochte in diesen zehn Tagen durch Wind und Regen damit geschehen sein? Falls er aber weiterritt und Sturmwind folgte, wie er es geplant hatte – was würde dieser Wolkenbruch aus dessen Fährte gemacht haben? Es konnte einen, vielleicht auch zwei Tage dauern – bis er sie überhaupt nur wiedergefunden hatte.
Er hatte genug Zeit vertrödelt mit der Jagd auf Sturmwind. Er mußte ihn vergessen ... auch das Rennen ... und alles, was er sich so sehr gewünscht hatte. Jetzt mußte er das tun, was er eigentlich sollte: zu Peters Spur zurückkehren, ihn und Juwel verfolgen und Carey und Mr. Greenway das wiederbringen, wofür ihn sein Vater verantwortlich gemacht hatte. Die Abschiedsworte Robs klangen ihm wieder in den Ohren. Sie waren deutlich genug. War er denn verrückt gewesen – sich auf dieses sinnlose Unternehmen einzulassen, während ihn die Pflicht so eindeutig woanders hinrief? Dazu kam noch der schreckliche Gedanke, daß er wegen seines langen Umwegs Peter und Juwel vielleicht nicht mehr rechtzeitig einholen könnte! Das versetzte ihm einen Schlag. Die düstere Vorahnung überfiel ihn, daß es genauso werden würde. Er würde scheitern, und das geschähe ihm nur recht.
Feucht und unglücklich kroch er unter die Decke und schlief die Nacht hindurch. Morgens war es dunkel und nieselte. Noch einmal kletterte er auf die Anhöhe und beobachtete mit dem Fernglas die Ebene jenseits des Flusses. Sturmwind könnte in der Nähe sein. Es wäre albern, umzukehren und zurückzureiten, wenn ihn vielleicht nur eine halbe Tagesreise, nur wenige Stunden von dem Hengst trennten! Er schrie aus Leibeskräften, pfiff und sah so angestrengt durch die Gläser, daß seine Augen tränten. Man hörte keinen Ton – nur das schnelle Rauschen des Flusses. Keine Bewegung – nur die schwankenden Bäume, die tiefhängenden, windgepeitschten Wolken.
Ken warf einen verzweifelten Abschiedsblick auf die Niederun-

gen und Hügel. Er schob jeden Gedanken an Sturmwind, an den Besuch auf dem Gestüt zum Blauen Mond, an das Hindernisrennen beiseite, sattelte Flicka und ritt den Weg zurück, den er gekommen war.

Er konnte seine eigene Spur leicht verfolgen. Ohne Mitleid mit sich oder den Pferden ritt er den ganzen Tag durch den strömenden Regen. Er mußte Zeit aufholen. Auch an diesem Abend mußte er sich umziehen und seine nassen Kleider am Feuer trocknen.

Er war restlos erschöpft. Seine Gedanken irrten umher. Sturmwind zu verlieren, damit hatte er sich bereits abgefunden. Aber was war mit Juwel? Mit Carey? Wir war er nur in diese Klemme geraten? Würde er alles im Leben erreichen, was er wollte? Was kam danach? Plötzlich erschauerte er. Anscheinend waren alle seine Wünsche und Nöte bekannt ... sie lagen offen da für irgendein böswilliges Auge ... er war hilflos ... und alles, was er liebte, wurde durch eine Macht, der er nicht Herr werden konnte, unerreichbar für ihn.

Der Regen rauschte sanft und stetig, das Feuer zischte, die Erde und das Gras strömten einen unbeschreiblich süßen, frischen Duft aus. Mitunter prallte ein schwerer Tannenzapfen auf den Boden und ließ das Wasser hoch aufspritzen.

Eine Stunde verging. Ken saß noch immer wie versteinert da. Wie hilflos er war ... nicht nur er, sondern auch sein Vater ... schreckliche Dinge begegnen den Menschen, weil sie alle hilflos sind und sich nicht selber schützen können ... nichts als kleine Kinder, die unfähig sind zu planen, zu handeln und das zu erreichen, was sie wollen – enttäuscht und geschlagen bei jeder Bewegung. Allmählich ergriff ihn Erstaunen; er hatte das nicht immer gewußt. Viele Male hatte er sich selber geschlagen geben müssen, aber er hatte sich nie träumen lassen, daß es anderen Menschen genauso ging. Er hatte geglaubt, Erwachsene hätten Macht und könnten planen und lenken – sein Vater und all die großen, bedeutenden Männer. Aber sie konnten es nicht ... Sein Vater wollte ebenso wie er selber, daß Sturmwind gefunden wurde. Jeder Mensch war hilflos, und keiner war vollkommen oder sicher.

Als er das erkannt und hingenommen hatte, begann in seinem Innern wiederum die wilde Hetzjagd. Wie ein Windhund versuchte sein Verstand, die Grenze des Lebens zu finden und jenseits davon die Macht, die ihm und allen anderen Menschen nicht gegeben war, die Vollkommenheit, von der er jetzt genau wußte, daß er sie niemals erlangen würde.

Und plötzlich sagte er laut: »Aber das ist ja – Gott!«

Man hatte ihm soviel von Gott erzählt, er hatte zu ihm gebetet, aber noch nie hatte er Gott für sich selbst entdeckt – alles war bisher eine Art Konvention, eine Pflicht gewesen, die er als gehorsames Kind erfüllt hatte. Jetzt hatte er von sich aus zu Gott gefunden, aus seiner eigenen Hilflosigkeit und der aller Menschen – weil es eben Macht und Vollkommenheit irgendwo geben mußte. Wie konnte man das sonst je erfahren oder sich auch nur vorstellen?

Warum erkannten nicht alle Menschen, daß sie ihr Leben lang nach Gott suchten und sich nach ihm sehnten? Viele wurden sich wohl nie klar darüber oder gaben es zumindest nie zu, daß sie völlig hilflos waren. Vielleicht gingen die meisten so durchs Leben, dachten entweder nicht an das Ende oder betrogen sich selbst. Das waren eben diejenigen, die nie zu Gott finden konnten.

Wieder erhob sich der Wind. Der Wald ächzte, Tannenzapfen fielen dröhnend zu Boden. Ken lauschte. Da war Kraft! Eine unendlich ungestüme Kraft! Seine Augen leuchteten auf, um seine Lippen spielte ein Lächeln. Ganz allein am Waldrand hörte er auf Gott.

Ein scharfes Knacken, das immer lauter wurde, und plötzlich das tiefe Krachen und gewaltige Stöhnen eines umsinkenden Baumes. Ein Schauer lief Ken über den Rücken, seine Kopfhaut zog sich zusammen. Wenn man wirklich auf die Stimme Gottes lauscht, begegnet sie einem an seltsamen Orten und auf seltsame Weise.

Er dachte an seine Mutter. Wieder durchlebte er die tiefe Erschütterung jener wenigen Minuten, als er sie von dem Stier bedroht gesehen hatte. Seine Angst um sie und davor, daß er nicht stark und entschlossen genug sein könnte, um den Stier zu überwältigen und zurückzuschlagen. Es war eine Art von Raserei gewesen, in der er keinerlei Scheu, nur Schrecken und Haß und wahnsinnige tierische Angst empfunden hatte.

Er seufzte erleichtert auf, daß sie alles überstanden hatte – daß er seine Aufgabe erfüllen konnte. Heute nacht wollte er seiner Mutter davon erzählen, wenn er die richtigen Worte dafür fände. Was würde sie wohl sagen?

Er schaute sich fast ängstlich um und fragte sie im Geist: »Warum habe ich gespürt, daß es Gott war, Mutter, als der Baum niederkrachte und als der große Sturm kam und der ganze Wald ächzte und die Äste niedergebogen wurden?«

Ken glaubte ihr Parfüm zu riechen. Er atmete diesen Duft nach Maiglöckchen tief ein. Auf einmal wußte er genau, was sie antworten würde, als ob er ihre Stimme hörte. »Das sind die mächtigen Werke seiner Hände. In ihnen und durch sie finden wir Gott.«

Der Sturm ebbte ab. Es regnete nicht mehr. Am Horizont hatte sich die schwere Wolkenwand verschoben, und dahinter zeigte sich ein Streifen des gelben Himmels, der letzte Abglanz des Sonnenuntergangs. Der Wind rauschte in den Bäumen. Morgen würde es klar sein.

Ken stand auf und ging über den aufgeweichten Boden zu einer Stelle, von der aus er die kleine Lichtung am Waldrand sehen konnte, wo die Pferde grasten. Seine Augen, die an die Dunkelheit gewöhnt waren, erkannten die gewellten Hügel im Schatten. Die tiefschwarze Silhouette einer großen Tanne überragte alle anderen Bäume.

Flicka fraß. Ein Bein war leicht vorgeschoben, und sie rupfte hingebungsvoll große Bündel des nahrhaften Gebirgsgrases ab. Sie war noch dunkler als die Nacht und von bestürzender Schönheit. Seine Mutter hatte ihm einmal erzählt, in der Symbolik Asiens bedeutete das Pferd Verstehen. Und so suchte auch er zugleich mit dem Pferd nach Verständnis.

Wofür? Für alles. Konnte man je das Gefühl haben, daß man alles wußte? Immer würde es dahinter noch etwas geben, wie die kleine Felsspalte, durch die man den verlockenden Weitblick hatte.

Der Wind wehte ihm ins Gesicht und peitschte die Äste. Ab und zu gab es helle Flecke am Himmel, und während die Wolken darüberjagten, leuchteten Sterne auf und verloschen wieder.
Ken fuhr sich mit den Fingern durchs Haar. Er hatte es gern, wenn der Wind darin spielte. Langsam ging er zu der einsamen Tanne, lehnte sich dicht an den Stamm und sah nach oben. Dann – er wußte kaum, was er tat – preßte er die Stirn gegen die Borke und verharrte reglos.
Die vielfältigsten Empfindungen durchströmten ihn. Zuerst die Angst. Es war alles zu groß, zu wunderbar, zu unfaßlich für ihn. Und er war zu klein und zu nichtig. Aber zugleich war auch Liebe in ihm, eine zitternde Leidenschaft für alles Weite und Schöne. Sie erweckte in ihm den Wunsch, trotz seiner Angst ständig weiter zu suchen. Vielleicht könnte er tiefer und immer noch tiefer in das Herz der Welt eindringen, ins innerste Mark, und den Wesenskern – den letzten, winzigen Kern – finden, ihn in die Hand nehmen, festhalten und ihn betrachten, wie er da gleich einer kleinen Nuß lag.
Am nächsten Morgen war der Himmel hell und klar. Nicht eine Wolke war zu sehen. Über der Welt lag ein glitzernder Schleier, und der Wald war erfüllt von Gesang. Vögel huschten durch die Zweige. Ab und zu saß einer auf einem sonnigen Plätzchen und breitete die Flügel aus, so daß seine Federn scharlachrot und blau und golden auffunkelten.
»Auf den Sturm folgt Sonnenschein«, sagte er zu sich. Seine Hand schloß sich fester um die Zügel, und Flicka blieb stehen. Er schien ein allgemeingültiges Prinzip entdeckt zu haben. Wenn es am schlimmsten aussah, kam gutes Wetter hinterher. Daran würde er jetzt immer denken.
Ken konnte die Spur von Peter und Juwel wieder aufnehmen, wo er sie verlassen hatte. Die beiden Pferde waren über eine Reihe von kleinen Lichtungen bergauf gegangen, den höheren Regionen zu. Viele Tage vergingen. Jede Gefühlsregung erstarb in ihm. Mit stoischer Entschlossenheit setzte er seine Suche fort und kümmerte sich um nichts als die Tagesroute und das Essen für sich und seine Pferde.
Nachts träumte er von Sturmwind. Immer wieder holte er dann

den Hengst ein, lockte ihn mit Pfeife und Hafer heran, bis er ihm den Halfter anlegen konnte. Oder er sah ihn mit Juwel herumtollen. Oft wachte er auf und hatte den Klang von Sturmwinds Wiehern noch im Ohr. Er lauschte angestrengt und wollte nicht glauben, daß es nur ein Traum und nicht Wirklichkeit gewesen war.

Kens Herz und Verstand wurden ruhiger. Er war imstande, sein Zelt aufzuschlagen, sich hinzulegen und zu schlafen, wenn Zeit und Ort dazu angetan waren. Er ließ sich nicht davon beeinflussen, ob er etwa gerade von einer Fährte abgekommen war, die er den ganzen Tag verfolgt hatte, oder von dem Gedanken, daß der nächste Morgen ihn bestimmt in Sichtweite der beiden Pferde bringen würde. Die dauernden Enttäuschungen machten ihn hart. In seiner Einsamkeit verschmolz sein Wesen immer mehr mit den Bergen, den Wäldern und dem Himmel.

40

Juwel trug ein Fohlen von Sturmwind; ihre Niederkunft stand bevor. Es war August, und die Sommerhitze erfüllte die Täler. Das Gras war kniehoch und noch grün, kein Mensch hatte es je betreten oder gesehen, nur die Winde strichen darüber hin.

Wie gut es schmeckte! Süß, saftig, kräftig, Berggras mit dicken Halmen – genau das Richtige, um Milch für ein Fohlen zu schaffen!

Um diese Jahreszeit war es nicht leicht zu finden. Das Gras auf den Ebenen war bereits trocken und braun. Nur in den Bergen gab es diese kleinen Täler und Lichtungen, die grünen Stellen, die Pferde witterten sie – und eine führte immer wieder zur nächsten.

Sie grasten im Gehen – der mächtige, rötlichbraun gesprenkelte Wallach und das hübsche englische Stutenfohlen, eine schwarze glänzende Schönheit mit dem makellosen, leuchtend weißen Diamanten zwischen den Augen und dem langen, perlenförmigen Pendant.

Peters riesige Größe verlieh ihm ein drohendes Aussehen, das in Widerspruch stand zu seiner freundlichen, bescheidenen Art – besonders zu dem Blick seiner braunen Augen. Diese herrlichen Augen und die schwere schwarze Stirnlocke ließen ihn wie ein zutrauliches Kind erscheinen, das unter dunklen Ponys erstaunt in die Welt guckt.

Juwel war gewachsen. Ihre Mähne und der Schweif waren struppig, buschig und voll, aber der Kopf war zart und schön geformt wie bei einem englischen Vollblut. Der Körper und die langen Beine hatten die feinen Konturen einer Tänzerin.

Beide Pferde waren in Höchstform. Ihr Fell glänzte so, daß es den Neid jedes Reitknechts hervorgerufen hätte.

Sie rupften große Grasbüschel ab, blieben ab und zu stehen, um ihr Reich zu betrachten. Sie kauten voller Genuß, stellten die Ohren auf und sahen über das liebliche grüne Tal, über dem sich bewaldete Hügel und Kämme erhoben. Es führte immer höher zu den geheimnisvollen weißen Gebieten, deren schimmernde Abhänge im Sonnen- und Mondlicht wie Diamanten glitzerten und die Augen blendeten. Ihr kühler Atem wehte die Pferde an wie eine Botschaft aus einer fernen Welt voller Duft und seltsamer Verlockung.

Während der Tageshitze standen die Pferde im Schatten der Bäume. Sie regten sich kaum, ruhten sich aus, ließen die Köpfe hängen und dösten vor sich hin.

Wenn die Fliegen sie sehr plagten, rieben sie sich aneinander. Sie hatten dafür eine bestimmte Methode. Peters buschiger schwarzer Schweif schwang über Juwels Kopf und fegte jede Fliege fort. Dann wischte er sanft über ihr Gesicht und die Augen, und gleich darauf verfuhr sie ebenso mit ihm. So ging es im Rhythmus stundenlang weiter. Abgesehen von dem praktischen Nutzen wirkte es wie ein Beruhigungsmittel.

Manchmal fanden sie einen Platz ohne Fliegen, einen kleinen Kamm oder einen Felsvorsprung, wo ein Luftzug ging. Hier standen sie und genossen nur das Glück, Freunde und einander nahe zu sein. Juwels Maul ruhte auf Peters Rücken oder Hals, oder er neigte den Kopf über sie. Manchmal berührten sie sich liebkosend mit den Nüstern, kniffen sich zärtlich mit den Lippen, mitunter gruben sie sogar die Zähne in die Haut des anderen, jedoch sanft, wie ein Kind in die Handfläche der Mutter beißt.

Seit dem großen Hagelsturm, in dem sie ihre Wanderschaft angetreten hatten, waren kaum zwei Tage vergangen, ohne daß Gewitter über ihnen krachten, der Himmel seine Schleusen öffnete und Regen oder Hagel auf sie ergoß. Mitunter hingen die Wolken tief und hüllten sie ganz ein, so daß sie einander kaum sehen konnten. Sie schienen die einzigen Lebewesen auf der Welt zu sein, zwei dunkle Geister, die durch den Nebel huschten.

Es gab vielerlei Geräusche, die Juwel heftiges Herzklopfen verursachten. Der Schrei des Puma bei Nacht. Es war so furchtbar, daß er einem Mann den Schweiß auf die Stirn treiben konnte, und ließ Juwel erzittern. Jämmerlich wiehernd drückte sie sich eng an Peter. Den Puma hörten sie ziemlich häufig – das Knurren steigerte sich rasch zu einem ohrenzerreißenden Geschrei und verebbte in Wehklagen voller Todesangst. Wenn Juwel dann in ihrer Pferdesprache Peter fragte: »Was ist das bloß?«, brummte er tief und tröstlich: »Keine Angst, ich bin ja bei dir!«

Aber er sorgte dafür, daß sie nachts im Freien schliefen, nicht unter Bäumen, wo auf einem niederen Ast ein Puma sprungbereit kauern mochte. Eines Abends sah Juwel, wie sich ein Puma auf ein Reh herunterfallen ließ. Der Kopf des Rehs wurde herumgedreht, das Genick war im Bruchteil einer Sekunde gebrochen, und das Tier sackte unter der braungelben Wildkatze zusammen. Der lange gelbe Schwanz schlug flach auf den Boden, und die mächtigen Hauer gruben sich in den Kopf des Rehes.

Peter führte sie schnell fort. Das Unterholz krachte. Er haßte das alles: den Blutgeruch, die Gewalt, die Katze und den Tod.

Sie kannten ihre Feinde. Neben den Pumas drohten die Wölfe. Juwel hatte sie bereits im vergangenen Winter kennengelernt, als sie in Sturmwinds Horde lebte. Sie wußte, daß sogar der Hengst auf der Hut war, wenn er kilometerweit entfernt auch nur das leiseste Heulen hörte. Hier in den Bergen gab es die großen grauen Wölfe, die gewaltiger als die auf der Prärie waren. Sie waren groß wie ein Kalb, hatten kräftige Schultern, viereckige Kinnladen und eine lange, schleppende Rute. Sie lie-

fen einzeln, in Paaren oder kleinen Rudeln herum. Rehe, Antilopen, jede Art Kleinwild und die Jungen von Elchen, Pferden und Kühen waren ihre Beute.
Rehe und Pferde waren Freunde. Sie hatten die gleiche Art, die gleiche Nahrung und die gleichen Gewohnheiten. Oft grasten sie zusammen. Beide waren scheu, hatten kein Verlangen zu töten, und nur ihre Schnelligkeit gab ihnen Sicherheit.
Hier in den Bergen traf Juwel auch zum erstenmal einen grauen Bär. Er war weder Freund noch Feind. Sie konnte keinerlei Beziehung zu ihm finden. Ihr Interesse bestand teils aus Neugier, teils aus Angst, aber der Bär hatte sich gar nicht um sie gekümmert, sondern trottete unbeirrt seines Wegs.
Alle hatten sie ein Ziel, folgten kleinen Spuren, gingen zu Wasserlöchern, tranken oder jagten, kehrten zu ihren Plätzen oder Verstecken zurück und schliefen. Obwohl jedes Tier sein bestimmtes Revier hatte, war es darin doch ständig unterwegs. Nur die Jungen blieben an Ort und Stelle: die Damkitze versteckten sich in ihren Farnbetten, die Bärenjungen spielten tollpatschig am Eingang ihrer Höhlen, die jungen Wölfe verbargen sich unter Felsengeröll.
Auch Peter und Juwel waren dauernd in Bewegung. Pferde legen Hunderte von Kilometern zurück. Die Nahrung in einer kleinen Lichtung ist bald erschöpft. Ihr scharfer Geruchssinn läßt sie das saftige Gras, das von unterirdischen Bergquellen gespeist wird, wittern und leitet sie von einem Platz zum nächsten. Aber dazwischen mußten sie Wälder durchqueren, unfruchtbare Hügel, wo sie viel mehr von Wölfen und Panthern bedroht waren als unten in den Ebenen. Aber ihr Instinkt bewahrte sie vor allen Gefahren.
Sie gingen durch seichte Bäche, die rasch dahinplätscherten. Sie überquerten reißende Gebirgsströme, die durchsichtig wie grünes Glas waren und in Kaskaden herabstürzten. Wenn sie aus einem dieser eisigen Teiche trank, bewegte Juwel kaum das Ohr beim Anblick einer Bisamratte, die durchs Wasser schoß, oder der geschmeidigen, kräftigen Regenbogenforelle, die in den Wasserfällen sprang.
Die Pferde blieben so lange wie möglich außerhalb der Wälder.

Das kleine Tal, in dem sie heute morgen angekommen waren, würde für zwei bis drei Wochen zum Grasen reichen. Dann war es an der Zeit, in niedrigere Lagen und schließlich in die Ebenen zu ziehen. Peter vereinte die Eigenschaften eines Spürhundes, eines Philosophen, eines Geologen und eines Diätsachverständigen in sich – und all das bezeichnet man als Instinkt.
Rund um das Tal auf den Hügeln gab es Quellen. In der Dämmerung tranken beide Pferde aus einem Teich, in dem diese Quellen zusammenflossen. Sie bohrten sich durch ein Gewirr von Bergblumen – Glockenblumen auf haardünnen meterhohen Stengeln, Schwertlilien, Vergißmeinnicht und Astern in allen Schattierungen von Rot und Violett.
Drei Rehe und zwei Kitzen und zwei Rehböcke tranken mit ihnen. Irgend etwas ängstigte sie. Sie warfen die Köpfe in den Nacken, horchten, witterten, jagten dann in gewaltigen Sprüngen den Bergabhang hinauf und verschwanden.
Peter und Juwel lauschten auch. Als sie ins Tal gekommen waren, hatten sie dieses Rudel weiter unten auf der Böschung äsen gesehen und jenseits der Talsohle auf dem gegenüberliegenden Hügel am Rand eines Dickichts zwei Panther, die das Wild beobachteten.
Da waren nun die Rehe, unversehrt. Aber wo steckten die Panther? Peter hob häufig die Nüstern, beschrieb winzige, zitternde Kreise und prüfte den Wind. Da war nichts – kein scharfer Katzengeruch – und die Rehe waren auf den Berg gegangen.
Als die beiden Pferde am nächsten Morgen fraßen, kam über das hohe, wogende Grasmeer etwas auf sie zu, das man für einen Schwarm Möwen halten konnte. Es waren die Köpfe der Rehe, die sich über das Gras erhoben, während sie sich ihren Weg bahnten. Man konnte gerade noch die kleinen hochgereckten Nasen der Kitze erkennen. Ab und zu segelte ein Rehbock mit mächtigem Sprung über eine weite Strecke.
Sie waren wiedergekommen. Die Panther mußten auch irgendwo in der Nähe sein. Der Halbkreis der Sonnenbahn wurde täglich kleiner, die Nächte wurden sehr kalt, von den Gletschern kam häufig ein eisiger Lufthauch – der Sommer neigte sich seinem Ende zu.

Zwischen zwei Maulvoll Gras hatte Peter die Richtung gewechselt und kehrtgemacht. Er beeilte sich nicht, sondern beschrieb einen weiten Bogen. Am Nachmittag verließ er das Tal über den gleichen Hügelabhang, über den sie gestern gekommen waren.
Juwel folgte ihm, wie sie es immer tat. Bis sie wenige Nächte später auf eigene Faust davonging. Als er ihr nachkam, drehte sie sich um und stürzte sich auf ihn. Ihre scharfen Zähne rissen ihm ein Stück Haut von den Schenkeln, dann bäumte sie sich auf und stieß ihn in den Bauch. Als sie ihm auf diese Weise zu verstehen gegeben hatte, daß die Zeit gekommen war, da sie allein sein mußte, trottete sie davon und entschwand seinen Blicken.
Sie hatten den ganzen Tag auf einer sumpfigen Wiese gegrast, wo vor ihnen Schafe geweidet hatten. Die Gegend war noch erfüllt von ihrem Geruch. In dem tiefer gelegenen Wald war Juwel verschwunden.
Die Sonne ging unter. Peter wartete gelassen, den Kopf zum Wald gewandt. Die Dunkelheit brach schnell herein, und der Himmel war bedeckt mit flammenden Farben und fliehenden, blaugrauen Wolkenfetzen. Ein Windstoß kam, und die Bäume am Rand der Lichtung bogen sich und ächzten, ihre Äste peitschten den Boden und richteten sich dann wieder auf. Keine zweihundert Meter entfernt trotteten drei dunkle Gestalten die Wiese herauf. Von weit her ertönte das langgezogene zitternde Heulen eines beutehungrigen Wolfes und wurde innerhalb weniger Minuten dreimal beantwortet, zuletzt von den Wölfen, die gerade an Peter vorbeigerannt waren. Er erkannte sie jetzt. Sie saßen auf den Läufen, hatten die Köpfe hochgereckt, und der schreckliche Schrei drang aus ihren gespannten Kehlen. Er war um so gräßlicher, weil ein falscher, melancholischer Ton darin mitschwang.
Die Wölfe trabten weiter und verschwanden. Obwohl sie für ausgewachsene Pferde keine Gefahr bedeuteten, war es doch gut, daß sie den Schafen gefolgt waren, denn ein Fohlen sollte ja zur Welt kommen.
Es wurde ganz dunkel. Besorgt wandte Peter den Kopf, stellte die Ohren auf und lauschte auf Juwel, auf einen kleinen blökenden Schrei, der ihm sagen würde, daß er eine neue Verantwor-

tung hatte. Ab und zu stapfte er mit dem großen Huf nervös auf, sah auf den Wald, über die Wiese, lauschte, witterte.
Ein Regenschauer kam. Der Wind fegte wieder vom Berg herunter, und abermals neigten sich die Bäume unter ihm, ihre Äste rauschten und ächzten leise. Und dann herrschte Stille.
Der Regen wurde heftiger, er strömte fein und stetig, die Wolken sanken tiefer. Peter nahm ihn gelassen hin. Er hatte den Kopf tief gesenkt und den Rücken leicht gekrümmt.
Stunden verstrichen. Endlich kam der Ton, auf den er wartete, und er fuhr mit einem Ruck hoch. Es könnte auch eine Katze gewesen sein? Juwels sanftes, tiefes, kehliges Wiehern beantwortete den Schrei. Nie zuvor hatte Peter diese Stimme von Juwel gehört!
Durch die Dunkelheit trottete er zu ihr. Sie stand im Wald gegen eine Felswand gelehnt. Ihr Kopf hing über einer dunklen, feuchten kleinen Gestalt, die auf dem Boden lag. Juwel leckte sie hingerissen ab und sprach grunzend und murmelnd zu ihr. Als Peter herankam, hob sie den Kopf, nickte ihm einen Gruß zu, in dem eine Spur von Angst lag, und senkte das Maul dann wieder auf ihr Junges. Peter stand zuschauend daneben, er brummte tief und voll Mitgefühl.
Das Fohlen hob den Kopf. Es würde schwarz werden wie seine Mutter, mit weißen Flecken im Gesicht. Wieder quietschte es leise auf. Juwel antwortete und leckte es noch heftiger ab. Es erhob sich etwas wacklig auf die staksigen Beine, stand zitternd da und fiel dann wieder hin. Die Mutter setzte ihr sorgsames Ablecken fort. Dabei brummte sie ermutigend und liebevoll. Das Kleine rappelte sich wieder hoch, streckte die kleine Nase aus. Es gehorchte bereits dem Befehl, der sein ganzes Leben beherrschen würde: sich seine Nahrung zu suchen. Die Stute war in einem derart entzückten Zustand – Augen, Nase und Lippen waren so beschäftigt mit dem Baby, daß sie es ihm unmöglich machte, ihre Zitzen zu erreichen. Das kleine Wesen zitterte und bebte bei ihrem kräftigen Lecken und Schnuppern. Es streckte die Beine aus, spannte sich an und kämpfte, um sich im Gleichgewicht zu halten. Endlich hörte Juwel auf zu lecken, drehte sich herum, so daß ihre Flanken nahe dem Fohlen waren, und war-

tete. Peter wartete ebenfalls. Der Wind legte sich. Es war sehr still und kühl, der leise Regen tropfte durch die Blätter.
Das Fohlen legte sein kleines Maul gegen die Seite seiner Mutter, sabberte und stieß und drückte hier und da. Es war schwach und zitterte, verlor leicht den Mut, machte Umwege, erkannte sie und kam allmählich den Zitzen näher. Dann verlor es sie wieder, fand zurück und – verfehlte sein Ziel. Endlich stolperte es gegen das heiße, weiche Euter. Die Stute fühlte, wie die Lippen des Fohlens die Zitze ergriffen, sie in den Mund zogen, und das Fohlen spürte die warme geschwollene Brustwarze. Juwel rührte sich nicht. Sie war hingerissen, als ihre Milch in glucksenden Schlücken in den Magen des Babys wanderte. Aber das Fohlen wurde närrisch vor Aufregung – es war seine erste Erfahrung, sein erster Sieg auf dieser Welt! Seine winzigen Hufe tänzelten und stapften, der Kopf wackelte und stieß, sein kleiner Schweif, der wie mit Lockenwicklern gekräuselt war, stand steil hoch und schwang zitternd hin und her vor Begeisterung.
Peter kam heran und beschnupperte das Fohlen. Juwel wandte ängstlich den Kopf und bedeutete ihm, vorsichtig zu sein. Er nickte nur beruhigend zurück, daß sie es eigentlich besser wissen müßte und daß er dem Fohlen bestimmt nicht weh tun würde. Und wieder beschnupperte er den kleinen wackelnden Schwanz, die knochigen, schiefen Keulen. Es war sein Fohlen. Zwar war Sturmwind der Vater, aber dieses Fohlen gehörte der Stute, deren Betreuung Peter übernommen hatte, die er hingebungsvoll liebte und vor allen Gefahren beschützen wollte. Das Junge war sein kleiner Sohn, und seine weichen großen Lippen liebkosten den winzigen, mageren Körper. Der gekräuselte Schwanz zitterte und winkte wie zur Antwort.
Das Fohlen trank, bis es nicht mehr konnte. Sein Bauch war prall wie eine Trommel, und es war ganz erfüllt von Leben und Wärme. Mit einem Schmatzen, das sie zurückschnellen ließ, zog es das Maul von den Zitzen. Dann ging es plötzlich in die Knie, legte sich flach auf die Seite, sein Kopf sank voll glückseligen Vertrauens auf die feuchten Tannennadeln. Die Stute drehte sich blitzschnell herum, stellte sich über das Fohlen und beroch es.
Während der Nacht grasten die beiden Pferde. Das Fohlen er-

wachte in der Dämmerung und trank wieder. Es war jetzt bereits kräftiger, erhob sich geschickter und fand das Euter schneller. Wieder war Juwel überwältigt von dem Wunder, das ihr geschehen war, und drehte sich um, leckte es ab, beschnupperte und liebkoste es, wobei sie die Zitze seinem Maul entriß. Wieder mußte das kleine Wesen suchen – es ging immer rascher, immer leichter, die Übung machte es erfahren.

Es hörte auf zu regnen. Vor der Morgendämmerung kam wieder der Ton, der der Welt verkündete, daß die Wölfe auf Beutejagd waren. Peter wollte die Sumpfwiese verlassen. Juwel folgte ihm, und das Fohlen stakste an ihrer Seite. Es kam verblüffend schnell vorwärts, fiel ab und zu hin, erhob sich jedoch wieder, suchte seine langen, zottigen Beine zusammen und gewann mit beinahe unglaublicher Geschicklichkeit Gewalt über sie. Es war noch nicht einen Tag alt, und doch ging, trabte und galoppierte es an der Seite seiner Mutter.

Überall fanden sie reiches Weideland. Sie grasten, schliefen, wanderten. Das Fohlen wurde kräftiger.

Endlich fanden drei Wölfe die Stelle, an der Juwel gefohlt hatte. Bald darauf wußte Peter, daß sie auf ihrer Spur waren.

41

Peters Tempo war zu schnell für das Fohlen. Häufig konnte Juwel ihm nicht folgen. Wenn das Fohlen schlafend dalag, graste sie in der Nähe und kümmerte sich nicht um Peters Wiehern, mit dem er sie bat, das Kleine zu wecken und weiterzugehen. Dann benahm sich Peter wie ein Hengst, stürzte sich auf sie, biß sie, weckte das Fohlen auf und trieb beide an, mit ihm zu kommen. Aber wie sehr sie sich auch beeilten, die Wölfe waren rascher und vor allem unermüdlich.

Eines Nachts entdeckte Peter sie – ein kleines Rudel von fünf Tieren. Sie hockten hinter ihnen auf einem Hügelabhang, den sie gerade überquert hatten.

Das Fohlen schlief. Juwel wieherte angstvoll auf, als sie die Wölfe ebenfalls sah. Sogar im Schlaf hörte das Fohlen den

Schrecken in der Stimme seiner Mutter. Es sprang auf und floh mit ihr. Peter stand noch immer regungslos da und starrte die Wölfe herausfordernd an. Aber sie rührten sich nicht und beobachteten ihn nur. Nicht Peter wollten sie, sondern das Fohlen. Er machte kehrt und jagte hinter Juwel her. Es war besser, sie und das Junge nicht aus den Augen zu verlieren. Später machten sie wieder Rast. Peter war innerlich so unruhig, daß er nicht grasen konnte. Er witterte und lauschte. Manchmal roch er die Wölfe genau, dann wieder gar nicht. Er mißtraute dem Wind, der bald in diese, bald in jene Richtung drehte. Abermals erklang das blutdürstige Heulen ganz in der Nähe. Er trabte rasch davon. Juwel folgte ihm mit dem Fohlen.

Das Kleine wurde sehr müde. Ihr Tempo verlangsamte sich.

Das Fohlen war jetzt fünf Tage alt. Plötzlich waren die Wölfe dicht bei ihnen. Sie waren dunkler als die Nacht und bewegten sich lautlos durch die Bäume. Man sah nur das Funkeln der feurigen runden Augen.

Juwel und das Fohlen lagen flach ausgestreckt am Boden und schliefen fest. Nur Peter stand aufrecht, döste vor sich hin, war aber ständig auf der Hut.

Ein sechster Sinn warnte ihn. Noch bevor er das wütende Knurren hörte, mit dem die Wölfe ihrer Gewohnheit nach angriffen, hatte er sich kampfbereit über das schlafende Fohlen geworfen. Er wich und wankte nicht und wieherte laut, so daß Juwel erschreckt aufsprang und ebenfalls wild zu wiehern begann.

Peter wirkte so furchteinflößend, daß die Wölfe umkehrten. Sie fletschten grimmig die Zähne. Peters riesiger Vorderfuß mit dem messerscharfen Huf holte weit aus und schlug blitzschnell zu. Ein grinsendes Wolfsgesicht war zu Brei zermalmt. Der andere Wolf bellte, als sei auch er verletzt worden.

Ein dritter war an Peters Flanke. Das Fohlen rannte schreiend vor Angst zu seiner Mutter. Peter spürte, wie die scharfen Zähne sich in seine Hinterhand gruben, und schlug aus. Etwas brannte wie Feuer in seiner Kehle – noch ein Angreifer – er schüttelte ihn ab.

Das Fohlen hob das Maul unter Juwels Leib und ergriff die Zitze. Wenn es diesen Halt hatte, fühlte es sich geborgen. Aber er wurde ihm mit jähem Ruck entrissen. Seine Mutter machte kehrt und galoppierte so schnell davon, wie sie es seit seiner Geburt nicht mehr getan hatte.

Unglaublich geschickt bewegte es die staksigen, dünnen Beine und rannte an ihrer Seite. Sie waren durch ein unsichtbares Band verknüpft, das es ständig festhielt.

Peter jagte hinter den beiden her. Er hatte einen Wolf getötet und einen zweiten verwundet. Die unverletzten Wölfe delektierten sich an dem frischen Fleisch. Das würde sie eine Zeitlang beschäftigen. Aber Peter hinterließ eine Blutspur. In seiner Kehle klaffte eine tiefe Wunde, aus der ein pulsierender Strom den Hals herabrann, über die Brust und die linke Vorderhand auf die Erde tropfte.

In der Dämmerung machten sie wieder halt. Peter und Juwel grasten. Das Fohlen trank, legte sich nieder und schlief. Gegen Abend aber trug der Wind das blutrünstige Heulen wieder heran.

Juwel hatte eine panische Angst. Zärtlich streifte sie ihr Fohlen mit den Lippen, und es sprang auf. Sie rannten davon. Peter blieb stehen, blickte in die Richtung, aus der sie gekommen waren, wartete und beobachtete. Seit vierundzwanzig Stunden verströmte sein Herzblut. Er war beinahe am Ende.

Er ging umher, berührte den Boden mit dem Maul, als wolle er grasen. Aber er hatte kein Verlangen nach Nahrung, es war nur eine automatische Bewegung. Als er jetzt aufsah, entdeckte er drei Wölfe. Sie saßen hundert Meter entfernt und starrten ihn unverwandt an. Die Zungen hingen ihnen weit aus dem Maul. Von Zeit zu Zeit warfen sie die Köpfe zurück und stießen ein langgezogenes Heulen aus.

Einen Kilometer weiter hörte Ken dieses Heulen, ebenso Flicka und Sparks. Er wollte gerade sein Zelt für die Nacht aufschlagen, aber die Spuren waren noch ganz frisch. Sie gehörten Peter, Juwel, ihrem Fohlen und einigen Wölfen. Es war noch hell genug – er wollte weiterziehen.

Kens Herz klopfte aufgeregt. Daß er sie endlich erreicht hatte! Wölfe waren zwar für Menschen ungefährlich, aber für das Fohlen – ohne Zweifel waren sie hinter ihm her. Er nahm sein Gewehr, spannte den Abzugshahn, gab Flicka die Sporen und ritt weiter.

Peter lag am Boden. Er war unfreiwillig hingesunken, ein Fleischkoloß, der fast verblutet und sehr schwach war. Die Wölfe umschlichen ihn immer näher. Er stemmte die Vorderbeine auf und richtete sich halb hoch. Alle drei stürzten sich auf ihn. Mit gewaltiger Kraftanstrengung kam er auf die Füße und kämpfte besessen. Die scharfen Fänge schlugen tiefe Wunden. Peter riß sein gewaltiges Maul auf, packte einen Wolf am Genick, zermalmte ihn und schleuderte ihn von sich. Ein Schuß krachte. Der zweite Wolf sprang hoch und fiel schmerzgekrümmt auf die Erde.

Peter brach zusammen. Falls die dritte Bestie am Leben geblieben war, verschwand sie. Peter war allein. Erschöpft bettete er den Kopf auf den Boden.

Er hörte Hufgetrappel und versuchte vergeblich, sich aufzurichten. Jetzt kam eine menschliche Stimme: »Peter, alter Knabe! Armer Peter!« Schritte, Hände – jemand saß plötzlich neben ihm und wiegte den großen Kopf. Die Berührung der Arme und Hände war sanft, die Stimme freundlich und tröstend – es war ein Freund! Und ein Gewehr hatte er auch – keine Gefahr mehr für Juwel und das Fohlen!

Peters Kopf ruhte in Kens Armen. Frieden – seine Augen schlossen sich in der letzten Ermattung.

Ken hielt ihn eine Stunde, ohne sich zu rühren. Arme und Beine schliefen ihm ein. Endlich erschauerte das große Pferd in einem tiefen Seufzer, seine Glieder zuckten krampfhaft, und auf einmal wurden Kopf und Hals schwerer. Ken machte sich behutsam frei, erhob sich langsam und streckte die steifgewordenen Beine. Traurig sah er auf das tote Tier und folgte dann auf Flicka den Spuren von Juwel und dem Fohlen, bis er in der Dunkelheit nichts mehr erkennen konnte.

Er ritt am Fuß eines Felsens entlang. An einer überhängenden Stelle konnte er sein Nachtlager aufschlagen. Morgen würde er die Jagd fortsetzen.

Aber das war nicht mehr nötig. Etwa um die Stunde des Sonnenaufgangs hörte er im Schlaf das aufgeregte Wiehern der

Pferde. Es war ihm so vertraut, daß er auch mit geöffneten Augen noch einige Sekunden ruhig liegenblieb, ohne sich darüber klarzuwerden, was geschehen war. Dann stützte er sich auf und sah durch die Bäume zu der kleinen Lichtung, wo er Flicka und Sparks angebunden hatte. Jetzt waren es drei Pferde: Sparks, Flicka und Juwel. Nein – sogar vier. Ein winziges schwarzes Fohlen sprang von einer Stute zur anderen. Juwel rief es eifersüchtig zurück, wenn es versuchte, bei Flicka zu trinken, Flicka stieß es mit dem Kopf weg, und Sparks schnaubte und brummte. Die ganze Zeit unterhielten sie sich eifrig – es war ein ohrenbetäubender Krach.

Ken setzte sich auf und betrachtete Juwel. Sie war es wirklich – der Diamant auf der Stirn, das Pendant und alles! Die lange Suche war zu Ende! Wirre Gedanken an Carey rasten ihm durch den Kopf. Sie müßte auch hiersein! Carey und Juwel – die beiden gehörten zusammen. Er war wie betäubt durch das plötzliche Auftauchen der Stute, konnte sie nur unentwegt anstarren und ihren vollkommenen Wuchs, den schmalen, klugen Kopf – all die feinen, klaren Konturen bewundern. Obwohl ihre Mähne und der Schwanz voll und buschig waren, verriet doch jede Einzelheit Rasse und Höchstform. Sie tänzelte auf den Hinterbeinen, während sie sich von einem Pferd zum anderen drehte.

»Ach – ist die schön!«

Die Pferde hörten ihn. Flicka und Sparks wieherten freudig in Erwartung des Haferfrühstücks. Juwel aber hatten die Gefahren der Wälder vorsichtig gemacht. Sie rief ihr Fohlen zu sich und verschwand. Ken kümmerte das nicht weiter. Er band Sparks und Flicka los und füllte ihre Futterbeutel mit Hafer. Er machte noch einen dritten fertig. Während er seine Pferde fütterte, erschien Juwel wieder und wieherte nervös. Sie drängte sich zwischen die beiden und kostete von Sparks' Hafer. Als Ken sich ihr näherte, ließ sie sich von ihm ruhig den Halfter und den Futtersack umlegen. Er schlang den Riemen um einen Baum und ging frühstücken. Als er den Weg, den er gekommen war, zurückritt, führte er Juwel am Zügel. Sie ging gefügig zu seiner Rechten.

Am Spätnachmittag meinte er wieder von ferne dieses metallische Wiehern zu hören. Nein – es war keine Einbildung. Diesmal reagierten die Pferde ebenfalls. Als er Flicka anhielt, wandte sie den Kopf und stellte die Ohren auf. Plötzlich wieherten alle drei. Die Stimme antwortete herausfordernd – ein paar kurze Augenblicke herrschte ein tolles Durcheinander – dann Schweigen.

Endlich war seine Chance gekommen! Jagte Sturmwind jetzt durch den Wald auf sie zu? Es galt nun, klug zu überlegen, einen klaren Kopf zu behalten und keinen einzigen Irrtum zu begehen. Halfter und Zügel; Futterbeutel mit Hafer; Lasso; die anderen Pferde mußte er an Bäumen anbinden, so daß sie sich keinesfalls losreißen konnten. Am besten auch noch die Vorderbeine!

Er arbeitete angestrengt, lautlos, sein Gesicht war dunkelrot. Er führte die drei aufgeregt tänzelnden Pferde auf eine Lichtung, damit er genügend Platz hatte, falls er das Lasso benutzen müßte. Dann band er ihnen die Vorderbeine zusammen, schlang die Zügel fest um die Baumstämme, ohne ihnen viel Spielraum zu lassen. Darin lag die Gefahr – wenn sie aufgeregt wurden, wenn Sturmwind sie angriff, könnten sie zurückschnellen, sich aufbäumen und die Schließen des Halfters oder die Zügel zerreißen. Ken wagte nicht, den Kopf zu drehen und zu lauschen aus Angst, er könnte es im Unterholz krachen hören, bevor er fertig war.

Endlich war alles getan. Er nahm das Lasso und suchte nach einer geeigneten Stelle, wo er es befestigen konnte. Der Baumstumpf dort war widerstandsfähig. Er schlag das Ende des Seiles herum, verknotete es gut und legte das übrige ordentlich zusammengerollt daneben. Dann holte er Sturmwinds Halfter und Zügel – sie waren ganz neu und stabil – aus dem Gepäck und hing sie über die linke Schulter. Er füllte einen Futtersack – den größten von allen. Er hatte ihn nur für diesen Zweck mitgenommen.

Und jetzt mußte er warten. Kaum hatte er sich auf den Stein gesetzt, als die Pferde wieder wild aufwieherten und an ihren Zügeln zerrten. Aus dem Wald erklang die Antwort.

Ken stand auf. Sollte er pfeifen?
Es blieb keine Zeit. Man hörte den Tritt eines schweren Tieres, und dann erschien Sturmwind auf der Lichtung.
Wieder Wiehern und Schreien. Er beachtete Ken überhaupt nicht, sondern trottete zu den Stuten. Das hatte Ken erwartet. Er ging langsam zu ihnen und begann auf den Hengst einzusprechen.
»Tag, mein Junge! Na, alter Knabe! Hast du dich endlich doch bequemt, uns zu besuchen! Wie geht's dir denn?« Er streckte die Hand aus und kam näher.
Sturmwind wandte seine Aufmerksamkeit jetzt auch Ken zu. Er schnupperte an seiner Hand, bäumte sich und drehte sich wieder zu den drei anderen um, die er gründlich beroch. Sparks schnaubte er wütend an, so daß er sich erschreckt möglichst weit zurückzog. Die Stuten wieherten kokett und aufgeregt. Sturmwind liebkoste sie, ging von einer zur anderen und berührte ihre weichen Mäuler. Lange vertrieb er sich so die Zeit.
»Hier ist Hafer, Sturmwind! Komm doch, friß deinen Hafer!«
Ken hielt den Futtersack in der linken Hand, in der rechten hatte er den Kehlriemen.
Sturmwind lief zu ihm, schnupperte. Ein tiefes, brummendes Wiehern erkannte seinen Herrn an. Als er näherkam, ließ Ken den Beutel beinahe auf den Boden hängen. Sobald Sturmwind den Kopf senkte, um daran zu riechen, stand Ken dicht an seiner Seite und legte ihm die rechte Hand mit dem Kehlriemen an den Hals. Sanft streichelte er die dicken Muskeln. Sturmwind schnaubte. Er roch den Hafer und konnte nicht heran. Er hob den kräftigen Huf und schlug danach. Ken ließ den Sack ganz los, glitt mit der Rechten unter den Hals des Hengstes. Gleichzeitig griff er mit der Linken über die Mähne, um den Riemen zu packen. Wenn er nur die Arme um den Hals des Hengstes schlingen konnte – auf diese Weise hatte er ihm immer den Kehlriemen angelegt. Aber der große Kopf hob sich mit einem Ruck, und Sturmwind ging einen Schritt zurück. Jetzt mußte das Ganze von vorn beginnen – er mußte mit ihm reden, ihn liebkosen, ihm von dem Hafer erzählen.
Sturmwind machte kehrt, trottete um die Lichtung zu den Stuten,

und das Brummen, Spielen, Wiehern und Beschnuppern fing von neuem an. Endlich kam er zu dem Hafer zurück. Ken öffnete den Beutel und ließ ihn etwas fressen, aber sobald er versuchte, ihm den Riemen um den Hals zu legen, riß der Hengst wieder aus.

Eine Stunde verging. Und eine zweite. Ken war erschöpft von der Anstrengung. Hin und wieder vergaß Sturmwind die Stuten und graste. Nicht einmal dann erlaubte er Ken, den letzten Schritt zu tun und ihm den Kehlriemen über den Hals zu ziehen. Ken versuchte, sich ihm von vorn, mit dem Halfter in der Hand, zu nähern. Flicka hatte er immer so anhalftern können. Sturmwind aber lehnte die Ehre ab. Er lief fort und graste wieder.

Ken setzte sich auf den Felsen, legte den Kopf in die Hände und seufzte. Das konnte tagelang so weitergehen. Er hatte es noch nicht mit dem Lasso versucht. Sturmwind mochte es nicht – kein Pferd kann es leiden – aber immerhin war er doch gezähmt und gut trainiert. Kehlriemen und Halfter waren doch ganz alltägliche Dinge für ihn gewesen. Wenn er ihm erst einmal den Riemen um den Hals gelegt hatte ...

Ken wußte, daß es eine einmalige Gelegenheit für ihn war. Sturmwind war hier und graste. Er erhob sich und ließ das Lasso um den Kopf des Hengstes schwirren.

Sturmwind erschrak etwas, sah auf, beobachtete. Offenbar wartete er bis zum letzten Moment, machte dann kehrt und verschwand im Wald.

Ken zog das Seil ein und fluchte so kräftig, wie es sein Vater nur je getan hatte.

»Er kommt bestimmt zurück«, murmelte er und begann die Pferde zu füttern und sein Zelt aufzuschlagen.

Er legte sich hin und konnte schlafen.

Sturmwind würde die Nacht in der Nähe der Stuten verbringen, das wußte er. Und wahrscheinlich würde er am Morgen bei ihnen sein und Hafer haben wollen. Dann konnte er ihn einfangen. Vielleicht nicht morgen, aber bestimmt am folgenden Tag. Früher oder später würde der Hengst den Kampf aufgeben.

Als er daran dachte, wie oft er sich eingebildet hatte, das Wiehern zu hören, kam er zu dem Schluß, daß Sturmwind ihnen vom North Plate River die ganze Zeit gefolgt war. Dieser Umweg hatte sie in Verbindung zu ihm gebracht, allerdings nur durch einen Geruch, den der Wind mit sich trug, und durch ein entferntes Wiehern. Ohne Frage hatte Sturmwind Sparks und Flicka gehört, und das hatte ihn verlockt, ihnen zu folgen und endlich nahe heranzukommen.

Daß Ken dann den Fehler gemacht hatte, statt Peters Fährte Sturmwind nachzugehen, hatte den Hengst aus eigenem Antrieb zu ihm gebracht. Lange dachte Ken darüber nach. Er erinnerte sich des Schuldbewußtseins, der Verlassenheit und wie er dann Gott im Wald gefunden hatte.

Allmählich kam er sich wie ein Held vor. Er lag flach auf dem Rücken, streckte beide Arme über den Kopf, gähnte und grinste dann. Juwel nach Hause bringen! Er würde sie reiten und Flicka am Zügel führen – nein, es wäre noch besser, Sturmwind zu reiten. Würde das ein Triumph werden!

Er dehnte sich in seinen Decken, rollte sich zusammen und lag halb träumend da, malte sich aus, wie er mit dem berühmten Außenseiter auf der Ranch einziehen würde – mit Packpferd, zwei Stuten und dem Fohlen als Gefolge. Zu schade, daß Carey seine Ankunft nicht miterleben konnte!

Trotzdem war es ein Triumph. Auch sein Vater würde das zugeben müssen. Aber er wußte genau, daß er kein Lob von Rob bekommen würde. Irgend etwas ging bestimmt noch schief!

Wenn es ihm nun nicht gelang, Sturmwind einzufangen? Nun – das wäre nicht schlimm, denn der Hengst würde den Stuten auf jeden Fall nach Hause folgen.

Als er in seiner Phantasie den kleinen Zug nach Hause geleitete, begannen andere Bilder vor ihm aufzutauchen. Sein Lächeln verschwand. Er überlegte alles sorgfältig. Endlich setzte er sich auf und schlang die Arme um die Knie.

Sturmwind rannte frei hinter ihm her, während sie sich der Ranch näherten – gut und schön. Aber was geschah, wenn er die Stuten bereits auf der Sattelhöhe witterte? Ken sah es deutlich vor sich, wie der weiße Hengst davongaloppierte, sich überhaupt nicht um seine beschwörenden Rufe, sein Pfeifen küm-

merte – über einen Stacheldrahtzaun setzte – die Sattelhöhe hinaufjagte – und über den Kamm entschwand.
Und was würde Banner tun? Natürlich seine Horde beschützen. Er würde sie umkreisen, sie zusammentreiben und jeden Störenfried zum Kampf stellen.
Morgengrauen – oben auf der Sattelhöhe. Ringsum die einsamen Berge und Ebenen. Die zusammengedrängten, verstörten Stuten. Die kleinen Fohlen, die aufgeregt schrien und die Gefahr spürten. Und vorn die beiden Hengste, der weiße und der rotbraune. Hochaufgerichtet starrten sie einander an und barsten vor Kraft und Mordlust.
Banner war ein alter Hengst, erschöpft von einem arbeitsreichen Leben. Sturmwind aber war jung und stark. Er hatte auch den Albino umgebracht.
Wie er bei Juwels Anblick gemeint hatte, Carey zu sehen und ihre Stimme zu hören, so tauchte jetzt beim Gedanken an Banner das Gesicht seines Vaters vor ihm auf. Das war es, was Rob die ganze Zeit bedrückt hatte. Deswegen wollte er Sturmwind kastrieren lassen, ihn weggeben, ihn sogar erschießen. Und Ken hatte das Seine zu dieser Entwicklung beigetragen!
Er erwog seine gefährliche Lage, jede Möglichkeit, und merkte gar nicht, daß er leise zitterte. Endlich legte er sich wieder zurück und versuchte zu schlafen. Heute nacht konnte er gar nichts tun. Aber morgen – ja, morgen –, wenn er überhaupt zu etwas taugte, wenn er für irgend etwas gut war, wenn an seiner Macht über Sturmwind, mit der er so prahlte, nur ein Körnchen Wahrheit war, mußte er den Hengst fangen, ihn satteln, aufzäumen und ihn heimreiten.

42

An einem trüben Nachmittag gegen drei Uhr stieg Nell auf Roter Flügel und ritt in kurzem Galopp durch die Wiesen bis zu dem Abschnitt, wo Rob und die Leute das letzte Heu aufluden.
Bevor sie die anderen erreichte, ließ sie das Pferd in Schritt fal-

len und genoß den geschäftigen Anblick. Die beiden Rappen, Patsy und Topsy, trotteten flink am Rechen und versetzten die beiden großen Räder in kräftigen Schwung – der Rechen hob und senkte sich, während er die Heuschwaden zusammenkehrte. Der Wagen mit den drei Männern fuhr langsam von einem Heuhaufen zum nächsten. Tim und Wink luden auf, Rob lenkte. Nell hielt neben Rob.

»Hallo!«

»Tag, Rob.«

»Willst du uns besuchen? Wie wär's mit ein bißchen Aufladen? Wir brauchen noch 'nen tüchtigen Mann.«

Nell lächelte, hob das rechte Bein über den Sattelknopf und saß jetzt seitlich. Roter Flügel begann Gras zu knabbern.

Wie gewöhnlich verschlang Rob sie mit den Augen. »Du siehst völlig verändert aus, Nell.«

»Mit geht's großartig. Unglaublich, was so 'ne Schilddrüse im positiven wie im negativen Sinn ausmachen kann.« Sie griff in die Tasche, und Rob streckte die Hand aus, noch bevor er den Riegel Schokolade erkennen konnte. »Kraftnahrung für dich!«

Rob biß begeistert hinein.

Er soll das erst mal essen und sich ein bißchen versüßen, bevor ich ihn mit den Nachrichten überfalle, dachte Nell.

»Was macht Penny?« fragte er mit vollem Mund.

»Die ist quietschfidel. Miß Sartoris geht mit ihr spazieren.«

»Das ist doch eine richtige Erholung für dich, daß wir die Kinderschwester haben?«

Nell nickte, und in ihren Wangen erschienen zwei Grübchen. Sie hatte zehn Pfund zugenommen. Die dunklen Schatten unter den Augen waren verschwunden, sie hatte frische, gesunde Farben bekommen.

»Wir werden sie auch noch eine Zeitlang behalten«, schlug Rob vor. »Hast du noch so 'nen Riegel?«

Nell fischte in der anderen Tasche. »Bist du nicht bald fertig für heute?«

»Wir müssen das Heu hereinbringen. Ich glaub, es wird nachts regnen.«

Gus, der hinten stand, stieß einen lauten Ruf aus. Das bedeutete, daß man zum nächsten Heuhaufen weiterfahren sollte. Tommy und Big Joe gingen los, noch ehe Rob die Zügel ergriffen hatte. Der alte Wagen rüttelte und knarrte. Er strömte einen Geruch nach süßem Heu, nach Roßminze aus, die man am Bachufer gemäht hatte, und nach dem Schweiß der Männer. Nell ritt nebenher.

Als Rob beim nächsten Heuhaufen hielt und die Männer aufzuladen begannen, sagte Nell: »Ken hat ein Telegramm geschickt.«

Robs Ausdruck veränderte sich sofort. Er sah sie an. Sie nickte lächelnd: »Er hat sie!«

»Beide?«

»Ja.«

Rob schrie so laut auf, daß die Pferde scheuten.

»Paß auf!« rief Nell und hielt die Zügel von Roter Flügel fest.

»Ein Glück, damit sind meine Sorgen vorbei«, grinste Rob vergnügt.

»Und deine Ehre ist gerettet. Jetzt kannst du Mr. Greenway telegrafieren, daß du dein Versprechen gehalten hast und daß er sich sein Million-Dollar-Fohlen bei uns abholen kann.«

»Wo ist denn der Junge? Woher hat er telegrafiert?«

»Aus Beaufort, ein Brieftelegramm, gestern abend aufgegeben.«

»Beaufort«, sagte Rob nachdenklich. »Das ist doch keine achtzig Kilometer entfernt, da kann er ja jeden Augenblick hier sein!«

Nell nickte. Ihr Blick schweifte über die Wiesen. Robs Aufmerksamkeit wurde geweckt.

»Steht noch was in dem Telegramm?«

»Ja. Etwas, das mich beunruhigt.«

»Schieß los!«

»Er schreibt: ›Reite Juwel. Führe Flicka und Sparks. Konnte Sturmwind nicht fangen. Er folgt uns. Achtet auf Banner und Stuten!‹«

Eine lange Minute starrte Rob sie an. Sein Lächeln war verschwunden. Und dann machte er seinen Gefühlen mit einem Schwall seiner saftigsten Flüche Luft. Nell tat, als bewundere sie die Landschaft. Rob versank wieder in brütendes Schweigen und erklärte schließlich: »Ist das nicht wirklich wie verhext?«

»Das kann man wohl sagen«, erwiderte Nell. Sie wollte hinzufügen: »Was wirst du tun?« Aber in solchen Augenblicken ging es ihr genau wie den Jungen, die wußten, daß er ihnen den Kopf abreißen würde, wenn sie Fragen stellten.
Robs Blicke wanderten zum Horizont, als erwarte er, den kleinen Zug jede Sekunde auftauchen zu sehen. Er schaute auf die Uhr und dann nach dem Wetter. Schließlich kletterte er herunter.
»Würdest du bitte absteigen und den Wagen fahren, Nell? Und mir dein Pferd geben?«
»Was willst du denn tun?«
»Zur Sattelhöhe reiten und Banner und die Stuten hereinholen.«
Nell glitt vom Pferd und stieg auf die Radnabe des Wagens. Rob packte sie am Hosenboden und hob sie empor. Gus streckte ihr die Hand entgegen.
Rob schrie ihm die Nachricht zu. »Ach, du meine Güte!« rief Gus.
»Er kann heute abend oder morgen früh hier sein«, erklärte Rob.
»Und gar keine Frage – Sturmwind kann vor ihm eintreffen. Wenn das Pferd einmal nahe von zu Hause ist, wird es von sich aus ankommen.«
»Vielleicht ist er jetzt schon oben auf der Sattelhöhe.« Nell lächelte ihm freundlich zu, als sie die Zügel in die Hand nahm.
Rob blitzte sie mit seinen blauen Augen an. »Lade alles auf, Gus, und deck die Plane drüber, bevor du es heut abend einfährst. Es wird regnen.«
»Ja, Chef.«
Während Rob die Steigbügel an Nells Sattel länger stellte, überschaute er das Feld und kontrollierte, was die einzelnen Leute taten.
»Wohin willst du denn mit ihnen?« fragte Nell.
»Banner bring ich in den Stall.«
Sie nickte. »Das wird ihm gar nicht passen, aber es ist am sichersten. Wenn du ihn in die Koppel treibst, würde Sturmwind über den Zaun setzen und ihn umbringen.«
»Die Stuten und Fohlen lasse ich auf die Große Weide. Da kann

er zwar herein und tun, wozu er Lust hat, aber sie können wenigstens nicht raus.«

»Sind alle gedeckt?« fragte Nell.

»Jede einzelne.« In Robs Stimme klang Schadenfreude. »Von dem wilden Blut dieses Teufels kommt mir kein Tropfen in meine Pferde, danke bestens!« Er schwang sich in den Sattel. Nell beobachtete, wie ihr sanftes Pferd tänzelte und am Gebiß kaute, als es Robs mächtigen Willen und seine starke Hand spürte.

Rob gab ihm die Sporen, und Roter Flügel stob davon. »Sei vorsichtig, Nell!« rief Rob über die Schulter zurück.

»Auf Wiedersehen!«

Robs Zorn wurde immer größer. Daß er seine Arbeit im Stich lassen mußte, wo sie derart unter Zeitdruck standen und jeder Mann gebraucht wurde! Daß er nachmittags noch zur Sattelhöhe reiten und die Pferde zusammentreiben mußte! Und dann dieser anstrengende Weg bergab mit den ganzen Tieren, wenn eigentlich die Tagesarbeit beendet sein und er bequem in seinem Sessel sitzen sollte, ein Glas Whisky in der Hand. Er hätte sich denken können, daß Ken etwas Ähnliches anstellen würde!

»Aber was hätte er denn sonst machen sollen?« fragte Nell beim Abendbrot. Inzwischen hatte sie Pearl besänftigt, daß so spät gegessen wurde, sich das Heu aus dem Haar gekämmt und Penny schlafen gelegt. Rob hatte sich gewaschen und umgezogen, war aber nicht weniger wütend. »Wenn er ihn einfach nicht fangen konnte, was blieb ihm anderes übrig? Der Hengst würde den Stuten folgen, und Ken sollte die Stuten zurückbringen, stimmt's?«

»Er hatte ein Gewehr, oder nicht?« erwiderte Rob kalt.

»Das ist doch lächerlich, Rob.«

»Keineswegs. In Westgate stand es klipp und klar fest, daß der Hengst getötet werden müßte, wenn man ihn nicht einfangen könnte. Und Ken hat sich damit einverstanden erklärt.«

»Wenn ich dagewesen wäre, wäre es nicht dazu gekommen!« erklärte Nell so kriegerisch, daß Rob sich abwenden mußte, um sein Schmunzeln zu verbergen.

»Damit muß sich jeder abfinden«, sagte er, als sie von Tisch aufstanden. »Entweder Sturmwind wird eingefangen und kastriert, oder er wird erschossen. Wir werden diese Plage nicht Jahr für Jahr mitmachen.«

Sie setzten das Telegramm an Beaver Greenway auf und gaben es durch.

»Sei jetzt nett zu ihm«, waren Nells letzte Worte, als sie Ken sahen, wie er seine Kavalkade den Weg heraufführte, über die Weide und dann zu den Ställen, Sturmwind war nicht bei ihm. Kein Zeichen von dem Hengst!

Aber in Rob kochte es zu sehr, als daß er sich hätte lange zurückhalten können. Sie hatten Juwel und ihr Fohlen sicher im Kuhstall untergebracht, unerreichbar für Banner. Flicka und Sparks wurden auf die Weide geführt. Dort konnten sie die Strapazen vergessen, sich ausruhen, herumwälzen und ihre müden Muskeln entspannen. Nachdem sie Abendbrot gegessen und Kens Geschichte gehört hatten, brach Rob los.

»Warum zum Teufel hast du bis zur letzten Minute mit dem Telegramm gewartet und mir erst dann gesagt, was mir bevorsteht?«

»Weil ich immer noch geglaubt hab, ich könnt ihn kriegen«, erwiderte Ken niedergeschlagen. »Ich hab's doch die ganze Zeit versucht.«

»Wann hast du ihn zuletzt gesehen?«

»Bevor wir nach Beaufort gekommen sind. Ich hab ein paar Pferde in der Ferne wiehern gehört. Da ist er verschwunden und seitdem nicht mehr aufgetaucht.«

»Hat sicher wieder ein paar Stuten gestohlen!« rief Rob hitzig. Ken antwortete nicht. Das gleiche hatte er auch befürchtet.

Sie saßen im Wohnzimmer. Die Nacht war kühl, im Kamin brannte ein Feuer. Ken hockte in einem Sessel und ließ ein langes, dünnes Bein über die Lehne baumeln, eine Haltung, die sein Vater oft einnahm. Rob rannte nervös auf und ab und biß auf seiner Pfeife herum.

»Sieh dich doch nur an!« donnerte er weiter. »So geht's nun jeden Sommer. Du bist ein Wrack! Du verbringst deine Ferien damit, dich total fertigzumachen, und dann gehst du in die Schule zur Erholung. Das bezweckst du wohl auch dabei!«

Ken wandte das erschöpfte braune Gesicht mit den tiefen Schatten unter den Augen dem Feuer zu. Er gab seinem Vater keine Antwort – ihm war nicht danach zumute.

Er ist zu müde, dachte Nell ... »Du sagst, Ken, du hast bis zum Schluß versucht, ihn einzufangen. Du meinst doch – bei Tag?«

»Nachts auch«, erwiderte Ken mit derselben bedrückten Stimme, ohne sie anzusehen. »Wenn ich ihn in der Nähe gehört hab, bin ich mit Halfter und Kehlriemen losgegangen.«

»Wie lange ist's her, daß er zu euch gekommen ist?«

»Ungefähr zehn Tage – ich weiß es nicht mehr genau.«

Rob warf ihm einen wütenden Blick zu und sah dann Nell an. Sie hielt seinen Augen stand. Zehn Tage, dachten beide. Er hat seit zehn Tagen nicht geschlafen. Rob begann wieder, wie im Käfig auf und ab zu laufen.

»Und wozu das alles?« brüllte er. »Für ein Pferd – eine nichtsnutzige Bestie, die von ihrer Geburt an 'ne Landplage war!« Er rollte Sturmwinds ganzen Lebenslauf auf, rekapitulierte jede Enttäuschung, jede Gewalttätigkeit.

Ken hörte seine Worte, ohne ihren Sinn zu erfassen. Es war auch ganz gleichgültig, was er sagte. Er hatte sein Bestes getan, und jetzt war es aus. Laß ihn toben! Seine Gedanken wanderten zu Carey. Er hatte ihre Stute zurückgeholt ... dem Himmel sei Dank ... ja, er hatte sein Versprechen gehalten ... Carey ... sie würde jetzt kommen ...

Robs dröhnende Stimme ging unter in dem Knistern des Feuers und dem Rauschen des Windes im Kamin. Kim und Chaps lagen auf ihren Kissen beim Feuer. Pauly hockte neben Nell auf dem Diwan. Willy hatte sie auf dem Schoß. Daheim – was kümmerte ihn das alles – er war daheim – Bett – schlafen ...

Sein Kopf sank auf die Schulter, und die Augen fielen ihm zu. Nell beobachtete ihn lächelnd. Er war fest eingeschlafen. Rob fuhr mit seiner Tirade fort und raste immer noch im Zimmer herum. Das tut ihm gut, dachte sie und streichelte den kleinen runden Hundekopf, er soll sich nur alles vom Herzen reden, während Ken schläft. Endlich beugte sich Rob über den Jungen. »Hol mich der Teufel!« rief er. »Er hat kein Wort von alldem gehört, was ich gesagt hab.«

Nell schwieg. »Sieh ihn dir doch an, Nell.«
»Das tu ich schon die ganze Zeit«, sagte sie, ohne sich zu rühren.
Auch Rob bewegte sich nicht. Ein langes Schweigen folgte. Dann legte Rob die Hand auf Kens Schulter und schüttelte ihn sanft.
»Ken!« flüsterte er. Keine Antwort. Kens Kopf rollte auf seine Schulter.
»Du mußt ihn fester rütteln, wenn du ihn aufwecken willst. Vergiß nicht – er hat seit zehn Tagen nicht geschlafen.«
Rob legte die Pfeife sorgfältig in den Aschenbecher, packte Ken wie ein Fohlen bei den langen, spindeldürren Beinen und hielt ihn schließlich in den Armen.
»Er ist fast so groß wie du.«
»Aber er wiegt überhaupt nichts«, erwiderte Rob rauh. Er blickte auf das müde Gesicht, das über seiner Schulter hing. »Ich wette, er hat auf dieser Tour fünfzehn Pfund abgenommen.«
»Er hat das getan, was ihm aufgetragen war«, meinte Nell kurz.
Rob trug den schlafenden Jungen aus dem Zimmer, die Treppe hinauf und schlich so vorsichtig, als könnte ihn das Geräusch eines Schrittes aufwecken.

43

Auf dem halben Weg zur Sattelhöhe reckt eine alte Tanne ihren knorrigen Stamm durch einen zerklüfteten, ausgewachsenen Felsen und breitete ihre Zweige weit über den Abhang.
Hier saß Ken am Morgen nach der Ankunft der Greenways. Im Osten glühte rosa und blau der Sonnenaufgang, aber Ken hatte nur Augen für das Gatter tief unter ihm, das von der Weide auf die Landstraße führte. Durch dieses Gatter mußte sie kommen, falls sie überhaupt kam!
Wochenlang hatte er auf diesen Augenblick gewartet. Seitdem er wieder zu Hause war, hatte er geschlafen, gegessen, war herumgelaufen, hatte Fragen beantwortet und Juwel versorgt und geritten. Sein Vater und seine Mutter hatten zugesehen, wie er die Stute über die neunzig Zentimeter hohe Steilmauer setzen

ließ, über die Stachelbeersträucher, über das eineinhalb Meter hohe Geländer und im Weitsprung über den Bach. Er hatte seiner Mutter seine Sachen zur letzten Durchsicht gebracht, bevor er sie für die Schule einpackte. Er hatte seine Bücher zusammengesucht und Gus gebeten, ihm seinen Koffer auszubessern. Und als der große Cadillac ankam, hatte er Juwel in allen Gangarten vorgeführt, während Mr. Greenway und Carey zuschauten.

Aber er hatte alles wie in Trance getan. Selbst als etwas geschah, was ihn vor einem Jahr noch hätte aus dem Häuschen geraten lassen – Mr. Greenway bat ihn, Juwel auf ihrem ersten Rennen im November zu reiten, und sein Vater hatte eingewilligt –, konnte er keine große Begeisterung darüber empffinden. Er wartete nur auf den Augenblick, in dem er und Carey allein wären.

Ken legte sich zurück auf den Rasen, bedeckte die Augen mit einem Arm und begann im Geist seinen Heiratsantrag. Sie würde natürlich gleich Bescheid wissen und ihm auf halbem Weg entgegenkommen. Ganz leicht ginge das – sie würden sich eben einfach in die Arme fallen. Plötzlich sprang er auf.

Da war Carey – sie stand vor ihm in ihren enganliegenden grauen Reithosen und der weißen Bluse. »Eine schöne Kletterei!« Sie warf sich erschöpft auf den Rasen.

»Hast du meinen Zettel gefunden?« Ken setzte sich wieder. Es machte ihm Mühe, nicht zu stottern.

»Natürlich! Unter meiner Tür! Und hier bin ich!« Carey legte sich zurück auf den Abhang und sah in die Zweige hinauf. »Warum nennst du ihn Affenbaum? Ich glaub, das ist gar keiner.«

»Wir nennen ihn so. Es gibt nur noch ein paar davon auf der Ranch. Er sieht aus, als ob er dauernd Gesichter schneidet, deshalb haben wir ihn Affenbaum getauft.«

Carey lachte, und Ken war wütend über sich selbst. Alles ging schief. Über die Tanne zu reden war genauso falsch wie über Pferde. Seit der Ankunft der Greenways hatte es nichts als Pferde, Pferde und noch einmal Pferde gegeben. Er hatte jeden Kilometer seiner Tour beschreiben müssen, seine ganzen Erlebnisse. Dann hatte Carey Juwel geritten und mit ihr alle Hürden genommen. Den ganzen Abend wurde über die Rennen gesprochen, die Juwel gewinnen würde. Er hatte nicht einmal an seinen Heiratsantrag denken können. Und jetzt geschah auch nichts.

»Wieso hat denn deine Großmama erlaubt, daß du ohne sie fährst?« fragte er beiläufig.

Carey setzte sich schnell auf und sah ihn ernst an. »Weißt du was? Ich hab festgestellt, daß Großmama nur krank wird, wenn sie ihren Kopf nicht durchsetzen kann.«

»Was haben wir dir immer gesagt?«

»Sie wollte nicht, daß ich mit Onkel Beaver herkomme. Und als ich gesagt hab, ich wollte doch, hat sie angefangen, über ihren Rheumatismus zu klagen, und ich mußte ihr heiße Kompressen machen.«

»Und du bist trotzdem hier?«

Carey nickte. Sie war etwas geknickt. »Onkel Beaver hat's durchgesetzt. Ich hab mich nicht getraut.«

»Warum denn nicht, Carey? Du darfst nicht so ängstlich sein!«

Sie seufzte tief. »Sie wird doch gleich so wütend! Das bringt mich ganz durcheinander. Wenn ich nur auch wütend werden könnte! Sobald einer wütend ist und der andere nicht, gewinnt immer der mit der Wut. Erinnerst du dich, als ich in Westgate morgens mit dir ausreiten wollte?«

Ken lag schweigend da, während Carey über diesen Zwischenfall schwatzte. Er war ganz verzweifelt. Was für einen Verlauf das Gespräch auch nehmen mochte – dem Heiratsantrag schien es ihn doch keineswegs näherzubringen.

Endlich streckte sich Carey auch ins Gras. »Ich kann eben nie auch nur ein kleines bißchen wütend werden«, erklärte sie entmutigt.

Ken antwortete nicht.

»Stell dir vor, wenn sie doch wirklich krank war? Auch nur ein bißchen!«

Ken schwieg noch immer.

Carey verbreitete sich über dieses Thema und hörte dann endlich zu reden auf.

Die Farben ringsum hatten sich verändert. Der Hügelabhang leuchtete grün, die Luft war golden, und die rosa Wolken sahen jetzt aus wie schneeige Baumwollflocken. Die Stunde verstrich. Der letzte Tag war da! Wie konnte Carey nur so vergeßlich sein!

Ken stützte sich auf und sah auf das Mädchen neben sich. Er wollte ihr Vorwürfe machen, aber das wäre ihm nur hinderlich. Das Schweigen wurde immer drückender. Careys weiße Bluse hatte über der linken Brust eine kleine Tasche, in der ein winziges blaues Taschentuch steckte. Ken sah, wie das Taschentuch in einem raschen Wirbel zitterte. Sein Herz hämmerte plötzlich ebenfalls. Also wußte sie – sie war auch – sie –

Carey wandte ihm das Gesicht zu, als er sich näher zu ihr beugte. Er wußte kaum, was er tat. Eine Sekunde lang erkannte er die Erregung in ihren Augen. Dann sah er nichts mehr.

Als Carey sich endlich aufsetzte, drückte sie das blaue Leinenfetzchen an die Augen.

Ich weiß gar nicht, warum ich weine!«

Ken sprang auf und machte ein paar Schritte. Er stand dort wenige Augenblicke, kehrte dann um, warf sich neben sie auf den Rasen und streckte die Arme aus. Er seufzte tief auf – sie hielten sich engumschlungen.

Dann nahm Ken ihre Hand und legte sie über seine Augen. Mit einem Finger fuhr sie sanft über seine Brauen, über die Backenknochen. Hin und wieder wandten sie die Köpfe, bis sich ihre Lippen leicht berührten.

Schließlich richtete sich Carey auf. Er beobachtete jede ihrer Bewegungen, als hätte er sie nie vorher gesehen. Sie schaute auf ihn herab, und er lächelte sie an. Dieses Lächeln ließ ihr Herz schneller schlagen. Es machte alles so aufregend – als ob sie ihn noch gar nicht richtig kennen würde, und doch gehörte er ihr.

»Darauf hab ich so lange gewartet«, sagte er, und seine Stimme klang rauh.

Ihre Augen flimmerten, und sie errötete.

»Ich hab gewußt, daß es so kommen würde. Du auch, Carey?«

Sie nickte und betrachtete angelegentlich ein Stück Quarzstein, das sie im Gras gefunden hatte.

»Jetzt sind wir verlobt.«
Darauf gab sie keine Antwort.
»Stimmt's etwa nicht?«
Auf ihrem Gesicht lag leiser Zweifel.
»Wie kannst du nur so aussehen! Du weißt doch genau, daß wir verlobt sind!«
»Hm – ja, ich glaub schon, aber –«
»Und das bedeutet verheiratet, nicht wahr? Verlobt, um zu heiraten?«
»Das liegt doch alles noch so weit, Ken. Zu weit, um auch nur daran zu denken. Und dann, du weißt doch – Großmama – ich kann mir nicht vorstellen, daß sie es je erlauben wird.«
Ken explodierte. »Darauf hab ich nur gewartet! Du wirst doch nicht zulassen, daß sie sich zwischen uns beide stellt, Carey?«
»Aber gerade das will sie doch! Ich glaube, sie weiß alles, Ken.«
»Was denn?«
»Nun – das –«
»Das« war eine neue Umarmung, ein neuer Kuß. Dann nahm Ken ihre beiden Hände und hielt sie fest. »Versprich mir, daß du dir dein Leben nicht von ihr ruinieren läßt.«
»Was meinst du damit?«
»Daß sie unsere Heirat verhindert.«
»Aber, Ken, wir sind doch auf jeden Fall noch zu jung.«
»Das weiß ich! Verdammt noch mal! Nächstes Jahr muß ich wohl aufs College. Wenn du doch nur auch aufs College gingst, Carey, im Osten, dann könnten wir uns immer sehen, tanzen gehen – wie ein richtiges Brautpaar!«
»Ich möchte schrecklich gern aufs College«, sagte Carey sehnsüchtig.
»Aber da hätten wir's ja. Wieder Großmama. Sie will's nicht. Schon bei dem Gedanken daran bekommt sie ihr Asthma.«
»Und was sagt dein Onkel dazu?«
»Es wäre ganz meine Sache. Falls ich will, hilft er mir.« Sie atmete tief. »Wenn ich mich doch nur trauen würde!«
Bei dieser aufschlußreichen Bemerkung schmolz Kens Herz. Sie hatte wirklich Angst vor der selbstsüchtigen alten Frau, die sie ihr ganzes Leben lang beherrscht hatte. »Jetzt wirst du dich

trauen, Carey. Du hast ja mich. Das macht schon was aus.« Er küßte sie wieder. Carey hatte wirklich allmählich das Gefühl, daß es etwas ausmachte.

»Bald wird ein Tag kommen, an dem du ganz ruhig sagen wirst –«, prophezeite Ken weise wie ein Sechzigjähriger –

»Kümmere dich um deinen eigenen Kram!« rief Carey, und sie brachen in schallendes Gelächter aus.

Es gab soviel, worüber sie reden mußten. Mehrfach ging es Ken durch den Kopf, daß er ja jetzt sozusagen eine Frau hätte und deshalb auch eine Vorstellung davon haben müßte, was er für einen Beruf ergreifen und wie er sie ernähren wollte. Da aber diese Gedanken nicht darüber hinausgingen, daß er irgend etwas Gewinnbringendes mit Pferden anfangen könnte, beschloß er, sie gar nicht erst zu erwähnen. Statt dessen sprachen sie über die Ferien zum Erntedankfest, wo Ken Mr. Greenway besuchen sollte. Er könnte dann Juwel trainieren und die Rennbahn kennenlernen. Wenn die Stute in Form war und alles gutging, würde er sie im Rennen reiten. Mr. Greenway hatte gesagt, das sollte Ken ein bißchen für all seinen Kummer über Juwel und für die Enttäuschung mit Sturmwind entschädigen.

»Siehst du – es beginnt schon – unser gemeinsames Leben«, sagte Ken.

Carey war nachdenklich. »Ich wollte, es wäre Sturmwind.«

»Willst du denn nicht, daß ich deine Stute reite?«

»Aber das weißt du doch –«

Das war nicht genug. Ken wollte mehr, und sie strahlte ihn an. »Lieber als jeder andere Mensch auf der Welt sollst du Juwel für mich reiten, Ken! Niemand könnte es so gut wie du! Du bist einfach wundervoll zu Pferd!«

Ken bekam seine erste Kostprobe von dem süßen Gift der Schmeichelei, das eine Frau dem Mann gibt, den sie liebt.

»Ich hab das nur gesagt«, fuhr Carey fort, »weil ich weiß, wie sehr du dir wünschst, Sturmwind in einem Rennen zu reiten. Ich kann es nicht ausstehen, wenn du enttäuscht bist.«

Ken schüttelte den Kopf und wurde zurückhaltend. »Aber ich reite Juwel ebenso gern. Wirklich.«

»Übrigens ist's so, als ob Sturmwind auch mir gehört. Ich fühl's wenigstens so. Es wäre, als ob ich mein eigenes Pferd im Rennen sehen würde.«

Das rührte Ken so tief, daß er kein Wort herausbrachte. Wie herrlich, daß sie von seinem Eigentum Besitz ergriff! Damit bewies sie, daß sie wirklich zusammengehörten.

Sie lächelte ihm scheu zu. »Es wäre für mich die tollste Sache von der Welt, wenn ich dich ein Rennen auf Sturmwind gewinnen sähe.«

»Dafür gibt's jetzt keine Aussichten mehr.« Er seufzte tief.

»Wo könnte er wohl sein?«

»Keine Ahnung. Er kann ein paar Stuten erwischt und sie weggebracht haben. Früher oder später wird ihm was zustoßen. Irgend jemand wird ihn kastrieren oder erschießen.«

Der schwache, melodische Klang einer Glocke drang zu ihnen.

»Es läutet zum Aufstehen!« Ken sprang auf. Er ergriff Careys Hand. »Wir wollen nicht mehr an Sturmwind denken, sondern an Juwel.« Wieder umarmten sie sich. Der Affenbaum blinzelte ihnen zu. Engumschlungen gingen sie den Hügel hinab.

Sie mußten einen Bach überqueren, und endlich hatte Ken seine Chance. Er nahm Carey auf die Arme und trug sie hinüber. Dabei grinste er und spürte, daß er sie – endlich – wirklich hatte.

Carey lachte und legte einen Arm um seinen Hals. Als er mit ihr durch den Bach watete, quietschte sie ängstlich. Ken blieb mitten im Wasser stehen – stellte ein Bein auf einen hohen Felsen und setzte sie auf sein Knie. »Jetzt hab ich dich!« neckte er sie.

Carey sah ihn ernst an – sie wollte keine Angst haben.

»Ich denk gar nicht dran, dich loszulassen!«

»Brauchst du auch nicht. Ich hab's gern so. Ken –«

»Was denn?«

»Ich hab gerade überlegt. Wir könnten das erste Penelope nennen.«

Ken machte ein entsetztes Gesicht. »Bitte, fang nicht wieder mit den Kindern an!«

»Warum nicht?« Carey warf plötzlich die Arme um seinen Hals.

»Ach, Ken! Du bist wirklich der geborene Ehemann!«
Ken versuchte sich freizumachen und sah noch entgeisterter aus. »Ich will kein Ehemann sein!«
»Aber du bist's doch! Das weißt du ganz genau!«
»Nein – ich möchte, daß du mich liebst und nicht mehr an die verflixten Kinder denkst.«
»Das Älteste könnte vielleicht die violetten Augen von deiner Mutter haben.«
Ken setzte den Fuß ins Wasser und ließ Carey so plötzlich herab, daß sie ihn fest umschlang und aufschrie. Dann trug er sie ans Ufer und setzte sie hin.
Als sie weitergehen wollte, hielt er sie zurück. Sie sah fragend zu ihm auf.
»Carey, dir ist's doch ernst damit, nicht wahr?«
»Natürlich, Ken«, antwortete sie sanft. Aber er glaubte einen Zweifel in ihrer Stimme zu hören.
»Ist das die Liebe – die wirkliche Liebe? Bei mir ist sie's, Carey. Ich werde nie eine andere als dich heiraten. Ich könnte es gar nicht. Und du?«
Sie schüttelte langsam den Kopf. »Ich glaub nicht, Ken. Aber trotzdem – das alles kommt mir noch so weit weg vor, dir nicht auch?«
»Nein! Ich würde dich morgen heiraten! Mit dir ausrücken! Ich wünschte, wir könnten das. Viele Liebespaare haben das getan.«
»Ich brächte das nicht fertig.«
Er packte sie bei den Schultern und hob das Gesicht hoch. Lange sah er in die großen grauen Augen – die klaren Augen eines Kindes.
»Sag mir, Carey, ganz ehrlich – ist's deine Großmutter? Hast du Angst vor ihr?«
Sie schaute weg, und die langen dunklen Wimpern flatterten leicht.
»Ich weiß nicht –« Der glückliche Ausdruck schwand aus ihrem Gesicht und die warme, rosige Farbe. »Ach, Ken!«
Er beschimpfte sich im stillen, daß er ihr weh getan hatte. »Es macht ja gar nichts, Liebling – du bist eben noch jünger als ich«, sagte er sanft und nahm sie wieder in die Arme. Mit dieser hefti-

gen Umarmung beanspruchte er sie für sich allein, gegen ihre Großmutter und jeden anderen Menschen.

Das war ihr letztes Gespräch.

Nach dem Mittagessen fuhr der Cadillac vor, und Collins stieg aus. Greenway kam aus dem Kuhstall und führte Juwel. Das Fohlen trottete an ihrer Seite.

Juwel glich keineswegs mehr der Stute, die Ken in den Bergen gefunden hatte. Ihre Mähne, die Stirnlocke und der Schweif waren gestutzt und beschnitten worden. Sie trug eine mit Borten besetzte Schabracke, und ihre Augen sahen aus den Schlitzen einer enganliegenden Kapuze.

Collins übernahm sie von seinem Herrn und gluckste dabei wie ein altes Huhn. Über dieses Wunder konnte er gar nicht hinwegkommen. Er hatte gemeint, sie müßte wie jemand behandelt werden, der viel gelitten und mit knapper Not ein äußerst anstrengendes Abenteuer überlebt hatte. Als er jedoch Ken mit ihr über die Hürden setzen und sie auf gerader Strecke laufen sah, versicherte er seinem Herrn pausenlos, daß Kronjuwel seiner Meinung nach jederzeit jedes Rennen laufen könnte.

»Donnerwetter! Die Lungen, die sie gekriegt hat! Sie schnauft ja nicht mal!« staunte Collins. »Das kommt davon, weil sie sich gar nicht anzustrengen braucht, sie segelt einfach los. Sie sieht jetzt zwei Jahre älter aus als das Fohlen, das ich aus England rübergebracht hab.«

Immer wieder hatte er ihre Beinmuskeln geprüft – »Stahlhart!« – oder ihre Füße hochgenommen und die kräftigen Hufe und Gabeln untersucht. Er bewunderte ihr glänzendes Fell, ihr überschäumendes Temperament.

Ihr Fell war zu lang. Die Natur hatte sich nicht um die plötzliche Umstellung gekümmert, sondern für einen Winter in großen Höhenlagen mit eisigen Temperaturen vorgesorgt.

»Das werden wir schnell hinkriegen«, verhieß Collins. »Mit Schwitzen und Abreiben und Striegeln.«

Er führte sie sorgsam in den Anhänger hinter dem Auto, der ungewöhnlich konstruiert war. An der rechten Seite war eine kleine Box gebaut worden. Damit hatte das Fohlen auf der langen Reise seinen eigenen Stall und konnte nicht von der aufgeregten

Mutter umgeworfen oder getreten werden. Es konnte entweder aufrecht stehen und nachdenken oder sich auf dem dicken Strohlager ausruhen. Wenn es hungrig wurde, mußte der Wagen halten, und man brachte es zu seiner Mutter.
Jetzt wollte das Fohlen seiner Mutter nicht in den Anhänger folgen. Juwel wandte den Kopf und wieherte ihm ängstlich zu, aber es kümmerte sich nicht darum. Eingehend betrachtete es die Wiesen, die Leute, die herumstanden, am Brunnen, beim Haus, vor der Scheune, und es schien sagen zu wollen: »Das ist aber alles hochinteressant – gönn mir doch den Spaß!« Und es begann das erheiternde Schauspiel, mit dem jedes Fohlen entwaffnende Wirkung erzielt: es bockte. Der winzige gekräuselte Schwanz stand steil hoch, es senkte die Nase, der kleine Körper drehte und wendete sich, und die Hinterbeine wirbelten durch die Luft. Ein brüllendes Gelächter folgte, das es zu verwirren schien. Es richtete sich auf, sah fragend in die Runde und wieherte. Dann war es völlig hingerissen von einem Blatt, das über den Rasen hüpfte. Das Fohlen stand steifbeinig da und quiekte laut vor Angst. Juwel antwortete nervös. Das Blatt rollte an ihm vorbei und hakte sich dann in einem Brombeerstrauch fest. Das Fohlen ging vorsichtig heran und streckte die Nase aus, um es zu beschnuppern. Ein Windstoß befreite das Blatt, und es segelte davon – das Fohlen jagte hinterher.
Wieder erdröhnte eine Lachsalve. Collins strahlte, als habe er das Kleine höchstpersönlich zur Welt gebracht. Aber er wollte es sicher in seiner kleinen Box im Anhänger wissen, an der er mit Gus die halbe Nacht gebastelt hatte.
»Da haben wir ja den Namen, den du gesucht hast, Carey«, rief Nell.
Einen Augenblick war Carey verblüfft. »Blatt im Wind! Natürlich! Wie herrlich, Mrs. McLaughlin!«
»Ein guter Name«, lächelte Gus.
»Das haut hin!« rief Collins. »'s gibt nicht viele Vollblutfohlen, die so viel erlebt haben, bevor sie noch einen Monat alt waren! Und 's hat ihm kein bißchen geschadet.«
»Komm, Blatt im Wind!« rief Carey. Sie lief mit Ken auf den Rasen, um das Fohlen von seinem Spielzeug zu trennen.

»Es scheint ganz bezaubert zu sein«, meinte Nell. Sie beobachtete, wie die beiden hinter dem Kleinen herrannten und es in den Anhänger steuerten. Juwel wieherte drängend und sah sehr besorgt zu, wie sie es in die kleine Box neben ihr stießen. Sie legte den Kopf über den Verschlag, beschnupperte das Fohlen und brummte leise.
Der Anhänger wurde geschlossen.
Rob, Ken und Nell standen auf der Terrasse und winkten, bis der Wagen mit dem Anhänger hinter der Biegung des Hügels verschwand. Ken wandte sich zuerst ab. Er ging ins Haus und erklärte, er hätte noch zu packen. Wenige Minuten später sah Nell, wie er am Schreibtisch saß und den Kopf über einen Briefbogen beugte.

44

Am nächsten Nachmittag saß Ken auf der Terrasse. Er war ganz allein auf dem Gestüt. Rob war mit Nell weggefahren. Seine Koffer waren gepackt. Sobald seine Eltern zurückkamen, würden sie ihn in die Stadt bringen, mit ihm Abendbrot essen und ihn dann zum Zug begleiten.
Miß Sartoris in ihrer weißen Tracht kam mit Penny über den Rasen. Penny war jetzt zwei Jahre alt. Sie zog einen winzigen zweirädrigen Wagen, in dem eine Puppe saß.
»Komm her, Penny – komm zu mir!« rief Ken.
»Geh zu deinem Bruder, Penny!« ermunterte Miß Sartoris. Sie setzte sich auf einen Sessel und nahm ihre Klöppelarbeit heraus.
Penny brauchte nicht gedrängt zu werden – sie liebte ihre Brüder.
»Komm doch, Penelope«, lockte Ken und betrachtete sie nachdenklich.
Penny holte die Puppe aus dem Wagen, wackelte zu Ken und hielt sie ihm unter die Nase. »Sieh mal – mein Baby!«
»Du also auch«, erwiderte Ken traurig. Eingehend betrachtete er die Puppe, wie Penny es gewünscht hatte, und lauschte dem lebhaften Geplapper seiner Schwester. Sie zeigte ihm stolz die

blaue Feder, die Miß Sartoris ihr in das Knopfloch des weißen Kleidchens gesteckt hatte und die wie ein Edelstein glitzerte.
Sie schwatzte so eifrig und schnell, daß sie ständig stotterte. »Hab – ich – gefunden!«
Ken ging es mitunter genauso.
Miß Sartoris mischte sich in die Unterhaltung und berichtete Ken von dem kleinen Abenteuer, das sie auf ihrem Spaziergang gehabt hatten.
Ken hörte nur mit halbem Ohr hin, seine Blicke schweiften umher.
Draußen auf dem Rasen spielte ein kleines graues Kätzchen ganz für sich allein. Es sprang an einer Blume hoch, die auf ihrem Stengel nickte, riß sie ab und rollte damit herum. Bagheera tauchte im hohen Gras auf dem Hügel auf und beobachtete das Junge, das jetzt zum Stall schlich. Der schwarze Kater folgte ihm dicht auf den Fersen, ließ sich plötzlich hinfallen, hieb dem Kleinen mit einer Pfote auf den Rücken und brachte es zu Boden.
»So ein grausames Ding!« rief Miß Sartoris.
»Er tut ihm nicht weh, er hält es nur fest«, erklärte Ken.
Das Kätzchen wehrte sich nicht, sondern drehte sich nur um und sah in Bagheeras furchteinflößendes Gesicht.
»Dieser Kater!« lachte Ken. »Was für bösartige Blicke er wirft! Und diese Miene dazu! Aber das Ganze bedeutet überhaupt nichts.«
»Ich frag mich nur, ob das arme kleine Kätzchen das auch weiß?« Miß Sartoris war entrüstet.
»Es ängstigt sich wahrscheinlich zu Tode«, gab Ken zu, machte aber keine Anstalten, ihm zu Hilfe zu kommen. »Haben Sie sich Bagheeras Augen schon mal genau angesehen? Die Pupillen schwimmen wie kleine schwarze Torpedos in einem gelben Teich.«
Plötzlich ließ Bagheera das Kätzchen los, setzte sich auf und begann sich zu waschen. Das Kleine floh durch den Türspalt in den Stall. Sein Schwanz blieb sichtbar, er schlug wütend hin und her.
Ken deutete darauf. »Wie winzig er ist!«
Miß Sartoris schaute auch herüber. Unter der schweren blauge-

strichenen Tür schwang der kleine graue Schwanz aufgeregt hin und her, als ob das Kätzchen immer mehr außer sich geriete, je länger es über das Ganze nachdachte.

Jetzt kam ein neuer Spielgefährte. Willy erwachte. Er hatte in einem Grasbüschel geschlafen und sah nun, wie sich Bagheera auf dem Rasen wusch – eine unwiderstehliche Aufforderung! Er schoß hervor und griff Bagheera täppisch an. Der Kater stand auf. Er knurrte, fletschte die Zähne und hob die krallenbewehrte Pfote zum Schlag hoch. Aber Willy machte einen Luftsprung und nahm die Tatze in den Mund. Ein herrliches Spiel! Bagheera fiel auf den Rücken. Willy ließ los, packte den Kater am Hals und versetzte ihm mit seinen weichen Pfötchen eine solche Reihe von Boxhieben, daß Bagheera sich plötzlich frei machte und mit einigen großen Sprüngen im Gras verschwand. Willy blickte ihm sehnsüchtig nach.

Aus den Ställen drang Wiehern, dann kamen schwere Hufe den Weg herunter.

Mit einer leichten Drehung des Kopfes konnte Ken den Weg im Auge behalten. Jetzt sah er es. Ein weißes Pferd! Sturmwind!

Ken rührte sich nicht. Miß Sartoris schwatzte weiter, und Penny trippelte von einem zum anderen.

Sturmwind schritt langsam zum Brunnen. Ken stand auf, ging ins Haus, durch die Küche zum Hinterausgang, wo immer ein Halfter und ein Futtersack bereithingen. Er nahm den Halfter über den Arm, den Sack in die Hand und lief über den Rasen zum Brunnen.

Als er sich Sturmwind näherte und mit ihm zu reden begann, hörte er Miß Sartoris sagen: »Ist das etwa das Pferd, von dem hier jeder spricht?«

»Ich glaub schon«, erwiderte Ken obenhin. »Komm, Sturmwind, du hast jetzt genug getrunken. Wie wär's mit ein bißchen Hafer?«

Sturmwind hob das triefende Maul und drehte sich zu Ken um. Brummend betrachtete er ihn. Ken setzte den Futtersack auf den Steinrand des Brunnens. Der Hengst senkte den Kopf darauf. Ken ließ das Ende des Kehlriemens mit der rechten Hand unter den großen Hals gleiten, griff mit der linken über die Mähne, zog es herüber und hakte es an einem Knoten fest, der in den Riemen geknüpft worden war, damit er nicht über das Maul rutschen konnte. Während er sich das Ende des Kehlriemens um den Arm schlang, legte er Sturmwind den Halfter unters Kinn. Dabei hatte er seinen Kopf von beiden Seiten umklammert. »Los, alter Knabe! Steck die Nase durch!«

Sturmwind tat, wie ihm geheißen und fraß weiter von dem Hafer. Ken schloß die Schnalle.

Er wunderte sich, wie ruhig sein Herz ging. Er führte das Pferd über den Rasen und zeigte es Miß Sartoris. »Möchten Sie mal sehen, wie ich ihn reite?«

Das war der letzte Rest von Spannung, der in ihm lebte. Immerhin war Sturmwind nicht geritten worden, seitdem Ken ihn im Tal der Adler eingeschlossen hatte. Aber der Hengst war gründlich geschult. Er duckte sich nur ein bißchen, schüttelte sich und schlug zweimal aus, als er den Jungen auf seinem Rücken spürte. Und jetzt durchzuckte Ken wieder die alte Erregung, er fühlte die gewaltige Kraft, die unter diesem weißen Fell steckte. Es schnürte ihm die Kehle zusammen.

Das Pferd gehorchte ihm. Kens Knie hielten es fest. Er zügelte es mit dem Halfterriemen, ritt langsam um den Brunnen und dann in kurzem Galopp über den Rasen.

Miß Sartoris sah bewundernd zu. »Du, Ken, das ist aber wirklich ein schönes Tier!«

»Ja, es ist schön!« Ken brachte Sturmwind vor der Terrasse zum Stehen. »Wissen Sie, wie spät es ist, Miß Sartoris?«

»Vier Uhr.«

»Ich möchte gern einen Ritt mit ihm machen.« Er glitt herunter. »Aber zuerst soll Penny mal reiten. Möchtest du auf das Hottehüh, Baby?«

»Buh!« erklärte Penny. Sie renkte sich fast den Hals aus, um das Pferd zu betrachten. Ohne den Riemen aus der Hand zu lassen, nahm Ken sie auf und hielt sie Sturmwind unter die Nase. »Riech mal, Sturmwind. Das ist meine Schwester. Meiner Mutter ihr Baby. Nimm ihre Witterung gut auf.«

Penny quietschte. Sie trommelte mit den Fäustchen in Sturmwinds Gesicht herum. Die Nähe behagte ihr gar nicht. Sturm-

winds Augen sahen sie groß an, er sog laut schnaubend ihren Geruch ein. Sie zappelte und strampelte und traf ihn mit dem Fuß ins Gesicht.
Pearl kam aus dem Haus, um zu sehen, was los war. Ken hob Penny auf den breiten Rücken des Hengstes, und das riesige schwarze Maul drehte sich herum.
»Halten Sie sie bitte fest, Miß Sartoris, ich führe ihn.«
Miß Sartoris packte die Kleine an einem Fuß und an der Schärpe, und der Zug bewegte sich um den Brunnen. Penny lachte und hieb begeistert auf dem Widerrist des Pferdes herum.
Ken grinste der Kinderschwester zu. »Er ist an Fohlen gewöhnt und weiß genau, wie sie sich benehmen.«
Er hob die Kleine herunter. »Ich reite jetzt los. Wenn Mutter und Vater kommen, bevor ich wieder da bin, erzählen Sie ihnen bitte nicht, daß Sturmwind zurück ist. Ich möcht's ihnen selbst sagen.«
Miß Sartoris und Pearl versprachen es. Ken schwang sich wieder auf den Hengst und ritt davon, um ihn zu satteln.
Und dann hatte er seinen Ritt . . .
Erst beim Abschied auf dem Bahnhof erzählte er seinen Eltern, daß Sturmwind nach Hause gekommen sei und daß er ihn in die Box im Kuhstall gesperrt habe, wo Juwel gewesen war.
»Er ist also endlich da, und du kannst mit ihm tun, was du willst. Wirst du ihn erschießen, Vater?«
»Natürlich nicht, Ken«, erwiderte Rob leichthin. »Wo er jetzt eingefangen ist, hätte das doch keinen Sinn! Ich werde Dr. Hicks kommen lassen zum Kastrieren. Sturmwind wird dann besser als je zuvor sein, der ganze Wirbel ist vorbei, und du kannst ihn dein halbes Leben reiten. Ein herrliches Tier! Ich kann dir gar nicht sagen, wie froh ich bin, daß es so gekommen ist.«
Rob und Nell fuhren aufgeregt nach Hause. Der Rebell, der Außenseiter, war endlich daheim, und freiwillig! Sie besuchten ihn in seinem Stall. Er erkannte Nells Streicheln, drehte den Kopf nach ihr, und sie erinnerte sich des Tages nach seiner Geburt, als er verstört zu ihr gerannt war und bei ihr Schutz gesucht hatte.
Am nächsten Morgen ritt Rob auf Sturmwind.

Er wollte die Selbstbeherrschung des Hengstes nicht auf eine zu harte Probe stellen. Deshalb ritt Rob über die Wiesen am Bach entlang und ließ das Haus, die Ställe und die Weide, wo die Stuten eingeschlossen waren, hinter sich liegen. Immer wieder setzte er mit Sturmwind über den Bach – in immer größeren Sprüngen – an einem Ufer waren hohe Weidenbüsche –, und jedesmal flog der Hengst mühelos durch die Luft. Er hielt kaum an, um sich zu sammeln oder einen Anlauf zu nehmen. Was für eine Kraft er hatte, und wie unermüdlich er war! Robs Blut begann schneller zu kreisen. Er überquerte die Wiese und ritt vom Bach weg bergauf. Ein steiler Felsabhang trennte sie von dem darüberliegenden Weideland. Rob lenkte den Hengst zu dem Felsen und ließ ihm freien Lauf. Der Steinboden war rauh, hier und da gab es ein Grasbüschel, eine scharfe Kante – nichts bereitete Sturmwind die geringste Schwierigkeit. Die großen Hufe fanden unbeirrt überall ihren festen Stand. Wo es ganz glatt und abschüssig war, schien er von einer unwiderstehlichen inneren Gewalt vorangetrieben zu werden. Am Schluß machte er einen großen Satz, und sie landeten wieder auf dem Gras. Rob drückte ihm leicht den Absatz in den Rippenbogen, und Sturmwind ging in einen raschen kurzen Galopp über. Rob wollte jetzt seine Schnelligkeit erproben und ihm mit Händen, Absätzen und dem Neigen des Körpers Zeichen geben, aber Sturmwind erriet seine Gedanken und kam ihm zuvor. Sein Kantern wurde zum Galopp, zur Karriere, dann diese unglaublich schnelle Gangart, bei der er mehr in der Luft als auf der Erde zu sein schien. Die Hufe griffen vor, fußten auf, Reiter und Pferd segelten vorwärts, die Hufe griffen wieder vor, fußten auf ...

Sein rascher kreisendes Blut versetzte Rob in eine Aufregung, wie er sie selten empfunden hatte. Welcher Reiter hat nicht schon einmal von einem Walkürenritt geträumt, der nichts Irdischem mehr gleicht? Und von einem Pferd, das mit übernatürlichen Kräften begabt ist? Hier war die Erfüllung! Der Hengst war ebenso glücklich wie Rob, genoß das Glück wie er, vollkommen von ihm in Schach gehalten, vollkommen gehorsam.

Wirre Gedanken kreuzten durch Robs Kopf. Sie gaben seinem

Herzen einen Stich. Erinnerungen an seinen langen Kampf gegen dieses Tier – weggeben ... kastrieren ... erschießen ... töten ...
Direkt vor ihnen erhob sich ein Stacheldrahtzaun. Einen Augenblick zögerte Rob unentschlossen, und das übertrug sich sofort auf den Hengst. Niemals in all den Jahren hatte Rob ein Pferd über einen Stacheldrahtzaun setzen lassen oder es den anderen erlaubt, aber mit Sturmwind war es anders. Er brauchte kein Zeichen zu geben. Wieder erriet das Pferd seine Gedanken – es erhob sich schwerelos und nahm den Zaun, mit einem guten Viertelmeter Zwischenraum.
Jetzt überkam Rob ein Taumel. Warum sollte er Sturmwind ausgeklügelte Wege führen? Er konnte doch überallhin – wieder herunter über den abschüssigen Felsen auf die Wiese, über die Weidenbüsche und den Bach, am anderen Ufer bergauf mit einem Sprung über einen Zaun und auf das Weideland im Süden, das sie in einer großen Kurve zur Sattelhöhe heraufbrachte. Dort war es jetzt leer – keine Stuten, keine Fohlen, kein Hengst. Auf dem Kamm zügelte Rob sein Pferd, und sie betrachteten gemeinsam die weite Landschaft, die sich unter ihnen ausdehnte. Sturmwind hob den Nacken, seine Nüstern blähten sich, die Augen waren weit aufgerissen, er wandte den Kopf mit schnellem Ruck, einmal hierher – einmal dorthin, als bringe der Wind ihm Botschaften. Lange sah er zu den Buckhorn-Bergen im Süden.
Endlich ergriff Rob die Zügel wieder und wandte sich der Ranch zu. Das wäre die letzte Prüfung. Auf dem Heimweg würden sie an der Weide vorbeireiten, wo die Stuten eingesperrt waren.
Sturmwind blieb davon nicht unberührt. Sein Körper spannte sich, er zitterte. Rob hielt ihn mit den Händen, den Knien und mit seiner Stimme. Der Hengst wieherte wild, und die Stuten antworteten. Sie drängten sich am Zaun und riefen ihm zu, er solle näherkommen. Aber er war gut geschult. Wenn er gesattelt war, gehorchte er auch.
Rob rieb ihn ab, fütterte ihn und führte ihn zur Tränke. Sturmwind hatte keinen einzigen Schweißtropfen vergossen. Der Ritt hatte ihn überhaupt nicht erschöpft.

Abends erzählte er Nell, daß er beschlossen habe, Banner durch Sturmwind zu ersetzen.
Nell ließ die Hände auf die Tasten sinken. »Sturmwind!«
»Ja, Sturmwind!«
»Aber du wolltest ihn doch kastrieren lassen!«
»Ich werde es eben nicht tun!«
»Rob!«
»Nun – ein Mann kann doch mal seine Entschlüsse ändern, oder?« Er starrte ins Feuer, beugte sich vor und kreuzte die Arme über den Schenkeln. Dann sprang er auf, ging zum Kaminsims und begann nervös seine Pfeife zu stopfen. Dabei trat er Chaps auf den Schwanz, was ein wildes Kläffen hervorrief. Ungeduldig schob er den Hund beiseite. Chaps ging beleidigt davon, setzte sich neben den Flügel und warf ihm vorwurfsvolle Blicke zu.
»Aber«, begann Nell vorsichtig tastend, »er hat doch nur einen halben Stammbaum. Sturmwind ist kein reines Vollblut. Er hat das ganze schlechte Blut vom Albino in sich.«
Robs Stimme klang scharf und ärgerlich. »Schlechtes Blut! Du kannst es so nennen, vom Sicherheitsstandpunkt aus. Wenn ich Rennpferde züchten würde, könnte man das zweifellos sagen. Er ist auch ungebärdig und störrisch. Aber sieh doch nur, was Ken aus ihm gemacht hat! Und schau dir seine unglaublichen natürlichen Gaben an. Er hatte alle Voraussetzungen, das Rennen damals in Saginaw Falls zu gewinnen, und noch viele andere dazu! Immerhin hat er auch prachtvolles Blut in sich. Das Temperament, die Kraft und die Schnelligkeit hat er zwar vom Albino geerbt, aber denk auch mal an seine übrigen Ahnen – Appalachian, Banner, Flicka und eine ganze Reihe von Vollblütern!«
Nell ließ die Hände in den Schoß sinken. Dann beugte sie sich herab, packte Chaps bei den langen Ohren und rieb ihm mit dem einen abwesend über die Schnauze. Chaps hob ein Auge zu Nell, das andere heftete er mit einem komischen kriegerischen Ausdruck auf Rob. Der Hund schien die seltsame Spannung in seinem Herrn zu spüren.
»Aber was wird aus Banner?« fragte Nell.

»Banner wird die Ruhe bekommen, die er sich redlich verdient hat. Das Beste, was das Gestüt zu bieten hat – eine eigene Weide, im Winter ein Dach über dem Kopf, eine Box, Hafer und Heu, solange er noch Zähne zum Fressen hat. Er hat mir sein ganzes Leben lang treu gedient.«
»Und Wer-ist-Das?« fragte Nell. »Du hast ihn doch als Banners Nachfolger bestimmt.«
Rob machte eine ungeduldige Handbewegung. »Na und? Wer nur halbwegs Augen im Kopf hat, erkennt, daß Wer-ist-Das nicht zum Zuchthengst geschaffen ist.« Er drückte den Tabak heftig in seinen Pfeifenkopf und fuhr mit der gleichen verärgerten Stimme fort: »Der Sinn jeder Zucht ist doch, das Vollkommene zu erzielen – das absolut vollkommene Wesen. Wenn du das erreicht hast, was hat es dann für einen Sinn, in der Entwicklung, die es dazu gemacht hat, einen Fehler zu suchen? Übrigens – sobald Sturmwind erst einmal ein großes Rennen gewonnen hat, wird er auch einen Namen haben, und seine Fohlen sind danach spielend zu verkaufen.«
»Ein großes Rennen gewinnen!« rief Nell. »Wovon sprichst du eigentlich?«
»Vom Delaware Hunt Cup.«
»Aber Ken soll doch Juwel reiten?«
Rob betrachtete sie nur aus den schmalen Schlitzen seiner blauen Augen, seine weißen Zähne blitzten.
Nell sprang auf. »Rob! Du willst doch nicht etwa –?«
»Und ob ich will!« grinste er. »Ich kann's kaum noch abwarten!«
Sie kam langsam auf ihn zu. Dafür konnte sie keine Worte finden. Ihre Gedanken kämpften mit den Möglichkeiten, die das eröffnete.
Rob nahm die Pfeife aus dem Mund und sagte ruhiger: »Ich brenne darauf, Nell. Sturmwind genauso. Und wir werden gewinnen. Ken hat den Hengst nie vollständig gemeistert. Das kann kein Junge. Es ist ein Pferd für einen Mann – mein Pferd! Und ich sag dir, Sturmwind weiß das auch.«
Sie sah ins Feuer, dann hob sie die Hände und betrachtete prüfend einen Niednagel. Plötzlich setzte sie sich und schaute langsam zu Rob auf.

Er erwiderte ihren Blick mit einem seltsamen, fragenden, beinahe demütigen Ausdruck. »Ja, ich denke auch daran«, sagte er. »Wie würde das auf Ken wirken? Immerhin gehört ihm Sturmwind –« Nell schaute wieder ins Feuer und versetzte sich erst in Rob, dann in Ken.

Endlich begann sie: »Ken ist schrecklich glücklich, daß er Juwel reiten wird. Das hängt mit Carey zusammen.«

Rob nickte eifrig. Er paffte an seiner Pfeife und träumte, ins Feuer starrend, seinen Traum. Er seufzte. »Es hängt ganz von dem Jungen ab. Ich melde Sturmwind zu dem Rennen, wie ich es damals gemacht habe, ohne Kens Wissen. Dann lasse ich ihm die Wahl. Ich werde ihm sagen, daß ich den Hengst mitgebracht habe, damit er ihn reitet, aber wenn er Juwel vorzieht, würde ich selbst Sturmwind nehmen.«

Er setzte sich wieder. Nell nahm ihren Strickkorb, und während unter ihren Elfenbeinnadeln ein winziger Pullover für Penny entstand, besprachen sie den Plan eingehend.

»Beim letzten Rennen haben die vielen Leute und der Krach auf der Tribüne Sturmwind so außer Rand und Band gebracht«, meinte Rob nachdenklich. »Ich hab Zeit genug, ihn daran zu gewöhnen, noch bevor Schnee fällt – ich werd ihn zu ein paar Rodeos mitnehmen.«

»Drüben in Pine Bluffs soll eine große Auktion stattfinden. Da werden bestimmt zahllose Menschen sein. Ich komm auch mit!« Nell war ganz aufgeregt.

»Und was wird, wenn ich ihn in den Osten bringe? Du wirst doch Penny nicht allein lassen wollen?«

Ihre blauen Augen blitzten ihn an. »Nicht mitkommen? Du glaubst doch nicht im Ernst, daß ich das Rennen versäumen werde, in dem du oder Ken Sturmwind reitet? Wir werden Miß Sartoris bei Penny lassen.«

Rob zog die Brauen hoch und grinste. »Braves Mädchen!«

»Erntedankfest«, murmelte sie. »Da kann's schon sehr kalt sein. Ein Glück, daß ich meinen grauen Fehmantel hab.«

Die Aufregung überkam Rob wieder. Er stand auf. »Ich hab 'ne Chance!« schrie er und machte einen Luftsprung wie ein Junge.

Nell lächelte, und Chaps kam aus seiner Ecke hervorgekrochen. Er brannte darauf, an dem Vergnügen teilzunehmen, das so geheimnisvoll plötzlich das ganze Zimmer erfüllte. Demütig bat er um Verzeihung, daß er überhaupt vorhanden war, und setzte sich vor Rob hin. Sein Stummelschwanz schlug entzückt auf den Boden, die sehnsüchtigen braunen Augen waren nach oben gerichtet.

45

Am Tag des Rennens war rauhes, kaltes Wetter. Ab und zu kam die Sonne hervor und schien auf der Rennbahn und dem gewellten Land von Delaware. Obwohl mitunter ein Geruch von Schnee in der Luft lag, war der Boden trocken und hart. Bei solchem Wetter geriet das Blut in Wallung. Es ließ die Pferde tänzeln, die auf dem Sattelplatz standen.

Nell stellte den Kragen ihres weichen grauen Fehmantels auf. Das geschah mehr aus Nervosität als vor Kälte. Jetzt, da *das* Rennen so kurz bevorstand, hatte sie ein Gefühl erfaßt, das beinahe an Panik grenzte. »Rob«, flüsterte sie vor sich hin, »Rob« – ihre Hand glitt unter den Pelz und griff an die Kehle, die alte Bewegung, die alte Angst, erwürgt zu werden.

»Wenn sie doch nur schon da wären! Ich wünschte, sie kämen endlich!« Carey, die vor Nell in der Loge stand, überschaute die Rennbahn mit dem Fernglas. Ihre kleinen Füße trippelten vor Spannung und Aufregung hin und her. Mrs. Palmer, die einen pompösen Nerzmantel über einem schwarzen Tuchkostüm trug, thronte neben ihr. Eine Hand umklammerte den Knauf eines kräftigen Stockes – sie brauchte ihn wegen ihres Rheumatismus – und die andere hielt ebenfalls den Feldstecher vor die Augen.

»Geht's Ihnen nicht genauso, Mrs. McLaughlin?« rief Carey über die Schulter. »Ich kann's einfach nicht mehr abwarten!«

Nell antwortete nicht. Carey warf einen Blick nach hinten. »Sind Sie nervös, Mrs. McLaughlin? Wegen Ken?«

»Nein«, erwiderte Nell nur. Ihre Stimme klang fest, aber etwas heiser.

»Setz dich, Carey, und sei ruhig«, befahl die Großmutter. »Du führst dich auf, als wärst du noch nie auf einem Rennen gewesen!«
»Ich hab auch noch nie Ken McLaughlin auf Kronjuwel reiten sehen!«
Nell hatte wirklich keine Angst um Ken. Diese panische Furcht hatte sie ergriffen, als Ken bei dem ursprünglichen Plan, Juwel zu reiten, geblieben war. Warum hatte er das getan? Um einen Sieg für Careys Stute zu erringen? Oder weil er sah, wie sein Vater darauf brannte, Sturmwind zu reiten? Nell hatte den Verdacht, daß der zweite Grund zutraf. Jedenfalls wurde ihr die Tatsache, daß Rob den Hengst reiten würde, erst in diesem Augenblick richtig bewußt. Jetzt kam es – unvermeidlich. Es war nur noch eine Frage von Minuten, bis sie auf die Bahn reiten und ihre Plätze einnehmen würden.
Sie mußte geistesgestört gewesen sein, dazu jemals ihre Einwilligung gegeben zu haben! Rob – er war in mittleren Jahren, zäh und hatte schwere Muskeln und Knochen – nicht wie die kleinen, schlanken, drahtigen Jockeys, nicht wie Ken, der täglich ein dutzendmal hinfallen konnte und nichts spürte – diese furchtbaren Sprünge!
Ihre Augen glitten über die Rennbahn und nahmen jede Böschung, jede Barriere, jeden Graben wahr. Sie versuchte, sich über die Tatsache hinwegzutäuschen, daß sie nicht einmal die Hälfte übersehen konnte. Sie kannte jede Einzelheit. Auf der Ranch hatte sie gemeinsam mit Rob die Rennbahn genau studiert. Rob hatte jeden Sprung geübt, und nicht ein einziger hatte für Sturmwind auch nur die geringste Schwierigkeit bedeutet. Dennoch – dies hier war ein Rennen. Es ging um den Delaware Hunt Cup, das schwierigste Jagdrennen in den Vereinigten Staaten. Es würde Stürze geben – kein Hindernisrennen ging je ohne ab –, sie hatte es in den Wochenschauen gesehen, schreckliche Stürze, die Reiter wälzten sich übereinander.
Nell sprang auf und berührte Mrs. Palmers Schulter. »Ich geh nach unten, Mrs. Palmer. Ich möchte Rob einen Augenblick sehen. Gleich bin ich wieder da.«
»Ich komm mit, Mrs. McLaughlin. Warten Sie bitte auf mich!«

Nell wartete nicht. Sie eilte aus der Loge und bahnte sich ihren Weg durch die Menge.
Mrs. Palmer ließ ihren Stock fallen und packte Carey beim Handgelenk. »Du bleibst, wo du bist!«
Carey wollte sich losreißen. »Bitte, Großmutter!«
Mrs. Palmer war über das Mädchen gebeugt. Sie hatte wieder ihr schreckliches Gesicht. Die schönen grauen Augen unter den aristokratischen schwarzen Brauen funkelten so drohend, daß man nicht hineinsehen konnte.
Carey stiegen heiße Tränen in die Augen. Sie war erschrocken, empört, beschämt und hörte auf zu kämpfen. Es wäre ungehörig. Sie ließ ihr Handgelenk in der eisernen Umklammerung. Mit der anderen Hand nahm sie das Fernglas vor die Augen und richtete es auf die Stelle, wo die Pferde am Start erscheinen würden.
Vor Nell verschwamm alles. Die Menge und das Plärren der Lautsprecher verwirrten sie. So schnell sie konnte, drängte sie sich zum Sattelplatz. Aber dort! Sie kam zu spät! Ein großes schwarzes Pferd tänzelte als erstes heran. Nells Herz machte einen Sprung. Kronjuwel! Nein! Keine weißen Flecken im Gesicht, und auch nicht Ken im Sattel, sondern ein Jockey in kirschroter Bluse mit einem weder jungen noch alten Gesicht und der Nummer 7 auf dem Rücken. Und noch ein großes schwarzes Pferd, das genau wie das erste aussah! Nicht Ken. Nummer 11 und grüngold – aber das waren doch Greenways Farben? Nell wurde noch verwirrter. Wo war Sturmwind? Rob würde eine schwarze Bluse tragen. Sie drängte sich weiter. Ein großer Mann im braunen gegürteten Mantel und mit weichem Hut kam auf sie zu. Er versperrte ihr die Sicht. Sie versuchte an ihm vorbeizuschlüpfen, aber er packte sie am Arm.
»Nell!«
Die Stimme irritierte sie, aber ihre Augen suchten noch immer nach dem weißen Pferd, dem Reiter in der schwarzen Bluse. Da kamen sie!
Rob preßte ihren Arm fest. Sie sah in sein dunkles Gesicht, dann eilte ihr Blick zu dem Jockey, der den großen weißen Hengst durch den Eingang ritt. Die Bluse hatte die Nummer 4, und sie

bedeckte einen sehr schlanken, knabenhaften Körper. Das Pferd – die mächtigen weißen Schenkel! Die kräftigen Beine!
»Rob!« schrie sie auf und klammerte sich an ihm fest. »Ach, Rob!«
Die wogende Menge brachte sie fast außer sich.
Robs starke Arme hielten sie fest, er bahnte einen Weg für sie, zog sie zurück zur Tribüne, schob den Fuß durch einen Bretterspalt und hob sie auf sein Knie.
»Kannst du sehen?«
Ihr Kopf war ein gutes Stück über dem seinen. Sie schaute angestrengt zu den Pferden hinüber.
»Was ist passiert, Rob?«
»Paß lieber auf!«
»Aber was ist denn los?«
»Ich bin hingefallen – weiter nichts!«
»Hingefallen?«
»Nell! Vor ungefähr zwei Monaten hab ich mich in Sturmwind verliebt. Ken aber liebt ihn seit seiner Geburt – verstehst du?«
»Er hat's für dich getan? Sich für Juwel entschlossen, mein ich?«
»Eben. Aber jetzt gib um Gottes willen auf das Rennen acht. Ich kann nichts sehen. Wo sind sie denn?«
»Sie reiten an der Schiedsrichtertribüne vorbei. Wer sitzt denn auf Kronjuwel – Nummer 11 hat sie wohl? – mit den grünen und goldenen Farben?«
»Ja. Das ist Vickers, ein famoser Reiter.«
Nell fühlte sich so erleichtert, daß sie beinahe ohnmächtig geworden wäre. Sie klammerte sich an Rob und starrte ihm ins Gesicht. Um Ken hatte sie keine Angst. Es spielte keine Rolle, ob er gewann oder nicht. Der Hengst würde ihn sicher tragen.
»Was tun sie jetzt?« fragte Rob, und Nell sah wieder hinüber.
»Kronjuwel macht Mätzchen. Sie tänzelt.«
Rob kicherte. »Würde mich gar nicht wundern, wenn sie auf den zweiten Platz käme!«
»Da ist noch ein Pferd, das genauso aussieht wie sie, Nummer 7, mit kirschroten Farben.«
»Fröhliche Dame heißt sie. Sie hat das Rennen im vorigen Jahr gewonnen.«

Ein Brauner wurde jetzt an der Schiedsrichtertribüne vorbeigeführt. Er schien ein ungebärdiges Biest zu sein.
»Jetzt stellen sie sich am Start auf.«
Der Lärm auf der Tribüne schwoll plötzlich an. »Was ist los?« fragte Rob.
»Der Braune, der zuletzt an der Schiedsrichtertribüne vorbeikam, hat nach den anderen ausgeschlagen. Scheint ein gefährlicher Bursche zu sein.«
»Was für eine Nummer hat er?«
»Zehn. Blau-rot gestreift.«
»Das ist Top Hole – ein schlechter Schauspieler, aber ein guter Springer!«
»Sie bringen ihn in die Außenbahn. Ach – es fängt an!«
Das Stimmengewirr wurde noch lauter, als die Pferde losgingen und sich schnell über das Feld verteilten. Kronjuwel hatte einen guten Start und lag Kopf an Kopf mit drei anderen Pferden dicht hinter der Spitzengruppe. Sturmwind lag allein ganz hinten.
Beaver Greenway kam zu ihnen. Wie schnell die Pferde die ersten fünfzehnhundert Meter zurückgelegt hatten! Vier schwere Sprünge und bereits zwei Stürze, aber nicht Juwel und nicht Sturmwind! Der Hengst rannte ganz außen, holte langsam auf und setzte leicht über die Hürden. Und jetzt waren die hellen Blusen und die rasenden Pferde halb verdeckt, als sie auf das gewellte Gelände einbogen.
Greenway hielt den Feldstecher lange vor die Augen und verfolgte alles aufmerksam. Dann sagte er ruhig zu Rob: »Ihr weißer Hengst wird das Rennen machen.«
Bei diesen Worten tat Nells Herz einen Sprung, und durch ihre Gedanken zogen die Bilder von Kens langem Kampf um den Hengst. Um ihre Bewegung zu verbergen, zupfte sie Rob am Ärmel. »Dir ist das wohl einerlei, wenn du Sätze rausblubberst, die mit Dynamit geladen sind!«
»Ich? Dynamit? Was meinst du denn?«
»Vor langer Zeit – ich weiß nicht mehr, vor wieviel Jahren – hast du gesagt: ›Es gibt nur einen einzigen Grund, warum ich überhaupt ein Pferd aus dieser Linie behalten habe. Ich hab ge-

dacht, vielleicht wird eines Tages doch mal ein gutartiges drunter sein, und dann hab ich ein Rennpferd.‹«

»Hm«, murmelte Rob. »Wenn er sich's nur nicht in den Kopf setzt zu bocken.«

Von diesem Augenblick an, als sie Ken auf Sturmwind und Vickers auf Juwel erkannte, hatte Carey den festen Griff ihrer Großmutter nicht mehr gespürt.

Die alte Dame machte die Entdeckung gleichzeitig. »Ha!« rief sie. »Dieser Ken McLaughlin! Jetzt reitet er doch sein eigenes Pferd und nicht deins!«

»Ich freu mich darüber! Ich hab versucht, ihn dazu zu überreden!«

»Warum hast du denn das getan?«

»Das würdest du doch nicht verstehen«, erwiderte Carey mit kaum verhehlter Verachtung.

Einige Minuten vergingen schweigend. Beide beobachteten angestrengt die Bahn.

Mrs. Palmer rümpfte die Nase. »Na – er liegt weit hinten. Scheint sich kaum Mühe zu geben.«

Wieder war es Carey zum Weinen zumute. Wenn nur Nell hier wäre oder ihr Onkel – jemand, der ihr und Ken wohlgesonnen war.

»Warte nur ab«, rief sie tapfer. »Er kann alles, was er nur will! Ach!« Sie schrie auf. Beim Sprung über die Böschung und den Wassergraben an der Kehre strauchelten die drei Pferde, die an der Spitze lagen. Sie entschwanden den Blicken, nur eines, Top Hole, arbeitete sich aus dem Gewirr hervor und rannte weiter. Die Menge schrie und brüllte. Juwel und Fröhliche Dame nahmen, Kopf an Kopf, das Hindernis. Sie lagen am zweiten und dritten Platz. Sturmwind setzte – weit von dem Durcheinander – mit Leichtigkeit hinüber.

Und jetzt begann Sturmwind den Abstand zwischen sich und der Spitzengruppe zu verringern. Er lief immer noch außen, als verachte er den Vorteil, die Innenbahn zu benutzen. Auf der geraden Strecke lag er Seite an Seite mit Top Hole. Beide Pferde nahmen mit peinlicher Genauigkeit Hürde auf Hürde. Als Sturmwind in Führung ging, schien Top Hole den Mut zu ver-

lieren. Er fiel zurück. Das Publikum raste. Eine Pferdelänge – zwei – drei – trennten den weißen Hengst von den sechs anderen, die noch im Rennen lagen. Sie bogen in die Zielgerade ein. Die Jockeys ließen die Peitschen knallen. Die Menge gebärdete sich wie toll. Aller Augen richteten sich auf das letzte Hindernis, die Barriere, den Graben, die Mauer und das Wasser. Juwel galoppierte mit aller Gewalt, als sei sie entrüstet darüber, daß Sturmwind ihr davonlief.
Nur eine Sekunde lang schloß Carey die Augen. In dem atemberaubenden, fast schweigenden Moment, als Sturmwind zu dem letzten Sprung ansetzte, beugte sich Carey nach vorn und schrie: »Ken, vorwärts! Los!«
Es war vorbei.
Carey holte tief Luft. Sie merkte kaum etwas von dem Gebrüll der Menge. Sturmwind erster – Juwel zweite – um eine Nasenlänge.
Der Griff an ihrem Handgelenk wurde fester. Sie sah in die funkelnden Augen ihrer Großmutter. »Was für ein Benehmen! Du solltest dich schämen!«
»Ken hat gewonnen«, stammelte Carey. »Er hat gewonnen, Großmama! Laß mich los!« Sie zerrte an ihrem Handgelenk. Die Zuschauer drängten sich in den Gängen der Tribüne. Durch die Lautsprecher ertönten die Wettergebnisse.
»Du bleibst hier bei mir!« sagte Mrs. Palmer streng.
Einen Augenblick stand Carey reglos, ohne ihre Großmutter zu bemerken. Sie fieberte bei der Vorstellung des Sieges, der Ken nach so vielen Jahren herzzerbrechender Kämpfe und Fehlschläge zuteil geworden war.
Dann wandte sie sich zu der alten Dame. »Ich möchte dir etwas sagen, Großmama.«
»Du – mir sagen?« Mrs. Palmer wurde zusehends größer. Ihre Augen durchbohrten das Mädchen.
»Ja – dir sagen.« Carey wunderte sich, daß sie überhaupt keine Angst hatte. »Ich bin mit Ken McLaughlin verlobt. Ich fahre nicht mit dir zum Blauen Mond zurück. Ich gehe nach Washington auf die Schule von Miß Meredith, um meine restlichen Prüfungen für das College zu machen, und im nächsten

Jahr melde ich mich in Vassar an. Und den größten Teil des Sommers werde ich bei den McLaughlins auf dem Gänselandgestüt verbringen.«

»Du unterstehst dich, mir zu erzählen, was du tun und nicht tun wirst!«

Carey lächelte nur. Sie hob ihr Handgelenk, drehte es einmal scharf um und – war frei.

Sie sagte es laut, als sie zurücktrat und die Haut rieb. »Frei!« Im nächsten Augenblick war sie fort.

Mrs. Palmer konnte es kaum fassen, daß ihr so etwas passieren konnte. Sie sah sich um, wer wohl ihre Partei ergreifen würde, aber die Zuschauer waren nur mit dem Ausgang des Rennens, den Pferden, den Wettresultaten beschäftigt. Sie saß da mit verkniffenen Lippen, die Brauen gerunzelt, und warf drohende Blicke in die Gegend.

Dann entdeckte ein Herr in der Nachbarloge ihren Stock, der außer Reichweite gerollt war. Er hob ihn auf und überreichte ihn höflich.

Sie nahm ihn ohne Lächeln oder ein Dankwort entgegen und blieb sitzen, als warte sie auf etwas. In der einen Hand hielt sie den Knauf des Stockes, mit der anderen preßte sie die große Ziegenlederhandtasche an die Brust. Endlich begannen ihre Lippen zu zittern, und ihre Augen füllten sich mit Tränen.

Sie sah sich verstohlen um, aber niemand beachtete sie.

Wütend schleuderte sie den Stock auf den Boden, stand auf und zog den Nerzmantel enger um sich. Dann verließ sie mit sehr hochmütiger Miene und gleichmäßigem, elastischem Schritt die Loge.

Sämtliche Zeitungen und Sportblätter hatten Stoff, aus dem sich mehr machen ließ als die übliche Mitteilung des Siegers in diesem berühmten Jagdrennen. Die Überschrift »Freilandhengst rennt davon mit Delaware Hunt Cup« stand über einem dreispaltigen Artikel, der hundertfünfzig Zeilen lang war. Er brachte auch ein Bild von Ken, der auf Sturmwind saß und mit erstauntem Ausdruck die Hände ausstreckte, um die Trophäe in Empfang zu nehmen. Der Hengst hatte seinen Anteil am Ruhm zurückgewiesen – die Blumengirlande – und war gerade in dem Augenblick fotografiert worden, als er vor Abscheu schnaubte. Einiges von Sturmwinds Geschichte stand darin, auch von Kronjuwel, die zum Vergnügen der Zuschauer ihrem Jockey ausgerückt und zu Sturmwind gerannt war, um ihre Nase zärtlich an seiner Schulter zu reiben.

Der Artikel war nicht schmeichelhaft genug, um Carey zu befriedigen, aber das Bild gefiel ihr. Als sie es abends an den Spiegel ihres Frisiertisches heftete und eingehend betrachtete, lag ein warmes, aufgeregtes Lächeln auf ihrem Gesicht. »Du weißt's noch gar nicht, Ken, aber wir sind verlobt – richtig verlobt.«

46

Die Juninacht war warm. Der Mondschein flutete über die Sattelhöhe und verwandelte alles in seltsame Schatten: die wenigen, einsamen Affenbäume, die scharfen Felsvorsprünge, die Stuten, die ruhig auf der üppigen Frühsommerwiese grasten, den weißen Hengst, der auf der höchsten Erhebung stand. Er war schräg nach vorn geneigt, wie auf einer Treppe, und seine Augen schweiften weit über das Land.

Unter der Sattelhöhe, nach Norden zu, lagen die Gebäude der Ranch auf beiden Seiten der Schlucht verstreut. Von dort kamen immer Geräusche und Gerüche, die Sturmwinds Nerven zittern ließen. Er horchte. Darüber verging eine Stunde. Er hob die Nüstern, um die verschiedenen Gerüche aufzunehmen, sie einzuordnen. Mit jedem Laut verband er irgendeine Erfahrung – mit dem Klappern eines Eimers, dem Zuschlagen einer Tür, den Schritten, die den Weg heraufkamen.

Im Süden, dreißig Kilometer entfernt, ging die Ebene allmählich in kleinere, dann in höhere Hügel, schließlich in die großen Klippen und Bergketten des Buckhorn-Gebirges über. Das zog ihn unwiderstehlich an. Hier lag eine große Verlockung, ein Ruf der Ferne, der ihn jedesmal am ganzen Körper erbeben ließ.

Das Naheliegende aber waren seine Stuten und Fohlen. Heute hatte er sie mit Rob von ihrer Winterweide bei der Felsenburg

heraufgebracht zur Sattelhöhe. Sie waren sehr müde. Die kleinen Fohlen – sie waren einen bis zwei Monate alt – lagen flach auf der Seite, einige Stuten ebenfalls.
Der Hengst seufzte tief auf. Langsam kam er von dem steilen Gipfel herunter und begann gierig das saftige Berggras zu fressen.